《人文》编辑部 编

第一卷

中国社会科学出版社

图书在版编目(CIP)数据

人文. 第一卷/《人文》编辑部编. —北京：中国社会科学出版社，2019.8
ISBN 978-7-5203-5009-9

Ⅰ.①人… Ⅱ.①人… Ⅲ.①中国文学—文学研究 Ⅳ.①I206

中国版本图书馆 CIP 数据核字(2019)第 188050 号

出 版 人	赵剑英
责任编辑	陈肖静
责任校对	刘　娟
责任印制	戴　宽

出　　版	中国社会科学出版社
社　　址	北京鼓楼西大街甲 158 号
邮　　编	100720
网　　址	http://www.csspw.cn
发 行 部	010-84083685
门 市 部	010-84029450
经　　销	新华书店及其他书店

印刷装订　北京君升印刷有限公司
版　　次　2019 年 8 月第 1 版
印　　次　2019 年 8 月第 1 次印刷

开　　本　880×1230　1/32
印　　张　12.5
字　　数　315 千字
定　　价　78.00 元

凡购买中国社会科学出版社图书，如有质量问题请与本社营销中心联系调换
电话：010-84083683
版权所有　侵权必究

《人文》缘起

一部人类文明的历史，总是时刻面临着来自非文明要素的挑战。换言之，一部人类文明史也即是一部企图通过寻求理性或科学能力以应对生活或者说支配环境之雄心彰显的历史。说得直白些，就是如何确认不确定性与确定性之间"我思我在"的命题。就人文的不确定性而言，在当下，她尤其需要作为孪生姊妹并自以为是的科学的理解。本来，没有人文的不确定性为其张目，科学只能以自身的式微结束自己。

由此，我们想到那个人们耳熟能详的词语："兼容并包"。"崇论闳议，创业垂统，为万世规。故驰骛乎兼容并包，而勤思乎参天贰地。"这句出自《史记·司马相如列传》的话，在今天看来同样适合我们的《人文》。世道人心，人文关怀，皆无迹可寻，实在有失学术之大体。然则考据或实证之价值，却也不全在于校勘辑佚，将饾饤獭祭视为现代学术之根本。毕竟考据之学，虽始于儒家经籍的训诂，但其目的却在于明理，只是世风日下，弃宏纲巨目而不顾，寻其枝叶，较其铢两，在细枝末节处耗费了无端心神，问其究竟，却答不出所以然。流弊所及，则是在当今之世，竟也有种种为学术而学术的倡导，用功虽深，所学却窄，见树不见林，能入而不能出，毕其心力而渺然一得者，既乏高瞻远瞩之雄心，又无总览并包之气魄。鉴于此，本刊以人文关怀为中心，治学方法上不求一律，既不菲薄考据，又不惮乎义理，而倡导考据和义理并重，所谓自创新解，必当言之有据而不哗众取宠。

汉宋之争久矣，近世以来的中体、西用，科学、人文以及当下的学术、思想之争无不充盈着学派的张力。我们无意于"前朝"的剑影，更无意于"今世"的鼓角。我们于此倡导博古通今的真学问，培育明体达用的新文风。其间所论学术，必遵轨道，重师法，求系统，务专门，不做无根之谈；所发文章，必讲法度，明事理，通文法，求晓畅，切忌言之无物。然则在这熙来攘往的时代，学术为名利所绑，文章为时势而作，良有以也，所以学风和文风的端正实难刻日而求，但是，学术乃天下之公器，文章乃经国之大业，我们既志在于此，就当笃行正道，只求其是，不求其异，发乎其所不得不发，言乎其所不得不言也。

为此，我们更愿意在"比慢"中"坐"而论道。古人云："临渊羡鱼，不如退而结网。"此之谓也。

人文 第一卷

目　录

《人文》缘起…………1

叶嘉莹　为什么讲诗要从《古诗十九首》开始……迦陵学舍 1

池田知久　近代日本的中国哲学研究…………16
陈勋武　世界主义,规范的人类共同体与文化宽容…………33
梁　工　《新编剑桥圣经史》翻译与
　　　　研究札记…………国家社科基金重点项目 56

对　话

张宝明　赵　牧　人文学科:行走在路上
　　　　　　　——人文学科的困境与选择…………66

张洁宇　"热风"的温度
　　　　——鲁迅在一九一九…………89
孟庆澍　"五四"前夕知识界的孔教讨论
　　　　——以《甲寅》和《新青年》为例…………100
刘增人　五四新潮:一九一九年文学期刊掠影…………117

杜泽逊　《周易正义》文本演变及校勘问题…………140

1

朱绍侯　王玄谟北伐和北魏南征瓜步是北强南弱的
　　　　　分水岭…………155

短长篇
刘岳兵　关于日本，他们在《南开思潮》中说了些什么
　　　　——为总结早期南开日本研究的准备阶段
　　　　　所做的准备…………174
萧振鸣　鲁迅与北京的学苑史迹考（一）…………184
宋　强　老舍《骆驼祥子》的修改…………191

王曾瑜　宋朝专法述论…………199
邓子滨　正当程序的公式与要素…………245

戴潍娜　殉道者，受虐狂与解放过去
　　　　——读《房思琪的初恋乐园》…………259

张廷国　探寻黑格尔辩证法的"秘密"
　　　　——解读马克思的《对黑格尔的辩证法和整个
　　　　　哲学的批判》…………272
周　敏　《天堂广场》：一段纽约往事…………301

学林
王立新　韦政通和王道的传世情谊…………312

丁亚平　姜庆丽　论近年来中国电影研究的现状
　　　　　　　　与走向…………328

书 评

王金林 提倡中国日本史研究"回归原典"的学术意义
——再读刘岳兵:《"中国式"日本研究的实像
与虚像》…………374

约稿启事…………391

迦陵学舍　　　　　　　　　　　　　　　　叶嘉莹

为什么讲诗要从《古诗十九首》开始

一　《诗经》为什么是四言?

我讲晚唐五代的词是从温庭筠、韦庄、《花间集》讲起的,那么我们应该从什么地方开始讲诗呢?中国最古老的诗歌的总集是《诗经》——《诗》三百篇。可是《诗》三百篇已经被我们归入在经书的一类。我们说经、史、子、集,它已经成为"经"了,而不是属于我们诗文这一个等级的层次了。而且牵涉《诗经》的问题很多,所以我没有从《诗经》讲起。再有呢,因为《诗经》的体式,就是诗歌的那个文体。《诗经》是我们最早的诗歌,那个时候,其实我们没有固定的写诗的一个体式,说你一定要这样写——平平平仄仄、仄仄仄平平、平平仄仄平平仄、仄仄平平仄仄平,有一个规矩,你要写近体诗就要这样写。很早的时候没有定下来这个规矩,我们说"情动于中而形于言",当你感情有了一种感动,你要表达的时候,用什么形式来表达?诗所表达的,就是人内心之中的感动。所以《诗经》的大序就说"情动于中而形于言",是你内心有一种感动,你用"言"把它表达出来,这就是诗。每一个人内心都有感动,每一个人应该都是诗人,都可以写出诗来的。所以诗是与生俱来的,人生下来眼睛所看到的鸟、兽、草、木和四时的景物,都给我们感动;人世的悲欢离别,也给我们感动。所以人是生来,内心之中就有一种诗歌的感动的。那么这种感动怎么样表达?最早

1

的，当然我们有古代的歌谣，没有固定的体式，到《诗经》的时候，就慢慢形成了一种体式。这是什么呢？就是四个字一句：

关关雎鸠，在河之洲。窈窕淑女，君子好逑。

为什么我们中国最早形成的体式是四个字一句呢？因为我们中国的语言是单音独体，每一个字体就占一个单独的方格，不是像英文写一大串的拼音的字。它是独体而且是单音，它的发音只有一个音节。我们说"花"，"花"就是 huā；而英文是 flowers，写出来是一串，有很多的音节的起伏。中国的诗歌，其语言特色也是独体单音的。

所以我们诗歌的形式特色，是与我们语言的特色有关系的。这种独体单音的语言，你说一个字，一个字不成句子；两个字，你可以说"你来"、"我去"，这可以是一个句子，可是没有一个音节，那就是说没有一个 rhythm（节奏或韵律），这样一个单独的句子，不好听。中国的语言，独体单音，而要有一个 rhythm 的音节，那么最简单的、最早的，是自然而然形成的，不是人家规定的一个体式。这是什么呢？这就是四个字一句。因为四个字一句，就有一个停顿，一个 rhythm——"关关/雎鸠，在河/之洲，窈窕/淑女，君子/好逑"。所以四个字一句的《诗经》的这种体式，不是什么人给它勉强地规定出来的，而是根据我们的语言的特色，根据我们的人体发声、说话的一种自然的需求，所以形成了四个字一句。可是四个字一句，每两个字一停，总是二二、二二、二二、二二，这个太单调了。所以，这个体式没有被普遍继承。现在作诗，都是作五言诗，或者是七言诗，作四言诗的人就很少。除了当年的曹操写四言诗，还有刚才我说的陶渊明，他有很多不错的四言诗，一般我们现在的诗人再写诗，就是五言或者七言，不再用这个四言了。

二　骚体和楚歌体

早期的中国诗歌,还有一种体式。一般来说《诗经》是黄河流域的文化所产生的,民风朴实,所以它的音节也比较单纯。但是我们看中国的南方,在楚国的地方,楚国的文化跟中原的文化就有很多不同。你如果研究考古的文化,你看黄河流域发掘出来的这些古物的形象,它的那种模式,跟楚地,也就是湖北、湖南一带所发掘出来的文物是不一样的。你如果到湖南、湖北去看一看,那个楚地的坟墓里边发掘出来的古物,它的雕刻和彩绘,是特别细致的,特别有装饰的意味的。而且不用说古代的文化,即便今天也能感受到南北的差异。如果你坐火车在中国旅行,从广州上车,一路到北方去。如果是三月去,从广州上车经过南方,江南春早,那真是青山碧水,草木繁茂,满地的菜花。而你越往北走就越荒凉,一片黄土高原,都是一片黄色的,没有绿颜色的叶子——北方整个民族的文化、地理的形势,和南方都是不一样的。楚地草木繁茂,就使得楚地的人有很多的幻想,有很多的想象和鬼神的信仰——你看《楚辞》《九歌》中祭祀了很多的天地鬼神。所以楚这个地方流行一种"巫","巫"就是可以占卜的、在鬼神之间通灵的人。这样的人,作这种祭祀鬼神的歌,叫做《九歌》。

屈原是楚国最伟大的诗人。中国说起来,《诗经》作为一个诗集,是对民间的一些歌谣、大众的作品的搜集和编辑。至于单独的一个作者的集子,那就是屈原的《离骚》。因为民风的不同,楚地的民风跟北方黄河流域的民风不一样。北方民风朴实,所以它的音节是"二二"——"关关/雎鸠,在河/之洲",简单。可是《楚辞》呢,你如果打开屈原的《离骚》一看,他说:

帝高阳之苗裔兮，朕皇考曰伯庸。摄提贞于孟陬兮，惟庚寅吾以降。

它是很长的句子，前面六个字，后面六个字，中间有一个"兮"字的语助词。再比如他说：

　　日月忽其不淹兮，春与秋其代序。惟草木之零落兮，恐美人之迟暮。

你看他写得很美，前面六个字，后面六个字，中间一个"兮"字，他有这样的一种体式。这种体式我们后来写诗的人也没有继承，因为它太长了，念起来也不方便，所以就没有继承，不过这个体式被后来写赋的人继承了。

那么刚才我说了，《楚辞》除了屈原所写的这个自传体的长篇的诗《离骚》以外，楚地不是迷信祭祀鬼神吗？有很多祭祀鬼神的诗歌，被编辑起来的，就称为《九歌》。它的数目写的是"九"，但实在地算一算，有几首歌呢？其实是十一首歌。一共十一首的诗歌，为什么把它叫作《九歌》呢？这个有不同的解释。有人说，在这个《九歌》里面，有两首诗歌，一个叫《大司命》，另一个叫《少司命》，这两个是应该合成一篇的；还有两首诗歌，一个是《湘君》，另一个是《湘夫人》，这两首也可以合成一篇。它本来是十一篇诗歌，如果有两个可以合并起来，就变成九首了，叫作《九歌》。这是一种说法。还有另外一种说法，说这十一首歌里面，第一首诗是一个开始，第十一首诗是一个结尾，如果这两个不算，就是九首了。这是另外一种说法。还有人说，那是因为我们中国的习惯，这个"九"字，不是代表一个 scientific number，不是一个真正科学上的数目，不是一个具体的数目。在中国，这个"九"是一个总数，代表一个多数。所以，非常高的天，我们说它是"九天"；很深很深的地下，我们说它是"九地"或"九泉"——把地下的泥土挖出来，就有水涌动出来了，是泉水，叫作"九泉"。所以"九"就是一个总数、一个多数。

《九歌》是什么样的体式呢？我随便写几句给大家作参考。我们说《九歌》都是祭祀天地的鬼神的，所以有一首诗歌的名字叫作《少司命》，少司命就是天上执掌命运的神仙。这首诗说神仙来了：

入不言兮出不辞，乘回风兮载云旗。悲莫悲兮生别离，乐莫乐兮新相知。

他祭祀天上的一个神仙，他的描写其实很美，说这个神仙来了，这个巫唱歌，要把这个神迎下来。说他"入不言兮出不辞"，真的美。这个神仙来了，你跟神仙讲话了吗？他说他进到这个房间，没有言语；他走了离开这个房间，他也没有跟你辞别，"入不言兮出不辞"。他怎么样来的？"乘回风"。乘，是 riding，我们说 riding the car，驾车，他是 riding the wind，驾着风；回风，就是那种旋转的旋风，他就 riding 那个旋风，"乘回风"。而且在这个回风上——"载"就是在那上面，还插着一个旗子，flag，是"云旗"，一片彩云。"入不言兮出不辞，乘回风兮载云旗"，这神仙来了又走了。他说"悲莫悲兮"是"生别离"，"乐莫乐兮"是"新相知"，他说人间最悲哀的，没有比"生别离"更悲哀，等一下我们讲《古诗十九首》，我们看它的开头就说"行行重行行，与君生别离"，我们恰好会讲到这个"生别离"。

那人生最快乐的是什么呢？"乐莫乐兮"是"新相知"，最快乐的，是你刚刚认识一个你觉得是知己的、知心的这样一个朋友。我们说人生得一知己可以死而无憾，如果我们在人生中真的找到一

5

个知己，他对于你的内心、你的心灵、你的情思意念，不但能够理解，而且能够真地跟你产生共鸣，那是多么美好的一件事情。我们以前在讲词的班上，讲到苏东坡的一首《八声甘州》，说苏东坡有一个好朋友，是一个和尚，叫作"参寥子"，他说"算诗人相得，如我与君稀"。"相得"，真是相知。"得"，就是他真的能够完全了解我，有这样一种满足的、知己的感觉。而且不仅是我把你当作我的知己，是你也把我当作你的知己，真是"相得"。"诗人相得"，是"如我与君"，像我跟你。平常的人得到一个知己"相得"，已经很可贵了，何况我们是"诗人相得"。王国维在他的《人间词话》当中曾经说过，诗人有诗人的境界，常人有常人的境界。我们寻常人，每天就是行动、饮食，就是我们日常的那些物质的、现实的生活。可是诗人，他有他的心灵，他有他的想象，他有他的感情，他内心之中有一种体会，有一种诗人的境界，是他能够体会，而我们一般寻常人未必能够体会的，因为他的感觉特别的锐敏，特别的纤细，他的联想特别的丰富，他所感到的我们没有感到，他所联想到的我们没有联想到。我们是常人多，你如果写的诗是常人的境界，那么大家都能够感受、体会到共鸣，可是诗人的境界，就不但是只有诗人能写出来，也只有真正的诗人才能体会到那种境界。而现在苏东坡说了，我，是一个诗人；你，参寥子，也是一个诗人，你想，天下之间，这应该是多么难得的一件事情。人生得一知己能够"相得"，已经死而无憾了，如果碰到我也是诗人、你也是诗人，"算诗人相得，如我与君稀"，那真是千百年都少有的。

杜甫也写过一首诗，他说"摇落深知宋玉悲"（《咏怀古迹》），杜甫说我就体会到了当年战国时代的宋玉的悲哀。宋玉据说就是那个写《离骚》的屈原的学生。宋玉写过一组诗，叫作《九辨》，他说"悲哉秋之为气也，萧瑟兮草木摇落而变衰"。他说那真是悲哀，"悲哉"，什么悲哀？"秋之为气"，秋天的那种秋气，那种肃杀的、那种凋零的气氛。在中国的文化里面,"气"是非常深妙的,有各种的"气",精气,神气,"秋之为气"。他说秋天的时候真是让人悲哀,因为秋天一来,那种寒风冷露,令"草木摇落"。像我现在在温哥华的住家,前门面对的就是一大片的树林,秋天的时候,你就亲眼看到那树叶变黄、变红,然后凋零、飘落。宋玉诗写得很好,是在这个风,寒风中飘摇零落了,你看那个落叶飞下来的样子,"草木摇落而变衰",写到这种"摇落"的悲哀。"摇落"的悲哀是什么悲哀?你说"摇落",就是草木的"摇落",可是我说宋玉是屈原的学生,屈原在《离骚》里边就曾经说:"日月忽其不淹兮,春与秋其代序。"你看天上的日月,天上的太阳,东边出来,西边落下;"忽",那么匆忙、那么急促,匆匆忙忙地走过去了;"不淹",它不肯停留,一秒钟都不停留的,我们说话的一秒一分之间,太阳早已转过去了。今年今月今日的九点三十几分还是四十几分,这一刻过去,就永远地过去了。世界上再也没有那个二〇一九年的四月二号了,我们上午的这个时辰了,就在我说话的时候就走过去了。我们说积时成日,积日成月,"春与秋其代序",转眼春天过去了,转眼秋天也过去了,按照次序,春夏秋冬,一个替换一个,一个催着一个走,"日月忽其不淹兮,春与秋其代序"。屈原就说了,等到有一天就发现了,"惟草木之零落兮",你看到草木都零落的时候,你就从草木想到了人,"恐美人之迟暮"。屈原说,无论多么美好的人,你也会有迟暮的,所以人生是短暂的。这个美人,也不仅指她外表的形体的美好,一切有美好的才略的、有美好的理想的人,都会这样过去的。所以宋玉说"悲哉秋之为气也,萧瑟兮草木摇落而变衰"。这是一种对生命无常的悲哀,是世间人所共有的一种悲哀。那就要问一问,我们生命是必定要过去的,草木也必定要摇落,但是草木摇落,有什么关系?杜甫写过另外的两句诗,"幸结白花了,宁辞青蔓除"(《除架》)。"幸结白花了"是说瓜架,我们吃的冬瓜、西瓜、丝瓜,春天种下它的种子,它发苗、长叶,爬到瓜架上,开了花,它没有白开这个花,杜甫不是说你"幸开",你开了白花,那算什么?是"幸结",这个"结"字是个入声字,jié,你不但开了花,你也结了果,这才是重要的。花是一定要落的,但是那有什么关系,只要你结了果,是"幸结白花了",你那么幸运,你开了花,你也结了果,今天我们要把这个瓜架拆掉,要把你爬在架上的这些爬藤的藤蔓拆掉,"宁辞",我不逃避——这也是辛弃疾说的,说是秋风来的时候,"觉团扇、便与人疏"(《汉宫春》),秋天的扇子要收起来,必然要收起来。只要你开过花、你也结了果,《圣经》上保罗的书信说,该跑的路我已经跑过了,该守的道我已经守住了。只要你一生一世,真的开了花、结了果,这个"果"不一定是你个人的"果",只要你对于社会、对于人群、对于家庭做过有意义的事情,你就有了你的"果",你就没有白活。但是我们说到"摇落","摇落"是说生命消逝了,短暂的、无常的悲哀,所以说"摇落深知宋玉悲"。

我现在要说的是杜甫的诗。杜甫说,我对于宋玉所写的"悲哉秋之为气也""草木摇落而变衰"的这种悲哀,我懂得,宋玉的诗我懂得,我真的体会了宋玉的感情,宋玉的悲哀。我跟宋玉应该是知己,可是宋玉在我面前吗?宋玉知道我是他的知己吗?宋玉不知道,宋玉是战国时候的人,杜甫是唐代的人,千百年都过去了。说是"摇落深知宋玉悲",但是宋玉不在我面前,所以我就"怅望千秋一洒泪,萧条异代不同时"。我现在真是"怅望",我回头,我望着千年以前的宋玉,我不但是回顾那战国时代的宋玉,我满怀惆怅,回顾千古的宋玉,"怅望千秋",我就流下泪来,这不只是我因为宋玉的悲秋摇落而感动得下泪,还因为我们是"萧条异代不同时"。你生在战国,你那个时候没有像我杜甫这样的知己,我杜甫今天虽然体会了你的悲哀,但是你已经不在了,你不知道我对于你的体会之深,这是"萧条异代不同时"。

我现在讲这一大套,还要回来讲的,是"乐莫乐兮新相知"。人生最快乐的,是你现在眼前、当下有一个知己,而且如果真是"诗人相得",那是宇宙间多么美好的事,是可遇而不可求的一种际遇、一种机会。我说《楚辞》的《少司命》,是以一个巫为媒介,使我们凡人与鬼神有了交往,说"乐莫乐兮"是"新相知","悲莫悲兮"是"生别离"。

我现在还不是要讲诗,我要讲的是什么?我要讲的是诗体。我们说,屈原的《离骚》的诗体,"日月忽其不淹"六个字,然后有一个"兮","春与秋其代序"又是六个字,"惟草木之零落"又是六个字,又有一个"兮","恐美人之迟暮"还是六个字。所以《离骚》是六个字,一个"兮"字,再有六个字。这样句子太长了,一共加起来十三个字,太长了。所以我们后来的人,就很少有人写诗用这种体裁,用这么长的句子。但是当时楚地唱歌的人作那些巫歌,不像屈原作的这么长的句子,而都是非常短的句子——"入不言兮出不辞,乘回风兮载云旗"。他把六个字隔断了一半,是三个字,中间一个"兮",下面三个字;下面再三个字,再有一个"兮",下面再三个字。

不要先有一个成见,说"中国诗是五个字一句"。我是在说诗的原始——从无到有,本来没有,我们怎么开始有了诗?我们诗为什么形成这个体裁?最早的,有了音节,是"关关/雎鸠,在河/之州",而楚这个地方,富于幻想,有很多文采,他们的诗篇就比较长,屈原那个太长了,那巫唱的歌就比较短。

战国以后什么时候了?战国以后秦始皇统一了六国,秦以后就是汉了。秦的传世很短,而且秦始皇焚书坑儒,所以秦这个时代,没有很多的文学作品流传下来,就到了汉代。你要知道在楚汉之争的时候,项羽作了一首歌:

力拔山兮气盖世，时不利兮骓不逝。骓不逝兮可奈何，虞兮虞兮奈若何。

它是一个楚歌的体式，"力拔山兮气盖世"，"时不利兮"就"骓不逝"，这是楚歌的体裁。那个时候流行的，所唱的歌是楚歌的体裁。这是项羽的歌。刘邦也作了一首歌。项羽作的这首歌是他和刘邦作战，后来他在一个山脚下被包围了，在垓下作的这个歌，所以项羽作的是《垓下歌》。但刘邦志得意满，经过了长期的分裂的战争，他毕竟统一天下了。统一天下以后，刘邦要回到自己的故乡。所谓"富贵不归故乡，如衣锦夜行"，富贵了，就要回到老家去，让老家人看看。特别是刘邦，刘邦小的时候，他排行老三，他最无赖、最没有出息，他爸爸就不喜欢他，觉得两个哥哥都比他好。所以他做了皇帝，要回到老家，给那些看不起他的人看看。刘邦回到老家，回到沛县——他的家乡叫作沛。他就跟这些故乡的父老们相聚。他志得意满，也作了一首歌，叫作《大风歌》：

大风起兮云飞扬，威加海内兮归故乡，安得猛士兮守四方！

"大风起兮云飞扬"，那天他和父老聚会的时候，可能在刮风。地上刮大风时，你看天上的云彩，走得非常快。这是现实，我们说现实可能他那天和故乡的父老相聚，是"大风起兮云飞扬"。另外，他跟项羽打仗，经过多少的胜败、输赢，楚汉之间多年的战斗，可以说是风云迭起，跟天上的风云阴晴的变化一样，"大风起兮云飞扬"。而现在毕竟统一了，我统一了四海，四海之内，莫非王土。四海之内现在都归我所有了，所以"威加海内兮归故乡"，多么得意。诗人爬到最高的地方。我们说创业维艰，守成不易，开创是艰难的，哪一个朝代的兴起，不是经过多少次的战争，才建立了国家?可是如果子孙不肖,如果后继无人,国家也很快就败亡了。所以"威加海内兮归故乡"以后就想到了守成,他说"安得猛士兮守四方",如何能够找到猛士,为我守住四方的边疆?但我们还不是讲这个,我要举这些例证,我所讲的,都是诗的体式,就是有这诸种的体式。像《离骚》的那种体式我们叫作"骚体"。那么像项羽的《垓下歌》和刘邦的《大风歌》,这些都是楚歌的体式。这个体式也没有延续下来,你看现在作诗,很少作这种楚歌的体式。

三 五言诗:可以传承的新体式

《诗经》的体式,没有被继承,因为它太简单;《离骚》的体式,没有被继承,因为它太复杂。楚歌的体式,也没有被继承,因为什么呢?因为现在有一种新的体式产生了。什么是新的体式呢?就是乐府诗。

什么叫作乐府诗?说到"府",就想到什么?政府,所以"府"是一个官署,一个government,一个office,一个政治的官署,一个政府的官署。这个乐府谁建立的?是汉武帝。汉武帝就在朝中成立了一个管音乐诗歌的官署,令人到四方各地,搜集、采录各地方的诗歌或者民谣,搜集来以后,就让乐府里面的乐师、懂得音乐的人把它谱成曲子、能够歌唱。所以乐府这个官署,就是搜集歌谣、配合音乐来歌唱的一个政府机关。乐府搜集来的这些歌,是一种新的体裁。当时乐府里面的乐师、管音乐的人有一个官称,叫"协律都尉"。"都尉"就是一个官职,我们说现在军队里边,还有少将、上将、少校、上校、少尉、上尉,所以"都尉",是一个官员的名称。协律都尉是管配合音律的,"律"是乐律,"协"是配合,他要给这些歌词配上音乐。而李延年这个乐师,自己也做了一首歌,唱给皇帝听。他做了一首什么歌呢?他说:

　　　　北方有佳人，绝世而独立。一顾倾人城，再顾倾人国。宁不知倾城与倾国，佳人难再得。

　　"北方有佳人"，他说在国家的北方，有一个非常美丽的女子。我们说"美人""佳人"是不同的。有一次台湾大学的一个教授，叫柯庆明，人家对他访问，说那某某人是不是个美人？柯庆明说，她不是"美人"，是"佳人"。"美人""佳人"，在柯庆明眼里是不一样的，因为美人是容色的美，是外表的、容貌形色的美。可是佳人，各方面都好，包括她的修养、她的品格、她的德性，所以她是个佳人。"北方有佳人"，中国诗里常常说什么地方有佳人。晋朝的一个诗人叫作阮籍，阮籍作了一首诗，说"西方有佳人"，西方也有佳人。大家都知道的曹植，也写了一首诗，说"南国有佳人"。而这个李延年说"北方有佳人"，这个佳人怎么样？是"绝世而独立"。她跟别人不生活在一起，"绝"是"离开"，她是离开一般的社会，而自己单独地"孤芳自赏"。因为她自己以为她真的是美好，一般的人都配不上，没有一个人可以欣赏、接受她的，所以"绝世而独立"。这个佳人怎么美呢？不从这个佳人自己的感受来说，而从看她的人来说。这个写法，乐府也写过几首很美丽的诗，我们现在都没有时间讲了，我只能举一首乐府的诗，题目叫作《陌上桑》。"陌"就是田间的小路；田间有小路，小路旁边种着桑树，有一个女子叫作罗敷。诗中说：

　　　　日出东南隅，照我秦氏楼。秦氏有好女，自名为罗敷。罗敷善蚕桑，采桑城南隅。

　　说有一个美丽的女子，这个美丽的女子就叫罗敷。中国古代，男子到田间耕田，女子就采桑、养蚕、织帛，就像这个罗敷。罗敷就很美，怎么样写这个美呢？她在路旁采桑，路上经过的人看到她都停下了，不走了，有胡子的人看到她就捋胡子，有戴帽子的人就把帽子摘下来。不正面写她眉毛怎么美、眼睛怎么美，就从旁观的人来看，写那些人发呆、发狂的样子。本来写美人是可以写她眉毛怎么美、眼睛怎么美的，《诗经》里边有一篇叫作《硕人》，这篇《硕人》是卫国的国风，写的是卫国卫庄公的夫人，庄姜夫人。咱们现在说"蛾眉"，"蛾眉"最早就是从《诗经·硕人》当中来的。说这个卫国的庄姜夫人"硕人其颀，衣锦褧衣"，她长得怎么样？这个女子是"螓首蛾眉"。"蛾眉"，我们知道，那个飞蛾有两条触须，就像她的眉毛。那"螓首"是什么呢？"首"是头，"螓"是什么？是蝉，cicada。可是她的头像蝉吗？中国古人说天庭饱满、地阁方圆，你这个前额要方正，这才是美，要开阔，这才是美。你看旧时的女子，要结婚了，要把她脸上小的汗毛都拔掉，衬出四四方方、方方正正的前额，这是古代的审美观，以这个为美，但是现在呢，以头发蓬乱为美，可见不同的时代有不同的审美观。

然后还说她的"手如柔荑""齿如瓠犀"。她的手也很美，"手如柔荑"，"荑"，新生的植物，或者像茭白笋之类的。她的牙齿也很美，说"齿如瓠犀"。"瓠犀"是瓠瓜的瓜子，瓠瓜有一排白白的瓜子，说她的牙齿像瓠瓜的瓜子一样。这个是中国最古老的《诗经》，北方的农村的歌谣。《诗经》形容美丽的女子，说她像蝉的头，像蛾的眉，像茭白笋的手，像瓠瓜子的牙。这是本色，取诸当地的本色。所以像《诗经》的《硕人》，是正面描写女人的牙齿怎么样、手怎么样。可是诗还有不正面地写的，从观众来写，说这个女子"宁不知倾城与倾国，佳人难再得"。一个人只要看她一眼，"一顾"，这一城都为她倾倒了，如果"再顾"，看她两眼，她的美丽，使得你一国都愿意为她牺牲。我们看 Troy（特洛伊），希腊的神话，战争都因为一个美女海伦，杀来杀去，把一国都覆亡了，就

13

为抢夺这个美女。说这样的女子,你是要国还是要这个女子?他说"宁不知倾城与倾国",我难道不知道我如果要这个女子,我可以使一城一国都为她倾败了,我知道,但我不爱江山爱美人,"宁不知倾城与倾国",我宁愿要这个美人,因为"佳人难再得"。这样的女子真是天地宇宙之间再也找不到的,我宁可为她牺牲,不爱江山爱美人。

但是,我也不是要讲这个。我是要讲,不是有一个乐师李延年吗?李延年这个歌我们就把它叫作《佳人歌》。几个字一句?"北方有佳人",五个字,"绝世而独立",五个字,"一顾倾人城,再顾倾人国",也都是五个字,"宁不知倾城与倾国",八个字,"佳人难再得",五个字。这首诗它主要是五个字一句,怎么中间突然一变成了八个字呢?就是说,在唱歌的时候,有时候你可以增加一些陪衬的字,衬字。所以"宁不知"这三个字你可以取消,"倾城与倾国,佳人难再得",这一句的主体,还是五个字,不过它有三个字的衬字,就变成八个字了。这八个字,你可以在这里轻轻的有一个停顿把它断开,"宁不知/倾城与倾国,佳人难再得"。

这样说起来,从汉朝汉武帝的乐府、李延年开始,诗是以五言为主的。它不是《诗经》的四字一句,不是《离骚》的那么长的句子,不是楚歌的"兮"字的句子,它是五个字,以五言为主的体式。这是一种新兴的体式,这是五言的开始。所以五言的开始可以说是在汉朝,从汉朝的乐府诗就有了以五言为主的歌诗了。可是这种诗我们说它是乐府,是配合音乐来歌唱的歌词。后来,这个歌词的体式就被文人继承了。所以从汉朝以后,一直到魏、晋、南北朝,都是以五言为主的五言诗了。而正是这个五言诗成立了以后,中国的诗体,才找到它一个足以传承的、习惯上使用的体式,那就是以五言为主的体式,五言诗。如何后来还有了七言诗呢?七言诗就是把五言加上两个字。当然,这个简单的加减我们都知道,五个字加上两个字就是七个字，但为什么这样？怎么样去加？我们说，中国的语言是独体单音的，要有一个 rhythm，要有一个节奏，《诗经》的太简单，《离骚》的太复杂，而五言的停顿，是二三、二三、二三，有一个变化，在重复之中而有了变化。这个是最适合我们的语言的一个节奏，我们说话这样比较方便，平平平仄仄，仄仄仄平平，这样说比较方便，是自然形成的，所以五言的体式是大家所接受的。那么七言，怎么样呢？七言的节奏是二二三。比如说我们随便举首诗。杜甫说："剑外/忽传/收蓟北，初闻/涕泪/满衣裳。却看/妻子/愁何在，漫卷/诗书/喜欲狂。"七个字，二二三。再说一个大家熟悉的七言诗。李商隐的："相见/时难/别亦难，东风/无力/百花残。春蚕/到死/丝方尽，蜡炬/成灰/泪始干。"也是二二三的节奏。所以它就是在平仄的节奏上，比五言诗上面多加了一个停顿，是二二三。

总而言之，我们可以说，五言诗成立了以后，中国的诗歌才找到一个大家共同使用，千百年来直到今天都继承的一个诗歌的体式。说到这个五言诗的成立，最早，而且最好的、最美的一组诗，就是《古诗十九首》。我说了半天，现在才言归本传，这就是我为什么选了《古诗十九首》作讲题的缘故。因为我们不讲诗则已，讲诗，就要从《古诗十九首》讲起，正如我们讲词，从《花间集》的温庭筠、韦庄讲起。你要讲到诗，因为《诗经》跟《离骚》的体裁我们没有继承，所以我们讲诗，就不必从《诗经》跟《离骚》讲起，而是一上来就从《古诗十九首》讲起。

（叶嘉莹，加拿大皇家学会院士，南开大学古典文化研究所所长）

池田知久

近代日本的中国哲学研究

一 前言

在这次讲演中，笔者想要论述包括笔者自身在内的、在近代日本（尤其是在近代东京大学）的中国哲学研究之诞生和历史等诸问题。因为，笔者对于"中国哲学研究"中的"哲学"这个论点或做法很感兴趣，所以，想要思考在近代日本中国思想研究的传统和新发展。

当一个国家的国民文化（这并非经济、军事上的含义）水准处于停滞的、萎缩的、不健康的时期，那么之前的文化构造就会像巨石一样压下来。有时这块石头会越来越重，甚至国民想在其重压下稍稍喘息都变得十分困难。这样一来，国民会秉持许多故步自封的旧有的观念，难以从中挣脱，这意味着国民本身就变成了重石，甚至变成化石。相反，当一个国家的国民文化处于前进的、成长的、健康的时代，那么每次都会对之前的文化构造有飞快地突破。我对中国不久的将来有所期待，其理由正在于此。

明治维新（1868年—1912年）以来，日本对于中国思想、东方思想研究的发展历程，如果集中于"哲学"这个词所代表的内涵，或者以"哲学"为切入口加以分析的话，概言之，可分为以下五个时期或者类型。

二 明治维新政府对于"哲学"的移植

近代日本中国哲学研究的第一时期，开始于把"哲学"作为"philosophy"的译语来加以使用的一八七二年乃至一八七四年以后。这个时期，学界借助明治政府文明开化主义或西欧化政策的潮流，对从直到江户时代（1603 年—1867 年）为止的儒学以及汉学中产生的中国思想研究展开了批判；"哲学"起着推动近代化或西欧化的作用。这一时期一直持续到一八八一年至一八八二年的文教政策订正之后，我将其结束期设定于一八九五年前后。

一八七二年颁布的学制，是明治政府为了实行文明开化主义或西欧化政策而制定的。根据这一政策，江户时代以来的藩学、私塾、寺子屋（即江户时代武士、医生、僧人开设的教授平民子弟读书、识字、珠算的学校）被关闭了，汉文作为一个学科也被否定了，旧有的儒学、汉学几乎陷入奄奄一息的地步。东京大学中国哲学的研究传统，就是从这个时期开始形成的。

随着一八七七年东京大学的设立，文学部设置了"和汉文学科"。当时东京大学的总理（校长）加藤弘之（1836 年—1916 年）非常重视德国学，认为和汉文学科仅有和汉文，有失固陋之忧，就让这一学科兼学英文、哲学、西方历史，而且所有学科都用英文授课（直到一八八三年）。其结果是，直到一八八五年，这一专业仅毕业了两名学生。如果说这一时期的东大文学部还不具备培育中国思想近代式研究的环境，并不为过。

一八八一年至一八八二年，明治政府对其文明开化主义的文教政策进行了修改。一八八一年，设立了"哲学科"，其中有"印度及支那哲学"的科目，主讲教授是中村正直（1832 年—1891 年）和岛田重礼（1838 年—1898 年）等。次年一八八二年"印度及支那哲学"科目改为"东洋哲学"，主讲是井上哲次郎副教授（1855

年—1944年）。可以确认，近代式的中国思想研究由此发端。一八八六年，随着"帝国大学令"的颁布，法政学部和文学部分别成为法科大学和文科大学，并得到了新的调整和充实，尤其是"汉文学科"、"哲学科"、"和文学科"和"博言学科"逐渐开始得到了重视。一八八九年，东大在增设"国史学科"的同时，也开始了对"国文学科"和"汉文学科"的扩充。此后的一八九三年，导入了"讲座制"；一九〇四年文科大学设置了"支那哲学"讲座。①

井上哲次郎是与东京大学文学部的"和汉文学科"同时设置的"哲学及政治学科"的第一期毕业生（一八八〇年毕业）。他在一八八一年出版了可称为哲学词典前身的《哲学字汇》［西周（1829年—1897年）主编］，今日我们所使用的"哲学""主观、客观""悟性、理性"等词就是由此书确定下来的概念。一八八二年，他作为副教授开始担当"东洋哲学"科目的主讲。一八八四年至一八九〇年的六年间在德国留学，据说先后就学于海德堡大学和莱比锡大学，听过库诺·费舍、威尔海姆·本德、奥德瓦尔德·策勒等的课程，似乎把黑格尔中央派和新康德主义哲学带回了日本。他还在柏林大学附属的东方语言学校教过日语和日本文化。井上哲次郎一八九〇年回国成为帝国大学的教授，一八九七年成为东京帝国大学文科大学的校长（直到一九〇四年）。一九二三年退休，成为东京帝国大学的名誉教授。一九二五年，先后任大东文化大学总长、哲学会会长、贵族院议员等职位，一九四四年去世。这期间，他一直是日本哲学界影响力最大的人，为移植德国唯心论哲学，立下了汗马功劳。

井上哲次郎所做的一项重要工作，是站在哲学的立场上整理和建构日本的思想资料。他出版了三部著作：《日本阳明学派之哲学》

---

① 译者按：这里的"讲座"不是临时的讲演，而是一种固定的课程。

(一九〇〇年)、《日本古学派之哲学》(一九〇二年)、《日本朱子学派之哲学》(一九〇五年)。在这些著作的影响下,明治三十年代(一八九七年前后)以后,用西方哲学尤其是德国哲学的框架分析中国思想的研究逐渐多了起来(即第二时期)。井上哲次郎自身也在一八九一年至一八九二年间的《哲学会杂志》上,围绕对"朱熹哲学"的解释,与采取护教主义立场的内田周平展开了持续的争论。总之,第一时期的"哲学",有着促进旧的中国思想研究向着近代化或西欧化转变的意义。

例如,小柳司气太(1870年—1940年)的《宋学概论》(一八九四年),就是利用西方哲学的范畴"纯粹哲学、自然哲学、心理学、伦理学"来分析和解释朱子学,这是一个具有代表性的例子。另外,也有人反对把"哲学"这个术语,以及把"哲学"的视角,外在地强加到中国思想中,这就是京都支那学派,其中狩野直喜(1868年—1947年)的《中国哲学史》(一九五三年)、本田成之(1882年—1945年)的《支那近世哲学史话》(一九四七年)都可以看作是"哲学"的一种体现,属于移植时期健康的"哲学"。

三 儒学、汉学的畸形复活与"支那哲学"

到了第二时期,明治政府开始扭曲地、畸形地复活了旧有的儒学、汉学,以作为一种策略,来对付从文明开化主义和西欧化政策中产生的过激主义的自由民权运动。可以把这个时期称为"支那哲学"或"东洋哲学"的时期,这个时期最早开始于一八七九年元田永孚(1818年—1891年)手定的《教学大旨》,进入高潮是一八九〇年《教育敕语》颁发之后,一直持续到太平洋战争战败为止(一九四五年)。

《教学大旨》把由明治政府文明开化主义和西欧化政策引发的

弊病看作是道德、风俗的败坏，认为要想矫正这些弊端，除了"基于祖宗训典"，尊崇仁义、忠孝等孔子道德之外，别无他途。这就是后来服部宇之吉、宇野哲人等倡导的、日本存在着特殊"孔子教"之说法的思想先驱。元田永孚还在一八八一年接受明治天皇的敕谕，编纂《幼学纲要》，主张必须把建基于日本的纯粹的儒教道德教育当作青少年教育的指针。尤有甚者，一八八六年明治天皇视察帝国大学（即以后的东京大学）时写下的感想《圣谕记》，又由元田永孚整理成书。在这本书中，他要求培养高等人才的大学里的修身课程，也必须以儒教道德为根本。

如上所述，井上哲次郎在德国留学六年后回国，正值《教育敕语》颁发的一八九〇年。明治政府聘请这位掌握近代西欧最新哲学后归国的井上哲次郎注解《教育敕语》。他带着对光荣使命充满感激的心情执笔写作，其结果就是翌年一八九一年出版的《敕语衍义》。《敕语衍义》把"孝悌忠信"和"共同爱国"作为《教育敕语》的两个中心思想。认为"孝"不仅属于单个家族的道德，而且也是以天皇为宗的大家族的道德。把"孝"与"忠"连接起来，强调"忠孝一致"。同时，井上哲次郎又主张，只有这样的家族国家才是日本"国体"的精华，这个国体基于万世一系的传承，神圣不可侵犯。对于中国儒家经典所认可的汤武放伐那样的"易姓革命"，他是明确地否定的，但仍须以儒教的理论为根据进行说明。

毋庸赘述，儒教的"忠"原来是一个自省概念，未必约束君臣关系；即使是约束君臣关系的观念，亦未必与"孝"一致。认可"易姓革命"的思想，在《周易》《尚书》《毛诗》《春秋公羊传》《孟子》等著作中随处可见，所以，强调"忠孝一致"，否认"易姓革命"的井上哲次郎的儒教，在中国及其以外的任何国家都没有，是日本特殊的儒教，是明治政府为了应对从文明开化主义和西欧化政策中产生的自由民权运动等现象的对策，是以扭曲的畸形的方式复活了儒教,如果这样去思考就比较容易理解了——他们就是把这样的儒教作为"支那哲学""东洋哲学"来研究的。以上动向,以一九一一年辛亥革命和一九一七年俄罗斯革命的爆发为契机,越发得到强化,这正是"支那哲学"和"东洋哲学"研究的悲剧。

服部宇之吉(1867年—1939年)于一八八三年进入东京大学预备门,一八八七年进入帝国大学文科大学哲学科,一八九〇年毕业。一八九八年任东京高等师范学校教授、帝国大学文科大学副教授,一八九九年至一九〇二年赴清政府和德国留学。一九〇二年任东京帝国大学文科大学教授,同年应清政府的邀请,赴北京任京师大学堂速成师范馆总教习。一九〇九年归国主讲东京帝国大学文科大学的支那哲学讲座。此后的十八年,任主任教授,一九二四年至一九二六年任东京帝国大学文学部部长,一九二六年至一九二七年任京城帝国大学总长(在朝鲜),一九二八年退休,任东京帝国大学名誉教授,此后历任国学院大学校长(一九二九年——一九三三年)、东方文化学院研究所所长(在东京,一九二九年——一九三九年)。他的著作有一九一七年的《孔子及孔子教》和一九二九年的《孔子教大义》。他把包括孟子在内的孟子以后的中国儒教与孔子相区别,给予了较低的评价,而单独把孔子抽出来,认为儒教的真髓是孔子教(即君臣大义类的普遍真理),孔子教自古以来就在日本得到了保存和普及。这是一本捏造所谓孔子教的书,其主要目的就是使在元田永孚和井上哲次郎那里萌芽的东西开花结果。

宇野哲人(1875年—1972年)一八九七年进入帝国大学文科大学汉学科学习,一九〇三年任东京高等师范学校教授,一九〇五年任东京帝国大学文科大学副教授,一九〇六年至一九一〇年赴清国、德国留学,据说曾经参加过文德尔班的哲学史研究课程。一九一九年成为东京帝国大学的教授,一九三一年至一九三五年任东京帝国大学文学部部长，一九三六年退休，成为名誉教授。此后于一九四五年任东方文化学院院长，一九四九年任实践女子大学校长，一九六五年任东方学会会长。宇野哲人也写了一本叫《孔子教》（一九一一年）的书，此外的主要著作有《儒教史（上）》（一九二四年）。他在《儒教史（上）》中认为，当时的思想界处于旧道德沦丧而新道德尚未建立起来的阶段。就新道德的建设而言，神道、儒教、佛教，尤其是儒教的研究是不可缺少的。儒教虽然发生于中国，但孔子的真义（即重视大义名分的思想），传到日本后才得到了充分的发挥。他强调孔子教和孔子以后的儒教（认可易姓革命的思想）是不一样的。

四　作为学术研究的"支那哲学"

第三时期开始于明治三十年代（一八九七年左右）前后。那时，在东京大学文学部或者帝国大学文科大学学习刚刚移植过来的"哲学"的学生们毕了业，就职于各个研究机关，并开始运用"哲学"对中国思想、东洋思想进行学术性质的研究。这个时期，随着"哲学"的影响不断地向广度和深度进展，对"哲学"的理解也不断得到扩展和加深，其结果是，学者不再像第一、第二时期那样，服从日本政府的政策要求，主观地处理中国思想，而是就中国思想的实际，进行客观的学术性质的研究，当然，研究仍然是在"哲学"的框架内进行的。这个时期的终结可以放在太平洋战争战败之时（一九四五年）。

东京帝国大学文科大学的哲学科中设置"支那哲学"讲座，是一九〇四年，这距"哲学"移植进来，已有三十年了。在这期间，"哲学"对中国思想研究具有相当深广的影响，同时，从事中国思想研究的学者们对于"哲学"的理解，在广度和深度上也有相当大的提高。

的确，当初哲学科的毕业生们的研究，有不少是将东方与西方思想作单纯的、图式化的对比。他们急于从西方哲学中找出一些方法，运用到对中国思想的分析和整理中来，自然没有余力对中国思想进行文献的、文本的探讨，无法对思想内容进行深刻的玩味，不能将研究方法加以具体化并做出深刻的思考。但是，明治三十年代（一八九七年前后）以后的"支那哲学""东洋哲学"中的"哲学"，显然就是近代西欧的"philosophy"，所以，他们的视野并不限于明治政府统治之下的日本，所从事的也不仅仅是服从日本政府的主观性很强的中国思想研究，可以肯定，他们的目的就是针对对象的实际进行客观的、具有学术性质的研究。

一八八五年从东京大学文学部哲学科毕业的井上圆了（1858年—1919年），在一八八七年创立了哲学馆（一九〇六年改称为东洋大学），东京专门学校（一九〇二年改称为早稻田大学）则设立于此前的一八八二年。以这些地方为据点，一批新锐的哲学研究者，如松本文三郎、远藤隆吉、桑木严翼（1874年—1946年）等人，与依据儒学、汉学的旧有研究和从属于明治政府政策要求的"孔子教"研究相比，可以说他们的研究指向更加客观的、具有学术性质的"支那哲学""东洋哲学"。他们的主张，主要发表在井上圆了主编的《东洋哲学》（一八九四年创刊）杂志上。从这些文章中可以看出，他们所设想的是建立一个能够与西方哲学并肩的新的"支那哲学"、"东洋哲学"的研究方法和组织体系。当然，这一体系的模本，仍是西方哲学史。

松本文三郎（1869年—1944年）是以研究印度哲学和中国佛教著称的学者。一八九三年从帝国大学文科大学哲学科毕业后，有着活跃的学术活动，先后在东京专门学校、哲学馆、圣保罗学校（后来的立教大学）、东京帝国大学等任教。一九〇六年任京都帝国大学文科大学的设立委员，后来成为该校的教授，主讲印度哲学讲座。一九〇八年任京都帝国大学文科大学校长（直到一九一五年），一九二九年退休，成为名誉教授，此后在一九三八年任东方文化研究所所长（直到一九四四年）。松本文三郎在一九〇三年后，出版了多本关于印度哲学和中国佛教的研究著作。在那之前有一八九三年的《叔本华氏国家哲学》、一八九六年的《叔本华哲学提要》、一八九七年的《心理学》和《哲学概论》、一八九七年至一八九八年的《认识论提要》、一八九八年的《支那哲学史》、一九〇三年的《伦理学》等。他是日本第一个介绍叔本华哲学的人。

一八九八年的《支那哲学史》，是东京专门学校的讲义记录。这本著作努力确立纯粹的学术性研究，完全感觉不到借助"支那哲学"的名义恢复儒学、汉学或者儒家道德的气息。其内容是以本体论（宇宙论）和认识论为中心来说明各思想家的学说。值得注意的是，他通过与西方哲学的比较，指出支那哲学的最大问题在于"缺乏逻辑性的思想"。

远藤隆吉（1874年—1946年）是日本社会学的创始人之一，一八九九年从帝国大学文科大学哲学科毕业，先后任高等师范学校、日本大学等校讲师，后来成为早稻田大学教授。一九〇七年他发起成立日本社会学研究所，一九二二年创立了巢鸭高等商业学校（现在的千叶商科大学），此后专心致力于教育事业。著作有一九〇〇年的《基廷社会学》和《支那哲学史》、一九〇一年的《现今之社会学》、一九〇三年的《支那思想发达史》、一九〇四年的《日本社会之发展及其思想变迁》、一九〇五年的《国家论》、一九〇七年的《近世社会学》和《社会学讲解》、一九〇九年的《东洋伦理学》、一九一一年的《汉学之革命》、一九一六年的《社会力——附朝鲜社会发展的由来》和《易之原理及古筮》以及一九二三年的《社会学原论》等。

上述著作中，一九〇〇年出版的《支那哲学史》是一本仿照西方哲学史，着力于叙述"思想渊源及其发展"的书。该书对与孔子言行有关的六经的可信度表示怀疑，并指出《墨子》《韩非子》有许多地方不是本人所写。他对中国古典持明确的怀疑性的文献批判态度。至于对孔子的评价，他也反对汉学者们把孔子当作超越时空的圣人来崇拜。此外，一九〇三年出版的《支那思想发达史》，是一本从社会状况和思想的关系角度出发阐述中国思想发展的著作。其第一编"支那社会的形成"，对中国原始时代以后的社会状况，如从婚姻、氏到姓、宗教、政治等发展过程做了描述。此外，一九〇九年出版的《东洋伦理学》中，他力图利用自己的西方伦理学的知识，确立"东洋伦理学"独特的伦理学体系。

五 代替"支那哲学"的框架探索

第四时期从太平洋战争失败（一九四五年）直到一九九三年、一九九四年。这个时期，虽然研究者们和以往一样，仍使用着"哲学"这个术语进行研究，但好像已经逐渐淡忘了"philosophy"这个术语原来是从西欧输入的。换言之，已经到了必须寻找一种新的东西代替"哲学"的研究方法和组织体系来研究中国思想的时候了。但是，可以代替的有效的研究框架尚未形成，所以暂时还只能使用过去的"哲学"进行研究。

日本战败所带来的是，上述第二时期盛行的、打着"支那哲学""东洋哲学"旗号以畸形地复活旧有的儒学和汉学的活动不再受到欢迎。毫无疑问，这意味着旧有的儒学和汉学研究的衰落。同时还表明，不仅"支那哲学""东洋哲学"衰落了，明治维新（一八六八年）以后在推动此类研究中一直扮演主角的东京大学的中国思想研究也衰落了。

随着战后的思想解放，中国思想研究中也出现了各种各样的主义。如，通过比较研究，极其宏观地把握中国思维方法的中村元的

《东洋人的思维方法》（一九四七年）以及《比较思想论》（一九六〇年）；在西欧近代主义和马克思主义刺激下产生的岛田虔次的《中国近代思维的挫折》（一九四九年）和《朱子学和阳明学》（一九六七年）；丸山真男的《日本政治思想史研究》（一九五二年）；仁井田阰建基于马克斯·韦伯宗教社会学的《中国的法思想史》（一九五〇年）和《中国社会的法与伦理》（一九五四年）；被让·保罗·萨特和卡尔·雅斯贝尔斯存在主义深深吸引的福永光司的《庄子——中国古代的存在主义》（一九六四年）；受到伴随新中国建设而传入日本的马克思主义影响的重泽俊郎的《中国哲学史研究——唯物主义和唯心主义的抗争史》（一九六四年）和《活在中国历史中的思想》（一九七三年），都可以视为这个时期的代表作。

以上各种主义的出现可以说是多种尝试，研究者们认为"支那哲学""东洋哲学"的"哲学"，作为一种视角，对于掌握作为研究对象的中国思想的实质而言，是不充分的、甚至是不可能的，因此感到有必要探索有效的替代性研究框架。给这些尝试以极大启发者，应该说是一九〇七年以京都大学为中心创立、此后得到不断发展的所谓"京都支那学"。这个学派于一九〇七年创立支那学会，一九二〇年创设京都支那学社，之后在狩野直喜（1868年—1947年）和内藤湖南（1866年—1934年）两人的领导下，历经小岛祐马（1881年—1966年）、本田成之（1882年—1945年）、武内义雄（1886年—1966年）、青木正儿（1887年—1964年）等学者，影响不断扩大。京都支那学并不服从当时政府的政策要求，而与之保持一定的距离。他们讨厌旧有儒学、汉学的非近代的非学术的暧昧性，对"支那哲学""东洋哲学"片面性中包含的危险持批判态度，针对文史哲不分家、相互之间存在有机关联的中国文化的特征，他们力图确立一种综合性的、尤其是进入中国思想内部的研究方法。

战后东京大学中国思想研究的学制,从一九四八年到一九九三年,文学部的专修课程以及研究室称为"中国哲学",从一九五三年到一九九四年,新制大学院(研究生院)人文科学研究科的专业课程名称也是"中国哲学"。另外,从讲座来看,一九一九年的"支那哲学支那文学"第一、第二、第三讲座,一直持续到一九六二年。一九六三年改为"中国哲学中国文学"第一、第二、第三讲座。一九六四年至一九九三年之间,"中国哲学中国文学"第一和第三讲座的内容是"中国哲学"。所以,虽说在学制上,基本上仍然使用"中国哲学"这个术语和"中国哲学"这个角度。但是,"哲学"这个术语已经无法对接十九世纪六十年代从西欧所输入的"philosophy"的意义了。当然,也不存在那个所谓的"支那哲学""东洋哲学"的意义了。虽然已经知道有必要建立一种新的有效的研究框架,以取代"哲学"的研究方法和体系,但这个框架至此尚未出现,所以这里暂时还只能使用"哲学"这个术语。

战后,东京大学文学部中国哲学研究室由主任教授负责,集中了全部教员和毕业生的力量所编辑的一些研究著作,名称大多都是"中国思想",这一事实也说明了上述情况。著作计有以下数种:加藤常贤监修的《中国思想史》(一九五二年);宇野哲人博士米寿纪念论文集《中国的思想家上、下》(一九六三年);宇野精一、中村元、玉城康四郎主编的《讲座东洋思想》全十卷(一九六七年),其中三卷是《中国思想》第一、第二、第三;大修馆书店出版的《中国文化丛书》全十卷,内中第二卷是赤冢忠、金谷治、福永光司、山井涌编写的《思想概论》(一九六八年),第三卷是赤冢忠、金谷治、福永光司、山井涌编写的《思想史》(一九六七年);小野泽精一、福永光司、山井涌编写的《气的思想——中国的自然观和人间观的展开》(一九七八年)等。

六　新的尝试——"东亚思想文化""中国思想文化学"

最后，我来谈谈笔者所属东京大学在最新时代展开的中国思想研究"新的尝试"。一九九四年、一九九五年学制改革所取得的成果，可以说标志着上述第四时期的结束和第五时期的到来。

一九九四年，东京大学文学部进行了很重要的学制改革。这次改革，又为第二年做的更大规模的改革奠定了基础。其主要内容如下：

第一、讲座制从由来已久的小讲座制改变成为大讲座制。在东京大学文学部，中国文化研究、教育的各个讲座，如上所述，一九一九年的"支那哲学支那文学"第一、第二、第三讲座，一直持续到一九六二年，一九六三年改称为"中国哲学中国文学"第一、第二、第三讲座，一九六四年，又增设了"中国言语文化"讲座，此后直到一九九三年，"中国哲学中国文学"第一和第三讲座的内容是"中国哲学"，"中国哲学中国文学"第二讲座和"中国言语文化"讲座的内容是"中国文学"。这次的改革是把上述的第一和第三讲座再编为"中国思想文化学"大讲座，把上述的第二讲座和"中国言语文化"讲座再编为"中国文学"大讲座。此外，"东洋史学"的四个讲座也再编为一个"东洋史学"大讲座。

第二、专修课程和研究室的名称由"中国哲学"改为"中国思想文化学"。随着这次改革，"印度哲学"也改为"インド哲学佛教学"①，"国史学"改为"日本史学"，"印度语印度文学"改为"インド语インド文学"，"俄罗斯语俄罗斯文学"改为"斯拉夫语斯拉夫文学"，"意大利语意大利文学"改为"南欧语南欧文学"，"国语学"和"国文学"则改为一个名称"日本语日本

---

① 译者按：即不再使用汉字"印度"，而直接使用假名。

文学"。

把"中国哲学"改为"中国思想文化学"这一事实所包含的愿望是，代替上述第一、第二、第三时期的"哲学"中的种种偏颇，特别是把本来与中国无关的近代西欧"哲学"带进中国的外在的研究方法，寻求第四时期已经开始探索的，能够捕捉中国思想实际内在性的研究框架。需要补充的是，"中国思想文化学"所设想的范围，比以前有了很大的扩展，它当然不排除前述的"哲学"，而以伦理思想、政治思想为主干，此外也包括道教、佛教之类的宗教和礼制，民俗、天文、历法、数学、医学、药学等科学、技术，以及音乐、绘画、艺术等。只有这样，才能接近中国思想的实际。

此后，一九九五年，东京大学文学部以大学院（研究生院）为中心，又进一步实行了更大规模的改革，其主要内容如下。

第一，大学院的人文科学研究科和社会学研究科合并成为一个人文社会系研究科，使大学院成为大学布局的重点。基本讲座由文学部担当，协力讲座由东洋文化研究所、史料编纂所、社会情报研究所共同参与。由此，文学部转变为以培养学者为中心的大学院（研究生院）。

第二，人文社会系研究科再编为"基础文化研究""日本文化研究""亚细亚文化研究""欧美系文化研究""社会文化研究"五个专业，以下再分为十八个 course（课程），二十七个专门分野。这里虽然大幅度采用了地域研究的思路，但还不止如此，这些设置都以推进各个不同 course（课程）和专门分野的多学科交流为前提。

第三，"亚细亚文化研究"专攻之下又分设了"东亚细亚""南亚细亚、东南亚细亚、佛教""西亚细亚、伊斯兰学"三个 course（课程），"东亚细亚"课程之下又设了"中国语中国文学"

"东亚细亚历史社会""东亚细亚思想文化"三个专门分野。一九四八年以来,大学院(研究生院)一直延续的"中国哲学"专业,在这次改革中,被改为"东亚细亚思想文化",与"中国语中国文学"(没有变动)、"东洋史学"(的中国史学部分)一起被编入"东亚细亚"课程。无疑,"东亚细亚思想文化"要追求的是,与中国文学、东洋史学相互补充,吸收后者的研究成果,构筑起"中国思想文化学"的框架。同时,把与日本思想和朝鲜思想的异同比较研究纳入视野,使"中国思想文化"得以彻底客观化、学术对象化。

第四,一九六三年以来文学部设置的"第一类文化学""第二类史学""第三类语言学文学""第四类心理学、社会学"(一九七九年改为"第四类行动学")四类,改为"思想文化学科""历史文化学科""言语文化学科""行动文化学科"。"中国思想文化学"当然属于"思想文化学科"。需要注意的是,"思想文化"这个术语及其视角,已经得到了文学部公认。

七　余言

以上简略概述的东京大学文学部最新的学制改革,从今天(二〇一八年十一月)来看已经是约二十年前的改革,这一制度后来确立并安定下来。作为代表这个时期的主要著作,有沟口雄三、丸山松幸、池田知久编写的《中国思想文化事典》(二〇〇一年);沟口雄三、池田知久、小岛毅编写的《中国思想史》(二〇〇七年)等。但是,这些改革实际上目前还只是停留在学制改革阶段,尚不能自信满满地称其为中国思想研究内容上的新展开。此次改革所产生的"东亚细亚思想文化""中国思想文化学"的新葫芦里,将来究竟能装进怎样的美酒?对于在东京大学大学院人文社会系研究科、文学部执教以及学习中国思想的人们来说,还是一个重大的课题。

　　如果我们以上述近代日本中国哲学研究的历史为基础，对具有新内容的中国思想研究所向往的方向和大局做出描述，就会发现其中必然包含着以下两种相互对立的要素。第一要素如同明治维新（一八六八年）以来移植时期健康的"哲学"（参见本文第二部分《明治维新政府对"哲学"的移植》），需要我们在今天更深更广地拥有一颗新的心灵，在此基础上把我们的研究向着世界加以开放。不能把包含中国、日本、韩国的亚洲思想研究，仅仅封闭在自己国家的内部以及亚洲的内部并希求旧文化的复兴。例如有必要积极摄入欧美等其他地区的文化，并积极推动其他地区的文化。当然，不用说，像上面讲到的明治日本那样，仅仅以欧洲的"哲学"为唯一的模范加以尊崇的姿态，在今天需要全面地加以纠正。不过，笔者认为，亚洲思想的研究者要关心欧美哲学并加以学习、研究，这自不待言，同时更要为世界提出新的方案和思想，也是必要的、不可缺少的。

　　第二要素和上述第一要素正相对立，是潜藏在中国思想（甚至可以说是亚洲思想）内部的一种方向。基于对上述日本中国哲学研究史的反省，很多有良心的学者都感觉到在研究中国思想时，"哲学"这一词汇、观点下做出的研究，有不充分、不周到的地方，为了利用这一教训，第二要素就具有了必要性、是不可缺少的（参见本文第五部分"代替'支那哲学'的框架探索"）。这种研究要求深入到中国思想、亚洲思想内部深处，从中找出问题，并沿着中国思想、亚洲思想固有的思想体系去阐明这些问题，在此基础上得出生活于当代中国、当代日本、当代亚洲的我们都能接受的结论。

　　要使上述两种要素得以同时成立，实际上是非常困难的课题，至今为止在这个课题上取得成功者或许不多。然而，为什么这两者的同时成立被认为是非常重要、不可欠缺的,这是因为中国思想、亚洲思想研究本来是一种极为高级的智力活动。

(池田知久,东京大学名誉教授、东方学会理事长。本文翻译稿由池田知久提供,在此基础上中国人民大学哲学院曹峰做了一些修订、补充和润色。)

陈勋武

世界主义,规范的人类共同体与文化宽容

　　世界主义哲学是当代最有影响的西方主流哲学之一。它是全球化时代的人类共同体从全球的角度思考全球性的人类问题与面临的挑战如世界和平、安全、发展与繁荣的哲学选择之一。难怪,对它的争论在现代西方进行得如火如荼。它与国家主义、文化多元主义、民族主义、普遍主义、自由主义、政治现实主义等"主义"之间的爱恨情仇与竞争也仍是剪不断,理还乱。其中有概念性的问题与争论,也有证明性的问题与争论。例如,概念上,世界主义哲学与文化多元主义,普遍主义等"主义"如何区别? 在什么意义上人类总体在我们时代是一个共同体? 在证明性的问题上,为什么世界主义哲学应是我们的选择? 为什么普遍主义、文化多元主义、国家主义或民族主义等都不是,也不应是我们的选择。

　　近年,世界主义哲学也是中国在世界事务中的指导哲学之一。二〇一五年,在纽约联合国总部第七十届联大一般性辩论会议上,习近平发表题为"携手构建合作共赢新伙伴,同心打造人类命运共同体"的重要讲话,把"人类命运共同体"的概念解为包括五个核心理念或"五个世界"理念:(一)建设一个持久和平的世界;(二)建设一个普遍安全的世界;(三)建设一个共同繁荣的世界;

(四)建设一个开放包容的世界;(五)建设一个清洁美丽的世界。习近平的中国概念中的(一)、(二)与(四)正是当代世界主义哲学的核心追求。当代世界主义哲学的两个核心追求:(一)建立一个法治的、规范化的,以保障世界和平和促进全球正义为核心使命的世界秩序;(二)建立一个宽容,开放的文化星丛式的人类共同体。

因此,本文侧重讨论三个问题:(一)当代世界主义哲学中的人类共同体的理念。(二)世界主义视野里中的差异性与同一性,民族特性与人类共性,文化传统与时代精神;世界主义哲学与普遍主义哲学的区别;世界主义哲学与文化多元主义哲学的区别。(三)世界主义哲学视野里中的文化宽容准则以及相关义务。

一 我们时代人类共同体理念的演化

自从十九世纪以来,人类共同体的概念发生了三个重大、深刻的变化:(一)人类共同体作为具有法律权威的共同体概念的产生与发展;(二)人类共同体作为命运共同体概念的产生与发展;(三)人类共同体概念有了它的制度承载体,已开始制度性地实体化。因此,人类共同体理念在内涵、外延上都发生了巨大的变化。

人类共同体理念在我们时代的发展中,十九世纪德国哲学家康德是里程碑。康德认为人类在十九世纪已发展已进入一个新的共同体阶段,其基础不仅仅由道德转向法律,而且从国际法律转向世界法律,并向最终成为基于一部由国际法发展而成的世界宪法(cosmopolitan constitution)来组成的共同体的方向前进。设想应该有一部世界宪法与世界法律的存在,康德发展了他的人类共同体概念:人类共同体不仅仅是一个具有道德权威的共同体,而且是一个具有法律权威的共同体,即存在着以人类共同体名义发布的有效法律。

而在十九世纪中后期，反人类罪、人类法律等概念开始出现在欧美公共社会政治讨论中。反人类罪概念也在一九四五年正式成为一个国际法的概念。反人类罪与人类法律这些概念明确把人类总体作为一个有法律权威的实体来强调，也明确使用"人类共同体（the community of humankind）"这一概念。

一九四五年，联合国成立。《联合国宪章》开宗明义地宣称："我们，联合国成员国的人民（WE THE PEOPLES OF THE UNITED NATIONS）决定……"虽然概念上"我们，联合国成员国的人民"属于美国哲学家约翰·罗尔斯所讲的"人民的社会（Society of Peoples）"①，但联合国的原则却是为了使"所有的人民（all peoples）"能够在地球上和平共存，共同发展，是适用于"所有的人民（all peoples）"的原则，即人类共同体的行为原则。一九四五年联合国的成立与《联合国宪章》对世界主义哲学来说具有双重意义：（一）人类共同体在历史首次制度性地实体化；也就是说，至此，世界主义哲学的人类共同体理念第一次获得了一个制度性实体化身，即联合国成立。（二）人类第一次以一个权威性的共同体发言。与此次同时，值得注意的是，联合国的成立是国际人类社会从第二次世界大战血的教训中得出的结论：除非人类作为一个共同体集体地、规范地行动起来，否则，真正、持久的人类和平生存、发展与繁荣是不可能的；世界各国已不可逆转地进入一个一国依赖所有的国家，所有的国家依赖所有的一国的时代；一国能独行的时代已一去不复返。

联合国的成立是制度性地宣告人类共同体作为一个权威实体运行，同时也指出人类共同体在一定的意义上是一个命运共同体。从

---

① ［美］约翰·罗尔斯：《人民的法律》（*The Law of Peoples*），哈佛大学出版社 1999 年版，第 3 页。

20世纪60年代开始,欧美学界开始提出要有新的关于国际社会的理论,即类似于关于国家的理论的关于国际社会与国家关系的理论(如,Martin Wight 1960),这些要求饱含着要把人类共同体看作命运共同体的要求。到了二十一世纪初,人类共同体的概念进一步演化为人类命运共同体概念(如贝克,2006)。因此,自十九世纪后期以来,理念上,人类共同体概念经历了一个黑格尔式的螺旋式的发展,即人类共同体—我们,国际社会的人民概念—人类命运共同体概念这一螺旋式的发展。人类命运共同体这一概念也反映出我们时代的现实与所面临的挑战。

谈到我们时代,美国哲学家大卫·赫尔德(David Held)指出,我们时代存在一个悖论(the paradox of our times)。这就是:一方面许多人类问题已全球化,全球人类社会需要共同面对许多超越国界的全球问题;另一方面我们共同解决这些问的手段和工具却非常有限。[1] 赫尔德指出,在我们时代,人类至少因为这三大方面的原因而分享共同命运,成为一个命运共同体。这三大方面的问题是:(一)共享一个星球,因此面临共同的气候变化问题、生态问题、水的资源问题、生物钟的多样化问题;(二)人类安全与维持人类的需要,因此面临世界上的贫困、防止冲突、全球性疾病等问题;(三)发展我们的条律规范,如防止核扩散、有害废物处理、知识产权保护、遗传基因研究、国际贸易、财经与税收等条律规范。[2] 这不是说,民族国家或民族社会政治共同体已过时,而是说在我们时代,没有任何民族国家或民族社会政治共同体能是一座孤岛,能做独行侠;世界各国共享一片云天,共住一个地球,共处一个宇

---

[1] [美]大卫·赫尔德(David Held):《世界主义:理想与现实》,共同体出版社2010年版,第4页。

[2] 同上。

宙,彼此相连。

赫尔德指出,"在我们不断地联为一体的世界,没有任何国家有能力单独解决这些问题中的任何一个"①。因此,"世界主义是关于设置与限制人类行为的普遍性原则的哲学。这些原则让我们明白我们不能继续从自我封闭的政治实体的角度去看人类的命运了"②。即是说,世界主义哲学所讲的普遍原则让我们明白,人类总体已是一个命运共同体,因此我们应从人类总体的角度去理解人类命运,而不是从单独的、自我封闭的国家的角度去理解人类命运。

在宣传世界主义哲学与人类命运共同体理念方面,赫尔德并不孤单独行。当代最著名的哲学家哈贝马斯更是这方面宣传的旗手。哈贝马斯指出,"联合国是世界秩序理念的第一个制度性体现实体"③。即联合国的成立是人类共同体理念制度性地体现。联合国的成立为世界主义视野中的世界秩序提供了新的制度资源,如它为全球性行为的合法性提供新的制度资源,也为人类集体地解决全球性的问题提供新的制度资源。哈贝马斯指出,世界各国,包括美国这一超级大国,都意识到在国际事务中单方面采取干预行动会缺乏合法性。不仅如此,世界强国,包括美国这一超级大国,都意识到其一国单方面采取的解决全球性问题的行动既缺乏合法性,又缺乏必需的资源、条件与工具。因此,哈贝马斯认为,"我们要继续康德的设想。如果我们从足够超越的角度去理解康德关于世界秩序的思想。这样,即使是在今天,我们仍然能够从这一设想获得裨益"④。康德、哈贝马斯的理想是在国际法的基础上建立一部世界宪法,在世界宪

---

① [美]大卫·赫尔德(David Held):《世界主义:理想与现实》,共同体出版社2010年版,第4页。
② 同上书,第 xi 页。
③ 《中国哲学杂志》2007年第4期。
④ 同上。

法的基础上建立一个规范性的世界社会。

美国哲学家罗尔斯虽然认为平均主义版本的世界主义哲学不合法，并用"人民的社会"这一概念去取代人类共同体概念，但也认为世界各国人民应集体地作为一个共同体来运行。罗尔斯的"人民的社会"指"由遵循人民的法律去处理国与国，人民与人民之间关系的国家与人民做组成的"[①]。联合国这一"我们，联合国成员国的人民"是罗尔斯的"人民的社会"的优秀范例。而"人民的法律"指"应用于国际法与实践中的关于权利与正义的政治概念与原则"[②]。罗尔斯的"人民的社会"与当代世界主义哲学的人类命运共同体的最主要的区别之一是在"人民的社会"中，道德与政治思考对象的最基层、基本的单位是国家或民族国家，而人类命运共同体道德与政治思考对象的最基层、基本的单位是：（一）每个个人作为一个世界公民；（二）每个国家、民族文化。与此同时，在什么是道德与政治思考对象的最基层、基本的单位这一问题上，罗尔斯的"人民的社会"概念与习近平的"人类命运共同体"概念的共同点是两者都把国家或民族国家作为道德与政治思考的最基层、基本的对象，不同的是。但在人类命运共同体是一个全球性的共同体这一问题上，习近平的概念与当代世界主义哲学的人类命运共同体概念具有共同点。

与此同时，当代人类共同体理念是对古代人类共同体理念的传承与超越。在西方哲学中，世界主义的理念起源于古希腊哲学，是与柏拉图、亚里士多德关于我们每个人都属于我们所生长的政治共同体的政治伦理理念相反的哲学理念。它强调我们每个人不属于我

[①] [美]约翰·罗尔斯：《人民的法律》（*The Law of Peoples*），哈佛大学出版社1999年版，第3页。

[②] 同上。

们所生长的政治共同体,而属于世界人类共同体。古希腊后期的斯多葛学派哲学家们喜欢把宇宙当作一个社会政治共同体,强调我们每个人都归属于这一共同体。根据斯多葛学派哲学,我们每个人都同时属于两个政治伦理共同体,即我们所生长的祖国与世界人类社会政治共同体。

斯多葛学派哲学的人类共同体主义理念深刻地影响了早期基督教与基督教哲学。早期基督教从斯多葛学派哲学的世界主义理念吸取了两个世界、两种伦理道德义务的思想,强调,"把属于恺撒的还给恺撒,把属于上帝的还给上帝"。它们强调,所有人类都属于上帝所创造的一个共同伦理道德共同体,人与人之间的关系不是陌生人之间的关系,而是邻居关系。《圣经》里基督耶稣讲了一个好撒马日罩人的故事。一个犹太人在去吉日重的途中,遭到抢劫。匪徒们打伤他后扬长而去,弃他半死在路边。后一个教士经过,从伤者身边路过,对伤者不理不睬;后来的一个拉维特人也是如此;后来一位撒马日罩人经过,见状马上给受伤人包扎伤口,在他伤口上擦油与酒,然后把他带到一个客栈;第二天拿出一些钱给客栈主人,并对他说:请照顾好这个受伤人;这些钱你先拿着,如果费用超出,我回头再补上。讲这个好撒马日罩人的故事,基督耶稣强调,先前两个人对受伤的人不顾不问,因为他们错误地认为他是一个陌生人,自己没有义务关心他;而撒马日罩人却正确地认识到,所有的人都共属一个共同体,人与人之间是邻居,不是陌生人,我们有义务关爱每个人。撒马日罩人的故事是基督教人类共同体主义理念的哲学解释范例。

如上所述,世界主义的人类共同体理念自康德开始已转型。我们时代的人类命运共同体的理念发展与超越了自古希腊以来的传统的人类共同体概念。这至少表现在如下方面。第一,人类共同体这一概念从一个道德政治概念发展为一个司法性政治概念。人类法律，人类规范等已不仅仅是道德戒律与规范，而是像赫尔德所说的"体现在公共法律（entrenched in public laws）"里的司法性戒律与规范。第二，内涵上，人类共同体这一概念已是一个综合概念，人类共同体不仅仅是一道德、政治共同体，也不仅仅是多了经济、司法等方面，而是一个命运共同体。人类共同体不是一个世界国家，但它是一个经济、政治、司法、伦理道德等综合性命运共同体，是一个为面对赫尔德所说的三大人类全球问题而成的命运共同体。第三，外延上，人类命运共同体概念指的是一个全球性的，包括地球上所有的人（与人民）的共同体，不仅仅是一个国际社会。第四，人类命运共同体道德与政治思考对象的最基层、基本的单位是：（一）每个个人作为一个世界公民，（二）每个国家、民族文化，不仅仅是每个人作为世界公民。第五，人类命运共同体不仅仅是一个理念上的存在，而且已经是制度性地存在。第六，文化上，人类命运共同体是一个差异性与同一性、多样性与统一性、特性与共性等有机统一的综合性命运共同体，其中文化宽容与包容将是其核心的行为准则之一。

二 世界主义与普遍主义、文化多元主义的区别

与如上讨论相适应，人类命运共同体的理念把我们带回到关于差异性与同一性、特性与共性等关系的哲学问题上来。而且，正是对这一关系的不同理解成为世界主义哲学与其他哲学的分水岭。我们所生活的时代是矛盾的时代。一方面，一个文化多元化的时代，文化多元性是我们所生活的世界的一个永恒现实，是人类命运共同体的一个永恒的事实。哲学家艾萨·伯林（Isaiah Berlin）指出："我们所见与生活的世界，是不相容，不能共存的价值在我们面前相互冲突的世界。在另一个世界里那种相互和谐的原则不是我们日常生活遵循的、懂得的原则。如果这些和谐原则转化来到我们面

前，我们在地球上的人将不认识它们。"① 美国哲学家约翰·罗尔斯也指出,合理的多元主义是自由制度的产物。② 另一方面,"共同体"的概念表明同一性、统一性也是我们时代的特征之一。世界上没有任何国家与人民是在地球上作为一个不与他人发生关系的孤岛存在。所以,与赫尔德所指出的我们时代的悖论相联系,我们时代的另一个矛盾是差异性与同一性、特性与共性。也是人类命运共同体的另一个矛盾。

这里需要指出的是,多元化、世界化与全球化并不是等同的概念,我们时代面临的最大挑战与问题正是如何从多元化的社会过渡到世界化与全球化的共同体。强调多元化不等于强调世界化与全球化。反之,强调世界化与全球化也不仅仅是强调多元化。与此同时,不讲统一化、同一化的多元化不是世界主义哲学所讲的世界化,也不是我们时代精神所讲的世界化。反之,不讲多元化的世界化不是世界主义哲学所讲的世界化,也不是我们时代精神所讲的世界化。

多元性是差异性、非中心性。与此相适应,多元化是差异化、非中心化、非一体化。例如,文化多元化性是文化的差异性、非中心性,即不仅仅存在单一种文化,也不以某种文化为中心。多元性是差异性,因此是与同一性相反的质性。同一性是一致性,一质性。但多元性与同一性不一定是不兼容的。以此相适应,统一化是一体化、整体化。多元化与统一化并不是不兼容的。有具有中心性的同一性,也有非中心性即间性的同一、统一。世界性是多元性与同一性的有机统一。与此相适应,世界化是多元化与统一化的有机

---

① [英]艾萨·伯林:《人道的曲木》,普林斯顿大学出版社 1997 年版,第 46 页。
② [美]约翰·罗尔斯:《政治自由主义》,哥伦比亚大学出版社 1993 年版,第 3—4 页。

统一。

正是对差异性与同一性、特性与共性、多元化与同一化关系的不同理解使世界主义哲学与普遍主义哲学区别开来。世界主义理念起源于古希腊文化,强调的是一种文化开放与包容的生活态度与方式,多元与同一的有机统一生活方式。在古希腊社会政治文化中,"一个人如果理解与尊重外国文化,旅游四方,能与不同社会的人很好地交流,那这个人就是一个世界公民。一座包容各种各样种族的人,各种各样的语言,各种各样的文化,各种各样的宗教,与各种各样的生活方式的城市就是世界城市"。值得注意的是,在古希腊,倡导普遍主义的哲学家不一定倡导世界主义,如哲学家柏拉图倡导普遍主义,但同时坚持国家主义。反之同样,倡导世界主义的哲学家不一定倡导普遍主义,如著名地宣称"我是一个世界公民"的古希腊哲学家迪约葛尼斯(Diogenes)并不倡导普遍主义。

同样,在我们时代,世界性、世界化也是多元性与同一性、多元化与统一化的有机统一。美国哲学学者科瓦米·安东尼·阿皮亚(Kwame Anthony Appiah)指出,在世界主义哲学中,"我们不仅承认普遍性的人类生活价值,而且承认特殊人群的特殊价值"[1]。他指出,"世界主义有两个相互关联的理念。一个是我们对其他人负有义务,我们义务的对象不仅仅限于我们的族人与本国同胞,而包括国界外对我们来说是陌生人的人。另一个就是我们不仅认真对待、尊重一般人类生命的价值,也认真对待、尊重不同生命、生活模式与生活价值观的价值,即认真对待、尊重给予不同生命、生活

---

[1] [美]科瓦米·安东尼·阿皮亚:《世界主义:陌生者世界中的伦理》(*Cosmopolitanism*: *Ethics in a world of strangers*),W. W. Norton & Company 出版社 2006 年版,"前言",第 xv 页。

模式与生活价值观意义的文化实践和信念。"① 例如，尊重文化禁异（taboo）。不同的文化有不同的文化禁异。一个人可以不认同文化他者即他文化的禁异，不认同这一他者文化禁异所强调的义务，但有着尊重这一他者文化禁异的义务，即尊重文化他者的义务。同样道理，每个人都要尊重他人作为文化他者的存在，尊重其作为文化他者的差异性。阿皮亚原本是想强调世界主义不是文化多元主义。这里，他同时指出也不是普遍主义。

德国社会学家尤里·贝克（Ulrich Beck）也强调世界主义哲学与普遍主义哲学的区别。他指出，世界化（cosmopolitanization）是我们所生活的时代的特征。但同时指出"世界化是一个非线性的、辩证的过程。在这一过程中，普遍与特殊、相似与不相似、全球性的与地方性的不是被看着是文化对立的两极，而是被看着是文化内在地相互关联，相互渗透的两个原则"②。这就是说，世界性、世界化也是多元性与同一性、多元化与统一化的有机统一，既不是单方面的多元性、多元化，也不是单方面的同一性与统一化。世界化一方面强调现代世界各国和民族的相互关联，另一方面又强调现代世界的多元化，包括一个本地共同体如一个城市、省，甚至国家社会—政治生活、经济生活与社会结构的文化多元化。

因此，贝克提出他的世界主义世界观（cosmopolitan outlook）。这一世界观包括五大原则：（一）命运文明共同体（the civil community of fate）原则；（二）世界性差异（cosmopolitan difference）原则；（三）世界性换位思考（cosmopolitan empathy）与情景可交

---

① [美] 科瓦米·安东尼·阿皮亚：《世界主义：陌生者世界中的伦理》(*Cosmopolitanism: Ethics in a world of strangers*)，W. W. Norton & Company 出版社 2006 年版，"前言"，第 xv 页。

② [德] 尤里·贝克（Ulrich Beck）：《世界主义视野》(*The Cosmopolitan Vision*)，共同体出版社 2006 年版，第 73 页。

换（interchangeability of situations）原则；（四）不可能生活在一个没有国界的世界社会（the impossibility of living in a world society without borders）原则；（五）地方、民族、种族、宗教与世界因素相互混合原则，"没有地方因素的世界主义是空洞的；没有世界因素的地方主义是盲目的（cosmopolitanism without provincialism is empty, and provincialism without cosmopolitanism is blind）"[①]。贝克五大原则既强调体验与认识同一性，又强调体验与认识差异性；既强调我们要认识世界的统一化过程与方面，又强调我们要认识世界差异化的方面与过程。

贝克进一步指出，正是在如何理解差异性与同一性、特性与共性文化共性关系的问题上，世界主义既区别于普遍主义，又区别于文化多元主义。他指出，在如何看待这些关系问题上，普遍主义走一个极端，强调尊重他者与（同一性的）霸权（respect and hegemony），而文化的多元主义走另一个极端，为强调尊重他者，它与相对主义走在一起[②]。就是说，世界主义强调差异性与同一性、特性与共性、多元化与统一化的关系是辩证的：相辅相成，互为条件，互为补充；与此相反，普遍主义与文化多元主义对世界主义差异性与同一性、特性与共性、多元化与统一化关系理解是机械的、形而上学的，它们都强调非此即彼的思维方式。值得注意的是，这里，世界主义关于差异性与同一性、特性与共性关系的辩证观点与毛泽东在《矛盾论》中关于普遍性寓于特殊性之中，特殊性体现着普遍性，没有不寓于特殊性的普遍性，也没有不包含或体现普遍性的特殊性，共性包含于一切个性之中，个性体现共性的观点是

[①] ［德］尤里·贝克（Ulrich Beck）：《世界主义视野》（*The Cosmopolitan Vision*），共同体出版社2006年版，第7页。

[②] 同上书，第49—54页。

一致的。①

　　这里，世界主义与普遍主义的区别集中地表现在各自对文化他者的认识与态度上。贝克指出，世界主义与普遍主义都强调平等对待文化他者的义务。但是，普遍主义的平等对待文化他者原则不包含要对使他者成为他者的文化差异性保持好奇或尊重的内容。② 相反，在普遍主义中，"我们与他者的关系不是基于对（它者）差异性（difference）的尊重与包容，而是对（它者与我们之间的）同一性（sameness）的认同"③。所以，"普遍主义的工程是霸道性的，他者的声音只是在它是同一性的声音，是自我对集体的认同，自我反思为集体一员与和集体同一语气是才能被允许发声与被收听。"④ 而世界主义不同，世界主义对他者的认同与尊重包含着对它者差异性的尊重。世界主义尊重与包容差异性。普遍主义拒绝，消灭差异性。

　　因此，世界主义与普遍主义的区别也体现在两者对民族主义的态度的差异。民族主义，顾名思义，是一种认同本民族，只为本民族的利益着想的哲学。贝克指出，普遍主义拒绝任何形式的民族主义；与此不同，世界主义一方面拒绝极端民族主义，另一方面又强调包容有世界主义视野的民族主义（cosmopolitan nationalism）。⑤ 毛泽东所讲的"胸怀祖国，放眼世界"情怀，与周有光所讲的要从世界的角度看中国的情怀，都属于有世界主义视野的民族主义情怀。

　　坚持要辩证地理解同一性与差异性、统一化与差异化的关系，哈贝马斯指出，文化差异既是我们所生活的世界的主要特征之一，

---

① 毛泽东：《毛泽东选集》，人民出版社 1964 年版，第 293—294 页。
② ［德］尤里·贝克（Ulrich Beck）：《世界主义视野》（*The Cosmopolitan Vision*），共同体出版社 2006 年版，第 49 页。
③ 同上书，第 50 页。
④ 同上书，第 51 页。
⑤ 同上。

又是当代世界发展的媒人（match maker）；因此，差异性的存在并不意味着我们应认同好战性的文化多元主义（militant multiculturalism），也不意味着人类共同行为准则不存在或不可能存在和人类不应作为一个共同体来运行；相反，正确的选择应是我们如何一方面包容差异性，另一方面建立新的统一性的基础。因此，在民族国家范围内，哈贝马斯强调宪法爱国主义；在全球范围内，他强调世界主义。本质上，宪法爱国主义是世界主义的国内版本。在民族国家内部，文化多元化使哈贝马斯强调宪法爱国主义为唯一合情合理的国家认同基础。在全球范围，文化多元化、民族差异性、人民多群化等使哈贝马斯强调世界宪法为唯一合情合理的共同体认同基础。宪法爱国主义的理念是：在宪政民主中，公民身份和资格的形式共同性和包容性使不同宗族、种族、信仰、历史文化背景的人能在认同共同的民主宪法及其理念和价值的基础上团结起来，组成共同的国家；在宪政民主中，公民身份和资格的形式普遍性和非具体实质性也使现代国家的公民适合于世界范围内的民主化潮流。公民性的形式普遍性和非具体实质性使现代公民适合于具有共同政治空间的多文化联系的现代社会，使世界各国公民有共同的政治和价值语言与规范，也使他们具有民主、理性协商的政治意志和条件。

与此相适应，在哈贝马斯版的世界主义的核心理念之一世界共同体中，不同民族、种族、信仰、文化、历史文化背景的人只能在认同共同政治文化价值以及认同共同的世界宪法的基础上团结起来，组成人类共同体。在这点上，哈贝马斯的观点与康德的观点一致。换言之，在一个国家内，要充分认识在文化多元化的历史情形，在民主地建立起来的国家宪法作为国家认同基础的基础上，通过文化开放、交流与包容以及认同共同的政治文化价值建立一个共同的国家；在全球范围，要充分认识在文化多元化的历史情形下，在民主地建立起来的世界宪法作为世界共同体认同基础的基础上，通过文化开放、交流与包容以及认同共同的人类价值建立一个人类命运共同体。

不仅如此,世界主义哲学与普遍主义哲学另一区别是,哲学上,世界主义哲学追求一个法治的基础上规范化的世界社会如人类命运共同体,而普遍主义追求的则是道德意识同一化的基础上的人类共同体,如康德的以人为目的的道德王国。世界主义规范化的人类命运共同体的运行原则是法律化的。而普遍主义的道德王国的运行原则是道德原则。例如,世界主义哲学与普遍主义哲学都强调人权原则为人类共同体的核心运行原则。但在世界主义哲学中,人权是法律权利(legal, juridical rights),宪法权利(constitutional rights)与道德权利(moral rights)不同;与此相适应,人类命运共同体的人权政治不应只是道德性的,而应同时是司法性的。所以,哈贝马斯一方面强调人权原则为世界主义哲学的核心原则之一,同时另一方面又坚决拒绝他所说的人权原教主义(human rights foundamentalism)。他指出,人权原教主义是不以法律为中介的、道德性的人权政治堕落的产物。他指出,"当它在虚假的法律合法性的幌子下为一个实质上只是派别争斗的干预提供道德合法性时,一个世界组织的人权政治就沦为人权原教主义"①。与此相适应,"人权原教主义可以避免,但不是通过放弃人权政治,而是通过全球性地把国与国之间的自然状态转变为一个司法秩序"②。

因此,普遍主义也不是我们时代精神的选项。我们时代精神的选项是世界主义。因为任何好的哲学选项对我们时代来说必须对差异性与同一性、特性与共性、多样性与统一性、多元化与一体化有

---

① [德]约根·哈贝马斯:《对他者的包容》,麻省理工学院出版社 1998 年版,第 200 页。

② 同上书,第 201 页。

着更好的认识与能够对如何处理这一关系给出更好、更胜任的方案。普遍主义对这一关系的认识是片面的、不正确的，其所给出的解决问题的方案因此也是不好的、不胜任的。而世界主义的认识是辩证的、全面的、反映现实的。它所给出的解决问题的方案也是好的、胜任的。

现在，我们要转到世界主义与文化多元主义的区别这一话题上来。世界主义旨在建立一个包容、宽容、开放的文化星丛世界社会，因此它与文化多元主义既有重要联系，又有本质性的区别。两者之间区别同样主要表现在对差异性与同一性、特性与文化共性、多样化与统一化之间的关系的不同理解上。在这个问题上世界主义的观点是辩证的、而文化多元主义的观点是机械的、形而上学与片面的。两者至少有如下区别。

第一，世界主义既强调尊重特殊性，差异性与多元性，也强调尊重普遍性与同一性。既强调多元化，也强调统一化。而文化多元主义则只强调尊重特殊性与差异性，只强调多样化、多元化。世界主义哲学认为，差异性与共性、特殊性与普遍性、多元性与统一性不仅彼此兼容，而且相辅相成。没有统一性的多元性是不稳定与危险的。没有多元性的统一性是空洞的、不实在的。而文化多元主义则认为，多元性与统一性互不兼容，异共不两立。换句话说，在世界主义哲学中，差异性与同一性，特性与共性是可以，也应该有机地结合起来。文化多元主义形而上学地、机械地割裂差异性与同一性、特性与共性之间的辩证关系，强调非此即彼，彼此不兼容，不两立，不共存。因此，贝克指出，文化多元主义缺乏世界主义的视野，认识不到世界的关联性。[①] 文化多元主义只看到"白马非马"

---

① ［德］尤里·贝克（Ulrich Beck）:《世界主义视野》（*The Cosmopolitan Vision*），共同体出版社2006年版，第66页。

世界主义，规范的人类共同体与文化宽容

一面，看不到白马、黑马、大红马等马都是马的一面。文化多元主义只看到一棵树不是森林，却看不到在一片森林里，所有的树都是森林的一部分。

第二，与如上相适应，世界主义既强调对文化多样性的开放、包容与共存，也强调对文化之间的共性即间性、普遍性等，行为规范与准则的建设，而文化多元主义只是单方面地强调对文化多样性的开放，接受多样文化的共存。世界主义所追求的世界社会既是一个包容、宽容、共容、开放的文化星丛世界社会，又是一个法治的、规范化的世界社会，文化多元主义追求的是一个多元文化、多元价值观、多元生活方式的社会或丛林世界社会。世界主义所追求的世界社会既是一个多元、多彩、多姿、共容、开放的文化星丛世界社会，又是一个具有共同准则与规则，各国人民命运紧紧相连，互为一体的文明社会。这里，世界主义强调对话、理解、交流与互动是世界社会进步的源泉与动力，文化宽容是人类命运共同体的道德与司法规范和准则。因此，世界主义哲学所倡导的新世界可以是一个有正义，有和平，有繁荣与能持久发展的人类命运共同体。与此相反，正如贝克指出的，"文化多元主义不仅会陷于试图用多民族的霸权与霸道取代民族的霸权与霸道这一矛盾的危险中。文化多元道德主义还会陷于对种族暴力冲突的危险与现实视而不见的危险中"①。

第三，在世界主义哲学中，最基层、基本的道德、政治与司法思考的单位既是每个个体个人作为世界公民，又是每一国家与文化，而文化多元主义的最基层、最基本道德、政治与司法思考的单位是一种文化，一个文化共同体。美国哲学家托马斯·珀格指出，"世界主义的中心概念是每个人有作为道德考虑的最基本的单位的

---

① [德] 尤里·贝克（Ulrich Beck）：《世界主义视野》（*The Cosmopolitan Vision*），共同体出版社2006年版，第66页。

身份"①。郝尔德也提出世界主义哲学的七大原则,其中第一原则是"每个个人……是道德考虑的最终单位"②。世界著名哲学家哈贝马斯也指出,世界主义的精髓之一是直接给予每个个人作为世界公民的法律地位。③ 当然,在世界主义的视野中,国家与文化也是道德考虑的最基本单位。相反,"根据文化多元主义,所谓的个人并不存在。个人只是一种文化或一个文化实体的副现象(epiphenomena)"④。在世界主义的视野,世界由不同文化的个人所组成,也由不同的文化与国家组成。而在文化多元主义的视野中,世界由不同文化共同体组成。

世界主义哲学与文化多元主义哲学的区别也可以从它们各自与文化民族主义的不同关系中看到。文化民族主义,顾名思义,是一种认为一个民族是由这一民族的族人所共有的文化所构成,定义的哲学。它是介于种族民族主义与政治民族主义之间的一种哲学。例如,近年杜维明提倡的"文化中国"的理念是一种文化民族主义的理念。世界主义哲学不认同文化民族主义,但宽容,包容文化民族主义。文化多元主义基于,倡导与认同文化民族主义。文化多元主义常常会与极端文化民族主义联姻。

总之,作为一种哲学,世界主义不仅与国家主义、民族主义等截然不同,也与普遍主义、文化多元主义等具有本质上的区别。世界主义哲学应是我们的选项的一个重要的原因正是它能辩证地,因

---

① [美] 托马斯·珀格(Thomas Pogge):《世界贫困与人权》(*World Poverty and Human rights*),政体出版社2002年版,第169页。

② [美] 大卫·赫尔德(David Held):《世界主义:理想与现实》,共同体出版社2010年版,第69页。

③ [德] 约根·哈贝马斯:《对他者的包容》,麻省理工学院出版社1998年版,第181页。

④ [德] 尤里·贝克(Ulrich Beck):《世界主义视野》(*The Cosmopolitan Vision*),共同体出版社2006年版,第67页。

而正确地看待同一性与差异性、多样性与统一性、共性与特性、理一与分殊的关系。而我们时代正是一个同一性与差异性、多样性与统一性、共性与特性、理一与分殊对立统一的时代,正是一个世界各国人民及命运各异又命运一体的时代。

三 世界主义与文化宽容

辩证地理解同一性与差异性、共性与特性的关系,世界主义哲学因此强调文化宽容原则作为人类命运共同体的行为准则与规范。在人类命运共同体中,文化他者的存在也产生新的道德与法律义务:一方面是对他者权利的尊重与对他者的他者性的理解与包容;另一方面,是对人类共同规则与人类共同底线的坚守。对文化他者权利的尊重与对他者的他者性的理解与包容既是共同规则与人类共同底线,因此是道德与法律义务,又是一种伦理道德价值。因此,正如哈贝马斯指出,在世界主义的视野中,文化宽容是社会进步的媒人(Matchmaker),是使文化多元社会免于因冲突而分崩离析的必要条件。[1] 美国哲学家迈克尔·瓦尔茨指出:"差异使宽容成为必要,宽容使差异(健康地)存在成为可能。"[2] 从世界主义哲学的角度说,同一性与差异性之间的兼容性使文化宽容成为可能。美国哲学家约翰·罗尔斯也指出,合理的多元主义是自由民主制度的产物,而合理化的多元主义与多元化的合理世界观的存在是宽容被要求的基础。[3] 罗尔斯指出,正义原则规定对人的权利与基本自由的尊重,这意味着在多元

---

[1] [德]约根·哈贝马斯(Jürgen Habermas):《自然主义与宗教之间》(*Between Naturalism and Religion*),Polity 出版社 2008 年版,第 258 页。

[2] [美]迈克尔·瓦尔茨(Michael Walzer):《论宽容》(*On Toleration*),耶鲁大学出版社 1997 年版,"前言",第 xii 页。

[3] [美]约翰·罗尔斯:《政治自由主义》,哥伦比亚大学出版社 1993 年版,第 3—4 页。

化社会对共同体成员正当的理念、价值、生活方式等的尊重。因此，在我们时代，无论是在国家内还是在全球事务中，文化宽容是一个道德的、司法的规范与准则。这里，世界化与文化宽容相辅相成，不可分离。世界化使差异性共存成为紧迫，因而使文化宽容成为必要与必然。文化宽容使差异性共存成为可能，因此使正义的世界化成为可能。

文化宽容准则的必要性、必然性与重要性被联合国的一系列契约文件完整地表述与强调。《联合国宪章》开宗明义地宣布宽容为世界各国人民的行为规范与准则之一。一九八一年，联合国发表《消除基于宗教或信仰原因的一切形式的不容忍与歧视宣言》。一九九五年，联合国发表其著名的《宽容原则说明》，并把每年的十一月十六日作为国际宽容日。不仅如此，《宽容原则宣言》特别提出"注意到下列有关国际文件：《公民权利和政治权利国际公约》；《经济、社会、文化权利国际公约》；《消除一切形式种族歧视国际公约》；《防止及惩治灭绝种族罪公约》；《儿童权利公约》；一九五一年《关于难民地位的公约》及其一九六七年《议定书》和地区性文件；《消除对妇女一切形式歧视公约》；《禁止酷刑和其他残忍、不人道或有辱人格的待遇或处罚公约》；《消除基于宗教或信仰原因的一切形式的不宽容和歧视宣言》；《在民族或族裔、宗教和语言上属于少数群体的人的权利宣言》；《消灭国际恐怖主义的措施宣言》；世界人权会议通过的《维也纳宣言和行动纲领》；社会发展问题世界首脑会议通过的《哥本哈根宣言和行动纲领》；教科文组织《关于种族和种族偏见的宣言》；教科文组织《反对教育歧视公约和建议》"①。也即是说，《宽容原则说明》对文化宽容作为行为规范与准则的强调与如上所提的一系列文件的精神

---

① http://www.un.org.

是完全一致的。

在世界主义视野中，文化宽容准则的正当性，必要性与必然性可以证明如下：

1. 世界社会中社会成员之间的不可调和的文化差异性是客观存在的、深刻的事实；在世界中各国人民之间不可调和的文化差异性是客观存在的、深刻的事实；

2. 世界各国人民、文化人群有合法权利追求自己独特的文化理念、价值及坚持自己独特的生活方式；即世界各国人民有权利保持自己的文化特性、差异性；

3. 除非运用制度暴力与压迫，世界社会不可能消灭世界社会成员、世界各国人民之间的文化差异性；

4. 运用制度暴力与压迫消灭世界社会中社会成员、世界各国人民之间的文化差异性必然践踏这些社会成员与人民的基本权利；

5. 正义拒绝践踏世界社会中任何社会成员与世界各国人民的基本权利；

6. 与此同时，世界社会成员之间，各国人民之间又必须共存，共同发展；它们已成一个命运共同体；

7. 因此，对世界社会中社会成员之间，各国人民之间的文化差异性，正义的选择只能是文化宽容；世界化把差异个体通过共存组成一个多元的命运共同体，而不是在消灭差异的基础上组成一个共同体。

值得注意的是，在世界主义的视野中，文化宽容是我们时代的行为规范与道德与法律义务，不仅仅是伦理道德价值与美德。也就是说，世界主义所强调的不仅仅是儒家"地势坤，君子以厚德载物"的美德或佛祖"大肚能容，能容天下之难容之物"的涵养与境界。它强调的是这一道理：即宽容是每个人、每个国家、每个民族与人民都必须遵守的司法规范；宽容是每个人、每个国家、每个民族与人民都必须遵守的具有法律制约性的行为规范；文化宽容这一规范与准则的必要性与必然性不是建立在主体的美德与价值观念的基础上，而是建立在主体对他者权利的认识上。

与此同时，从美德的角度讲，文化宽容与包容必然要求文化自觉与文化自信。自觉存在是具有自我意识的存在，是与无自我意识的自在存在相对立的存在。文化自觉的存在是一种文化的具有自我意识的存在。文化自觉是文化宽容的必要条件。文化宽容是文化自觉的最集中的表现。与此相适应，文化自信，顾名思义，就是文化自我对自己的信仰，是对自己的信任、依靠与忠诚。真正的文化自信必然是一种自觉的自信，即具有自我意识的自信。这就意味着，在我们时代，真正的文化自信必然是一种文化敢于和能够与时代精神融合，体现时代精神，敢于和能够与我们时代的其他作为时代精神分殊的文化正常地处于一种相互开放、交流与包容的关系与状态。因此，文化自信表现于文化宽容，文化宽容集中地体现了文化自信。

值得注意的是，文化自信不是文化自负。自信是自觉的行为，而自负是自在的行为。文化自信表现于文化开放与宽容。文化自负表面上具有文化自我意识，实质上是变形的无自我意识的自在文化。因此，文化自负集中地表现于夜郎自大、闭关自守、盲目排他等，这些都是一种缺乏自我意识、无自觉的行为。无论是在一个民族文化内部，或是各族文化之间，或是在全球舞台上，真正的文化自觉与自信心态是体现在一种文化勇敢与能够进行与其他文化的开放、交流与宽容上，体现在对文化他者的开放、尊重、交流与互动的胜任性与能力上。一种文化对文化他者的开放、交流与宽容能力，体现出对自我的真实的真正认识与自信，体现出一种在充分认识自己中，在自觉的存在中对自己的信仰与能坚守自己的信心。

文化之间的对话与互动是文化宽容的必然关键要求与结果之一，这是因为文化宽容不是文化冷淡、漠视或忽视①。对某一信念、某一种实践或某一生活方式的冷淡、漠视或忽视，任之由之不是对它的宽容。宽容的基本要求是包容、兼容。冷淡、漠视或忽视没有包容、兼容。宽容意味着包容，包容意味着对话。就是说，宽容与漠视的本质区别是宽容带来的文化对话、互动。对话的对象当然是文化他者，尤其是那些不同意我们与我们不同意的文化他者。文化宽容要求平等地对待文化他者，与文化他者平等地交流与互动。这使文化宽容与怜悯区别开来。文化宽容不是强者对弱者的怜悯，它所反映的也不是强者与弱者之间的关系。例如，某一文化群体的人宽容另一文化群体的人不是某一文化群体人对另一群体人施舍好处，而是某一文化群体的人与另一文化群体的人之间相互地兼容对方，是某一文化群体的人与另一文化群体的人之间相互地认同，尊重彼此的正当权利。与此同时，文化宽容不是耻辱地忍受着文化他者或从一个强者的地位剥削一个处于弱者地位的文化他者。相反，文化宽容是宽容者与宽容对象之间彼此有尊严，彼此尊重的相互兼容、包容。真正的文化宽容是具有相互性的，即宽容者与宽容对象相互包容与兼容。

总之，在世界主义哲学的视野里，文化宽容是人类命运共同体理念内所有人的行为准则之一，是我们时代的道德与法律义务之一。宽容、自觉、自信也成为世界主义哲学的重要词语。

（陈勋武，美国德州大学人文学院哲学与古典系教授）

---

① ［德］约根·哈贝马斯（Jürgen Habermas）：《自然主义与宗教之间》（*Between Naturalism and Religion*），Polity 出版社 2008 年版，第 258 页。

国家社科基金重点项目

梁 工

《新编剑桥圣经史》翻译与研究札记[*]

二〇一八年六月,国家社科基金规划办公室批准"《新编剑桥圣经史》翻译与研究"为该年度重点项目。这表明,全国社科研究的最高管理机构已经认同,《新编剑桥圣经史》的汉译和研究对于推动我国哲学、宗教学、文学、史学、社会学、民俗学、思想史、艺术史、文化交流史等领域的人文社科研究均有积极的促进意义。透过这一对《圣经》进行全方位考察的学术巨著,诸多学科的研究者都可能从中发现自身所需的知识,既促进我们对《圣经》和基督教本身的专门研讨,也推动学界在更宽广的视域中展开跨民族、跨文化、跨学科的理论思考,达到借用他山之石,服务于建筑中国特色社会主义学术大厦的宏伟目标。

一 马克思主义理论家与圣经研究

马克思主义理论家高度重视研究《圣经》及基督教文化的思想意义和学术价值,马克思和恩格斯毕生均留下许多灵活运用圣经资源的范例,为后人树立了楷模。马克思出生于一个犹太家庭,自幼熟悉《圣经》,中学毕业时曾完成解读《约翰福音》14:

---

[*] 国家社科基金重点项目"《新编剑桥圣经史》翻译与研究"(编号18AZJ006)

1—14 的宗教论文①，还写出基于神学立场的短论《青年在选择职业时的考虑》②。他的思想进入成熟期后断然拒斥了《圣经》体现的宗教宇宙观，却承认《圣经》的影响力远远溢出宗教范畴，而深入到社会生活的方方面面。他深信，合理运用圣经资源有助于以理论掌握群众，使之转换成改造世界的物质性力量。③ 恩格斯在创建和发展马克思主义理论的过程中，始终将《圣经》及其蕴含的神学思想作为论证素材，多次议及当年如火如荼的圣经学术研究，④ 并发表了一系列针对《圣经》及早期基督教历史的论文，诸如《布鲁诺·鲍威尔和原始基督教》⑤、《启示录》⑥，以及《论早期基督教的历史》⑦。

在实现中华民族伟大复兴的中国梦，加快中国特色社会主义强国建设的历史新阶段，习近平总书记大力倡导不同文明之间的对话和交流，在交流互鉴中取长补短，求同存异而共同发展。他说："人类在漫长的历史长河中，创造和发展了多姿多彩的文明，从茹毛饮血到田园农耕，从工业革命到信息社会，构成了波澜壮阔的文

---

① 马克思：《根据〈约翰福音〉第 15 章第 1 至 14 节论信徒同基督结合为一体》，《马克思恩格斯全集》第 1 卷，人民出版社 2002 年版，第 449—454 页。

② 马克思：《青年在选择职业时的考虑》，《马克思恩格斯全集》第 1 卷，人民出版社 2002 年版，第 455—460 页。

③ 参见吕世荣、孙炳炎《马克思与圣经》，《圣经文学研究》第 16 辑，2018 年春季号，第 1—31 页。

④ 参见唐晓峰《恩格斯的圣经观及其思想来源》，《圣经文学研究》第 12 辑，2016 年春季号，第 1—18 页。

⑤ 恩格斯：《布鲁诺·鲍威尔和原始基督教》，《马克思恩格斯全集》第 19 卷，人民出版社 1963 年版，第 327—336 页。

⑥ 恩格斯：《启示录》，《马克思恩格斯全集》第 21 卷，人民出版社 1965 年版，第 10—16 页。

⑦ 恩格斯：《论早期基督教的历史》，《马克思恩格斯全集》第 22 卷，人民出版社 1965 年版，第 523—552 页。

明图谱，书写了激荡人心的文明华章。"① "文明因交流而多彩，文明因互鉴而丰富；文明交流互鉴是推动人类文明进步和世界和平发展的重要动力。"② 他勉励研究者"目光远大、胸怀宽阔、善于总结经验、善于吸收一切人类文明成果"③；要求他们"睁开眼看世界，了解世界上不同民族的历史文化，去其糟粕，取其精华，从中获得启发，为我所用"④。"一切人类文明成果"无疑涵盖了希伯来—基督教文化的元典《圣经》，《圣经》的文化精华无疑值得去其糟粕取其精华而为我所用。

《圣经》既富含东方文化底蕴，其传播及诠释的过程又弥漫着西方文化精神，这种复杂性质使之在东西方文明相遇、中外文化交流的历史上扮演着独特角色，是我们系统深入了解亚欧陆上及海上丝绸之路必备的思想资源和文化知识。以《圣经》为学术焦点的《新编剑桥圣经史》极具跨文化内涵，这种特质赋予其汉译和研究以文化比较、对话及沟通的专项文化工程意义，能为我们对于文化使命、文化价值的思考提供独到的启迪和有益的借鉴，不仅加深我们对文化多样性存在、多元化嬗变、多方位发展的理解，而且增进我们对宗教文化战略意义的深层次认知。基督教是人类社会迄今信徒最众、影响最广的宗教，对国际政治生态发生了并继续发生着十分复杂的影响，在中外关系及其交流对话方面发挥着重要作用。借助于《新编剑桥圣经史》的汉译和研究来深化中国读者对《圣经》

---

① 转引自李慎明《促进不同文明真诚对话、互学互鉴、合作共赢》，中国新闻网，www.chinanews.com，2016年8月23日。
② 同上。
③ 习近平：《不可能关起门搞建设，要吸收一切文明成果》，中国新闻网，www.chinanews.com，2019年3月19日。
④ 《习近平同志在中央党校80周年校庆时的讲话》，新华网，www.xinhuanet.com，2019年3月24日。

及基督教的了解，有可能对我们的政治思考和社会判断提供更多视角、更大空间，以及更稳妥、更合理的行为方略。

二 《新编剑桥圣经史》概览

《新编剑桥圣经史》由英国剑桥大学出版社陆续出版于二〇一二年至二〇一六年，分为四卷（第一卷：从最初至公元600年；第二卷：从公元600年至1450年；第三卷：从1450年至1750年；第四卷：从1750年至当今）。全书以《圣经》形成、传播、接受、研究的历史流变为线索，以该领域学术认知的复杂内涵为主干，从一种较为宽泛及综合性的文化背景描述圣经诠释及其社会传播的流变和发展，注重圣经学术思想的系统化及其影响的扩展性，堪称一部袖珍圣经学术百科全书。

纵向追踪，该书提供了圣经学术从开端直到当今的嬗变历程，依次述及古代、中世纪、文艺复兴和宗教改革、启蒙时代、近现代、当代圣经考辨的主要成就。横向观察，全书覆盖了圣经学术涉及的所有地带：非洲、亚洲、欧洲、美洲、拉丁美洲、大洋洲等。

就内部剖析而言，全书特别关注圣经原始语言希伯来语、希腊语的特质、圣经文本的形成及其正典化过程，历代研究者对《圣经》内在观念及其语言构成的理解。就外围拓展而论，举凡《圣经》的早期抄本和译本、各种典外文献、后世各种语言（诸如亚兰语、拉丁语、阿拉伯语、斯拉夫语，英、德、法、意、西、斯堪的纳维亚诸语种，以及汉、日、蒙、朝等东方语种）译本的形成、流传、释读、考证和运用，均在著者的论域之内。着眼于意识形态，其著者不仅关注《圣经》与三大一神教即犹太教、基督教和伊斯兰教的关系，也对基督教各主要派系，诸如天主教、东正教、新教，以及古代诺斯替教、摩尼教，和现代五旬节派等新兴派系对《圣经》的认知予以探讨。

就释经理论和方法论而言，既详析基于宗教信仰的历代传统释经学，言及奥利金、哲罗姆、奥古斯丁、托马斯·阿奎那、马丁·路德等神学释经家的贡献，亦精讲各种近现代理性主义释读路径（诸如来源批评、形式批评、编修批评、文学批评、修辞批评、社会科学诠释、自由主义研究、理想主义研究、考古学研究等），且细致查考了多种新兴的圣经释读模式（诸如解放神学批评、精神分析、存在论批评、结构主义研究、女性主义批评、后殖民批评、哲学阐释学、圣经接受史辨析等）。该书还辟有多种跨学科专题，论及《圣经》与社会、政治、文学、艺术、绘画、音乐、戏剧、电影、科学之间的关系。

总之，整部《新编剑桥圣经史》涉猎广泛、引证充分、资料宏富、思路清晰、结构合理，颇能体现出当代前沿性圣经学术的宏大视野和高端水准。全书的主体是一百五十一篇专题论文，其执笔者均系众望所归的国际前沿学者，这使得该书"内容精当，资料可靠，极具权威性……各卷书的索引全面而详尽，参考文献体现出近代以降圣经研究的主要成就。无论对于业余读者抑或富有经验的圣经学者，这套著作都在其首选之列"。[①]

三 "剑桥史系列著作"一瞥

创办于一五三四年的剑桥大学出版社是当代国际领先的教育和学术出版机构，"剑桥史系列著作"是该社深孚众望的权威品牌，既涵盖世界史、国别史的通史或断代史，也包括哲学、宗教、文学、艺术等重要人文学科的发展史。各卷皆由国际知名学者领衔主编，由训练有素的专家执笔撰写，意在体现最新成果，反映学界研

[①] L. J. Greenspoon, "The New Cambridge History of the Bible, Vol. 4: From 1750 to the Present," *Choice*, 3 (2015): 436.

究的高层次见解和前沿动向。傅洁萍①、高岱②、刘景华③、张戈④从不同角度注意到"剑桥史系列著作"的显著成就和权威性地位。贺圣达盛赞那批著作擅长以历史为经、以学术议题为纬,从诸多方面探讨社会历史文化变迁的脉络,在所论议题的深广度、内容的丰富性、见解的稳妥性和新颖性等方面均显得出类拔萃。⑤作为《新编剑桥圣经史》的姊妹篇,稍早发行的《剑桥基督教史》一经问世就引起国内学者及相关部门的密切关注。中国社会科学院世界宗教研究所所长卓新平于二〇一三年领衔申报,且随即获批了国家社科基金重大招标课题《〈剑桥基督教史〉翻译与研究》,该课题现已按照预期计划峻稿结项。在卓新平看来,深入了解基督教及其《圣经》,是中国在全球化时代走向世界的必修功课,"能用于我们今天向世界开放并走向世界的知识准备和文化积淀……充实我们对人类精神世界、灵性世界、思辨世界、信仰世界的认知",及其对"人类文化生活复杂共存形态的体悟"。⑥

《新编剑桥圣经史》的前身是三卷本的《剑桥圣经史》,出版发行于一九六三年至一九七〇年,一经问世就深受好评。莫顿·史密斯(Morton Smith)指出,《剑桥圣经史》"汇聚了二十世纪圣经学术的高层次成果,不仅能使读者提纲挈领地了解历代解经家对圣经诠释的特定贡献,还能使人看到《圣经》在不同时期社会生活乃

---

① 傅洁萍:《〈剑桥古代史〉〈新编剑桥近代史〉的翻译惠泽国人》,《光明日报》2011 年 7 月 13 日。
② 高岱:《对 20 世纪前半叶世界历史进程的整体探讨——评〈新编剑桥世界近代史〉》第十二卷,《北大史学》2004 年第 1 期。
③ 刘景华:《评〈新编剑桥中世纪史〉》,《史学理论研究》2004 年第 3 期。
④ 张戈:《剑桥史苑中的奇葩》,《中华读书报》2003 年 1 月 22 日。
⑤ 贺圣达:《研读剑桥史感言》,《中国图书评论》2003 年 12 月 30 日。
⑥ 卓新平:《汉译〈剑桥基督教史〉,推动世界宗教研究》,《中国社会科学报》2014 年 6 月 18 日。

至思想政治舞台上所饰演的角色"[1]。西蒙·克里斯庇（Simon Crisp）首先确认"《剑桥圣经史》在过去半个世纪一直是圣经学者众望所归的可靠指南"，进而提出，新近问世的《新编剑桥圣经史》"不仅是前者的更新，还是一套规模更加宏富的学术巨制"；能反映出二十世纪下半叶以来"圣经研究方法的显著变革，及其结出的最新硕果"；该成果必将成为"未来数十年圣经学者的根本性参考文献，同时，它也向各种非专业人士展示了当代圣经研究的卓越成就"[2]。

四 《新编剑桥圣经史》的创新追求

学术的生命在于创新。旧版《剑桥圣经史》问世四十多年后，有关圣经研究的各种文献及文物纷纷出土，学术方法也发生了显著转变，这使《新编》的编著者们意识到："现在已经到了重新审视整个圣经研究领域，为当代读者提供'最新水平'的研究指南，及其自古至今的接受史的时候。"[3] 仅以其中第一卷为例，就增入丰富多样的章节，涉及五经研究理论、七十子希腊文圣经学术、库姆兰古卷研究，以及早期犹太人对圣经文本的诠释等。

散布于其他各处的新颖内容不胜枚举。且不说渗透于论述话语始终的新颖认知理念及分析方法，仅就选材和构思而言，第四卷的整体架构就令人耳目一新，给人以极深的印象。旧版《剑桥圣经史》只有三卷，第三卷涵盖了从宗教改革至今的历史，而《新编》

---

[1] Morton Smith, Amos Funkenstein & Martin Marty, "The Cambridge History of the Bible", *The American Historical Review*, 1 (1972): 94–109.

[2] Simon Crisp, & J. K. Elliott, "The New Cambridge History of the Bible, Vol. 1 & 2", *Novum Testamentum*, 57 (2015): 431–451.

[3] Joachim Schaper & James Carleton Paget, *Preface of The New Cambridge History of the Bible*, Vol. 1. (Cambridge: Cambridge University Press, 2012), p. xii.

将这数百年一分为二,改作第三卷"从宗教改革到启蒙时期(1450年至1750年)",和第四卷"从启蒙时期到如今(1750年以后)"。第四卷的编纂者立足于当代学术的制高点,多角度论述了发生于近现代圣经学术领域的天翻地覆的变革。

该卷首先探讨近现代生产方式和分配模式对出版商、印刷商、文本评论家和翻译家的实质性制约,表明它们如何导致了圣经文本生产及其文化传播的新模式。继而描述一系列相继涌现的文本研究新方法,涉及历史、文学、社会科学、考古学、女性主义、后殖民主义、自由主义和基要主义等阅读路径。多元化圣经批评理论指导下的释经实践极大地拓宽了人们观察《圣经》的视野,使之有可能空前开阔地领略到《圣经》那"横看成岭侧成峰"的万千气象。

就地理眼界而论,旧版的学术视野被刻意限制在"西方",即"西欧和美洲",只是含蓄地理解《圣经》与世界其他地区的关联性。《新编》则提供了对于圣经接受地理的全面考查,表明近代以来,传统上《圣经》在西欧的权威性地位固然遭遇到挑战,它与普泛的世界文化仍存在很高的关联度,依旧从不同层面显示出其影响力,尤其是在拉丁美洲、美洲、非洲和亚洲。

当代圣经学者的阅读乐趣之一是读者反映批评,他们热衷于追踪接受史,从以往专注于圣经文本的原初意义转向各类读者对经文的多样性理解和诠释;较之于西方白人男性神学家,那批读者来自更宽泛的群体,诸如"穷人"或"被边缘化者"、妇女、处于殖民统治下的人们,以及有别于基督徒的其他教派人士。而在"所有这一切的背后,是人们日益增长的对于诠释者主体意志的兴趣——那种学术焦点溯源于施莱尔马赫的阐释学"[①]。这类散发出当代文化

[①] John Reches, *Preface of The New Cambridge History of the Bible*, Vol. 4. (Cambridge: Cambridge University Press, 2016), p. xv.

理论气息的圣经释读，赋予《新编剑桥圣经史》（尤其第四卷）以浓烈的文化研究意味。至于某些较为明显的缺憾或不足，可列举出涉及中国等东方国家的内容过于单薄，全书仅在亚洲和非洲章节中以少许篇幅草草处理，使人感受到西方中心论的阴影。

五 外籍汉译与中国社会变革

纵观中外文化交流的漫长历史，能发现四次外籍汉译的高潮，依次是：其一，东汉至北宋的佛经翻译；其二，明末清初由利玛窦、徐光启领衔的基督教典籍和科技著作翻译；其三，清末由严复、林纾率先倡导的西方科技、文学著作翻译；其四，改革开放以来全方位、广视角、多层次的国外名著翻译。它们一次次推动了中国社会的变革和文化的兴盛，促进了西学东渐、国学西传的双向交流进程，其中长达数百年的佛经汉译终使佛教文化汇入中国文化主脉；清末翻译浪潮有力促进了20世纪上半叶中国古典文化的现代转型。

今天，中华民族正经历着前所未有的伟大复兴，这场变革伴随着学术交流和外籍汉译的空前繁荣。自一九八一年至二〇一七年，仅商务印书馆一家就出版"汉译世界学术名著丛书"（纪念版·分科本）700种，包括哲学类255种、政治·法律·社会学类165种、历史·地理类135种、经济学类130种、语言学类15种。这套丛书重在翻译出版马克思主义诞生前的国外古典学术著作，亦适当介绍当代已有定评的各派代表性著作，被誉为"对我国学术文化有着基本建设意义的重大工程"，于二〇一一年获得中国政府第二届图书出版大奖。[①]

二〇一八年十一月三日，在《〈新编剑桥圣经史〉翻译与研

---

① 参见百科百度条目："汉译世界学术名著丛书"。

究》项目举办启动仪式期间,商务印书馆与该项目负责人签署了出版协议。商务印书馆上海分馆总经理贺圣遂先生表示,将秉持"内容前沿、技术严谨、形式完美"的出版理念,大力支持汉译《新编剑桥圣经史》的翻译、编辑和出版,努力打造出一部时代精品。他殷切勉励翻译团队成员协力同心,精诚以待;并对汉译本《新编剑桥圣经史》终将被收入商务印书馆的拳头产品——"汉译世界学术名著丛书"充满信心。

在大力推动国学外译之际,积极译入国外名著,能反映出一个国家的学术定位、学术品味和学术实力。这既是我国必定持续发展的能源动力,也是我们在国际交往中真正具备文化竞争力的前提条件。我们理应一展中华民族海纳百川的胸襟和气魄,既满怀自信地在自身的悠久文化传统中寻根溯源、继往开来,也注意向古往今来丰富多彩的世界文化敞开心扉,以虚心学习的姿态博采众长、不断充实自我。

(梁工,河南大学比较文学与比较文化研究所教授,博士生导师)

对 话　　　　　　　　　　　　　　　　　　张宝明　赵　牧

人文学科：行走在路上
——人文学科的困境与选择

学术是职业，更是"专业"

赵牧：张老师，您是一名近现代思想史研究方面的知名学者，您的《启蒙与革命的两难》，较早地涉及"学衡派"的保守主义思想的积极面向，并以此作为思想资源，反思了二十世纪中国的激进主义思潮，参与了一九八〇年代以来中国思想文化界的一些重要议题，而近几年，您又将自己的研究领域扩充到了二十世纪中国的语言变革方面，以您对近现代思想史的深度把握的前提下，就盘亘在现代中国知识分子心头的"古今中西""文白之争"做了进一步的讨论。从这里不难看出您的思想史研究是以现实关怀为前提的，而以历史学家的身份关注现实问题，可能就是您从事学术研究的原动力。或者就是因为有这种原动力的驱使，您还就人文学科的历史与现状发表过一些看法，回应了现实中广泛存在的一种人文学科是否穷途末路的焦虑。就在最近的一次演讲中，还有一些大学生向您表达了"学人文学科有什么用"的忧虑，而事实上，这样的一些忧虑，也广泛地存在于人文学者的心头，因为我们正处在一个趋利务实的社会里，整个社会通行的都是实用主义和工具论的观念，"有用"或者"无用"，成了衡量一切的标准。您显然对此并不认同。

不仅如此，您还强调指出，只要能面对纷纭现实发出自己的声音，人文学科就有其存在的价值。为此，您还提出了一个"人文学科永远行走在路上"的命题，但可能因为时间关系，您在这个问题上谈得并不充分，所以，我想借此机会更进一步地倾听一下您的意见。

张宝明：谢谢你对我以往的研究所作的评述。我这里首先来回应一下你所提到的那次演讲。那次演讲是针对大学中文专业学生的漫谈，主要内容并不是关于人文学科的，但是，在演讲结束后的提问环节，有个学生向我表达了她的困惑，她非常真诚地问我："老师，您觉得像在现在这么一个物欲横流的社会里，我们这些人读文学作品能有什么用呢？"时间已经过去很久了，我依然能记得这个女学生充满困惑的眼神，她的原话我可能复述得不够准确，但是她的困惑却让我心头一震。是啊，有什么用，这不仅是她的疑问，也是我们很多人的疑问。就像你刚才所说的那样，不仅包括大学里学习人文学科的学生，还包括那些大学里教授人文学科的老师，包括和人文学科没有多少瓜葛的学生和老师们的亲友团，包括大学里从事科学技术及工商专业的学者，包括大学里从事管理的行政人员，甚至包括负责高校管理、学科审议、高教规划的校长们和教育系统的各级官员们，他们心中或许也跟这个学生一样，有这么一个类似的疑问：学习人文学科，或从事人文研究，或发展人文学科，能有什么用呢？面对这样的疑问，从事人文学科研究的学者或面露尴尬或轻飘飘地回答："无用之用"，然后扯来人文素养、文化传承等宏大的概念给一番解释。但这些解释却在很多时候，既说服不了别人也说服不了自己。我所接触到的一些同行，一边是给学生们在讲坛上大讲人文精神，一边又极力阻挠自己的孩子大学入读人文学科。这说明在他们心里，"无用之用"，在这个趋利务实的社会里说白了就是没有用，这样的说法，不过是一种自我调侃或自我解嘲罢了。

赵牧：张老师，您说的这一点，我有切身感受。我在读博士期间，有个老师给我们上课，课间的时候我们跟他聊天，有一个同学可能跟他比较熟，就问及了他的孩子当时上学的情况，他就说，孩子将来考大学绝对不能考文科，而且他孩子也不喜欢，觉得像我们这样每天鼓捣些论文，累死累活，既没见啥回响，也没见啥收益，而孩子的一个舅舅，搞工程的，一个图纸画出来，就是几万几十万甚至上百万的收入。像这样的一些话，我当时也没感到有多震惊，相反，倒是跟着那位老师一起感叹了一番，还觉得蛮认同的。

张宝明：这说明实用主义和工具论不仅深入到一般社会大众的心灵深处，而且我们的一些人文学者也入其彀中，对人文学科的性质、职责及前途失去了基本的认同。个中原因当然非常复杂，且不能一概而论。但最核心的一点，我想恐怕与当代人文学者职业化的生存状态有关。所谓职业化生存，就是学术研究，不管是理工科的，还是人文科的，都首先跟一份养家糊口的职业联系在一起，很多情况下，人们并非为了德国社会学家韦伯所谓的"精神的志业"，而是为了一个饭碗而参与到学术生产中去的。在这种情况下，现实利益的得失算计，可能远远大于他因为某个发现或某种判断而带来的陶醉感。对于何以将学术作为一种"志业"，韦伯曾经说过一段非常精彩的话，"任何人如果不能认定他的灵魂的命运就取决于在这篇草稿的一段话中做出正确的推测，那么他还是离学术远点好，因为他对学问将永远不会有所谓的'个人体验'。没有这种圈外人嗤之以鼻的奇特的陶醉感，没有这份热情，没有这种'你来之前数千年悠悠岁月已逝，未来数千年在静默中等待'的壮志，你将永远没有应和学术工作的召唤，那么你应该去做别的事，因为凡是不能让人怀着热情去从事的事，就人作为人来说，都是不值得的事"。但悖论的是，我们的很多学术同行并不这么认为，因为他们倾向于把学术视为一种谋生的手段。将学术视为谋生手段，这对所有学科的学术发展都应会产生消极的影响，而在这中间，人文学科所受的影响尤其厉害,因为目前的大学制度下,那些工程技术学科早已企业化了,而我们的人文学科,却还只能选择一种体制内的生存方式。正因为这个,我们的很多制度,比如职称评审,比如项目申报,比如科研评价,才会被设计出来,并成为戴在学者头上"紧箍咒"。很多人虽腹议不断,却仍勉为其难,并为此制造了大量的学术垃圾,就在很大程度上跟这种体制内的生存状况有关。

但如果因此就认为韦伯的标准是一个异域的"神话",就不免有些妄自菲薄了。事实上,韦伯的标准并不高。中国近代以前的传统知识分子就有很多是这么要求自己的。当然,那时的知识分子多出身于士绅家庭,他们进可以为官,退可以回乡继续做他的士绅,不会像现在的知识分子一样,在职业化生存之外没有多少自由选择的空间。而且除此之外,中国传统的处世哲学,也为传统知识分子的进退提供了强大的心理支撑。所谓"达则兼济天下,穷则独善其身",并且在"出世"的儒家之外,还有"退隐"的老庄,而在经济上和社会地位上,也不会因为退而受到根本性的影响。不但不受影响,有时候反倒会对他们著书立说起到积极作用,很多知名的大儒,就是在退隐江湖之后,怀抱着"究天人之际,通古今之变,成一家之言"的信念完成了自己学术上的升华。从这个意义来说,人文学科之所以被轻视和误解,以至于被边缘化和污名化,就跟我们将学术视为一种"职业"而非韦伯所谓"志业"有很大关系。

过度"市场化""工具化"需要反思

赵牧:您说到这里,我禁不住有些汗颜。我也曾经听到过一个说法,就是大学教师应该像教会法中对于牧师的要求一样,不可能完全摆脱自己的角色,要在自己的岗位上留下永远的印迹。尽其所能地推动人文学科的发展,这应该是对人文学者的一种要求。不过,却也让我想到,将所从事的人文学科研究仅视为职业而非一种志业，并非仅仅由人文学者自身学术信仰缺失决定的。整个社会都弥漫着一种实用主义的信念，高等教育也奉行工具论的办学思想。比如这些年每到高考填报志愿时，因为我在高校任教的缘故，就总有些亲戚朋友让我给指点所谓的"迷津"，推荐哪些专业热门报考，哪些专业冷门没有就业前景。我当然也真诚地想给他们帮忙，毕竟现在教育产业化，供养子女上大学是一份不小的花销，既然教育是一种投资，当然首先应该考虑到回报率，这是无可厚非的，但问题是，我琢磨了半天，却也不能给他们提供一份自己满意的答案。一忽儿这个专业热，大家一哄而上，结果报考的时候香饽饽，毕业的时候却臭了大街。而学校也是，这个热就办这个，那个热就办那个，结果几年下来，专业办黄一个又一个，却仍望风而动，一点长远的学科规划都没有。所以，我身在高校，也看不清门道，自己所教的中文，网上一百度就知道，是市场亮出红牌的专业，当然不能给亲戚朋友推荐的，而别的专业乱花迷眼，也推荐不了。

张宝明：我们知道，伴随着高等教育大众化的，是高等教育的市场化，而既然是市场化，高等教育就成了一种投资，划不划算，这类原本就存在但却不那么突出的问题，就在很多学生家长那里成了头等大事。伴随着教育大众化，我们的学生家长期待通过上大学给孩子提供一个好的出路，这当然无可厚非。即便是在西方发达国家，教育大众化的结果也一样是涌现了大量对于大学知之甚少的劳工阶层的家长，他们跟我们的很多家长一样急功近利，给孩子选所学专业的时候，大多倾向于从实用角度出发。比如我在薛涌的一篇介绍美国高等教育的文章中看到，美国劳工阶层的家长在给孩子选大学专业时，也会舍弃他们认为没有多少实用价值的人文学科，而倾向于选择应用型的学科。为什么这样呢？按照薛涌的分析，他说美国那些劳工阶层家庭的父母反智情结本来就非常严重，觉得大学就是教人读一些没用的东西，但如今的大潮是蓝领工作越来越少，所以，他们勉为其难，送孩子进大学就是为了找饭碗。大学在他们眼里，无非一个职业培训班，如果让他们一年花几万块钱送自己的孩子读什么柏拉图或者亚里士多德，他们肯定觉得不可思议。我们这边很多工农家庭的父母当然也不会对柏拉图和亚里士多德感兴趣，他们送孩子上大学的目的，也是为了给孩子找个饭碗，所以，人文不人文的，对他们来说毫无意义，他们所关心的热门抑或冷门，就是一个就业的晴雨表，你说什么"对社会做贡献"呢，"传承文化"呢，"提升文化境界"呢，"促进文明进步"呢，他们肯定会觉得你脑子有病呢。

赵牧：是啊，这些话肯定不敢给他们说。事实上，我看很多学校的招生宣传或者网上的专业介绍，也不敢拿这些话做由头，甚至有关他们学校的某某学科在全国同类高校中排在前列这些话他们也不会放在突出位置加以强调，而是倾向于强调他们的就业率如何，他们的学生怎么受到就业市场的追捧，又有哪些毕业生成功进入"全球五百强"的企业，或者在这些知名企业里如何出人头地等，所以给人的印象就是，市场的认可就是他们最大的成功，给毕业生提供一个好的就业就是他们最大的光荣。

张宝明：从这方面来看，我们的大学跟一般社会大众共享了同样的急功近利的价值观，而只满足于将大学视为职业培训机构，用工具性思维来办大学，用市场指挥专业建设，不具备大学本应有的超越性办学理念。这情况由来已久，但新世纪以来，伴随着高等教育的大众化转变，工具化的办学思维更加严重。尤其那些新建本科院校，办学力量本来不强，办学经费也不足，而借着高校教育大众化和市场化的机会大举建设新校区，大批扩招，并跟风创办新专业，这些新专业基本围绕市场导向，以应用为主。专业越来越实用化，自会挤压传统人文学科。有些传统人文学科，本来办学时间长，学科建设多少也有一些积淀，是这类学校升本扩招之前的优势学科，这时也被迅速边缘化了。因为在资金有限的情况下，办学经费向着技术、工程及其他职业教育方向转移，必然会以牺牲别的学科，尤其是人文学科为代价的。

不能不说，这些学校如此折腾的初衷也是好的。除了经济考量之外，也有面向市场办学的用意，毕竟在他们的办学理念中，服务地方和市场，给学生尽可能地提供一个就业机会，占有很重要的权重。事实上，很多重点院校，也因应着这种趋势。比如北京大学中文系，按说是全国人文教育最好的地方，学科发展算是全国各高校的领头羊，而且占有最好的教育资源，但就在二〇一三年的时候，它们也在研究生培养模式上进行了转变，大举压缩学术性硕士的招生规模，而将更多指标放在类似专硕的"创意写作"方面，以至于原系主任温儒敏教授禁不住感叹说，大学怎么能当成"职业培训所"来办呢？

赵牧：张老师，您说到这里，我倒是产生了一些疑问：其一您说工具化的办学思维由来已久而并非市场化改革之后的新现象，对此您是否做出一些进一步的解释？其二，是否您比较认同温儒敏教授的意见，就是不应该把大学办成"职业培训所"，那么，您认为理想的大学应该是什么样子的，而一个理想的大学应该在人文学科建设上有什么样的表现？

张宝明：我说大学工具化的办学思维由来已久，这应该是一个共识。有关新中国高教发展的更多历史细节，可能有关方面的专家更有发言权，我这里只能做一个粗浅的描述。自从一九五〇年代高等院校调整以来，高校在两个方面的表现最为突出，一个是政治挂帅，这是自不待言的；而另外一个，就是技术挂帅，那时候的高校，借鉴了苏联模式，以培养服务于社会主义建设的工程师为主要任务。据说那时候的大学生一入校，有两句话常被提到，一个是"工程师"，所谓"未来的工程师"成为对大学生最好的鼓励，另一个是"螺丝钉",这本来也是一个技术用语,被挪用过来作为对大学生的政治要求,就是要这些"未来的工程师"甘当社会主义大机器上的一个零部件。所以这两个词,虽说所指两个方面,一个是政治的,一个是技术的,但用的却全都是技术性的修辞,仅此,就充分反映出新中国的高等教育工具化思维根深蒂固。我是在八十年代初上大学的,我们很多的人文学者,普遍认为那是一个人文学科尤其是文学的黄金时代,但殊不知那个时代科学技术依然在高校里受到高度重视。因为从事工程技术的人员不擅长于历史叙事,我们在大众媒体上比较少地看到他们有关于那个时代大学生活的回忆性文章,这就好像给我们一个印象,觉得那个时代的科学技术专业乏善可陈,其实完全不是这么回事。

回顾历史,可以得到启示

赵牧: 您说得太对了。现在很多文学专业的研究者,倡导"重返八十年代",就有很多是这么一种怀旧的论调,结果给我们的印象,就是好像只有文学家承担了思想启蒙的重任,但即便文学在当时非常热闹,而且对建构"拨乱反正"和"改革开放"的意识形态功不可没,但科学技术教育,应该在那个时代也发挥了主导作用。我记得八十年代后期上初中的时候,有一篇课文叫《科学的春天》,后来我知道那是郭沫若一九七八年在全国科学大会上的讲话,而当时学的时候虽然不知道这些,读了之后却很受激励,甚至一度萌发了要当科学家的梦想,而另外一篇文章,也在我的中学时代产生很大触动,就是徐迟的报告文学《哥德巴赫猜想》,这也是七十年代末发表的。现在很多人谈论"八十年代",言必称文学,但其实在我这个在八十年代末才升入初中的七零后来说,对当时文坛上的热闹几乎一无所知,所知道的,却都是科学家所享受的荣耀。而后我之所以高中读了理科而后成为工科大学生,也很大程度上是受了这种八十年代记忆的影响。再之后我又从工科转到文科,恰好以当代文学为研究对象,曾经一度对八十年代的先锋叙事很着迷,但后来我发现在当时的很多小说中,从事科学技术的知识分子往往是正面的典型,而迷茫无措的,却恰恰是大学里学人文学科的学生。我不知道从这个侧面,是否也可以印证您有关于八十年代的高等教育,仍然为科学技术主义笼罩的判断。

张宝明:你这个补充很有意思。我那时在师范院校读中文系,而在我所读的那所大学里,中文学科还是蛮厉害的,虽在一个小地方,也能感受到大的思想解放的氛围。但即便是这样,我们也不时地感受到来自理工科的压力。比如说,那个时候实行"改革开放",国家恢复了留学政策,鼓励学生走出去,但能够获得公费出国留学机会的,几乎都是理工科的大学生。我后来看过一些材料,发现那时的人文学科的大学生,即便是家庭有大背景的,也都是自费出去的多,一般人家的孩子想都不敢想的。即便是现在,国家留学政策相对平衡了一些,但仍然是理工学科的机会远远大于人文学科的机会。从这个角度看,八十年代的大学教育仍然延续了五六十年代的思路,重理工,轻人文,是一以贯之的。这种状况,自大学面向社会和市场办学,非但没有改善,反而变本加厉,对于技术性和应用性的追求更加急功近利了。

赵牧:为什么会这样呢?

张宝明:我认为,有两个方面的原因。一个是给大学"去思想化"的企图,而只希望它承担工具化的职能;另外一个,就是发展主义的焦虑,这个焦虑可说是由来已久了,而在二十世纪五十年代以来的时代语境中,更被赋予了迅速摆脱国家"一穷二白"的经济状况,"大快好省"地建设社会主义的政治内涵。毛泽东曾经信心满满地说:"我们不但敢于破坏一个旧的世界,而且还能建设一个新的世界",这个新的世界,用当时的政治术语来说,就是社会主义乃至最终实现共产主义，但具体体现这个新世界优越性的指标是哪些呢，则又是"赶超英美"等老牌的帝国主义国家。也就是说，我们的革命与建设，是以反对资本主义和帝国主义为前提的，但我们的目标，却又以他们的社会发展尤其是经济科技成就为蓝本的。发展主义成了东西方世界共享的价值观。在这种情况下，社会上下便被一种发展焦虑笼罩，"多快好省"和"跑步前进"，就成为当时流行的宣传用语，而高校本是出文化、出思想的地方，但因为被这种发展主义逻辑绑架，又困扰于全球资本主义和社会主义两大阵营的冷战局势，所以，政治挂帅和科技先行，就成为一种必然的选择。

实事求是地说，五六十年代的高等教育，无论在规模和数量上都取得了很大发展，并也为新中国建设输送了又红又专的技术人才，这些人才即便是到了八九十年代仍构成了社会的中坚力量。但在巨大成就的背后，政治性和工具性主导的办学思维却也弱化了大学的思想文化功能，成了按照国家计划生产实用人才的机器，而不再是科学文化中心，大学在整个社会结构中的位置因此也就下降了。"文革"结束以后，"改革开放""经济建设"成为主导的意识形态，高等教育却是对五六十年代的恢复和接续。这仍根源于国家经济的贫穷和落后以及因这种贫穷和落后而产生的发展焦虑。这急于用经济发展的成就证明"改革开放"合法性的观念传导到大学校园里，就只能在这新的历史时期，恢复以及延续工具论办学思想。

不过当时的大学人文思想还是蛮活跃的，毕竟经历十几年的思想禁锢，一旦开放，还是激发了强大的解放能量。所以，即便大学教育整体上重视科技，轻视人文，但是因为睁开眼睛看世界，新鲜思想的刺激，还是在很大程度上激励了人文学科的发展。有一个非常流行的说法，就是"八十年代"或者说"新时期"接续了"五四"启蒙主义，这种说法在一定程度上是符合实际的，因为这个时期"赛先生"和"德先生"又同时受到重视,而且与"五四"一样,请进"德先生"的目的,也是为了让"赛先生"宾至如归,甚至落地生根。结果,就像你读中小学时候的印象一样,科学主义、工具理性,即便是在"五四"启蒙精神被高举的"八十年代"也居于高等教育思想的主导地位。很多情况下,人文学科的研究实践并非反思这种主导观念,相反,却成为这种观念的附庸。比如你所熟悉的"八十年代"文学,当时很多流行的文学理论,就曾纷纷借重理工科思维,将信息论、控制论的方法挪用在对文学问题的阐释上。

赵牧:张老师,您的意思似乎是说,"八十年代"看似热闹的人文学科及其对启蒙话语的倡导,实际上是与工具论、发展主义以及科学中心论等主导意识形态话语是一致的,甚至可以在某种程度上说,当时的启蒙话语对于这些主导意识形态还发挥了保驾护航的作用。不但如此,您似乎认为应将这一状况给历史化,认为这种发展主义逻辑之所以根深蒂固,是跟晚清以来的启蒙论述密切相关的。这就将问题进一步地引入到您的思想史的领域,或者更确切地说,您之所以关心人文学科的困境与出路,本来就根源于您的思想史视域。

张宝明:正是这样。唯发展至上的启蒙现代性方案,这是晚清以来中国被动遭遇西方而必然做出的选择。我们知道,自一八四〇年以来,中国一步步陷入半殖民地深渊,为了民族自救,当时的开明士绅曾掀起"洋务运动",试图"师夷长技以制夷"。这个所谓的"技",在中国的传统思维中,多被当作"奇技淫巧"来压抑的。"四大发明"虽起源于中国却勃兴于西方,原因大概就在于此。西方人的坚船利炮打破了中国士大夫沉醉已久的迷梦,然而"洋务运动"开展了几十年却仍在甲午海战中败给日本,所以,"中学为体,西学为用"这样的一种二分法遭遇挫折,以至于在上层政治中推行变法，在民间社会中传播西学，成为一种大势所趋。结果虽然激进的变法运动因种种原因失败了，但传授西方科技为主的新式学堂以及发展主义和科技中心论的意识形态却延续了下来。为此，清政府大量派出留学生，到西洋或日本学习科学技术和政治制度的知识，并在他们学成归国后被赐予类似科举的进士、举人等功名，安排他们在政府或者教育部门任职。直至一九〇五年的科举废除，不仅这种唯西学为尚的风气渐次漫步开来，而且沉重打击了民间社会对传统读书人的尊崇。结果两相夹击，传统的以伦理和人文关怀为主的中学的地位一落千丈，而崇尚工具理性的西学则反宾为主。包括北京大学在内，很多如今声名显赫的国内高校，就是在这种情势下被创办起来的。可见从中国高等教育兴起之初，工具论思想就占据主导地位。

然后辛亥功成，晚清覆亡，但是期待已久的共和有名无实，袁世凯和北洋军阀的统治又乱象环生，这才又催生了"五四"新文化运动。新文化运动爆发的原因，当然是复杂的，但从其对于传统文化的猛烈抨击和对于"德先生"和"赛先生"热烈推举来看，当时走在时代前列的知识分子都是西方主义的信徒，他们一方面来自西方直接或间接的刺激，一方面来自列强环伺、王朝末路、落后挨打的现实感受，而还有一个方面，则受了"洋务"一代、"变法"一代、"辛亥"一代启蒙先驱的影响，既"感时忧国"又"西方为尚"，既重视洋务又蔑视传统，构成了他们的文化心理结构，所以，急切冒进的他们觉得中国的问题在于传统文化的影响根深蒂固，才导致了西学（科技和制度）不能在中国落实，只能用"德先生"刨掉传统的祖坟，才能真正将"赛先生"请进来。从这个角度，启蒙运动在中国的兴起、现代民族国家意识的建构以及人文观念在中国的没落，它们是相互关联的历史过程，而作为共同前提的，乃与西方被动遭遇的中国所面临的"亡国灭种"的危机。在这个过程中，推崇现代而反对传统、相信进化而排斥循环、推举文明而反对蒙昧、重视实用而轻视务虚，强调科学而蔑视人文，就形成了主导性的价值观念，而以此为前提的高等教育，理工科技天然地受到重视，人文学科则会受到压抑。

启蒙主义，现代性问题与高等教育

赵牧：您的这番描述，给我们呈现了一幅晚清在国内外危机中的"穷途末路"的画面。因为晚清乃至民初的知识分子为这种"穷途末路"之感所把持才那么急功近利，恨不得即刻就将中国几千年的传统捣毁，以给西方的科技和文明让路。但像这样一种用西方文化置换中国传统的企图，虽以科技和发展为目的，应也会将西方的人文思想输入进来，而况高等教育及其人文学科，都是西化的产物，难道在西方的高等教育中，也是贯彻工具论的办学思想和以科技中心的吗？或者因为危机的存在，使得中国知识分子在对于西方的译介和接受中表现出某种倾向性和选择性？

张宝明：应该说，所有的启蒙论述，都是一种危机论述，因为正是危机的存在（有时也是一种假想的存在）才有启蒙的必要。西方的启蒙主义是在与中世纪的宗教神学作斗争的过程中兴起的，其核心，就是以工具理性反抗神学的蒙昧主义，并发展了一套理性至上的信仰，把人类社会的历史看作一个由低级到高级进化的过程。从愚昧向智慧，从束缚向解放，从黑暗向光明，这种历史目的论和进化论观念，既是欧洲从传统社会向现代资本主义社会转化的结果，又反过来为其进一步展开提供了合法性证明，而两者相互激发，就在社会改造的意义上形成了所谓启蒙现代性方案。这种社会改造方案却从来没被完整地实施过。不但社会的现代化过程没遵照启蒙规划按部就班地展开，而且总是充满多种矛盾因素的相互斗争，所以现代性在西方是一个复杂的谱系，在启蒙现代性之外，它还具有多种面孔，比如西方各种人文主义思潮就对工具理性持强烈批判态度。仅从这个启蒙现代性及其悖反的意义上，西方就是一个复杂的存在，但处于晚清乃至民初危机情势中的中国知识分子，却对启蒙现代性表现出强烈的兴趣，并由此将对于西方的理解狭隘化了。

不过话说回来，这种理解的狭隘化和选择的片面性，自有它的合理性和正面价值。首先，启蒙理性、发展主义、工具论、科技中心，这些观念确实长期处于西方价值观念的中心位置，并且在他们向外殖民扩张的过程中，为了论证其殖民政策的合法性，他们也往往倾向于将这些价值观作为人类社会的普遍法则向外兜售。比如进化论本来是达尔文对于自然界现象的归纳，赫胥黎却将之应用于社会领域，而更多的西方人类学家，则将这种时间向度上的规律空间化，描绘出世界不同区域处在不同历史发展阶段的地图，这就给他们的殖民主义提供了合理性的说辞。其次，这说辞不但被他们用来解释自身，而且也为被殖民或被侵略一方所接受。比如严复就对于赫胥黎的社会进化论极力推荐，影响了中国几代的知识分子，直到如今，我们都还是进化论的信徒，并且由此而坚信发展才是硬道理，"落后就要挨打"。再次，因为受到来自西方的灌输和来自中国内部的推广，近代以来的知识分子不仅接受了我们上面所提到的这些观念，而且更进一步，他们还积极参与了这些观念的建构，突出西方启蒙理性的一面、进化论的一面、工具论的一面、科技中心的一面，而隐匿或消除西方人文的一面、审美的一面、颓废的一面，所以，西方不仅是西方自身的创造，而且还有来自西方之外的中国乃至世界很多地方知识分子的创造。最后，中国乃至世界其他非西方的知识分子之所以参与这种创造，乃是试图以这个西方强大的他者为镜像，来建构自我的民族国家意识。比如，有关于"睡狮"的比喻，这在晚清乃至民初的知识分子广为人知的，而且普遍认为这是来自于拿破仑的一种说法，但事实上，这说法其实是"出口转内销",它并非来自拿破仑,而是来自十九世纪某个名字还不为人所知的中国人。但它却在激励民族知识分子的"救亡图存"意识方面曾发挥过极其重大的作用,以至于"唤醒中国"就成为了中国近现代知识分子启蒙论述的前提和诉求。因为这种种复杂的纠结,就无怪乎晚清及至"五四"的中国知识分子以一种激烈的态度抨击传统和引介西方,将进化论、工具论、发展主义、科学中心当作核心诉求了。

赵牧: 您的意思是受这样一套价值观念的影响,中国的高等教育从一开始就对人文学科造成挤压,那么西方呢?据我所知,有关西方人文学科没落的观点也经常被提到的。

张宝明: 具体到人文学科,我觉得既然它的学术建制来自西方,中国的人文学科所遇到的尴尬在西方也会遇到。西方的人文同行自启蒙运动以来,也一直反思或批判启蒙现代性的工具论教条。当然,工具论和反工具论、实用论和反实用论是自古以来就有的矛盾,只是这矛盾到了启蒙运动以后,尤其伴随着工业化而产生了诸多弊端,西方的人文学科对工具论、实用主义的批判是更为严厉了。我并不是在人文学科和对这些西方主导价值观的批判之间画等号,西方的人文学科内部也存在诸多矛盾,其中就有站在启蒙现代性的一边而对人文主义极力抨击的。正是这种相互抨击,造成了西方人文学界百家争鸣和自由辩论的空气。这在很大程度上保证了西方人文学科的长期活跃。

当然,也存在一种声音,说西方的人文学科面临或已经没落。我们知道,西方是一个巨大的存在,像这样笼而统之的结论,而没有针对具体的国家和地区甚至同一国家不同类型的高校,应是不合事实的。这说法可能基于这样一种考虑,就是许多西方的高校在招生的时候也类似于中国,出现了一些所谓的热门专业和冷门专业的区别,而那些热门专业,一般跟工程技术和商科有关,人文学科则一般都被归入冷门专业，报考的人相对偏少。另外，我看到一篇文章曾提及斯坦福大学出版社二〇〇六年发布的一项研究，该研究跟踪了英联邦在整个20世纪雇佣大学教员的动态趋势，结果显示一九一五年到一九九五年之间，人文学科的教职员工总数下降了百分之四十一，而社会科学教职员工的总数增加了百分之二百二十二，自然科学方面的人数减少了百分之十二。引述该报告的美国学者弗兰克·唐纳古认为这种趋势也同样发生在美国，所以他认为，从教员人数变动这一点也可得出人文学科在大学中的萎缩已发生了近一个世纪了。

相对这种情况，我们应该指出，人文学科从来就不是以人数取胜的。报考的人少或跟招生量本来就少有关，或跟社会大众对于高等教育的理解有关，或者跟如唐纳古所说的跟大学的公司化有关，也或者这三个因素本来就是紧密关联相辅相成的。从这里，唐纳古仅仅根据教员人数的变动比例而得出人文学科萎缩的结论是不客观的，因为伴随着教育大众化的趋势，每年进入美国大学的学生总量仍在快速膨胀，他们中的绝大多数进入了新兴的以职业教育为主的社区大学和盈利性学院，这些新兴学院对人文学科没做出任何承诺，但它们的扩张却在迅速拉低人文学科教员的比例。所以，相对数字并不能充当衡量人文学科萎缩或没落与否的标准。前面我们所提到的薛涌的文章，就描述了美国的劳工阶层家庭对于子女接受高等教育的实用主义偏好，但他们这种偏好，并不影响美国人文学科的整体繁荣，尤其是那些常青藤院校，一直以来就弥漫着一种务虚的传统，而他们的学生，因为接受了务虚的教育，往往能超越性地看待问题而更容易成为各个行业的翘楚。

当然，西方高校的人文学科也会因为办学思路强调工具论和实用主义而遭遇困境的，比如一个英国学者就曾在一篇演讲中抱怨他主持的莎草纸文献学研究项目差点遭到取缔，而一个听众问如果社会不需要莎草纸文献学呢？这问题让他非常沮丧也非常恼火。他说，很难想象社会该如何表明它在这类事情中的意愿，公民表决、广场集会，或者政党宣言都很荒唐，因为这些东西都与人文学科的性质相违背，怎么能让他们来看到这门学科随时会像它以往那样改变我们文化遗产的状况呢？的确，一般人不太了解莎草纸文献学。这门历史文献学的学问，主要跟在中东地区出土的写在莎草纸上的古埃及文献有关，它在研究中东尤其是古埃及文明中的作用，跟中国的竹简文献学在研究先秦时期的中国文化的作用是类似的。所以，作为莎草纸文献学的这名英国学者就强调，一部关于政治学的书如果没有注意到纸沙草上发现的亚里士多德关于雅典宪法的论文，就如同关于欧洲的喜剧论述忽略了新近发现的、居于欧洲喜剧源头的伟大剧作家米南德的断简残片一样。

我们看到，这名英国学者所遭遇的反诘，实际上就是社会大众所持有的实用主义或工具论的观念与人文学科的务虚性、超越性的冲突。这样的冲突的广泛存在，既可以看作人文学科遭遇困境的表征，也帮助我们更清楚地界定人文学科不同于科技主义的本质：科技主义强调的是主体对客体的关系，所以，一切都沦为可利用的对象，功利性是其最大的特色，而人文学科虽然也面对对象，但却强调主体间的关系，作为研究对象的无论是莎草纸还是竹简，它们都是在强调主体间的对话，所追求的意义具有某种超越性。正因此，人文学科，无论在中国还是在西方，只要实用主义和工具论的思维占据社会大众、官僚体系、知识分子、办学思维的中心位置，它们都会面临发展的压力。

中国人文传统的精神资源

赵牧：那么具体到中国的情形呢？

张宝明：我刚才已经说了，自中国与西方列强遭遇以来，实用主义、工具论、发展主义和科技中心在中国人的文化心理结构中的位置就一直上升。这中间即便出现了一些警醒的声音，比如学衡派对于五四激进主义的批评，他们一方面借助传统的人文资源，一方面又借鉴了美国新人文主义的资源，提醒人们不能倒洗澡水的时候连同孩子一起倒掉，但这些声音，却被各种发展主义合唱给遮蔽和压抑了，直至中国传统文化的人文关怀被剔除出去，发展主义成为压倒一切的意识形态。所以，中国人文学科面临的压力比之西方有过之而无不及。但中国的人文学科发展，却也有自身的特殊性。比如与西方不一样的人文传统，使得中国的人文学者在建构自我身份时就多了一层话语资源，但同时也多了一层困惑。中国的人文学者都是带着传统的负担进入现代的，因而现代的人文学科建构及发展，必然地将中国的人文传统作为一个强大的影响因子考虑进去。所以，我特别强调要将人文学科所面对的问题历史化，就必须先将之放在一百多年前"古今中西"论争的原初语境中去。

另外，就在目前的这种整个社会趋利务实的思想文化氛围中所造成的人文学科前景的忧虑，我觉得可以先将问题分解为几个层次。首先，我们应该了解什么叫作人文学科。以学科的方式思考人文问题，这本身就是一个悖论。关于这一点我曾经在二〇一二年发表在《学术月刊》上的一篇文章中探讨过。在那篇文章中，我比较详细地考察了中国传统的人文学科在接受西方的知识分类谱系时是如何确立自我的学科领域的，以及在这个过程中，人文传统所遭遇的失落以及人文学科自身主体性所受到的干扰。显而易见，人文学科是对应科技学科的，但将人文作为学科的分类，背后本来就是一种科技思维的逻辑。科技的一个很重要的方法就是分类，它不仅对自己的研究对象进行细分，明确研究条件和研究范围，而且对自身进行分类，界定哪些属于自己的专业范围之内的事情，哪些不是，而且随着研究的深入，学科内部开始分化，细分为不同的学科亚属。但人文本来背后联系着一套道德和伦理规范，它所思考的是人类整体存在问题，本并没有所谓的学科概念。比如说西方有关哲学的概念，最初就强调它是关于智慧的学问，什么叫智慧呢，可说包罗万象，与人有关的一切问题都可入其彀中。这实际上就是说，哲学是拒绝分类的，但西方自从启蒙运动以来，发展主义的逻辑和科学技术中心的信仰逐渐侵入到哲学（神学）领域，而使之也不得不顺从其分类的逻辑，开始以学科的面目出现了。这样一种分类，也随着高等教育制度一并传入中国，而中国传统的人文教育，也随之学科化。所以，人文称之为学科的开始，就是与西方科技思维联系在一起的，背后起到支撑作用的，就是科学技术中心论。反思人文学科的现状，包括其尴尬和其所谓的沦丧，必须要有这种历史化的态度，充分考虑到其作为学科建制的历史前提。

其次，中国的人文传统也是一个非常含混和复杂的概念。因为中国几千年的历史发展进程本来就充满多种悖论，人文传统受这一复杂的历史影响，并参与了这一历史进程。或许很多人倾向于一种知识考古的思路，去辨析中国人文传统的丰富内涵和多重外延，并尝试列举历代知名人士的著名论断来加以佐证。我觉得这种方法对于我们认识中国人文传统当然有一定效果，但我这里尝试提出另外一个思路，就是从有关这个概念的共识入手。我们通常提及一个影响广泛的概念的时候，即便对这个概念了解不是很深入，我们也想当然地将之跟自己的理解联系起来，这个联系或许并不深刻也不专业，但却在大多数人中能取得一个"公约数"，很多时候，恰恰就是这个公约数，决定了我们的文化心理结构，并从而决定了我们对于很多事情的判断。具体到人文传统，在二十世纪九十年代由上海的一帮学者挑起的"人文精神"大讨论时，就有一些学者从知识考古的角度，质疑人文精神或人文传统这个概念的合法性。这似乎是一个釜底抽薪的伎俩，因为在他或她看来，人文传统或人文精神，都是一个子虚乌有的概念了，那么所进行的一切讨论当然也就是空中楼阁了。但事实上，之所以人文精神或人文传统引起广泛讨论，并不是大家对于这个概念有多么深入的了解，甚至很多参与讨论的人根本就不是这方面的专家，但他们积极参与进去，就说明有一个共识性的东西存在，并且从他们对处在其反面的价值沦丧、物欲横流、唯利是图等的批判，也可以建构一个我们普遍接受的人文传统或人文精神的概念。既如此，人文传统或人文精神就不是一个凭空的捏造，而是对一系列既存的观念的概括，所以，知识考古所颠覆的，并不是这个概念，而是暴露了知识考古的方法论局限。从某种程度上，知识考古，也是一种科学主义思维的体现。一个概念往往关涉一群人的文化心理结构，人们本身对某个事情的理解是混沌的，但却也是有共识的。有关人文传统，我也倾向于从共识的角度而不是学理的角度来简单地界定一下它可能包含的内容。

最后，厘清了这些问题，我们再来看中国人文学科的困境，其实质就是发展主义的思维不仅成为我们这个社会上的主导意识形态，而且这一意识形态深入到了人文学科的内部。这一点，应该是中西一致的，但中国的人文学科却也有其不同于西方的特殊性，这个特殊性，就在于它进入近代学科建制以前所形成的强大的人文传统，这个人文传统，不仅包含经世致用的思想，而且包含隐逸出世的思想。正是这一传统，让我们看到了突破人文学科困境的可能路径。这个可能路径就是在人文学科建设中恢复中国人文传统，既重视其经世致用的思想，又重视其无为、隐逸、出世、和谐等超越观念。传统经世致用思想，跟晚清以来知识分子致力"洋务""变法""启蒙""革命"，发起"问题与主义"的论争、投入"科玄论战"，并借助大众传媒的力量而一步步将西方的工具论、实用论和科学中心观在中国的大众中扎根是并行不悖的，且在当下的人文学科中并没消隐而是一直在发挥作用。因为受这种经世致用思想影响而使得人文学科一度成为工具论和实用主义的推销员,而所谓"成也萧何,败也萧何",一旦工具论、实用主义、科技中心、市场化被推广了,推销员的日子也就不好过了。"卸磨杀驴""过河拆桥",本来就是实用主义的逻辑。当办学经费充裕的时候,人文学科这种推销员的岗位还可以保留,然而一旦经费紧张,实用主义和工具论的办学思想既已大行其道,肯定要先拿这种人文学科来开刀。当然,开刀的方式,不一定就是直接取缔,很有可能采用现在所流行的项目管理方式,将本来直接财政支付的经费变成项目来申请,让人文学科内部自行拼杀,而事实上,因为人文学者与教育经费管理者共享了实用主义的理念,自然就会将这种项目化的生存视为理所应当,于是种种内耗的乱象,大大耗损了人文学科的生机。

赵牧:除了您说的项目化生存之外,目前的职称评审体制、绩效工资方案也参与制造了种种学术乱象。当然,这些乱象,并非完全发生在人文学科,其他工程技术学科也广泛存在,但工程技术本来就是面向企业和市场的,所以这在它们应该是无可厚非的,或者至少情况还不是那么严重,人文学科就不然了,它们在这些实用主义策略的压榨之下,几乎完全失去了本应有的超越性,而变成项目和积分的奴隶了。

张宝明:恰恰这个时候,我们更应该倡导传统人文传统中的超越性的一面、清静无为的一面、凌空蹈虚的一面、和谐共存的一面,而不能再继续为工具论和实用主义背书了。正是因为社会全体成员和教育管理者看不到人文学科在于整个社会生活中的特殊性,他们才会设计一系列的项目管理方案、绩效工资方案和职称评审方案,并因为对这种特殊性的坚守在当前的人文学者中不占据主流,这些以工具论前提而设计的方案才会畅通无阻。这就是问题的所在。我觉得人文学科一百多年的发展,绝大多数时间为工具论站台,这虽然并非一无是处,但结果,"搬起发展主义的石头砸自己务虚主义的脚"，而如今脚疼了就应学会反思了。传统人文精神中务虚的一面、超越的一面、隐逸的一面、人与自然和谐的一面、不那么急功近利的一面，就是我们人文学者在这种危机情势下的反思所能凭借的资源。

所以，这就回到你刚才所提出的问题上：什么才是理想的大学，一个理想的大学应在人文学科建设上有什么表现？对此，我当然不赞成将大学办成"职业培训所"，但要问我所认为的理想大学应是什么样子的，以及一个理想的大学应该在人文学科建设上有什么样的表现，我觉得我的回答，重点不在大学应该怎么表现，而是我们的人文学者应该怎么转变：是不是我们应该反躬自问一下我们一代代人文学者，在助长整个社会的工具论思维、发展主义理念、实用主义和科学中心论方面"功不可没"。当然，人文学科也不能完全跟功利主义对立。回溯人文学科的发展，我们在历史上也找不到一个完全"无功利化"的时期。"为天地立心，为生民立命，为往圣继绝学，为万世开太平"，这是传统人文思想的功利观，"新民立国""启蒙救亡"，这是现代人文思想的功利观，而西方启蒙运动以来，凝聚在哲学、历史、艺术和文学中的人文思想也发挥了替代宗教指导人生的功能。其间虽则科学主义、理性主义完全战胜了中世纪的封建神学，但它的极度重视外在事功，却无法提供关于人性、灵魂、苦痛等"人之为人"的问题，所以必须有人文主义填补这方面的空白。总之，说到人文学科，或者人文主义，我们并不是完全将之与实用、功利、价值这些东西割裂开来，而是更多的要考虑到普遍的关于国家、民族乃至人类存在的意义。毕竟人文学科，就是研究"人之为人"的专门学问，一个理想的大学当然应该成为人文精神的源泉，不然，如果我们的大学所训练出来的学生，将来当了政府官员、律师、医生、企业家，他们什么能力和技术都是一流的，但却一个个都如同钱理群所谓的"精致的利己主义者"，从根本上缺乏人文素养，缺乏对"人之为人"的终极价值的思考，这会让人心安吗？

赵牧：张老师，您这里就人文学科的历史与现状、困境与出路的谈话，确实让我觉得耳目一新，很多观点，也确实值得进一步思考。不过因为时间关系，我们就先谈到这里，但因为我的问题不够集中，插话也比较琐碎，结果可能导致您本来很有条理和逻辑的思想，在这个访谈中也变得支离破碎了，所以，我想，在这最后，是否可以请您概括一下您的核心观点呢？

张宝明：我是一个历史学者，思想史是我的本业，所以，谈及人文学科的困境与出路，我想主要还是回到历史的原初语境，追溯现代中国人文学科建构的历史。晚清以来与西方的被动遭遇构成了人文学科转变的原动力，并在此间将发展主义、实用主义、科学中心论等奉为圭臬。因为二十世纪中国并不太平，发展的焦虑如影随形，国家的社会经济发展和高等教育一再被其绑架。人文学科既参与了这些观念的塑造，又深受其牵连而困境重重。但经过几十年的发展，一方面我国国力早已今非昔比；另一方面，这些发展也带来了很多问题，如生态环境危机、社会道德危机。在这种情况下，既然国家层面的发展模式转变已提上议事日程，人文学科也应进入重塑自我的关键时期，而将人文传统作为正面资源引入人文学科的多元维度，并积极回应新的社会和科技发展带来的伦理、生态、价值等问题，既广泛参与社会议题，又注重内在价值追求，那么行走在路上的人文学科危机和转机并存，我们应心怀希望，以韦伯所谓"将学术作为一种志业"的精神投入人文学科的研究之中。

（张宝明，河南大学历史文化学院教授；赵牧，烟台大学人文学院）

张洁宇

"热风"的温度
——鲁迅在一九一九

一

一九一九年,辛亥革命已经过去八年,三十八岁的鲁迅留日归国也已十年。自一九一二年应蔡元培之邀任职教育部之后,他从南京到北京,兼顾公务员与学者的双重身份。在教育部上班的时候,常常"枯坐终日,极无聊赖"①,回到绍兴会馆的寓所里,也只有埋头"钞古碑","客中少有人来,古碑中也遇不到什么问题和主义",生命就这样"暗暗的消去"了许多年。直到一九一八年,他参与改组《新青年》,并开始以"鲁迅"为笔名发表小说,"这便是最初的一篇《狂人日记》。从此以后,便一发而不可收"。②

比小说创作更"不可收"的,是他的"随感录"系列。《新青年》自第四卷第四号开辟《随感录》栏,鲁迅是这个栏目早期作者中撰稿数量较多的一位。《随感录》栏自一九一八年四月至一九二二年七月共发表文章一百三十三篇,其中二十七篇出自鲁迅,集

---

① 鲁迅1912年5月10日日记。见王世家、止庵编《鲁迅著译编年全集》第2卷,人民出版社2009年版,第37页。

② 鲁迅:《呐喊·自序》,《鲁迅全集》第1卷,人民文学出版社2005年版,第440页。

中在一九一八年九月到一九一九年十一月,署名唐俟或鲁迅,一九二五年收入北新书局出版的《热风》。

在《〈热风〉题记》中,鲁迅说:

> 但如果凡我所写,的确都是冷的呢?则它的生命原来就没有,更谈不到中国的病证究竟如何。然而,无情的冷嘲和有情的讽刺相去本不及一张纸,对于周围的感受和反应,又大概是所谓"如鱼饮水冷暖自知"的;我却觉得周围的空气太寒冽了,我自说我的话,所以反而称之曰《热风》。

这段话写于一九二五年秋,正是鲁迅深感"周围的空气太寒冽"的时候,这当然与"随感录"系列写作时的语境有一定的不同,但大体也相差不远。正如他自己在《墓碣文》里所寓示的,他从来就是一个"于浩歌狂热之际中寒;于天上看见深渊,于一切眼中看见无所有,于无所希望中得救……"[①]的人。即使在《新青年》最繁盛的时候,鲁迅仍保持着特有的清醒,而在"周围的空气太寒冽"的时候,他又坚持着有温度的"热风"。回顾蓬勃热闹的一九一九年,他说:"五四运动之后,我没有写什么文字,现在已经说不清是不做,还是散失消灭了。但那时革新运动,表面上却颇有些成功,于是主张革新的也就蓬蓬勃勃,而且有许多还就是在先讥笑,嘲骂《新青年》的人们,但他们却是另起了一个冠冕堂皇的名目:新文化运动。"[②]这句话,很严厉也很煞风景地点破了"新文化运动"在"蓬蓬勃勃"的成功背后的隐

[①] 鲁迅:《墓碣文》,《鲁迅全集》第2卷,人民文学出版社2005年版,第207页。

[②] 鲁迅:《热风·题记》,《鲁迅全集》第1卷,人民文学出版社2005年版,第307页。

忧,他清醒地看到了运动的大潮中浮沉着的种种懦弱、虚伪、投机和巧滑。

因此,即便在"五四运动"的高潮期,在鲁迅的笔下也很难找到相关的正面的讨论。他后来在《写在〈坟〉后面》里提到:"记得初提倡白话的时候,是得到各方面的攻击的。后来白话渐渐通行了,势不可遏,有些人便一转而引为自己之功,美其名曰'新文化运动'。又有些人便主张白话不妨作通俗之用;又有些人却道白话要做得好,仍须看古书。前一类早已二次转舵,又反过来嘲骂'新文化'了;后二类是不得已的调和派,只希图多留几天僵尸,到现在还不少。"[①] 也就是说,"五四"时期的鲁迅不仅没有"浩歌狂热",恰恰相反,他始终关注的是那些隐藏在成功之后的"转舵",以及那些包裹在"新"面貌之中的骨子里的"旧"态。这些现象所引起的愤怒与警惕,很多都体现在那一系列"随感录"里。当然,那些看似唱反调的文章,并不是"无情的冷嘲",而是"有情的讽刺"。对于这一点,鲁迅的心里始终有着分明的界限。

"随感录"开启了这样一条以"有情的讽刺"为核心特征的杂文的道路,也是鲁迅后来的写作中最重要的一条"主路"。一九三五年十二月三十一日,当他照例在"一年的尽头的深夜中"[②] 为自己的杂文编集并撰写后记的时候,他突然做了一个有趣的统计。他说:"我自己查勘了一下:我从在《新青年》上写《随感录》起,到写这集子里的最末一篇止,共历十八年,但是杂感,约有八十万字。后九年中的所写,比前九年多两倍;而这后九年中,近三年所

---

① 鲁迅:《写在〈坟〉后面》,《鲁迅全集》第1卷,人民文学出版社2005年版,第301页。

② 鲁迅:《华盖集·题记》,《鲁迅全集》第3卷,人民文学出版社2005年版,第4页。

写的字数,等于前六年"。① 这几个数字的背后,藏有两个重要的问题。一是可见鲁迅明确地将"随感录"作为自己杂文写作的起点;二来——更重要的——是他由此清晰客观地表明了自己在杂文写作上的投入和成绩。这一明显带有加速加量特征的写作,本身就体现了他对杂文的高度重视和高度自觉。

的确,在中国现代文学的历史上,作为文体的杂文是在鲁迅的手中创造并得以完成的。它迥异于古典散文,也有别于现代"小品文"或"美文",它在立意、题材、表达方式、语言风格等方方面面都独具特征,以其特有的"匕首""投枪"式的战斗精神和美学风格成为"社会批判"与"文明批判"的利器,并形成脉统、影响深远。正如后来瞿秋白在《鲁迅杂感选集序言》中所说的:

> 鲁迅的杂感其实是一种"社会论文"——战斗的"阜利通"(feuilleton)。谁要是想一想这将近二十年的情形,他就可以懂得这种文体发生的原因。急遽的剧烈的社会斗争,使作家不能够从容的把他的思想和情感熔铸到创作里去,表现在具体的形象和典型里;同时,残酷的强暴的压力,又不容许作家的言论采取通常的形式。作家的幽默才能,就帮助他用艺术的形式来表现他的政治立场,他的深刻的对于社会的观察,他的热烈的对于民众斗争的同情。不但这样,这里反映着五四以来中国的思想斗争的历史。杂感这种文体,将要因为鲁迅而变成文艺性的论文(阜利通——feuilleton)的代名词。自然,这不能够代替创作,然而它的特点是更直接的更迅速的反应社会上的日常事变。②

---

① 鲁迅:《且介亭杂文二集·后记》,《鲁迅全集》第6卷,人民文学出版社2005年版,第466页。
② 何凝:《鲁迅杂感选集序言》,《鲁迅杂感选集》,贵州教育出版社2001年版,第100页。

"热风"的温度

瞿秋白的眼光确实敏锐而长远。他不仅看到了作为文体的杂文最重要的精魂就是它与"社会""政治"的关系,以及它特有的、突出的"战斗"的姿态;同时他还预言了杂文必将成为一种能够反映中国思想斗争历史的特殊文体,它看似"不能够代替创作",是一种"文艺性的论文",但它的出现必将引起现代文学观念与格局的新变。

正是因为瞿秋白的这篇序言,让鲁迅发出了"人生得一知己足矣"的感叹。两人深挚的相知与默契很大程度也体现在对杂文的共识上。事实上,鲁迅本人在"热风"时期对杂文的特征与意义就已经有深刻的思考。他说:

> 我的应时的浅薄的文字,也应该置之不顾,一任其消灭的;但几个朋友却以为现状和那时并没有大两样,也还可以存留,给我编辑起来了。这正是我所悲哀的。我以为凡对于时弊的攻击,文字须与时弊同时灭亡,因为这正如白血轮之酿成疮疖一般,倘非自身也被排除,则当它的生命的存留中,也即证明着病菌尚在。①

一个月之后,他又在《〈华盖集〉题记》中更加明确了这一认识:

> 也有人劝我不要做这样的短篇。那好意,我是很感激的,而且也并非不知道创作之可贵。然而要做这样的东西的时候,恐怕也还要做这样的东西,我以为如果艺术之宫里有这么麻烦

---

① 鲁迅:《热风·题记》,《鲁迅全集》第1卷,人民文学出版社2005年版,第308页。

的禁令，倒不如不进去；还是站在沙漠上，看看飞沙走石，乐则大笑，悲则大叫，愤则大骂，即使被沙砾打得遍身粗糙，头破血流，而时时抚摩自己的凝血，觉得若有花纹，也未必不及跟着中国的文士们去陪莎士比亚吃黄油面包之有趣。

……

现在是一年的尽头的深夜，深得这夜将尽了，我的生命，至少是一部分的生命，已经耗费在写这些无聊的东西中，而我所获得的，乃是我自己的灵魂的荒凉和粗糙。但是我并不惧惮这些，也不想遮盖这些，而且实在有些爱他们了，因为这是我转辗而生活于风沙中的瘢痕。凡有自己也觉得在风沙中转辗而生活着的，会知道这意思。①

这就是鲁迅的杂文观。在他看来，杂文绝非"艺术之宫"里的装饰物或艺术品，也不是"文士们"赖以取得桂冠、成就功名的途径，而是对现实的重新认识和对生活的最真实的反映。它一方面与"时弊"紧密相连，是"是感应的神经，是攻守的手足"②；另一方面，它与作者的生命息息相关，是"在风沙中转辗而生活着"的人们在"风沙扑面、虎狼成群"的现实环境中的生存方式和斗争方式。

鲁迅的写作从广涉小说、散文、论文、新旧体诗和散文诗，到后来专注于杂文，其选择和转变背后隐现着一条文学观念变化的线索。与其他文体相比，杂文确实代表了一种革命性的文学观念：它强调文学与现实政治的直接联系，肯定文学对历史的介入功能，突

---

① 鲁迅：《华盖集题记》，《鲁迅全集》第3卷，人民文学出版社2005年版，第4页。
② 鲁迅：《且介亭杂文序言》，《鲁迅全集》第6卷，人民文学出版社2005年版，第3页。

出文学的批判性和行动性。它以"杂"为特征,一方面脱离"旧"文学和"纯"文学的旧轨,但同时又以强大的包容力囊括了以往的各种文学样式的可能性。在杂文里,不仅歌哭笑骂样样可为,而且可以自如地涵容政论、时评、纪实、小说、诗歌、散文、戏等多种文体所能处理的题材和形式。因而可以说,杂文既是全新的,却又根基深厚。它以"杂"的特征颠覆和突破了"纯"文学的束缚和僵化,革命性地反叛了"艺术之宫"的种种麻烦和"禁令"。同时,它自觉的包容性和行动性又为它带来了空前的灵活自由和丰富。作为"文艺性论文"的杂文,其最基本的姿态是以"论"为战,这种论战的方式建立在写作者对现实的洞察力和介入能力之上,也就是说,杂文的主观性、思想性、批判性使得它成为一种更真实、更直接、更具行动力和战斗性的现代文体。这一点,是古今任何一种其他文体所不能企及的。另一方面,正如瞿秋白和鲁迅所强调的,杂文的核心在于其现实精神,在于以现实之"真"取代"艺术之宫"所看重的"美"与高贵。这种以"真"代"美"的观念变革是现代文学领域的一次革命,是现代作家对于文学的价值与意义的一次重估。在鲁迅看来,杂文既是社会时弊的"疮疖",又是个人生活的"瘢痕",它的"美"来自于头破血流的战斗,而迥异于优雅、出世的古典"美"。杂文是鲁迅为时代所做的"立此存照",也是他为自我生命留下的"为了忘却的记念",归根结底,体现了他一生坚持的"为人生"的文学观。

二

回到一九一九年"热风"初起的时候。在"随感录"及其他同时期的作品中,鲁迅并没有为"五四"与"新文化运动"的蓬勃成功而一味地欢欣鼓舞,相反,他倒是常常感到忧患和焦虑,形诸笔端则成其特有的"有情的讽刺"。而他所忧患和焦虑的重点之一就是"后辛亥革命"的问题,即包括对辛亥革命成果的总结、对革命彻底性的反思,以及对如何继续革命的进一步思考。

鲁迅曾经慨叹:"现在的人心,始终古得很呢。"① 虽然辛亥革命看起来已经取得了很大的胜利,皇帝也被赶下了龙椅,但在人们思想领域的革命却远未完成。一方面是旧思想的因袭,另一方面则是对于因袭本身缺乏自省,都造成了革命的不彻底和各种意义上的"故鬼重来"。在《随感录·三十九》中,他说:

> 到了民国元年前后,理论上的事情,著著实现,于是理想派——深浅真伪现在姑且弗论——也格外举起头来。一方面却有旧官僚的攘夺政权,以及遗老受冷不过,豫备下山,都痛恨这一类理想派,说什么闻所未闻的学理法理,横亘在前,不能大踏步摇摆。于是沉思三日三夜,竟想出了一种兵器,有了这利器,才将"理"字排行的元恶大憝,一律肃清。这利器的大名,便叫"经验"。现在又添上一个雅号,便是高雅之至的"事实"。
>
> ……
>
> 但我们应该明白,从前的经验,是从皇帝脚底下学得;现在与将来的经验,是从皇帝的奴才的脚底下学得。奴才的数目多,心传的经验家也愈多。……
>
> 那时候,只要从来如此,便是宝贝。……②

此前一年,正是他在《狂人日记》中发出了"从来如此,便

---

① 鲁迅:《随感录·五十八"人心很古"》,《鲁迅全集》第1卷,人民文学出版社2005年版,第369页。
② 鲁迅:《随感录·三十九》,《鲁迅全集》第1卷,人民文学出版社2005年版,第333—334页。

"热风"的温度

对么?"的反抗性质询,但在现实之中,"只要从来如此,便是宝贝"的心态还是处处存在甚至愈演愈烈,鲁迅的忧虑是可想而知的。在众人看到革命蓬勃兴起的时候,他看到的却是隐伏的危机,其核心就在于:思想革命的未完成,即意味着社会革命的不彻底;要保护社会革命的战果,就必须持续地推进思想的革命。

两个月之后,他在《随感录·五十四》中讨论的仍然是这个问题。他说:

> 中国社会上的状态,简直是将几十世纪缩在一时:自油松片以至电灯,自独轮车以至飞机,自镖枪以至机关炮,自不许"妄谈法理"以至护法,自"食肉寝皮"的吃人思想以至人道主义,自迎尸拜蛇以至美育代宗教,都摩肩挨背的存在。
> ……
> 此外如既许信仰自由,却又特别尊孔;既自命"胜朝遗老",却又在民国拿钱;既说是应该革新,却又主张复古:四面八方几乎都是二三重以至多重的事物,每重又各各自相矛盾。一切人便都在这矛盾中间,互相抱怨着过活,谁也没有好处。
> 要想进步,要想太平,总得连根的拔去了"二重思想",因为世界虽然不小,但彷徨的人种,是终竟寻不出位置的。①

因此,鲁迅嘲讽那些称号虽新、意见照旧的人物,"学了外国本领,保存中国旧习。本领要新,思想要旧"。他们"要新本领旧思想的新人物,驼了旧本领旧思想的旧人物,请他发挥多年经验的

---

① 鲁迅:《随感录·五十四》,《鲁迅全集》第1卷,人民文学出版社2005年版,第360—361页。

97

老本领。一言以蔽之：前几年谓之'中学为体，西学为用'，这几年谓之'因时制宜，折衷至当'。"①他敏锐指出的正是：这些腐旧的朽骨，无论穿着怎样新式的花色，都无法掩藏其真实的本相。

这些深刻的剖析和"有情的讽刺"，并不仅仅出现在"热风"里，在他同时期的小说中，也常常可见相似的话题和思绪。写于一九一九年四月的《药》、写于一九二〇年八九月间的《风波》和《头发的故事》，都称得上是代表性的作品，极为鲜明地涉及了辛亥革命的影响及其彻底性问题。尤其是《头发的故事》中有关"双十节"的大段议论，最能表现鲁迅的清醒、悲愤与无奈。那些"怀着远志"牺牲了生命的夏瑜们，那些苦闷彷徨、无法"忘却"昔日理想的N先生们，在双十节这样一个特殊的纪念日，也只能悲叹："啊，造物的皮鞭没有到中国的脊梁上时，中国便永远是这一样的中国，绝不肯自己改变一支毫毛！"这句悲叹的背后，显然包含着对于辛亥革命那样一场代价巨大的革命的结果的检讨和反思。就像他说的："新主义宣传者是放火人么，也须别人有精神的燃料，才会着火；是弹琴人么，别人的心上也须有弦索，才会出声；是发声器么，别人也必须是发声器，才会共鸣。中国人常有些不很像，所以不会相干。"②对于没有进行彻底的思想革命的中国社会而言，"新主义"的种子遭遇的可能是并无条件生根发芽的土壤，因而在这个时候，出现以思想革命为目标的"新文化运动"则成为历史的必然。鲁迅的思考，是这个历史时期思潮的一个重要组成部分，也是"五四"多声部中最清醒、最深刻、最尖锐的那个声音。

鲁迅或许是有冷眼的，但他的确从不冷嘲。在他看来，冷嘲与

---

① 鲁迅：《随感录·四十八》，《鲁迅全集》第1卷，人民文学出版社2005年版，第352页。

② 鲁迅：《随感录·五十九"圣武"》，《鲁迅全集》第1卷，人民文学出版社2005年版，第371页。

"热风"的温度

讽刺之间的差异,只在"无情"与"有情"之间。许寿裳说鲁迅"冷藏情热",真是知心的概括,其实这四个字用于归纳鲁迅的杂文风格也是贴切的,因为在他的杂文中,处处可见犀利尖锐的语言背后有燃烧的烈火。

也许可以这样说,与其他文学体裁相比,杂文是更有温度的。鲁迅一生的文字,都烧在这样的温度里。就像他一九一九年初在《随感录·四十一》里说的那样:

>……我时常害怕,愿中国青年都摆脱冷气,只是向上走,不必听自暴自弃者流的话。能做事的做事,能发声的发声。有一分热,发一分光,就令萤火一般,也可以在黑暗里发一点光,不必等候炬火。
>
>此后如竟没有炬火,我便是唯一的光。倘若有了炬火,出了太阳,我们自然心悦诚服的消失,不但毫无不平,而且还要随喜赞美这炬火或太阳;因为他照了人类,连我都在内。[①]

一九一九年前后,现实的空气寒冽,鲁迅的笔下"热风"初起,这有情有温度的热风,从此时起,一直延烧到他生命的尽头。可以说,热风的温度就是鲁迅杂文的精神,它的尖锐和它的光热正是现代中国文学最重要的魂魄。

(张洁宇,中国人民大学文学院教授)

---

① 鲁迅:《随感录·四十一》,《鲁迅全集》第1卷,人民文学出版社2005年版,第341页。

孟庆澍

"五四"前夕知识界的孔教讨论
——以《甲寅》和《新青年》为例

《甲寅》对于《新青年》有着显而易见的影响。《新青年》讨论的许多重要问题其实《甲寅》早有涉及,其中最引人注目的便是对孔教问题的探讨。《甲寅》和《新青年》的出版,恰逢孔教会活动的两个高峰期,所以这两份杂志对于孔教的探讨,均与孔教会的活动有直接的关系,而且时间前后彼此衔接,[①] 或可视为一个整体。但通过对两份杂志的比较研究便可发现,虽然它们在对同一问题的探讨上具有大致相同的指向,其具体的观点却不尽相同,或者说关注的重点有所差异。但在这些不同与差异中,两者却又表现出了某种内在的联系,这种联系与众不同,正是本文所试图梳解的。

一 《甲寅》的孔教讨论

作为《甲寅》杂志的灵魂人物,章士钊对孔教的看法在一定程度上主导着整个《甲寅》的孔教观,正是章氏发表在《甲寅》第

[①] 《甲寅》持续时间为1914年5月10日至1915年10月10日,从第一卷至第八卷涉及对儒学的讨论,《新青年》则从1916年2月15日的第一卷第六号起,以易白沙的《孔子平议》为标志,开始对传统儒学的批判,其中的间隔仅数月。

一期的《孔教》一文,拉开了《甲寅》对孔教问题持续讨论的序幕。章士钊出身于传统文人家庭,从小便受到良好的传统教育,有着深厚的古典文化功底,虽然成年后留学海外,接受了西方思想的熏陶,在政治观念上鼓吹英美议会民主,但不论是其文学趣味还是道德理想,均较为保守。就文学趣味来说,章士钊于历代的文学家中最钦佩柳宗元,一生研习柳文不辍,于九十岁高龄时出版了《柳文指要》一书。同时,他对于桐城派的文章亦十分欣赏,年少时曾希望继承与光大桐城派。人到中年时,还曾因未能实现这一理想而颇有悔意。① 桐城派在文学上继承唐宋八大家,在思想上推崇程朱理学,提倡通过完善自身的道德修养,建立不屈服于自然欲求的主体意志,成为内圣外王的道德精英,从而正风俗、清人心,起到榜样作用,最终达到整个社会道德的提升。② 所以,由其文学趣味可以看出,即便接受了西方教育,章士钊所秉持、亲近的仍是典型儒家式的道德理想,其内心仍旧是以儒家道德观为标准。这一点在其所著与儒学相关的文章中,均有所表现。例如,在写于一九〇三年的《箴奴隶》一文中,章士钊谈到:

  夫孔孟考道德之本原,明出处之大义,由其道而无弊,可为公民,为豪杰,为义侠,为圣贤。乃老子浸淫而夺其席,易之以鄙夫、乡愿、学究、伪君子之名目,昭告于天下,天下之人且以为真孔也,相率而效之,唯恐其不肖,于是孔子遂为养育各项奴隶之乳姬,生息而不尽。③

---

 ① 孤桐:《藉甚——答马其永》,《甲寅周刊》1925 年第 1 卷第 16 号。
 ② 李泽厚:《中国古代思想史论》,天津社会科学院出版社 2008 年版。
 ③ 章士钊:《箴奴隶》,原载《国民日日报》第 2 号至第 8 号,又见《章士钊全集》第 1 卷,第 51 页—52 页。

我们可以从这段话一窥章士钊早期对于儒家思想的看法。在探讨国人为何被冠以奴隶称谓时，章士钊得到的结论是，并非是孔孟之道致使国人沦为奴隶，恰恰相反，伪孔才是罪魁祸首，而摆脱奴隶地位的唯一出路就是实现真正的孔孟之道。在儒学漫长的发展过程中，类似看法屡见不鲜，即看到了儒家学说的局限性，但在试图改变时，仍肯定孔子的圣人形象，而将问题的责任置诸他人或后人身上，如今文经学派归咎于刘歆，以及章士钊归咎于老子等。他们主张揭示所谓的"伪孔"，恢复儒学真实面貌，进而着手改革。这是从儒家内部寻求出路。只是在清末民初，西方文明的冲击更为强烈与直接，儒学不适应现代社会的一面越发暴露，受到的质疑也更加强烈，从而使得改革的心声被更为直白地喊出来："伪孔之害，如此其甚，安得有路得其人，以改革宗教之手段，为我一改革学派也耶？"① 虽然在章士钊这篇文章发表之前两年即一九〇一年，梁启超在其所著的《南海康先生传》中，称康有为是"孔教之马丁路得"②。然而，康有为并非章士钊所呼唤的那个"路得"。事实上，十一年后《甲寅》对儒学的讨论，恰恰是针对康有为所创立的孔教而展开的。

发表于《甲寅》第一期的《孔教》一文，开宗明义地表达了章士钊对于孔教的态度。他认为，"神所不语，鬼不能事，性与天道，不可得闻，且口说所垂，删定所著，皆以传诸门人，未尝普及兆庶，范围不越乎大学书院，庸童妇人未或知焉"。即儒学不事鬼神，且不像宗教一般普度众生，而是局限于书生士子之间，所以"本非教也，而强以教名之不存之皮，图以毛傅，是诚心劳日拙之事耳"③。也就是说，虽然宗教具有清政俗的作用，中国也确因无

---

① 章士钊：《箴奴隶》，《章士钊全集》第1卷，第52页。
② 梁启超：《南海康先生传》，《饮冰室合集》第一册第六卷，中华书局1988年版，第67页。
③ 秋桐（章士钊）：《孔教》，《甲寅》1914年第1卷第1号。

宗教而致使顽者坏法乱纪。儒者苟延残喘，但孔子之道并不具备宗教的特征，强行赋予宗教的名头，也不能使儒学产生宗教的威慑力，只会心劳日拙而已。需要说明的是，章士钊个人虽并不认同儒学是宗教，但在其后的文章中，也曾提到"当世之信孔子者，彼自有其权利为之，无论何人不得诘难"①，这体现出章氏尊重信仰自由，尊重他人意愿的观念，而这和孔教会的排他主义是冲突的。在他看来，"惟今之尊孔者，舍其所习，丧其所守，离学而言教，意在奉孔子以抗耶稣，使中华之教，定于一尊，则甚矣其无当也"。建立孔教，排斥耶教，乃至排斥孔教之外的其他思想，这不符合章士钊自由主义的政治理想，是他要坚决反对的。

刊登于《甲寅》第一卷三号的《孔教》一文，是章士钊对读者张尔田来信的回复。张尔田是张东荪之兄，也是民初的著名学者，曾担任过《孔教会杂志》的编辑。从这封回信中，我们可以进一步看到章氏此一阶段的儒学观及其对孔教的态度。他说："愚之不满意于今之倡立孔教者，非于孔子之道，有所非难"，"当世之信孔子者，彼自有其权利为之，无论何人不得诘难，即以愚之无似，有欲脱愚于尊孔之籍，愚决不承，惟不如世俗所为，奉为教主耳"②。从这些文字可以看出，章士钊自始至终对于儒学的思想都是认同的，并自觉地将自己置身儒生之列。他与康有为等人的分歧只在于是否应将儒学宗教化，以及是否应该将孔教定位为国教。我们将二者的不同视为儒家思想内部不同观点之间的争论，可能更符合事实。

如前所论，章士钊的儒学观更接近宋明理学，即重视人格的培养与道德的提升，其之所以提出改革儒学，并不是要全盘否定儒家

---

① 记者（章士钊）：《孔教——答张尔田君》，《甲寅》1914年第1卷第3号。

② 同上。

的道德规范，而是因"圣人之道不宜世用"，即无法将良好的愿望落于实处，从而导致整个伦理体系的空洞化。他在文章中对西方社会秩序与公民道德的美化，实际上是因为耶教的教义与儒家的道德规范有相近之处，而耶教的宗教力量对世道人心更具控制力。所以，章士钊所呼吁的改革是希望借鉴宗教或功利主义，将儒学所提倡的伦理道德落在实处。① 与章士钊所不同的是，康有为的儒学思想更为重视儒学中经世致用的部分，即更强调儒学在现实中的政治作用。他对儒学的宗教化改革是为制度革新寻求理论依据，以达到托古改制的目的。梁启超对此可谓洞若观火：

> 先生之言宗教也，主信仰自由，不专崇一家排斥外道，当持三圣一体诸教平等之论，然以为生于中国，当先救中国，欲救中国，不可不因中国人之历史习惯而利道之，又以为中国人之公德缺乏，团体散涣，将不可以立于大地，欲从而统一之，非择一举国人同戴而诚服者，则不足以结合其感情，而光大其本性，于是乎以孔教复原为第一著手。②

也就是说，康有为对儒学的宗教化改革，始终都伴随着救国、强国的政治诉求，其之所以建立孔教，也完全是因为儒学深植于国人的意识深处，可以用来作为一项更为便利的政治工具。章、康二人同样看到了宗教力量的强大，都希望能从中借鉴以改进儒学，但因其本身对儒学的理解不同，从而开拓出不同的路径。康有为希望通过成立孔教，发明升平、太平、大同之义，达到推动制度革新，

---

① 记者（章士钊）：《功利——答朱存粹君》，《甲寅》1915 年第 1 卷第 5 号。

② 梁启超：《南海康先生传》，《饮冰室合集》第一册第六卷，中华书局 1988 年版，第 67 页。

实现君主立宪、虚君共和的政治理想。而接触到更多外来文明的章士钊虽然将政治理想寄托于西方宪政主义，但是在伦理道德方面则更为谨守儒家传统，并提倡通过改革，将儒家的道德规范实际化，使其更为切实可行。同时，章还提出中外调和，希望将东方的道德观与西方的政治观融为一体。

值得注意的是，章士钊的儒学论述并未如此后的《新青年》一样刻意挖掘孔教与意识形态的关系，将儒学与君主专制、国力衰弱、民智不开等联系在一起加以批判，而是从更为学术化的角度探讨儒学与宗教的区别。他对孔教／"国教"问题的讨论，也更多表现出自由主义的立场与宽容的心态。《甲寅》杂志对儒学问题的讨论，也大多能表现出这样的风度。同时，由于章士钊较为自由、多元的学术思想和办刊风格，《甲寅》成为一个开放性的思想平台，能以探求学理的态度，包容着各种不同的见解。对"儒学问题"的探讨多集中于时评与通讯栏目，在众声喧哗之中，这一问题不仅引起了读者广泛的注意，而且在往返辩难之中围绕其进行的讨论日渐深入，隐然形成了一种不可忽视的公共舆论。这一媒介技巧，在此后的《新青年》杂志上也可见踪迹。

《甲寅》中涉及孔教问题的文章不少，其中较具代表性的是署名陶庸的《孔教与耶教》与CZY生（杨昌济）的《宗教论》。在《孔教与耶教》一文中，陶庸认为儒学确是一种宗教，而且将儒教置于西方宗教之上："揆之中国古代宗教之原理，西方宗教之真诠，何尝不殊途同归耶。惟孔子无形式，无专说，无信仰，无强迫，故孔子之道大，非耶稣所能几及"。针对章士钊所提出的儒学伦理体系的空洞化，不及耶教对世俗社会作用有力的观点，陶庸也给出了自己的解释。他认为孔教被后世的专制之术钳制，"强者利用之以愚民而毁学，黠者假借之以欺世而盗名，上无礼，下无学，贼民兴"，所以才会反不如耶教，他更进一步提出"以今之世，言今之治,唯有真共和,真自由,真平等,可以挽狂澜于既倒,回白日之西沉。何者?孔子所谓仁也,礼也,忠也,恕也,孝也,信也,即三真之要义也,耶稣之精训,亦三真之精理也"①。在这里,作者不仅要将儒家思想与"共和、平等、自由"等现代思想整合起来,而且认为西方宗教的教义与儒家学说并无本质的区别,表现了近代知识分子在面对外来冲击时,企图将儒学与现代文明联系在一起,从而为其在现代社会寻求立足点的一种调和折中的文化态度。而章士钊此时提出的政治调和说,在"五四"时期发展为文化调和论。因此,这篇文章在一定程度上或可代表主编章士钊的看法。

署名为CZY生的《宗教论》为杨昌济所作。在关于儒学与宗教的关系上,他同样认为,从广义上来说儒术确实可称得上是一种宗教。针对章士钊提出儒学不具备宗教特质的质疑,他引用了英人斐斯托的话来作答:"举凡足以陶铸一民族之道德,维系一民族之风化,范围一民族人民之精神者,即无不足为一民族之教,为一民族人民之忠。虽或教义之深浅不论,神人殊趣,而其为教则一也。"②也就是说,只要具备有以上这些特质,不论其形式如何,均可称之为宗教,而以此来观儒学,则确实具有宗教精神,而他自己也是儒家思想的信奉者。但他并不赞同将儒术定为国教,载入宪法。因为本着信仰自由的原则,无论以耶教救国还是独尊儒教都不足取,国家更不应该干涉宗教问题:"孔子之道,本为吾所服膺,固无论矣。他教之流行,亦尽可听其自由。为国者对于民间之信仰,义在放任,无存干涉,建立国教,无益事实,图召政争。"在这里,作者同样体现出自由主义的宽容精神。杨昌济本为宿儒,又在日、英、德等国游学近十年,既有深厚的旧学根底,又对于西方

---

① 陶庸:《孔教与耶教》,《甲寅》1914年第1卷第3号。
② CZY生(杨昌济):《宗教论》,《甲寅》1915年第1卷第6号。

文化浸淫颇深，人生阅历和知识结构与章士钊颇有相似之处。因此他的观点被章士钊推崇为《甲寅》的"北斗"和"斯世之灵光"①，也就毫不奇怪了。

综上所述，这两篇文章的观点虽略有差异，但联系章士钊对于孔教的论述，便可大致勾勒出《甲寅》作者对于孔教的看法。首先，虽然他们清楚地看到儒学被现代思潮所冲击而呈现的窘境，但《甲寅》诸人仍是站在儒学内部寻求方法，既借鉴西方文明或现代理念对其改革，又以民族文化为本位推动儒学的发展，为儒学在现代社会的生存找寻合理性。其次，与孔教会诸人所不同的是，不论是否将儒学看作宗教，《甲寅》作者大多是将儒学作为一种道德准则来恪守，在伦理层面坚守儒家思想，而留学海外的背景使得他们大多了解并接受民主共和精神，因此并未在儒学上寄托过多的政治诉求，而是提倡现代民主政治，将道德/宗教与政治看作两个独立的、不应彼此干涉的层面，而这正是以托克维尔为代表的近代欧陆自由主义思想家的立场。②

因孔教问题本身的复杂性及《甲寅》杂志的开放性，对于儒学的讨论得以从多个角度展开，虽然讨论的重点是上述两点，但围绕这两点实际衍生出了多个问题，如对于耶教的态度、对于宗教的态度等。其中对于宗教问题的讨论，因高一涵的加入而显得尤为特殊。高一涵对宗教的态度，表现出不同于《甲寅》诸人的倾向，也令后人从中可探得其对孔教的态度。而关于宗教的探讨，也伴随着对儒学的讨论，一直延续到《新青年》时期。

在《孔教》一文中，章士钊除了表明自己对孔教的态度之外，

---

① 《宗教论编者识》，《甲寅》1915年第1卷第6号。
② 托克维尔认为美国几乎人人信仰宗教，但并没有变成道德理想国，其原因就在于宗教和政治的分离和互不干涉，见托氏著《论美国的民主》，商务印书馆1988年版。

另一重点就是其对于宗教的态度。为了说明反对孔教的原因,他引用了章太炎的《驳建立孔教议》一文,虽然在儒学是不是宗教、能不能定为国教的问题上二人观点一致,但章太炎反对孔教的原因除了认为儒学不具备宗教的特质之外,更重要的是他认为儒学之功在保民开化,而宗教至为鄙陋,是太古愚民所行之迷信,故儒学不能称之为宗教。章士钊则并不认同这一点,他将宗教与迷信看作两回事,认为"欧人所谓宗教,乃视为身心性命之所寄,而决非如吾神道止于迷信崇拜之伦。归依之诚,实无间于愚哲"①。章士钊所谓的宗教,实质上是特指欧洲耶教这样有极强的道德约束性,且教义与儒学所提倡的伦理道德十分近似的宗教。从他屡屡对耶教徒道德修养的赞赏甚至是刻意美化中,可以看出章士钊是借用耶教描绘出了一个理想中的道德世界,而他对于耶教的肯定,仍是出于对儒家传统道德的认同与追求。此后《甲寅》诸人在论述宗教问题时,亦始终停留在道德层面,将其作为讨论孔教问题的旁证。

真正使对宗教问题的讨论深入至哲学层面的是高一涵。他在致《甲寅》编者的信中,开篇便谈到"余所欲就正者,非尊孔尊耶之执,乃人类应否终有宗教问题也"②。他对于宗教的质疑,并非是简单的否定,而是从追求真理的角度、以科学的精神质疑神明的存在:"宇宙既形此显象,悬示吾人之前,断非徒有象而无理,事有象而理难徵者,乃吾知之有崖,不得谓彼为神秘。"即万事万物既然存在,则均可以探求其成因,即便一时无法解释,也是因为当下人类的知识有限,不能因此将其归咎于神秘,更不能因不可知的存在而塑造出神明。在回信中,面对这样的质疑,章士钊引用了笛卡尔"我思故我在"的观点来证明上帝的存在,从而走向斯宾诺莎的

---

① 秋桐(章士钊):《孔教》,《甲寅》1914 年第 1 卷第 1 号。
② 高一涵:《宗教问题》,《甲寅》1914 年第 1 卷第 4 号。

自然神论，为宗教的存在找到依据。宗教与科学孰真孰伪不在本文的讨论范围，但我们可以看到，高、章二人的通信在《甲寅》杂志众多讨论孔教的文章中显得与众不同。高一涵对宗教的态度显然受到现代科学与理性主义的洗礼，而如此看待宗教的做法在此后的《新青年》作者如陈独秀、李大钊等人身上同样可以发现，这恰恰反映出《甲寅》与《新青年》在讨论孔教问题时显著的区别。章士钊与《甲寅》在讨论儒学问题时，是在认同儒学所提供的一整套道德规范的前提下，探讨儒学的性质，并为其寻求更生之路，而高一涵与《新青年》则是在进化论的影响下，以理性态度审视儒学与现代文明的差异，从而试图推翻儒家思想所创造的一整套礼教制度。

二 易白沙的儒学观

提起易白沙，人们总会想到《孔子平议》在新文化运动中所起到的重大作用，并将其视为最早举起"打倒孔家店"大旗的思想先驱。然而，通过将易白沙的儒学观念与《甲寅》《新青年》的儒学观进行比较，并对《孔子平议》进行细致分析，我们便可以发现，易白沙的儒学观有其独特性，而且在《甲寅》与《新青年》之间扮演着过渡者的角色。

如果说高一涵是跳出儒学之外，从宗教的宏观角度参与了《甲寅》对儒学的讨论，易白沙则从教育的角度表达了自己对儒学的看法。在《教育与卫西琴》中易白沙没有将注意力集中于孔教问题上，而是针对英人卫西琴的"中国教育只需发挥孔子之精神、不必取法欧美"的观点，提出了自己的见解。易白沙认为，中国的教育不能等同于孔子的教育，"孔子为教育之一部，而非教育之全体，此非孔子之小，实中国教育之大也"[①]。他分别详述了道家教育与

---

① 白沙（易白沙）：《教育与卫西琴》，《甲寅》1914年第1卷第2号。

墨家教育，指出它们各有所长之精神，"一为神明，一为物质，孔子不能范围之"，只有"偶乎尘埃之表，醇然礼乐之怀，辅以道家之神明，墨家之物质"才是完整的中国教育。易白沙显然是要以平和说理的态度，将诸子从儒学的压制下解放出来，亦将儒学从神坛上请下来，将其置于与诸子平等的地位，将诸子都看作传统文化的一部分。

与《教育与卫西琴》相比，刊发在《新青年》上的《孔子平议》对儒学的探讨显然更为全面，亦更为成熟，易白沙不再局限于教育一方面来谈孔子之道，而是站在整个思想文化的角度，客观地评价孔子学说的得失。一方面，《孔子平议》延续了此前易白沙对儒学的看法，同时更进一步指出："孔子当春秋季世，虽称显学，不过九家之一。"这是从学术的角度讲，儒学不等于国学，而只是国学的一部分，"非孔学之小，实国学范围之大也"①。另一方面，真正使《孔子平议》引起巨大反响的，是易白沙一反往日人们为维护儒学而提出的"伪孔"论，指出孔子之所以被历代野心家所利用，正是因为其思想中有可以被专制主义利用的成分，点明了儒学与数千年来专制制度之间的联系，深入分析了儒学思想所固有的弊端，并将其归纳为四点：

其一，"孔子尊君权，漫无限制，易演成独夫专制之弊"。易白沙认为，墨家以天制君，法家以法为轨，此二家均对君权有所限制，而儒家则将君等同于天，使君权超乎法律道德之外，没有任何外力来规范君王的思想与行为，仅仅依靠其个人的道德修养来治理国家，言人治而非法治，是专制主义的直接根源。过分依靠个人道德又缺乏应有的监督，其结果便如章士钊所说的一样，是整个伦理体系的虚化。章氏希望在依照西方建立一套完善的法治制度后，继

---

① 易白沙：《孔子平议》（下），《新青年》1916年第2卷第1号。

续保留与提倡儒家的道德规范,但他并没有看到这一道德体系中尊君权的部分,其专制精神与民主共和精神显然是对立的。在这一点上,易白沙的认识无疑更为深刻。

其二,"孔子讲学,不许问难,易演成思想专制之弊"。易白沙通过列举许多事例指出,春秋时期诸子并立,学术思想极其发达,孔门弟子在面对其他学说时,不免产生疑问,时常向孔子问难,而"孔子以先觉之圣,不为反复辨析是非,惟峻词拒绝其问,此不仅壅塞后学思想,即儒家自身学术,亦难阐发"。不仅如此,孔门"师徒受授,几丈森严,至禁弟子发言",他们讲求天地君亲师,有着严格的等级制度,维护在上者的权威。在这里,易白沙实质上已经触及到了新文化运动儒学批判的核心问题——礼教制度,并将礼教中这种等级制度与思想专制联系了起来。

其三,"孔子少绝对之主张,易为人所借口"。易白沙指出孔子"立身行道,皆抱定一'时'字,教授门徒,皆因时因地而异",生平行事并无一定目的,空有杀身成仁这样的豪言壮语,却并没有以身践之——"美其名曰中行,其实滑头主义耳!骑墙主义耳!"他毫不留情地直斥孔子本人的虚伪性,并指出后世暴君之所以可以假借儒学行不义之事,也正是源于这一点。

其四,"孔子但重作官,不重谋食,易入民贼牢笼"。易白沙认为,孔子明列国政教,其学说目的在于干七十二君,故其弟子均不善谋生之道,这使得儒家的生计完全维系于帝王身上,独夫民贼以此为饵,遂使儒术成为谋求利禄的捷径,演变成奴颜媚上,捐廉弃耻之风俗,并经千百年的潜移默化,最终形成民族性格中的奴性成分。

易白沙分别从制度层面与思想层面对儒学所衍生的专制、礼教、虚伪、奴性进行了剖析,并揭示了儒家思想与中国专制主义之间的内在联系,对《新青年》同仁对儒学的批判大有启发。同时,作为具有过渡意义的人物，易白沙的儒学观也表现出一定的复杂性，除了进行批判之外，亦有从学术角度对儒家思想的客观分析，这与此后《新青年》诸人对儒学的全盘否定明显不同。在《孔子平议》的下篇中，易白沙指出，儒家之学、九家之学与域外之学"三者混成，是为国学"①，所以，不能以孔子一家学术，代表中国过去未来之文明，驳斥了将孔子描述成能够预知未来的荒诞说法，认为"如八股家之作截搭题，以牵引附会今日学术，徒失儒家之本义耳"。而针对尊孔者提出的"古代文明，创自孔子，即古文奇字，亦出诸仲尼之手"的说法，易白沙则通过梳理文字史指出，"人文盂晋，决非一代一人能奏功效，文字创造，归美仓颉，犹切不可，况仓颉两千年后之孔子乎？"尤为难能可贵的是，易白沙并未将孔子全盘否定，而是进一步说明，孔子虽不曾创造文字，然订六书、正文字，所以中国文字的统一诚不能不拜儒者之赐。通过对儒学与道墨法农兵等几个思想学术流派进行比较之后，易白沙将孔子定位于显学而非素王，从而将儒学从象征专制精神的神坛上拉回到与诸子百家平等的地位中。

如果我们比较章士钊与易白沙的儒学观，可以发现，章士钊虽不认同将儒学作为宗教，但在其心目中，儒学的地位显然远高于其他学说，是一种与宗教具有同样作用的人生信仰，是为人处世的道德准绳。所以他虽然赞赏耶教，但也说"有欲脱愚于尊孔之籍，愚决不承"②，坚持自己的儒家思想认同。易白沙则始终将儒学看作中国历史上一个重要的学术流派，将其与其他学派处于平等地位，指出其学说既有所长亦有所短，提倡用学术的目光和理性的思维对

---

① 易白沙：《孔子平议》（下），《新青年》1916年第2卷第1号。
② 记者（章士钊）：《孔教——答张尔田君》，《甲寅》1914年第1卷第3号。

儒学进行客观深入的分析，以扭转世人对儒学的迷信、盲从和误解。另一方面，易白沙的儒学观与《新青年》主流观念也有所不同。易白沙虽然揭示出儒学与专制精神之间的联系，启发了《新青年》对于儒学的批判，但他并未彻底否定儒家思想的价值，而是肯定儒学作为一个学术流派，自有其不可磨灭的精华。推而广之，对于传统文化与现代文明的关系，他也是主张"以东方之古文明，与西土之新思想，行正式结婚礼"①，表现出更多的灵活性和宽容姿态，与《甲寅》的立场更为接近。

事实上，我们可以将易白沙视为某种象征性符号，通过他，人们可以发现《甲寅》与《新青年》在儒学问题上有着延续性的理路。例如，在《新青年》诸多反对孔教的言论中，"毁孔庙"可算是引人注目的一条，至今仍以"过激"而为人所非议。而陈独秀"毁全国之孔庙而罢其祀"的口号，实际上与《甲寅》有一定关系。如前所论，《甲寅》在对国教问题进行讨论时，作者们大多提倡信仰自由，反对设立国教。而陈独秀则指出"中国文庙遍于郡县，春秋二祀，官厅学校，奉行日久，盖俨然国教也"②。也就是说，国家虽然还没有确立孔教的国教名分，但千百年来，孔教实质上一直占据着国教的地位，并由朝廷/国家主导进行祭祀，这对于其他的宗教极不公平。所以，不仅要反对在形式上将孔教定为国教，还要打破已然存在的孔教独大的局面，而各教教徒，所应争取的亦不仅是信教自由的权利，还应争取国家给予各教平等的权利，因此对于孔教，不仅不能定为国教，还"应毁全国已有之孔庙而罢其祀"。③由此可以看出，陈独秀所谓的"毁孔庙"并非仅仅是要

---

① 易白沙：《孔子平议》（下），《新青年》1916年第2卷第1号。
② 陈独秀：《再论孔教问题》，《新青年》1917年第2卷第5号。
③ 同上。

剥夺人们在公共场所祭拜孔子的权利，更是从各宗教地位平等的角度出发，反对以国家的名义、由政府出资来进行祭祀，其指向的是孔庙祭祀背后的官方势力。也就是说，他看到了长久以来儒家思想与国家之间千丝万缕的联系而欲破坏之。

《新青年》对儒学问题的探讨延续自《甲寅》，而又跳出了《甲寅》的讨论范围，如陈独秀所说，"今所讨论者，非孔教是否宗教问题，且非但孔教可否入宪法问题，乃孔教是否适宜于民国教育精神之根本问题"[1]。其所关注的焦点与《甲寅》杂志完全不同，而这种不同正反映了二者儒学观的差异。

首先，与《甲寅》关注政治制度的改革不同，在经历了多次政治运动的失败后，《新青年》更为关注思想文化的变革，在通过对传统文化与国人的思想意识进行反思与考察后，最终将儒学作为发动这场变革的突破口。如果说从《甲寅》到易白沙，对儒学的看法经历了从道德准则到学术流派的转变，那么《新青年》对儒学的看法，则是再次将其还原成一种伦理道德，只是这种还原带有批判性。陈独秀等人将三纲五常从儒学中抽离出来，将其命名为孔教的根本教义，同时认为温良恭俭让信义廉耻诸德是全世界所共有的道德准则，并非是儒学所独有的，所以"孔教之精华曰礼教，为吾国伦理政治之根本"，指出儒学经过历代发展之后，已形成一系统的伦理体系，从而将儒学等同于礼教，确立了所要批判的目标。

其次，《甲寅》诸人将道德与政治看作两个层面，并认为其相互之间并不产生影响，所以可以在提倡西方民主政治的同时，保留对儒家道德观的认同，而这种道德观不同于《新青年》所批判的礼教伦理规范，其把儒学看作一种人文精神所蕴含的宇宙观、人性观，更强调被陈独秀称为世界共有价值的那一部分，同时，在看到

---

[1] 陈独秀：《宪法与孔教》，《新青年》1916年第2卷第3号。

儒学的不适应性后，它试图从内部进行改革，使其更为贴近现代社会。而《新青年》的作者们则是在现实的民族危机的压迫下，以及由进化论而衍生的进步史观的观照下，对传统文化产生质疑并进而否定，将东西方文明完全对立起来，试图从对传统文化的批判中，来找寻解决问题的方法。所以他们延续了易白沙对儒学与专制精神之间内在关系的揭示，并进一步指出所谓"礼"就是别尊卑明贵贱，是阶级制度的理论依据，而其对"礼"的批判重点就是三纲所对应的"忠、孝、节"三个概念。正如马克斯·韦伯所指出的那样，在儒教中国，孝是引出其他各种德行的元德，是官僚体制最重要的等级义务的考验与保证。① 《新青年》等人对"忠、孝、节"三义的批判亦集中在了"孝"这一概念上。《孝经》说"君子之事亲孝，故忠可移于君；事兄悌，故顺可移于长；居家理，故治可移于官。是以行成于内，而名立于后世矣"。吴虞同样指出孝在礼教伦理规范中的重要性，认为忠、节等义均是由孝衍生出来的，通过对孝的强化与制度化，使得人与人之间的关系简化成子女对父母的从属模式，最终形成森严的等级制度，而这样的等级制度与从属模式，无疑与鼓吹民主、自由、平等的现代思潮不相符。《新青年》的作者们由此找到了专制主义的传统思想根源，揭示了它与民主思想的冲突和不协调，并将其视为中国走向现代的障碍。正如陈独秀所说："我们反对孔教，并不是反对孔子个人，也不是说他在古代社会无价值，不过因他不能支配现代人心，适合现代潮流，成了我们社会进化的最大障碍。"② 究其本源，《新青年》对儒学的批评带有强烈的功利色彩，是一种策略。所以我们也可以说，《新青年》

---

① ［德］马克斯·韦伯：《儒教与道教》，王容芬译，商务印书馆1995年版，第208页。
② 陈独秀：《孔教研究》，《每周评论》1919年第20号。

并不反对儒学,而是反对封建礼教。[①] 现实与理想的双重压迫使得这一代知识分子急欲建立一个现代化、西方化的国家,这种重建不仅需要建构新式的政治制度,更要输入与新制度相适应的新伦理、新道德,而包含着人权与平等概念的新道德与以孝为核心的礼教道德无疑截然相反且并无调和的可能。《新青年》作者对礼教乃至孔教的指责、批判,正是来源于此。

与《甲寅》相比,易白沙、《新青年》的儒学观无疑更为激进,前者侧重从精神层面对儒学进行肯定与完善,后者则是侧重制度层面的否定。然而,当将其重新放回历史进行考察时,我们不难发现,从改革儒学并为其在现代社会寻求发展之路,到全盘否定儒学中的礼教成分,指出其与现代精神完全不相容,虽程度不同,但两者实质上均反映出一代知识分子在面对民族危机时,对传统文化的审视及由此而产生的"认同焦虑"。所以,尽管章士钊逐渐走向了文化保守主义,虽然在章士钊和《新青年》作者身上找不到"态度的同一性",但他们"认同焦虑"的普遍存在,却是不能否认的。

(孟庆澍,首都师范大学文学院教授)

[①] 欧阳军喜:《五四新文化运动与儒学》,山西人民出版社2001年版。

刘增人

五四新潮:一九一九年文学期刊掠影

一九一九年是中国文学期刊史上一个具有特殊意义的年份。由《新潮》月刊问世掀起的时代风涛,推动中国社会思想与文化,开创了前所未有的境界。文学期刊,历史地自觉地充当了推进时代变革的"发动机"与"主阵地"。由《新潮》等领起的青春气象,形成最引人注目的时代风采。

一 《新潮》鼓荡时代风涛

一九一五年九月十五日,陈独秀编辑、上海"群益书社"发行的《青年杂志》创刊于上海,十六开本。一九一六年二月出至第一卷第六号,休刊半年,同年九月一日复刊,出第二卷第一号,改名《新青年》,并宣布成立"新青年杂志社",陈独秀主撰。一九一六年底,陈独秀至北京大学任教,杂志社于一九一七年正式迁到北京,同年八月出至第三卷第六号休刊四个月。一九一八年一月复刊,出第四卷第一号,开始实行编辑集议制,陈独秀、胡适、钱玄同、沈尹默、李大钊、鲁迅、吴虞等参与编辑会议。一九一九年一月改行轮流主编制,从第六卷起由陈独秀、钱玄同、高一涵、胡适、李大钊、沈尹默轮流编辑。一九二〇年夏,陈独秀到上海筹建共产主义组织,杂志社也随之迁回上海,从同年九月出版的第八卷第一号起,成为上海共产主义小组的机关刊物,仍由陈独秀编辑,一九二二年七月出至第九卷第六期休刊。一九二三年六月改出季刊，成为中国共产党中央委员会主办的理论刊物，迁广州出版，卷期号另起，出四期后休刊。一九二五年四月起出不定期刊，一九二六年七月二十五日出至第五号（世界革命号）终刊。月刊、季刊、不定期刊总计出版六十三期。一九一八年十二月二十二日，《每周评论》创刊于北京，"《每周评论》社"出版、发行。第一至二十五期由陈独秀主编，以后各期由胡适主编，一九一九年八月三十一日被北洋政府查封，共出三十六期。该刊是由《新青年》同仁创办，发刊词称本刊的宗旨"就是'主张公理，反对强权'八个大字"，从编辑者、撰稿人到刊物的风貌，都完全是《新青年》的"姊妹刊"。从此，中国的思想文化界，正式开启了一个由新型期刊领起的全新的纪元。

一九一七年一月，蔡元培先生接任北京大学校长，大力推行"思想自由""兼容并包"方针，一举打破了死气沉沉的中国老派高等学府的陈腐局面，激发出勃勃生机，大有"忽如一夜春风来，千树万树梨花开"之慨。陈独秀、胡适、刘半农、钱玄同、沈尹默、朱希祖、马裕藻以及周树人、周作人兄弟，都先后成为"北大同仁"，由此把北京大学聚集成为突破陈规陋习旧礼教、宣传鼓动新思想新文化的"大本营"与"主阵地"。

在他们的熏陶和时代风气的鼓荡下，北京大学学生宿舍西斋四号，率先涌现出几位得风气之先的"弄潮儿"，他们就是后来名震中国文化界的顾颉刚、狄君武、周烈亚、傅斯年。特别是顾、傅二位，后来成为对中国文化界的变革厥功至伟的名家。经常与他们声气相通的，还有罗家伦、杨振声、徐彦之、汪敬熙、康白情、俞平伯、毛子水等。一九一八年十月十三日，傅、罗、徐、杨、汪、顾、俞、康、毛等二十二位北大学生，邀请胡适做顾问，举行筹建新潮社的预备会议。徐彦之提议把拟议中的杂志的英文名字定为

The Renaissance，罗家伦则把杂志的中文名字取做《新潮》，二者在意义上比较接近，可以互译。而刊物的宗旨，就集体确定为：批评的精神，科学的主义，革新的文词。十一月十九日，召开了第二次会议，北京大学图书馆长李大钊，将设在红楼上的图书馆的一个房间，拨给他们使用。北京大学文科学长陈独秀则应允在经费上予以支持。十二月十三日，《北京大学日刊》发表"新潮杂志社启事"，称"同人等集合同趣组成一月刊杂志，定名曰《新潮》。专以介绍西洋近代思潮，批评中国现代学术上社会上各问题为职司。不取庸言，不为无主义之文辞。成立方始，切待匡正，同学诸君如肯赐以指教，最为欢迎！"同时公布了首批社员名单及组织章程。社员名单如下：毛准（子水）、成平（舍我）、汪敬熙（缉斋）、吴康（敬轩）、俞平伯（铭衡）、高元（承元）、徐彦之（子俊）、黄建中（离明）、张崧年（申甫）、陈兆畴（穗庭）、陈家蔼（杭甫）、康白情（洪章）、傅斯年（孟真）、杨振声（金甫）、刘敌（名洋）、潘元耿、潘家洵（介泉）、戴岳（毓峰）、谭鸣谦（诚斋、平山）、罗家伦（志希）、顾颉刚（铭坚）。"新潮社"于是正式诞生。

"新潮社"的"主业"乃是编辑、出版文学期刊《新潮》，故该社开始时就是一家名副其实的杂志社。其全体社员，应该都是撰述员，本校同学投稿三次被登载，可以直接成为社员。外校同学投稿三次被登载，经社员二人以上介绍，亦可为社员。该社设立编辑部和干事部两个机构。前者设主任编辑及编辑，负责稿件取舍，人选由社员选举产生。后者设主任干事及干事，负责对外交往特别是杂志的出版发行，亦由社员选举产生。其首届编辑部，依次为傅斯年、罗家伦、杨振声，干事部三位则是徐彦之、康白情、俞平伯。在他们六位以及全体社员精诚合作、奋发努力下，一九一九年一月一日，《新潮》第一卷第一号出版，备受社会欢迎，一个月内连出三版，印数高达七千余册（一说共达一万三千余册），开创了中国期刊史上学生办刊印数的空前纪录。

《新潮》第一卷第一号开宗明义就是一篇《〈新潮〉发刊旨趣书》，当时没有署名，后来知情者指出此乃傅斯年的大作。如下：

> 《新潮》者，北京大学学生集合同好撰辑之月刊杂志也：北京大学之生命已历二十一年，而学生之自动刊物，不幸迟至今日然后出版。向者吾校性质虽取法于外国大学，实与历史上所谓"国学"者一贯，未足列于世界大学之林；今日幸能脱弃旧型，入于轨道。向者吾校作用虽曰培植学业，而所成就者要不过一般社会服务之人，与学问之发展无与；今日幸能正其目的，以大学之正义为心。又向者吾校风气不能自别于一般社会，凡所培植皆适于今日社会之人也；今日幸能渐入世界潮流，欲为未来中国社会作之先导。本此精神，循此途径，期之以十年，则今日之大学固来日中国一切新学术之策源地；而大学之思潮未必不可普遍国中，影响无量。同人等学业浅陋，逢此转移之会，虽不敢以此弘业妄自负荷，要当竭尽思力，勉为一二分之赞助；一则以吾校真精神喻于国人，二则为将来之真学者鼓动兴趣。同人等深惭不能自致于真学者之列，特发愿为人作前驱而已。名曰《新潮》，其义可知也。
>
> 今日出版界之职务，莫先于唤起国人对于本国学术之自觉心。今试问当代思想之潮流如何？中国在此思想潮流中位置如何？国人正复茫然昧然，未辨天之高地之厚也。其敢于自用者，竟谓本国学术可以离世界趋势而独立。夫学术原无所谓国别，更不以方土易其性质。今中国处于世界思想潮流，直不啻自绝于人世；既不于现在有所不满，自不能于未来者努力获求，长此因循，何时达旦。寻其所由，皆缘不辨西土文化之美

隆如彼，夫不察今日中国学术之枯槁如此；于人于己两无所知，因而不自觉其形秽。同人等以为国人所宜最先知者有四事：第一，今日世界文化至于若何阶段？第二，现代思潮本何趣向而行？第三，中国情状去现代思潮辽阔之度如何？第四，以何方术纳中国于思潮之轨！持此四者刻刻在心，然后可云对于本国学术之地位有自觉心，然后可以渐渐导引此"块然独存"之中国同浴于世界文化之流也。此本志之第一责任也。

中国社会，形质极为奇异，西人观察者恒谓中国有群众而无社会，又谓中国社会为二千年前之初民宗法社会，不适于今日寻其实际，此言是矣。盖中国人本无生活可言，更有何社会真义可说。若于恶劣习俗，若于无灵性的人生规律，桎梏行为，宰割心性，以造成所谓蚩蚩之氓；生活意趣，全无领略。犹之犬羊，于己身生死、地位、意义茫然未知。此真今日之大戚也，同人等深愿为不平之鸣，兼谈所以因革之方。虽学浅不足任此弘业，要不忍弃而弗论也。此本志之第二责任也。

群众对于学术无爱好心，其结果不特学术消沉而已，堕落民德为尤巨。不曾研诣学问之人恒昧于因果之关系；审理不度而后有苟且之行。又，学术者深入其中，自能率意而行，不为情牵对于学术负责任，则外物不足萦惑；以学业所得为辛劳疾苦莫大之酬，则一切牺牲尽可得精神上之酬偿。试观吾国宋明之季甚多独行之士；虽风俗堕落，政治沦胥，此若干"阿其所好"之人终不以众浊而易其常节。又观西洋"Renaissance"与"Reformation"时代，学者奋力与世界魔力战，辛苦而不辞，死之而不悔。若是者岂真是好苦恶乐，异乎人之情耶？彼能于真理真知灼见，故不为社会所征服，又以有学业鼓舞其气，故能称心而行，一往不返。中国群德堕落，苟且之行遍于国中。寻其由来：一则原于因果观念不明，不辨何者可为，何者不可为，二则原于缺乏培植"不破性质"之动力，国人不觉何者谓"称心为好"。此二者又皆本于群众对于学术无爱好心。同人不敏，窃愿鼓动学术上之兴趣。此本志之第三责任也。

本志同人皆今日学生，或两年前曾为学生者；对于今日一般同学，当然怀极厚之同情，挟无量之希望。观察情实，乃觉今日最危险者，无过于青年学生。迩者恶人模型、思想厉鬼，遍于国中，有心人深以为忧。然但能不传谬种，则此辈相将就木之日，即中国进于福利之年。无如若辈专意鼓簧，制造无量恶魔子；子又生孙，孙又生子，长此不匮，真是殷忧。本志发愿协助中等学校之同学，力求精神上脱离此类感化。于修学立身之方法与途径，尽力研求，喻之于众。特辟"出版界评"、"故书新评"两栏，商榷读书之谊：此两栏中就书籍本身之价值批评者甚少，借以讨论读书之方法者甚多。其他更有专文论次。

总期海内同学去遗传的科举思想，进于现世的科学思想：去主观的武断思想，进于客观的怀疑思想；为未来社会之人，不为现在社会之人；造成战胜社会之人格，不为社会所战胜之人格。同人浅陋，惟有本此希望奋勉而已。此本志之第四责任也。

本志主张，以为群众不宜消灭个性；故同人意旨，尽不必一致；但挟同一之希望，遵差近之径途，小节出入，所不能免者。若读者以"自相矛盾"见责，则同人不特不讳言之，且将引为荣幸。又本志以此批评为精神，不取乎"庸德之行。庸言之谨"。若读者以"不能持平"腾诮，则同人更所乐闻。

既以批评为精神，自不免有时与人立异，读者或易误会，兹声明其倡。立异之目的若仅在于立异而止，则此立异为无谓。如不以立异为心，而在感化他人，但能本"哀矜勿喜"之情,虽言词快意为之,要亦无伤德义。同人等所以不讳讥评者,诚缘有所感动,不能自已于言。见人迷离,理宜促其自觉之心,以启其向上之路;非敢立异以为高。故凡能以学问为心者莫不推诚相与;苟不至于不可救药,决不为不能容受之谦让。然而世有学问流于左道,而伪言伪旨足以惑人者,斯惟直发其复,以免他人重堕迷障。同人等皆是不经阅历之学生,气盛性直,但知"称心为好";既不愿顾此虑彼,尤恨世人多多顾虑者。读者想能体会兹意。鉴其狂简也。

本志虽曰发挥吾校真精神,然读者若竟以同人言论代表大学学生之思潮,又为过当。大学学生二千人,同人则不逾二十,略含私人集合之性质;所有言论由作者自负之,由社员共同负之,苟有急进之词,自是社中主张,断不可误以大学通身当之。

发刊伊始,诸待匡正,如承读者赐以指教,最所欢迎。将特辟通信一栏,专供社外人批评质询焉。

紧跟《旨趣书》的是四篇论文、杂文:傅斯年《人生问题发端》,罗家伦《今日之世界新潮》,傅斯年《去兵!》,陈家蔼《"新"》,谭鸣谦《哲学对于科学宗教之关系论》。此后是"小说"栏内汪敬熙的两篇创作:《雪夜》《谁使为之》以及(英)罗思鲁著、徐彦之译《逻辑者哲学之精》,叶绍钧、王钟麒《对于小学作文教授之意见》。"评坛"栏内是志希的《今日中国之小说界》《今日中国之新闻界》,孟真的《万恶之源》《社会革命——俄国式的革命》。"出版界评"栏内是孟真的三篇:《王国维之〈宋元戏曲史〉》《马叙伦之〈庄子札记〉》《蒋维乔之〈论理学讲义〉》,"故书新评"栏内是孟真的三篇:《清梁玉绳之〈史记志疑〉》《宋郭茂倩之〈乐府诗集〉》《英国耶方斯之〈科学原理〉》。附录为《蔡子民先生在"国际研究社"演讲(大战与哲学之原稿)》。

一九一九年一月十六日,鲁迅在致许寿裳信中介绍说道:"大学学生二千,大抵暮气甚深,蔡先生来,略与改革,似亦无大效,惟近来出杂志一种曰《新潮》,颇强人意,只是二十人左右之小集合所作,间亦杂教员著作,第一卷已出,日内当即邮寄奉上其内以傅斯年作为上,罗家伦亦不弱,皆学生。"《鲁迅日记》一九一九年一月十六日记有"寄许季市信并《新潮》一册"。许季市,即许寿裳也。二月四日、四月九日,亦有关于《新潮》的记载。十六日,记有"下午得傅孟真信,半农转"。十七日,记有"寄傅孟真信"。这就是后来收入《集外集拾遗》的《对于〈新潮〉一部分的意见》[①]。其中尤其推重《新潮》的小说的意见,值得特别重视:"这样下去,创作很有点希望。"一九三五年三月二日,鲁迅在《〈中国新文学大系〉小说二集序》[②]中依然大体沿用了当年的"为人生而文学"评价体系,却适当铺陈开来,分析更加精当,颇具纵横古今廓清历史的视野了。

此后,《新潮》陆续刊出,第一卷的前五号都是按时于每月一号发行,此后就往往延期。十月三十日发行第二卷第一号,第二号是十二月一日发行,第三号一九二〇年四月一日,第四号五月一日,第五号九月一日,第三卷第一号一九二一年十月一日,第二号一九二二年三月一日发行,就是该刊的最后一期:共出版十二期(号)。其栏目陆续增加了诗、剧、砾厂掇拾、逻辑漫谈、书报介绍、通信、戏剧、读者论坛、独幕剧等。最令我辈欣喜的是,此后虽然依旧议论风生,但纯文学创作与翻译,却是在明显地增多,作

[①] 现在收入2005年版《鲁迅全集》第七卷,人民文学出版社2005年版,第235—236页。

[②] 详见《鲁迅全集》第六卷,人民文学出版社2005年版,第247—249页。

品的水平也在陆续"攀升"!胡适、周作人、汪敬熙、叶绍钧、欧阳予倩、傅斯年、罗家伦、康白情、俞平伯、杨振声、朱自清、汪静之等都在这里奉献出佳作,有小说,有新诗。鲁迅的小说《明天》,就刊载于第二卷第一号。意气风发地从事着翻译事业的则有潘家洵、宋春舫、沈性仁、徐彦之、吴康、赵承易、孙伏园、江绍原、周作人等名家。鲁迅以笔名"唐俟"翻译的尼采的《察拉图斯忒拉的序言》,则见于第二卷第五号。尤其引人注目而且值得写入史册的是这些年轻的学者,具有一往无前的勇气与魄力,他们敢于打硬仗,敢于挑战赫赫有名的"硕儒",代表了"五四"时期一班青年学者的锐气和风采。其中傅斯年的《怎样做白话文》(第一卷第二号)、罗家伦的《什么是文学》(第一卷第二号)、罗家伦的《驳胡先骕君的〈中国新文学改良论〉》(第一卷第五号)都是既敢于"立"更善于"破"的优秀文章,不仅在那时是石破天惊的议论,就是在文学史上也应该是中国新文学初期的一流理论佳作、一流论战佳作。

此后,"新潮社"陆续"发展"了若干社员,先后有陈达材、叶绍钧、叶石荪、刘秉麟、江绍原、何思源、刘光颐、王星汉、王伯祥、李小峰、宗锡均、孟寿椿、高君宇、郭绍虞、孙伏园、赵承易、朱自清、冯友兰、孙福熙、周作人等。他们的文学贡献与历史地位,早已众所周知。一九一九年十一月十九日,北京地区的新潮成员,开会议决把以出版杂志为主的社团,改组为学会,并于一九二〇年八月十五日宣布正式成立"新潮社"。学会成立后,除继续编辑、出版《新潮》杂志外,还编印过两种丛书:"新潮丛书"与"文艺丛书"。最初此种事业由徐彦之经营,徐毕业离京后,改由李小峰负责。再后来李小峰便用编印出版"新潮丛书"的盈利,创办了著名的"北新书局",名称即来源于"北京大学新潮社"。鲁迅的《呐喊》,就是由新潮社率先推出。而李小峰也就顺理成章成为出版发行鲁迅著作的著名出版商,"北新书局"及老板李小峰与鲁迅的密切关系,一直维持到二十年代末期。"新潮社"的重要成员孙伏园,也是鲁迅的学生兼密友,在鲁迅等时贤支持下,孙伏园在新文学第一个十年里,成为风头劲足的副刊编辑,鲁迅的《阿Q正传》,正是孙伏园一再敦促才问世人间,成为文学史上的千古绝唱。

《新潮》创刊后四个月零四天,一场以"外争主权,内除国贼"为口号的学生爱国运动,在北京天安门广场轰轰烈烈发生、发展并蔓延到全国各大城市,由学生运动延伸到工商各界,由新知识、新思想武装起来的新型知识分子,充当了时代的先驱,历史的长子。如果说《新青年》诸同仁是这场惊天动地的大运动的精神领袖,那么,《新潮》诸君,就是这场运动打头阵的急先锋!傅斯年就是当年天安门游行示威的总指挥!领先时代潮流的期刊编撰,与走上街头奋发呼号的实践行动,开始自然而然地融为一体,成为一九一九年度最引人注目的大事件,也是该年度中最值得写进历史的大变革!

尤其值得注意的是,《每周评论》和《新潮》的出版广告,都是由《新青年》发布的,这在中国期刊史上真的比较罕见。一九一八年十一月十五日,《新青年》第五卷第五号发布《每周评论》出版广告:

> 本报社在北京顺治门外骡马市大街米市胡同七十九号。上海总代派处:四马路福华里,亚东图书馆。
> 每逢星期日出版一次,第一次已于十二月廿二日出版。
> 定价铜子三枚,外埠大洋二分五厘,邮费在内。
> 内容略分十二类,每次必有五类以上:
> (一)国外大事述评(二)国内大事述评(三)社论(四)文艺

时评（五）随感录（六）新文艺（七）国内劳动状况（八）通信（九）评论之评论（十）读者言论（十一）新刊批评（十二）选论

本报文字尽量采用白话体，宗旨在输入新思想、提倡新文学。

本报对于读者之投稿极为欢迎，惟概不酬资，登载与否，均不退还原稿。

一个月后，《新青年》第五卷第六号刊出"北京大学之《新潮》"：

《新潮》为北京大学发行杂志之一种，其宗旨为：

（1）介绍西洋现代思潮；（2）批评中国现在学术上社会上各问题。

其特质为：

（1）有独立的主义；（2）尊科学的律令；（3）以批评为精神，

不为不着边际、不关痛痒之议论。

总而言之"为纯粹新思想"之杂志，凡留心学术思想界者不可不读，各级学生尤不可不读。……

每期三角，每五期一元五角

总发行所：北京汉花园北京大学出版部

而《新潮》对于《新青年》的呼应，更是非常自觉、热情洋溢，因而在文学期刊史上屡被称道。一九一九年二月，创刊伊始的《新潮》第一卷第二号，就以大约两千字的篇幅，积极推介《新青年》，标题就是《〈新青年〉杂志》。文章称扬道："青年人最需要的，有三种事物：第一，是主义；第二，是智识；第三，是用这智识、本这主义所得的生活。此外的需要，总不若这三条是基本的。

《新青年》的可看之处，正因为他有主义，不发不负责任的议论，不作不关痛痒的腔调。他是种纯粹新思想的杂志。他在他的广告上，说明他的四种主义——一、改造国民思想；二、讨论女子问题；三、改革伦理观念；四、提倡文学革命。……提倡文学革命一事，是《新青年》的第一种成绩。改造中国文学，本是极有利益，急待实施的事业；——这是改造国人思想生活道德的先锋。三卷中有胡适君的《文学改良刍议》一文，后来又有陈独秀君的《文学革命论》。这是事业的起点。到了四卷里头，差不多都是用白话做的文章。又有胡适君的一篇在中国文学史上极有价值的文章，叫做《建设的文学革命论》，把'国语的文学，文学的国语'一个大主义，明白宣布。从此新文学建设的事业，站住了第一步；社会上的响应渐多，社里边也照着建设的预程进行。很有几篇文学的白话文出产。翻译的事业，也很进步；周作人君译的小说用直译的方法，实在是译书的模范。白话诗的成绩尤好……《新青年》里的好文章，就质料而论，胡适君的《建设的文学革命论》和陈大齐的《辟"灵学"》，实是在近来少有的。就文章的而论，唐俟君的《狂人日记》用写实笔法，达寄托的（Symbolism）旨趣，诚然是中国近来第一篇好小说。他如胡适君的《易卜生主义》，也是第一流的白话文。其余短篇的白话文好的更多。总而言之，他的材料可供给青年人的智识，他的见解可帮助青年人的主义，他的趣味可促进青年人前进的生活，所以才敢把他介绍给读者。我们社里同人，对于《新青年》有一种极厚的希望。希望他把所有的四个问题，努力建设。希望他另选几个紧要的问题——如儿童问题，废兵置警问题，和其他社会问题等；积极讨论，希望他取直线的进行，不滞在停顿的地位，希望他用种恳挚的态度，化可化的青年。"

人们往往喜欢称道这一期刊史上的"奇观"为"三足鼎立"，称为师生合作的典范，实在是事出有因，证据确凿！

《新潮》与稍后创刊的《国故》，虽然主干都是北京大学修习中文或哲学的同学，但因为主张不同，取向各异，特别是文学期刊应该采用的语体是白话还是文言上，对立尤其明显。《新潮》创刊号上傅斯年对《国故》特别编辑之一的马叙伦的《庄子札记》，颇有批评，而且语含讥刺，引起马叙伦和《国故》人士的不满。一九一九年五月，毛子水又发表《国故和科学的精神》，比较系统地批评了《国故》的主张，傅斯年则在该文的"附识"声援毛文，《国故》月刊于是发表了张煊《驳〈新潮〉〈国故和科学的精神〉篇》反驳，文辞已带锋芒，因此，"整理国故"便正式成为当时学术界的一个争论的焦点。关于"整理国故"的讨论，后来涉及诸多文化名人，铺展到诸多副刊期刊，在中国现代文学史、文化史上堪称是情况复杂、历时漫长的论争，自然绝非本文所可以阐说清楚的了。

二　《国故》持守国学城池

　　一九一九年一月二十六日，"国故月刊社"在北京刘师培寓所成立。该社的宗旨是昌明中国固有之学术。其发起始末如下：

> 岁初，俞士镇、薛祥绥、杨湜生、张煊慨然于国学凌夷，欲发起学报，以图挽救。遂定期于张煊处讨论一次并草定简章数条，决定首谒教员征求同意，次向校长陈述。嗣谒诸教员皆蒙赞允，同学加入者甚夥，遂谒校长，请助经费。校长允与垫办，俟社中经费充裕时，再行偿还。次日用发起人二十人名义上校长函请款，支领开办费三百元，本社遂以成立矣。

　　一九一九年三月二十日，《国故》月刊创刊于北京，北京大学"《国故》月刊社"编辑，刘师培、黄侃任总编辑，陈汉章、马叙伦、康宝忠、吴梅、黄节、屠孝寔、林损、陈钟凡任特别编辑，张煊、薛祥绥、俞士镇、许本裕等十位同学，出任编辑，"北京大学出版社"出版，一九一九年十月出至第五期停刊，共出五期。

《国故》月刊甫一问世，就被视为《新潮》所代表的新文化新文学新思潮的"对立面"，是守旧派的代表刊物。一九一九年三月十八日，《公言报》发表《请看北京学界思潮变迁之近状》，指出"国立北京大学，自蔡孑民氏任校长后，气象为之一变，尤以文科为甚。文科学长陈独秀氏，以新派首领自居，平昔主张新文学甚力。教员中与陈氏沆瀣一气者，有胡适、钱玄同、刘半农、沈尹默等"。"近又由其同派之学生，组织一种杂志曰《新潮》者，以张皇其学说。""顾同时与之对峙者，有旧文学一派。旧派中以刘师培氏为之首，其他如黄侃、马叙伦等则与刘氏结合，……亦组织一种杂志，曰《国故》。""二派杂志，旗鼓相当，互相争辩，当亦有裨于文化。第不言忘其辩论之范围，纯任意气，各以恶声相报复耳。"对于这种"分派"的言说，刘师培不以为然，曾经属文与《公言报》商榷，声明《国故》虽以保存国粹为宗旨，但并非与《新潮》相对抗，指责《公言报》的评论与事实不符。在刘师培那里，这应该是真心话：在由他主编的《国故》第一至四期里，他先后发表的《毛诗词例举要》《礼经旧说考略》《蒐集文章志材料方法》《音论序赞》《中庸说》等，都应该属于纯粹的学术研究，并没有攻击新文学新文化的主张；但在他的同事黄侃，学生张煊、薛祥绥心中笔下，却并非如此的。黄侃的《题词》，张煊的《驳〈新潮〉〈国故和科学的精神〉篇》《言文合一平议》，薛祥绥的《讲学救时议》，都确确实实是以《新潮》以及与《新潮》同声相求的《新青年》《每周评论》所大力倡导的白话文公开驳议的论辩文章，在那个特殊的历史条件下，白话文与文言文之争，几乎就是新派与旧派的"分水岭"或"试金石"！

从今天回顾，《国故》诸人也不应该一体化评论，他们每一个个体的行为主张，也有必要具体分析。

作为《国故》的主干和灵魂的刘师培，本身就是中国近代史上一位充满矛盾的人物。他一会儿激烈地革命，一会儿顽固地保皇，一会儿又化身为端方的密探——这种政治领域里的变幻无常，引起人们的批评乃至讥诮，是理所当然的。但他在文学、史学方面的贡献，又不能不令人感到惊异和佩服。关于前者，鲁迅曾在一九一八年七月五日致钱玄同信中用他娴熟的嬉笑怒骂皆成文章的笔法，对刘师培等的《国故》之前身——创办《国粹学报》《国粹丛编》的计划，大加嘲讽："中国国粹，虽然等于放屁，而一群坏种，要刊丛编，却也毫不足怪。该坏种等，不过还想吃人，而竟奉卖过人肉的侦心探龙做祭酒，大有自觉之意。即此一层，已足令鄙人刮目相看，而猗欤羞哉，尚在其次也。鄙人当袁朝时，曾戴了冕帽出无名氏语录，献爵于至圣先师的老太爷之前，阅历已多，无论如何复古，如何国粹，都已不怕。但该坏种等之创刊屁志，系专对《新青年》而发，则略以为异，初不料《新青年》之于他们，竟如此难过也。然既将刊之，则听其刊之，且看其刊之，看其如何国法，如何粹法，如何发昏，如何放屁，如何做梦，如何探龙，亦一大快事也。国粹丛编万岁！老小昏虫万岁！！"在给密友的私信中，笑骂不已，堪称痛快淋漓。但到谈论严肃的学术事业时，鲁迅还是有他的深刻的见解：一九二七年七月，鲁迅在广州夏期学术演讲会上的讲辞《魏晋风度及文章与药及酒之关系》[①] 中强调指出："中国文学史，研究起来，可真不容易……汉末魏初这个时代是很重要的时代，在文学方面起一个重大的变化……研究那时的文学，现在较为容易了，因为已经有人做过工作：在文集一方面有清严可均辑的

---

① 改定稿发表于《北新》半月刊1927年第2卷第2号。

《全上古三代秦汉三国晋南北朝文》。其中于此有用的,是《全汉文》,《全三国文》,《全晋文》。在诗一方面有丁福保辑的《全汉三国晋南北朝诗》。丁福保是做医生的,现在还在。辑录关于这时代的文学评论有刘师培编的《中国中古文学史》。这本书是北大的讲义,刘先生已死,此书由北大出版。以上三种书对于我们的研究有很大的帮助。能使我们看出这时代的文学的确有点异彩。我今天所讲,倘若刘先生的书里已详的,我就略一点;反之,刘先生所略的,我就较详一点。"一九二八年二月二十四日,又在回答台静农关于治中国文学史最好的参考书时,他指出:"中国文学史略,大概未必编的了,也说不出大纲来。我看过已刊的书,无一册好。只有刘申叔的《中古文学史》,倒要算好的,可惜错字多。"

至于从《国故》走出来的语言学家罗常培,哲学家、政治活动家马叙伦在中国现代史上的地位与影响,已是举国公认,无须赘述了。

三 《国民》取向中庸中立

在这显然对立、对峙的两种类型期刊之中,却生存发展着持中庸中立取向的《国民》月刊。

《国民》月刊,一九一九年一月十日创刊于北京,"北京学生救国会"会刊,"国民杂志社"[①] 编辑、出版、发行,实际第一卷四期由黄建中、周长宪主编,俞九恒、陶明濬、刘正经、许德珩、邓中夏、黄日葵、陈钟凡、周炳琳、邓康、萧赣等参与编辑。第二卷四期由周长宪、孟寿椿、周炳林、常乃德、黄日葵编辑,自第二卷起,即不能按期出版,刊物上的出版发行时间也只署年代月份,

---

[①] 一九一八年十月二十日成立于北京,陈独秀、李大钊、杨昌济担任顾问。

不署具体日期。一九二一年五月一日出版第二卷第四期后终刊。第一卷用文言文，第二卷起采用白话文。十六开本。

其第一卷使用文言文，第二卷改用白话文，是一个重要标志。那时刊物语体的变革，往往表达着编辑主体文化趋向的沿革或变异。其已知撰稿人（笔名或化名不予指出）有黄侃、顾君谊、蔡元培、许德珩、陈宝锷、周长宪（长宪）、吴敬恒、蓝公武、孟寿椿、杨昌济、黄建中、陈钟凡、梦非、梅僧、顾翊群、庾麓、章炳麟、章实斋（遗文）、刘师培、汪东、吴瞿安、朱羲宙、无心、邵振青、卧佛、孤鸿、张书箴、周邦式（邦式）、易克嶷、邵飘萍、李大钊、黄日葵（日葵）、张东荪、刘正经、戴岳、吴梅、朱一鹗、杨亦曾、宋振寰、赵万璧、非我、大壑、樱宁、瞿宣颖、常乃悳、晨钟、李四杰、胡致、楚僧、剑缜、庞天籁、子升、一觉、徐宝璜、蒋智由、许广武、正祥、易家钺、远斋、林冠英、刘国藩、孙诒棫、江人度、乙阁、郑阳和、杨亦尊、黄绍谷、俞平伯、伊真、耿匡、顾文萃、费觉天、李泽漳、周炳彰、李树峻、罗家伦、潘景让、马寅初、阮有秋、陈国棨、罗敦伟、ML生、鄢祥俍、M.L、行侯、鲁安、杨连科、新光、阿瑜、金鉴、SR等。蔡元培、李大钊、俞平伯、罗家伦明显属于前一"营垒"；黄侃、章炳麟即章太炎、刘师培等则是《国故》的中流砥柱式的人物；更多的则是在两种刊物上都积极投稿的作者，即与两种刊物都保持着不错的关系——仅从撰稿人这一角度来看，说该刊持守中庸中立的价值取向，也大致不会离谱。

该刊成员比较复杂，北京大学校方，对待该刊也与《新潮》有所不同。一是不许在学校内部挂牌，他们先是在北京大学左近的北池子五十三号租房办公，后来又迁移到骑河楼妞妞房二号；二是在经费上没有像对待《新潮》那样"大方"，该刊的启动资金主要依靠社员缴纳"入社金"和"常年捐"解决，这是该刊原定一九一八年出版后来却推迟到一九一九年一月的主要原因。经费没有可靠保证，是困扰着不少文学期刊编辑主体的重要因素。该刊一月创刊，五月一日停刊，此后不断复刊、停刊，直至一九二一年五月终刊，也就影响了该刊的影响力、号召力。

二〇一〇年五月四日，北京大学教授陈平原曾在《光明日报》发表《"五四"记忆："少年意气"与"家国情怀"》，其中说道："日后的追忆文字，为何只提《新潮》和《国民》，而不太涉及《国故》？除了该杂志被定位为'反对新文化运动'，成了反派角色，更因为当初国文门一九一六级大多数同学参加的《国故》月刊，在思想及学术上，确实没能打开一片新天地；即便'整理国故'的业绩，也都不及新潮社的傅斯年、顾颉刚等。时代大潮浩浩荡荡，自有其合理性。对于当事人来说，被抛弃主流，长期不得志，即便有业绩，也不被记忆。因此，作为后来者，我们更应该努力理解'五四'的复杂性与丰富性。'五四'是不是激进，当然激进，不激进无法冲破各种政治的、思想的、文化的禁锢与牢笼。我们要追问的是，何以以激进著称的北大，内部竟也如此'四分五裂'？历史最后选择了什么道路，不完全由当事人的意愿决定。日后北大学生的追怀与叙述，似乎全都是《新潮》和《国民》的天下，这不对，带进《国故》的视野，历史场景才比较完整。一班同学尚有如此分歧，想象五四新文化运动'铁板一块'，那是很不现实的。……"知根知底，立论公允，视界开阔，具备丰富深沉的历史感，乃从一角显示出北大学者的才华与造诣。

四　高校学报一纸风行

高校学报的一纸风行，当然并非从一九一九年开始；但在这一年，却特别明显突出，具有一定的开创性与较高的历史地位。

其实前述三刊，也都大体具备高校学报的基本品格和质素，但毕竟在刊名上与更"正宗"的高校学报还有些区别，所以一般不将它们列入高校学报的范畴论述。一九一九年创刊的高校学报,主要有《北京大学月刊》①《(国立)武昌高等师范学校周报》②《中国大学学报》③《东吴学报》④《北京女子高等师范学校文艺会季刊》⑤《南京学生联合会日刊》⑥《癸亥级刊》⑦《香港大学博文杂志》⑧《曙光》⑨《燕京大学季刊》⑩ 等。其中影响最大的无疑是《北京女子高等师

---

① 一九一九年一月二十五日创刊于北京,蔡元培主持、创办,"北京大学月刊编辑处"编辑,"商务印书馆"发行、印刷,所见最后一期为一九一九年十一月二十五日出版的第五号。

② 周刊,一九一九年二创刊于湖北武昌,武昌高等师范学校学生陈正方、何观光主编,一九二〇年三月休刊,五月复刊,改由谢庚南、徐复初主编,一九二〇年出至第三十四期终刊,共出三十四期。

③ 半年刊,一九一九年四月十三日创刊于北京,"《中国大学学报》编辑部"编辑、发行,一九一九年十月十三日出至第二期终刊,共出二期。

④ 季刊,一九一九年五月创刊于江苏苏州,东吴大学文理学院"东吴学报社"编辑,胡剑公主编,一九三七年五月出至第四卷第二期终刊。其间曾改名《东吴杂志》,出一期后又复用原名。

⑤ 一九一九年六月一日创刊于北京,"北京女子高等师范学校文艺研究会"编辑,"北京女子高等师范学校学生自治会出版股"发行,第一期用文言文,石印本,第二期改用白话文,改为铅印本,第三期改名《文艺会会刊》,第六期改名《文艺会会刊》,一九二四年出至第六期终刊,共出六期。

⑥ 一九一九年六月二十三日创刊于江苏南京,"南京学生联合会"机关刊物,阮真担任主任编辑,张闻天担任主干编辑,一九一九年九月十一日出至第七十号终刊,共出七十期。

⑦ 不定期刊,一九一九年六月创刊于北京,清华癸亥级编辑、出版,仅出该期。

⑧ 一九一九年七月创刊于香港,"香港大学学生联谊会"编辑、发行,仅出该期。

⑨ 月刊,一九一九年十一月一日创刊于北京,北京中国大学"曙光杂志社"编辑、发行,"财政部印刷局"印刷,一九二一年六月出至第二卷第三号终刊,共出二卷凡九期。

⑩ 实为不定期刊,一九一九年十二月创刊于北京,"燕京大学季刊社"主办、发行,一九二一年六月出至第二卷第一、二期合刊号终刊。

范学校文艺会刊》和《曙光》。

钱理群先生在他主编的《中国现代文学编年史——以文学广告为中心（1915—1927）》的第一五八至一六四页系统介绍了《北京女子高等师范学校文艺会刊》，称赞其为"现代女性文学的发生"的标志。一九一九年六月一日，《北京女子高等师范学校文艺会季刊》第一期，刊有"北京女子高等师范《文艺研究会简章》"，称：

> 定名：本会注重研究文学及艺术，故定名"文艺研究会"。
> 宗旨：本会本德育、美育二主义，定宗旨如左——
> 提倡纯洁道德
> 发挥高超思想
> 商榷古今学说
> 陶冶优美情操
> 助长美术技能
> 涵养强固意志
> 会员：凡本校同学赞成本会宗旨，月出文艺稿件或加入讲演者，均得入会充本会会员。
> 会费：会员月出大洋一角以备杂用。
> 办法：分演讲、编辑二部。演讲部由会员中推举部长一人，干事二人；编辑部推举总编辑一人，各门编辑六人，书记二人，庶务一人，会计一人。会员协谋本会在进行轮次讲演及著述文艺。

一九一九年四月，北京女子师范学校由教育部发布政令升格为北京女子高等师范学校，标志着中国女性第一次正式获得接受高等教育的权利，同时也就获得了接受现代文学教育的机缘。该校设立国文部、数物化部、博物部、家事部。国文部的课程，大多是与北京大学共享的。在陈钟凡、马幼渔、许寿裳等系主任安排下，先后延聘了李大钊、胡适、刘师培、周作人、鲁迅、钱玄同等名师授课，使女大学生们"破格"接受了当时最高水平的社会学、文学（中国文学、外国文学）、哲学、文字语言学等新知识、新理念、新思潮。蔡元培、李大钊、鲁迅、周作人、李石曾等"五四"时期在中国文学界、文化界、思想界挥斥方遒的大师们的学术讲座，更是不断打开一扇又一扇学术、文化、思想的窗口，吹送进无比新鲜的"空气"。于是，程俊英、苏雪林、庐隐、冯沅君、陆晶清、石评梅等中国现代女作家，就开始联袂出现，并且在这所新型的女子高等学校里萌芽茁长，开放出各具特色的文学之花，领先着中国现代女性文学的新浪潮。她们有的在《北京女子高等师范学校文艺会刊》里发布作品，有的到其他期刊、副刊去发展、建设，给中国的新媒体带来了一派春光烂漫的动人景象。

十六开本的《曙光》，从一九一九年十二月一日创刊，到一九二一年夏终刊，历时一年有半。第一卷出六期，每期约六十页。从第二卷第一号起，页数增加一倍。前后加入该杂志社的有丁镇华、王晴霓、王统照、宋介、祁大朋、李树峻、段澜、范毓璲（后称范予遂，曾任山东省副省长）、徐彦之、耿济之、刘静君、李鲁航、郑振铎、瞿世英等。宋介是主要编辑人，王统照等是主要撰稿人。

一九一六年，尚在济南山东省立第一中学读书的王统照即致函创办刚一年有余的《新青年》杂志，热情赞扬该刊以"宏旨精论"宣传"新学问、新知识"，而为"先知先觉"的一代青年所必读。《新青年》编者得函后如闻空谷足音，即刻发表并加按语，以为这应看作是"中国未必沦亡"的征兆。一九一八年，王统照考入北京中国大学，成为沐浴着"五四"前后中国思想文化大变迁的时代风云迅速成长的新式青年文化人之一。一九一九年五月四日，他作为北京中国大学的学生代表，活跃在天安门广场的示威游行的爱国运动的行列中,是五四运动的长子。在两卷《曙光》里,王统照共发表小说、论文、译文、译诗、新诗、杂感、通讯、启事、翻译戏剧等共五十二篇,平均每期五至六篇。他当时最关注的问题,首选为蔡元培先生倡导的美育。《曙光》创刊号上他率先发布的就是论文《美之解剖》。第二号又发表《美育的目的》。第四号发表《美性的表现》。第二卷第二号发表《叔本华与哈儿特曼对于美学的见解》。第五号发表《美与两性》《两性的教育观》。

这些文章,都是当时系统讨论美学问题的先驱之作,具有一定开创性与建设性。短篇小说《真爱》《他为什么死》《战与爱》《湖中的夜月》《雪后》等,也大体都是青年王统照对于"美"与"人生问题"探讨的思考成果,鲜明地烙印着五四时代的印迹。正是从《曙光》出发,王统照寻找到适合自己的文学道路,在五四时代哺育下,迅速成长,体现出一番生机勃勃的青春气象。

其他创刊于一九一九年的文学期刊,如《文学杂志》[①]、《广益杂志》[②]《文艺丛报》[③]《新中国》[④]《星期评论》[⑤]《星期日》[⑥]《湘

[①] 月刊,一九一九年一月创刊于上海,苦海余生即刘哲庐主编,蒋箸超校订,"中华编译社"出版、发行,仅出一期。

[②] 月刊,一九一九年四月创刊于上海,胡剑公编辑,"广益杂志编辑所"出版,一九二二年十二月出至第三十六期终刊,共出三十六期。

[③] 月刊,一九一九年四月创刊于上海,陈石遗即陈衍主编,苦海余生编辑,"文艺丛报馆"出版,"普通图书局"发行,仅见一期。

[④] 月刊,一九一九年五月十五日创刊于北京,"新中国杂志社"编辑、出版、发行,一九二〇年九月十五日出至第二卷第八期终刊,共出二卷凡十六期。

[⑤] 周刊,一九一九年六月八日创刊于上海,戴季陶、沈玄庐、孙棣三主编,"民国日报社"主办、发行,"星期评论社"出版,一九二〇年六月六日出至第五十三期终刊,共出五十三期。

[⑥] 周刊,一九一九年七月十三日创刊于四川成都,"少年中国学会成都分会"会刊,李劼人、孙少荆、穆济波、周晓、李小舫、何鲁之、李思纯等主办,一九二〇年七月出至第五十二期终刊,共出五十二期。

江评论》①《少年中国》②《侨学杂志》③《解放与改造》④《新社会》⑤《新群》⑥ 等，也都可圈可点，自有其文学贡献与历史价值，完全应该另辟专文，具体探讨，展开论述。

＊本文系青岛大学中国期刊研究所规划项目之一。

（刘增人，青岛大学教授）

---

① 周刊，一九一九年七月十四日创刊于湖南长沙，毛泽东创办，八月终刊，共出五期。

② 月刊，一九一九年七月十五日创刊于北京，"少年中国学会总会"会刊，"少年中国编委会"编辑，实际编者有李大钊、康白情、苏甲荣、左舜生、恽震即恽代英、黄仲苏等，"中华书局""亚东图书馆"先后印行，一九二四年五月出版第四卷第十二期后终刊，共出四卷凡四十八期。

③ 半年刊，一九一九年八月三十日创刊于北京，"旅京华侨学会"主办、发行，廖明韶编辑，"旅京华侨总会事务所"总发行，"法轮印书局"承印，一九二〇年二月二十八日出至第一卷第二册终刊，共出二期。

④ 半月刊，一九一九年九月一日创刊于北京，"新学会"会刊，梁启超、张东荪、俞颂华编辑，先后由"文明书局""中华书局"出版、印刷，"《解放与改造》杂志社""中华书局"发行，一九二〇年九月十五日第三卷第一期起，改名为《改造》，月刊，由梁启超、蒋百里主编，卷期号续前，一九二二年六月十五日出至第四卷第十期终刊，共出四卷凡四十六期。

⑤ 旬刊，一九一九年十一月一日创刊于北京，由瞿秋白、郑振铎主编的《人道》演化而来，瞿世英编辑，"社会实进社"编辑、出版、发行，初为四开小报，一九二〇年起改出十六开本杂志，一九二〇年五月一日被查封，共出十九期。

⑥ 月刊，一九一九年十一月创刊于上海，"中国公学编译社《新群》杂志社"编辑，"中国公学编译社《新群》杂志部"发行，一九二〇年二月出至第一卷第四期终刊，共出四期。

杜泽逊

《周易正义》文本演变及校勘问题

《周易正义》是唐代孔颖达奉敕主持纂修的《五经正义》第一种，也是在宋代汇集而成的《十三经注疏》的第一种，是中国传统学术的基本典籍。从孔颖达等撰定以来，到今天学术界基本统一认定的"通行本"——清代嘉庆年间阮元在南昌刊刻的《十三经注疏》本，其间《周易正义》的文本模式和文字歧异屡经变化，清代乾嘉以来学术界已多有揭示，但对今天的读者来讲，这仍然是一个不甚了了的问题。为了更清楚地把这一问题讲明白，我们必须采取举例子的方式。这里通过《周易正义》（又名《周易注疏》，南宋以来又有《周易兼义》之名）的两个例子，予以说明和讨论。

一　《坤卦》第二爻的例子

为了说明文本递增和变化的过程，我们把白文本、经注本、单疏本、经注疏合刻八行本、经注疏合刻十行本、武英殿本等六个带有里程碑意义的文本逐一录在下面。为了行文明白，我们占用一点篇幅，把经文、注文录成宋体字（注文小字），把孔颖达疏文录成楷体字。

1. 白文本（唐开成石经本，民国张宗昌皕忍堂摹刻本，中华书局影印）

《坤卦》六二："六二，直方大，不习无不利。象曰：六二之动,直以方也。不习无不利,地道光也。"

2. 经注本(魏王弼注,南宋淳熙抚州公使库刻递修本,《四部丛刊》影印)

《坤卦》六二:"六二,直方大,不习无不利。居中得正,极于地质。任其自然而物自生,不假修营而功自成,故不习焉而无不利。象曰:六二之动,直以方也。动而直方,任其质也。不习无不利,地道光也。"(小字为王弼注)

3. 单疏本(中国国家图书馆藏南宋翻刻北宋国子监刻本,《中华再造善本》影印)

《坤卦》六二:"六二直方至光也。《正义》曰:<u>直方大不习无不利</u>者,《文言》云:直其正也。二得其位,极地之质,故亦同地也。俱包三德。生物不邪,谓之直也。地体安静,是其方也。无物不载,是其大也。既有三德,极地之美,自然而生,不假修营,故云不习无不利。物皆自成,无所不利。以此爻居中得位,极于地体,故尽极地之义。此因自然之性,以明人事。居在此位,亦当如地之所为。<u>象曰六二之动直以方</u>者,言六二之体,所有兴动,任其自然之性,故云直以方也。<u>不习无不利地道光</u>者,言所以不假修习,物无不利,犹地道光大故也。注居中至地质。《正义》曰:质谓形质,地之形质直方又大,此六二居中得正,是尽极地之体质也。所以直者,言气至即生物,由是体正直之性。其运动生物之时,又能任其质性,直而且方。故象云六二之动直以方也。注动而至质也。《正义》曰:是质以直方,动又直方,是质之与行,内外相副。物有内外不相副者,故《略例》云'形躁好静,质柔爱刚',此之类是也。"

4. 八行本(日本足利学校藏南宋两浙东路茶盐司经注疏合刻本,上海古籍出版社影印)

《坤卦》六二:"六二,直方大,不习无不利。注云:居中得正,

141

极于地质。任其自然而物自生,不假修营而功自成,故不习焉而无不利。象曰:六二之动,直以方也。动而直方,任其质也。不习无不利,地道光也。疏《正义》曰:直方大不习无不利者,《文言》云:直其正也。二得其位,极地之质,故亦同地也。俱包三德。生物不邪,谓之直也。地体安静,是其方也。无物不载,是其大也。既有三德,极地之美,自然而生,不假修营,故云不习无不利。物皆自成,无所不利。以此爻居中得位,极于地体,故尽极地之义。此因自然之性,以明人事。居在此位,亦当如地之所为。象曰六二之动直以方者,言六二之体,所有兴动,任其自然之性,故云直以方也。不习无不利地道光者,言所以不假修习,物无不利,犹地道光大故也。注居中至地质。《正义》曰:质谓形质,地之形质直方又大,此六二居中得正,是尽极地之体质也。所以直者,言气至即生物,由是体正直之性。其运动生物之时,又能任其质性,直而且方。故象云六二之动直以方也。注动而至质也。《正义》曰:是质以直方,动又直方,是质之与行,内外相副。物有内外不相副者,故《略例》云'形躁好静,质柔爱刚',此之类是也。"

5. 十行本(美国伯克利加州大学东亚图书馆藏元福建书坊刻本)

《坤卦》六二:"六二,直方大,不习无不利。注云:居中得正,极于地质。任其自然而物自生,不假修营而功自成,故不习焉而无不利。疏六二至无不利。《正义》曰:《文言》云:直其正也。二得其位,极地之质,故亦同地也。俱包三德。生物不邪,谓之直也。地体安静,是其方也。无物不载,是其大也。既有三德,极地之美,自然而生,不假修营,故云不习无不利。物皆自成,无所不利。以此爻居中得位,极于地体,故尽极地之义。此因自然之性,以明人事。居在此位,亦当如地之所为。注居中得正○《正义》曰:居中得正极于地质者,质谓形质,地之形质直方又大,此六二居中得正,是尽极地之体质也。所以直者,言气至即生物,由是体正直之性。其运动生物之时，又能任其质性，直而且方。故象云六二之动直以方也。象曰：六二之动，直以方也。动而直方，任其质也。疏象曰至直以方也。《正义》曰：言六二之体所有兴动，任其自然之性，故云直以方也。○注动而直方。《正义》曰：是质以直方，动又直方，是质之与行，内外相副。物有内外不相副者，故《略例》云'形躁好静，质柔爱刚'，此之类是也。不习无不利，地道光也。疏《正义》曰：言所以不假修习，物无不利，犹地道光大故也。"

6. 武英殿本（清乾隆四年武英殿刻本）

《坤卦》六二："六二，直方大，不习无不利。注：居中得正，极于地质。任其自然而物自生，不假修营而功自成，故不习焉而无不利。象曰：六二之动，直以方也。注：动而直方，任其质也。不习无不利，地道光也。音义：任，而鸩反。众经皆同。疏：《正义》曰：《文言》云：直其正也。二得其位，极地之质，故亦同地也。俱包三德。生物不邪，谓之直也。地体安静，是其方也。无物不载，是其大也。既有三德，极地之美，自然而生，不假修营，故云不习无不利。物皆自成，无所不利。以此爻居中得位，极于地体，故尽极地之义。此因自然之性，以明人事。居在此位，亦当如地之所为。象曰六二之动直以方者，言六二之体所有兴动，任其自然之性，故云直以方也。不习无不利地道光者，言所以不假修习，物无不利，犹地道光大故也。注：《正义》曰：居中得正极于地质者，质谓形质，地之形质直方又大，此六二居中得正，是尽极地之体质也。所以直者，言气至即生物，由是体正直之性。其运动生物之时，又能任其质性，直而且方。故象云六二之动直以方也。动而直方任其质者，质以直方，动又直方，是质之与行，内外相副。物有内外不相副者，故《略例》云'形躁好静，质柔爱刚'，此之类是也。"

143

从上面六个文本，我们可以看到，唐开成石经的"白文本"包括《周易古经》的爻辞、《周易大传》的象传两个部分，我们把它们都称为《周易》的"经"。这个白文本没有注，只有《周易》经文。南宋抚州公使库刻"经注本"则包括《周易》的经文、魏王弼的注文。增加了王弼的注，置于经文的夹行中。这种经注本应当形成于三国时期。唐陆德明《经典释文》、唐孔颖达《周易正义》都采用这个经注本为解释的对象。唐开成石经本虽然只有白文，没有注释，但采用的经文仍然来自王弼注本，只不过删去了王弼注文而已。这一点从开成石经《周易》卷一开头题"王弼注"可以证明。

孔颖达的"单疏本"则是不含经文、王弼注的文本，只有孔颖达的疏，所以叫"单疏"。这是孔颖达《正义》的原貌。单疏本的特点是每节开头有个"起讫语"。具体到我们选录的这一部分《坤卦》六二的疏文，共有三个起讫语："六二直方至光也""注居中至地质""注动而至质也"。第一个起讫语是指经文"六二直方大"至"地道光也"一段，也就是唐开成石经的这段白文。说明这一段疏是解释《周易》经文的。第二、第三个起讫语则是针对王弼的两条注文的，说明第二、第三段疏是解释王弼注的。

我们还应注意，"起讫语"后跟着的是"正义曰"，这是孔颖达每节疏文的开头，是重要的标志。在第一个"正义曰"之后，还应注意，这一大节经文的疏实际上又分三个小段。这三个小段以三个提示语为标志。第一个提示语是"直方大不习无不利者"，第二个提示语是"象曰六二之动直以方者"，第三个提示语是"不习无不利地道光者"。我们在上面的录文中已经加了下划线，以便醒目。这就明确告诉我们，第一节经文的疏实际上分三个小段，有明确的提示语，以告诉读者这三个小段所解释的经文文句。孔颖达的《正义》层次是很清晰的。

《周易正义》的文本变化是从八行本开始的。八行本是南宋初年两浙东路茶盐司刊刻的。当时的目标很清楚，那就是"经注"文本和"单疏"文本需要合起来方便阅读。八行本《礼记正义》负责刊刻的黄唐的跋文说得很清楚，这里不再抄录。我们从上面"八行本"的录文可以看出，"经注"和"单疏"的结合，只是简单的对接。前半部分是"经注"，后半部分是"疏"。保存了"经注本""单疏本"各自的面貌。其中一个细微的变化，是孔疏的第一个"起讫语"被八行本删去了。原因应当是经文大字醒目，合刻者认为起讫语成了多余。孔疏针对两条注文的起讫语则保留下来。

《周易正义》文本的第二次变化起于十行本，这是一次较大的文本变化。从上面录文的对比中，我们可以发现，十行本较之八行本，较之单疏本，有明显的变化。可以归纳为四点：

（1）拆分疏文。在十行本那里，孔疏的一大节经文的疏被拆分为三小段。属于经文的疏从一个"正义曰"变成了三个"正义曰"。这样孔疏的"正义曰"从三个增加到五个。拆分的依据正是上面我们说的孔颖达第一节疏文内部的三个小段。孔疏从三个独立的节变成了五个独立的节。

（2）重新组合。在十行本那里，经、注、疏的搭配模式发生了较大变化。经文被进一步分离，形成三个经、注、疏的配合体。每个配合体的结构都是：经文→注文→经文的疏→注文的疏。第三个配合体因为没有王弼注，也就没有针对王注的疏，所以只有经文、经文的疏。较之八行本的构造前半为经注、后半为疏，十行本实现了经、注、疏的更加紧密的结合。这种重组，应当是坊刻的十行本为读者阅读方便考虑的。

（3）改变起讫语。孔疏第一大节经文的疏既然分成了三小节，三个小节就根据实际需要改变了起讫语：第一个起讫语"六二至无不利"；第二个起讫语"象曰至直以方也"；第三个起讫语省略，因为直接经文,刻书者认为不必要。这种起讫语的改变可以说是基于十行本改编者的需要。

另外两个针对注文疏的起讫语都发生了不应有的改变。第一个注文疏的起讫语由"注居中至地质"改变为"注居中得正"。第二个注文疏的起讫语由"注动而至质也"改变为"注动而直方"。这种改变不但没有任何需要,而且把"起讫语"表达的解释范围缩小为第一句话,与孔疏实际包含的解释范围不相协调。因此,这是十行本很不严谨的对起讫语的改变。

(4) 删减提示语。我们强调过,孔颖达针对经文的第一大节疏文,内部又分三个小段,这三个小段的标志是三个提示语:第一个提示语"直方大不习无不利者";第二个提示语"象曰六二之动直以方者";第三个提示语"不习无不利地道光者"。现在我们看,孔疏的这三个提示语被十行本全部删去了。这三个提示语是孔疏赖以分小段的标志,也是孔疏提示读者被解释的经文,是不可缺少的组成部分。十行本在利用完这三个分段的标志之后,予以删除了,似乎在十行本分成三段之后,这三个提示语就没有用了。这是完全不合乎情理的行为。

(5) 增加提示语。十行本在针对王弼注的第一节疏文中,在"正义曰"下,增加了一个提示语"居中得正极于地质者"。这条提示语和孔疏原有的起讫语"注居中至地质"功能相同。大概由于十行本改变起讫语为"注居中得正",不能涵盖疏文的内容,十行本的编刻者才增加了这条提示语。可以说,十行本为了自己错误地改变起讫语而又错误地增加了一条提示语。

总之,十行本对经注疏的合刻动了"大手术",拆分、重组、改变、删削、增加,这在古籍整理上,至少在今天都是不允许的。

直接继承元十行本文本模式的版本有:元刊明修十行本,明永乐刻本,明嘉靖李元阳、江以达福建刻本,明万历北京国子监刻本，明崇祯毛氏汲古阁刻本，清嘉庆阮元南昌府学刻本，二〇〇〇年北京大学出版社排印标点本（李学勤主编整理本《十三经注疏》之一）。

《周易正义》文本的第三次变化是清乾隆武英殿刻本。根据当时经办殿本《周易注疏》校刊工作的朱良裘的记述，当时得到明文渊阁藏半部《易疏》四册，这半部为《易疏》的前半，《晋卦》以下残缺。朱良裘等人利用这个半部《易疏》对殿本的底本明万历北京国子监本进行校刊。当然，殿本《十三经注疏》采用北监本作为底本，同时参校了若干旧本。从朱良裘等人在《考证》中记述的校勘异文以及我们详细的比对来看，这个文渊阁藏半部《易疏》是宝贵的八行本。也就是说，武英殿本一方面继承了十行本系统的文本模式，另一方面至少参校了南宋八行本，并据以修订了《周易注疏》的文本模式。我们通过前面的录文，可以发现，殿本的文本模式较之其前的单疏本、八行本、十行本（北监本模式同十行本）有较大的改变。归纳为七点：

（1）合并疏文。殿本与十行本走了相反的路线，十行本拆分疏文，殿本合并疏文。殿本把十行本拆分为三节的孔疏第一大节经文的疏文重新合并为一大节疏文。基本可以认为是回归八行本。殿本对疏文的合并有超出回归八行本的地方，那就是把孔疏单疏本、八行本、十行本原分二节的注文的疏合并为一节疏。这样，全部疏文就合并为两大节，第一节为经的疏，第二节为注的疏。

（2）重新组合。武英殿本在"经注"和"疏"的组合上大体回复到八行本。那就是"经注"在前半段，"疏"在后半段，整体上分前后两大段。中间以黑底白字的"疏"字隔开。

（3）补回提示语。孔疏第一大节原有三个提示语，被十行本全部删去。殿本补回了第二个提示语"象曰六二之动直以方者"，补回了第三个提示语"不习无不利地道光者"。但是第一个提示语

"直方大不习无不利者"没补回。

（4）删去起讫语。孔疏单疏本原有三个起讫语。八行本删去第一个起讫语。十行本改变了孔疏原有的起讫语，成为新的起讫语共四个。殿本则删去了全部起讫语。

（5）保留十行本增加的提示语。十行本增加了一条提示语，即第一条注文疏的开头"居中得正极于地质者"。这条提示语倘若依八行本校勘，应当删去。

（6）增加提示语。殿本增加了一条以往版本从未有过的提示语，即第二条注文疏的开头"动而直方任其质者"。应当说，殿本合并了两条注文的疏，第二条注文的疏开头原有的起讫语和"正义曰"，都被殿本删去了。这样，第二条注的疏就成了无的放矢的解释，殿本不得不增加了一条提示语。这样，殿本注文的疏共有两个提示语。这两个提示语都是孔颖达没有的。

（7）增加"音义"。陆德明《经典释文·周易音义》在武英殿本以前的十行本系统是附在《周易注疏》全书之后的，单独一卷。殿本将《音义》散入正文之中，放在"经注"之后"疏"之前，以"音义"黑底白字为标志。这就和《尚书注疏》《毛诗注疏》等各经注疏基本统一了体例。

武英殿本很明显的变化是回复到八行本。但回复不彻底，少补回一条提示语，新增加一条提示语，保留了一条孔疏原无而为十行本增加的提示语，删去全部起讫语，合并两条本来各自独立的注文的疏。这就使殿本成为不今不古的新的文本模式——"殿本模式"。继承殿本文本模式的是《四库全书》本、《四库全书荟要》本。殿本对文本的改变有合乎今天古籍整理方向的成分，也有不合的成分。当然，殿本全部经、注、疏、音义都加断句，每卷末附《考证》，仍是重要的进步。

以上是第一个实例，《坤卦》第二爻"六二"的"正义"文本模式变化的实例。下面再举一条文字变化的实例。

二 从"它"到"他"的变化

这个例子在《周易正义》的《比卦》第一爻"初六"。仍要先录这段文字。为了容易叙述，我们取万历北京国子监本：

《比卦》初六："初六，有孚比之，无咎。有孚盈缶，终来有他吉。处比之始，为比之首者也。夫以不信为比之首，则祸莫大焉，故必有孚盈缶，然后乃得免比之咎，故曰有孚比之无咎也。处比之首，应不在一，心无私吝，则莫不比之。著信立诚，盈溢乎质素之器，则物终来，无衰竭也。亲乎天下，著信盈缶，应者岂一道而来？故必有他吉也。疏初六有孚至有他吉○《正义》曰：有孚比之无咎者，处比之始，为比之首，若无诚信，祸莫大焉。必有诚信而相亲比，始终如一，为之诚信，乃得无咎。有孚盈缶终来有他吉者，身处比之首，应不在一，心无私吝，莫不比之。有此孚信盈溢质素之缶，以此待物，物皆归向，从始至终，寻常恒来，非唯一人而已，更有他人并来而得吉，故云终来有他吉也。此假外象喻人事也○注应不在一心无私吝○《正义》曰：应不在一者，初六无应，是应不在一，故心无私吝也。若心有偏应，即私有爱吝也，以应不在一，故心无私吝也。象曰：比之初六，有他吉也。六二，比之自内，贞吉。处比之时，居中得位，而系应在五，不能来他，故得其自内，贞吉而已。疏《正义》曰：比之自内贞吉者，居中得位，系应在五，不能使他悉来，唯亲比之道自在其内，独与五应，但贞吉而已，不如初六有他吉也。"

我们可以看到，这段"注疏"当中共有十处"他"字：

(1) 经："终来有他吉。"

(2) 注："故必有他吉也。"

（3）疏："初六有孚至有他吉。"

（4）疏："有孚盈缶终来有他吉者。"

（5）疏："更有他人并来而得吉。"

（6）疏："故云终来有他吉也。"

（7）经："比之初六，有他吉也。"

（8）注："不能来他。"

（9）疏："不能使他悉来。"

（10）疏："不如初六有他吉也。"

这十处"他"字，有二处经文，二处王弼注文，六处孔颖达疏文。

根据疏文"非唯一人而已，更有他人并来"，"他人"的含义即今天的"其他人"。读者很难觉察其中有什么可疑之处。

我们上溯《周易》和《周易正义》的旧版本，观察"他"字的古今变化。

唐开成石经本，两处经文均作"它"。宋抚州公使库本、宋刊纂图互注本（台湾"中央图书馆"藏）、瞿氏铁琴铜剑楼旧藏宋刊本（今藏国图）、元相台岳氏刊本，这四个经注系统的本子，经文二处均作"它"，注文二处亦均作"它"。宋刊单疏本六处均作"它"。宋刊八行本九处均作"它"（疏文因删去第一条起讫语而少一"它"字）。这就给我们一个很大的震动，唐石经及主要的宋元版全都作"它"。

当然还有另一条伏线。唐陆德明《经典释文》："有它，本亦作他。"（此据通志堂本。黄焯《经典释文汇校》云："宋本'他'误作'池'。"）明王世贞旧藏宋刻本《周易》经注本仅经文第一处作"它"，其余经文一处、注文二处均作"他"。看来"它""他"之分歧由来已久。不过宋元版的主流依然是作"它"。

元十行本《周易兼义》（美国柏克莱加州大学东亚图书馆藏）

是刘承干旧藏的,这个本子是元十行本的后印本,已有不少断版漫漶之处,但没有修版。这十处有五处作"它",五处作"他"。作"它"的五处是:

(1) 经:"终来有它吉。"
(2) 经:"比之初六,有它吉也。"
(3) 注:"不能来它。"
(4) 疏:"不能使它悉来。"
(5) 疏:"不如初六有它吉也。"

我们可以发现,元十行本经文二处皆作"它"。注文二处,一处作"他",一处作"它"。疏文六处,四处作"他",二处作"它"。显示出"它""他"混淆使用的特征,并无规律可循。可见这个元代福建书坊刻本的草率。

完全继承元十行本的有四个版本:元刊明修十行本、明永乐刻本、清阮元刻本、二〇〇〇年北大出版社本。

明嘉靖李元阳、江以达刻本,面对十行本"它""他"5∶5的情况,不能判断是非。他们根据"他人"这一含义,把"它"改成了"他"。当然,没改干净,最后二处保留了"它",成为"他"、"它"8∶2的状态。

明万历北京国子监刻本以李元阳本为底本,面对八处作"他"、二处作"它"这样的局面,认为"他"是正确的,于是把最后两处"它"改成了"他"。或许可以说,万历北京国子监本校勘非常认真,作为皇家出版物,不能容忍"他""它"混用的情况,所以整齐统一了。只是这个整齐统一的方向,与宋版背道而驰,在错误的道路上终于走到了头。明崇祯毛氏汲古阁本完全继承了万历北监本。

到了乾隆武英殿本,由于取得了宋元旧本,据以校勘,获见旧本作"它"这一情况,经过考虑,殿本把经文二处、注文二处一共四处的"他"改成了"它",向宋元旧本看齐。但是疏文的五处(因删去起讫语而少一处"他")仍然保持了北监本的面貌作"他"。我们有足够的证据证明武英殿本的校刊者朱良裘等见过宋八行本《易疏》,其中有《比卦》,而八行本九处都作"它"。为什么殿本没有接受八行本的方案全都改成"它"?我们推测,殿本引进了《释文》,《释文》云:"它,本亦作他。"这就意味着经注本原应作"它"。再结合宋元旧本,殿本的校刊者认定古老的经注本作"它"。而孔颖达疏用"他",表明孔颖达理解《易经》的"它"就是"他人"的"他"。孔颖达用"他"是对经文"它"的训诂。从大学术环境看,乾隆年间的学者强调,孔颖达疏与经注文字不尽相同,宋人合"经注"与"疏"为一本,对二者文字的歧义进行了统一,这一统一使古本面目部分丧失了。武英殿本把经注的四处都改作"它",而五处疏文都作"他",这种严整的处理显然不像十行本的随意混淆,而是一种有意识的自觉行为。然而我们通过对宋刊单疏本、宋刊八行本的校勘,可以判断武英殿本的这一处理方案不符合《周易正义》的早期文本面貌。高亨先生《周易古经今注》引于省吾云,"它"即"蛇"字,引申为"意外之患"。然则"它"字与"他"字不可更易也。

继承殿本文字面貌的是《四库全书》本、《四库全书荟要》本。

三 关于《周易正义》文本演变及校勘问题的几点认识

第一,自从清代嘉庆年间阮元刊刻《十三经注疏》以来二百年间,学术界基本公认阮元本为《十三经注疏》的通行本,直到今天没有变化。大陆和台湾影印阮元刻本已有多种,北京大学出版社出版的《十三经注疏》标点本(李学勤主编)也是阮元刻本的标点本,中华书局出版的楼宇烈《王弼集校释》当中的《周易注校释》也以阮刻本为底本(楼先生已把"他"径改为"它"),都可以证明这一点。但是，阮刻本的底本是元十行本，元十行本和它之前的单疏本、八行本都存在明显的距离，因此阮刻在文本方面的原始性是相对较弱的。

第二，孔颖达《周易正义》比较原始的面貌是单疏本，单疏本的经疏部分跨度较大，但是存在内部的分段情况，其标志是提示语。如"直方大不习无不利者"就是一节疏分小段的标志。十行本拆分单疏本一节为若干小段，明显照顾到孔颖达经疏小段的划分。这是十行本对单疏本经疏分小段的重要依据。但是，十行本在利用完单疏本的这一分小段标志（即提示语）之后，又删去这一重要标志，使孔颖达单疏本的面貌受到损害。

第三，八行本在合并经注本、单疏本过程中，最大限度保持了二者的原貌，是经注疏合刻本比较精善的一种版本。不能令人完全满意的是，删去了全部经疏开头的起讫语。

第四，武英殿本以万历北监本为底本，而又参校了宋元旧本，文字讹误有所减少，又增加了《考证》（其中一半属于校勘记），为经、注、疏、释文全部施加标点断句，是较好的版本。但是，保留了从十行本到北监本系统的部分非古本因素，添加了旧本不存在的若干因素，删去了全部起讫语，形成了独特的殿本面貌。这一文本面貌介乎新旧之间，不符合今天古籍整理理想的文本。

第五，从十行本到武英殿本，对合刻的经注疏本内部结构都有较为明显的调整，甚至增加、减少、改变孔颖达单疏本原有的成分，但是在这个过程中，又自觉照顾了单疏本原有的分节、分小段格局。如果单疏本、八行本亡佚了，通过十行本系统（包括阮元刻本）、武英殿本系统（包括《四库》本），还可以大体寻绎孔颖达单疏本分节、分小段的基本格局。

第六，经注疏的文字分歧由来已久。唐陆德明《经典释文》所依据的当时的写本作"它"，但陆德明同时指出"本亦作他"。传世宋本除王世贞旧藏经注本外，皆作"它"。王世贞旧藏宋本一处作"它"，三处作"他"。十行注疏本五处作"它"，五处作"他"。导致以后各本在"它"与"他"之间颇费斟酌。这种分歧和唐以来业已存在的文字分歧可能存在渊源关系。因此，广泛搜集经典旧本进行校勘，才能清晰地认识经书文本古今变迁，正确使用历史上的各种版本，整理出较为完善的新的通行本，使今天的读者能更加准确地理解经典的文义。

我们应当重申，校勘的任务固然首先在改正古书的错误，但还有很重要的任务不能忽视，那就是用校勘手段来认识古书版本的亲缘关系，来认定古书版本的基本特征，来判断古书版本的优劣高下。同时我们应当重申，版本学的任务固然首先在判断古书版本的年代，但版本学的其他重要任务也不能轻视，那就是考察古书版本的亲缘关系，探讨古书的版本特色，判定古书版本的优劣高下。正是基于这个原因，版本学与校勘学既是两门学问，又有相互配合的依存关系。我们讨论经书文本的演变与校勘问题，具有揭示文本演变轨迹的目的，同时也具有古典研究的方法论意义。

2019 年 3 月 9 日

（杜泽逊，山东大学文学院、山东大学儒学高等研究院教授）

朱绍侯

王玄谟北伐和北魏南征瓜步是北强南弱的分水岭

南北朝对立,是从南朝刘宋和北朝后魏开始的。起初是刘宋较强,北魏稍弱,但随着历史演变,转为北强南弱,其转折点是从刘宋王玄谟北伐和北魏拓跋焘南征瓜步开始的。对此史学界有明确论证双方胜败原因的比较少见。

一 北魏兴起

鲜卑族建立的北魏,原是居住在塞北草原的东胡族。大约在汉初匈奴族强盛时期,把东胡族驱逐到东北大兴安岭的乌桓山和鲜卑山,遂形成为乌桓族和鲜卑族。关于鲜卑族的原居地已经找到,就是在今内蒙古呼伦贝尔盟鄂伦春自治县境内的大山中。内蒙古考古工作人员于一九八〇年,发现了鲜卑先祖居住的旧墟石室嘎仙洞。在洞内发现了太平真君四年(公元四九三年)北魏皇帝拓跋焘派中书侍郎李敞来此祭祖,刻在石壁上的祝文。[①] 由于大兴安岭过于寒冷,故鲜卑族人逐渐由东向西迁移。据传其先祖率众向西迁移过程

[①] 米文平:《嘎仙洞北魏石刻祝文考释》,《魏晋南北朝史研究》,四川省社会科学院出版社1986年版,第352页。

中，异常艰苦,大约在东汉末年,经过"九难八阻"①,才走出高山深谷,到达匈奴故地,至拓跋力微时,已迁居至盛乐(内蒙古和林格尔),统一了拓跋氏各部,开始与曹魏通好,并仰慕华夏文化,与汉人交往较多。力微还派其长子沙漠汗住于洛阳学习。"为魏宾之冠,聘问交市,往来不绝",②晋代魏后,双方和好仍很密切。晋臣卫瓘看到拓跋魏国势日益强大,就以金帛收买鲜卑各部大人,"令致间隙使相危害",③使鲜卑族陷于衰落。

西晋在统一之初,政局平稳,经济有所发展,曾一度出现"泰康繁荣"阶段。但晋武帝是个荒淫腐朽的皇帝。在国家安定、财富充裕的情况下,他首先过着"天下义安,息于政事,耽于游宴"④荒淫腐朽的生活。上行下效,官僚士族也是奢侈无度,斗富之风大行,晋武帝不仅熟视无睹,而且予以鼓励。史称"奢侈之费,甚于天灾"。⑤晋武帝死后,其子司马衷即位,虽谥称惠帝,其实是个白痴,政权遂落入其皇后贾南风之手。贾后是个荒淫任性的女人,她滥杀无辜,招致司马氏诸王的不满,于是引起了"八王之乱"。八王混战了十六年,中原经济被摧毁,"百姓饥馑,白骨蔽野,百无一存"⑥。西晋的统治基础瓦解。于是又引起了"五胡乱华",西晋灭亡。晋皇族琅邪王司马睿在一批北方士族的拥戴下,被迫迁至南方,在建康(江苏南京市)建立了东晋政权。晋室南迁,使五胡入侵中原更为猖狂,拓跋鲜卑也乘机得到发展。

---

① 缩印百衲本《魏书》卷一《纪序》,商务印书馆1956年版,第18页。
② 同上书,第19页。
③ 同上书,第20页。
④ 缩印百衲本《晋书》卷三《武帝纪》,商务印书馆1956年版,第28页。
⑤ 缩印百衲本《晋书》卷四七《傅玄传》附子《傅咸传》,商务印书馆1956年版,第335页。
⑥ 《晋书》卷六《贾疋传》,商务印书馆1956年版,第424页。

王玄谟北伐和北魏南征瓜步是北强南弱的分水岭

鲜卑族首领拓跋猗卢，在西晋末年已再度崛起。他把鲜卑族人分为东、中、西三部，有控弦之士四十余万，被晋封为代王，已成为北方兵力较强的实力派。他以此实力不断地进行扩张战争，劳民过度，引起部民的反对。在三一六年，被其子六修杀害。从此"各各散走"，① 代国陷入纷争和内乱。直至三三八年，什翼犍即位代王之后，整顿政治，效法汉制，"始置百官，分掌众职"②。在汉人燕凤、许谦等的辅佐下，才建立国家规模。在代国正顺利发展时期，由氐族苻氏所建立的大秦国（史称前秦），在苻坚的治理下，也强盛起来。他先后灭掉了前燕、前凉，并攻占川汉等地。于三七六年，也征服了代国，统一了北方而盛极一时。但在三八三年。苻坚不顾东晋局势稳定与前秦存在内部危机，不听群臣的谏阻而急于统一，就贸然发动淝水之战，结果大败。北方各族纷纷复辟，又陷入混战之中。此时什翼犍的嫡孙拓跋珪（道武帝）在各部酋长的拥护下，在盛乐（内蒙古和林格尔）复国称王，后又改国号为魏。史称后魏或北魏。拓跋珪在复国后，注意屯田，发展农业，任用汉人为谋主，选用汉族的政治、经济政策，国势日强，遂联合后燕，先后攻降刘显部、贺兰部、独孤部、契丹莫奚部、纥突部等。又击败高车部及匈奴刘卫辰部，不久又与后燕反目，于参合陂（山西大同市西）尽歼后燕主力军，在三九七年占领后燕都城中山（河北定县），而自称皇帝，成为北方最大的强国。

四〇九年，拓跋珪逝世，其子拓跋嗣（明元帝）即位，即网罗"豪门强族"和"先贤世胄，德行清美，学优义博，可为人师者"③，封以高官，推行汉化政策，制定法治和礼仪，重视教育，

---

① 缩印百衲本《魏书》卷一《纪序》，商务印书馆1956年版，第20页。
② 同上书，第24页。
③ 缩印百衲本《魏书》卷三《太宗明元帝纪》，商务印书馆1956年版，第46页。

加强战备，使北魏实力得到稳固地发展。四二三年，拓跋嗣驾崩，其子拓跋焘（太武帝）即位。在汉人官僚崔浩及道士冦谦之等辅佐下建立起"后文先武，以成太平真君"①的战略下，进一步推行汉化政策，国力更加强盛，在对夏国及柔然的战争中，多次取得胜利，并于四三六年灭掉北燕，至四三九年又灭掉北凉，而统一北方，形成南北对峙局面。

二　晋宋政权的更替

晋室南迁后，以建康（江苏南京市）为国都，史称东晋。南北士族共同拥立琅邪王司马睿为帝（晋元帝），以琅邪王导为丞相。"中原冠带，随晋渡江者百余家，洛京倾覆，中州士女避乱江左十七八"②，说明中原乱后，百姓流亡至江东者近百万。新建立的东晋政权并不稳定，内部矛盾重重，原吴国的江南士族并不亲服，认为南渡的士族是中国（中原）亡官失守之士，避难来者多居显位，驾驭吴人，吴人颇怨，赖王导从中斡旋，才使南北方士族"渐相崇奉"。③南北方士族的问题刚刚解决，北方士族的争权斗争又起。王导的族弟王敦，以镇东大将军，都督江扬荆湘交广六州诸军事、荆州刺史，掌握军权。说明东晋的军政大权都掌握在琅邪王氏的手中，故有"王与马共天下"④之说。门阀氏族的权势达到顶峰，但王敦比王导的野心更大。王导只想当个和平宰相，王敦手握军权想

---

① 缩印百衲本《魏书》卷一一四《释老志》，商务印书馆1956年版，第1696页。
② 《北齐书》卷四五《颜之推传》，中华书局1972年版，第623页。
③ 缩印百衲本《晋书》卷五十八《周处传》附孙《周勰传》，商务印书馆1958年版。
④ 缩印百衲本《晋书》卷九十八《王敦传》，商务印书馆1958年版，第667页。

篡夺君权而当皇帝，在元、明二帝时发动两次兵变。三二二年第一次兵变，已从武昌起兵攻入建康，但元帝病死，明帝即位，无法篡位，遂移镇姑苏（安徽当涂市）而等待时机。三二四年王敦病重而急于称帝，又发兵进攻建康，因中途病故，而作罢。

王敦死后，成帝时又有苏峻之乱，攻陷首都。三二九年，外戚庾亮联合荆州刺史陶侃打败苏峻，政权落入庾亮之手。庾亮掌权后欲接着祖逖北伐收复河南的战绩，而率兵北伐，结果失败，河南又被石勒占领，庾亮忧愤而死。在庾亮死后，桓温出任荆州刺史，掌握了东晋军政实权，遂于三四七年出兵灭掉四川的李势成汉政权。桓温的权势大增，欲"遣诸将经营北方"，① 穆皇帝怕桓温势大难制，遂派征北大将军褚裒率三万军北伐，结果大败而归。之后又有殷浩北伐，仍是战败而回，于是桓温又要求北伐，穆帝再也找不到拒绝桓温北伐的理由，遂于三五四年、三六三年、三六九年、三次北伐，皆以失败而告终。但桓温篡位的野心仍不止，遂于三七一年，废掉晋帝司马奕，立司马昱为帝（简文帝）。三七三年，桓温病重，仍让谢安、王坦之写九锡文，急于篡位。谢、王故意延缓，九锡文未成，桓温病故。此后政权即落入谢安之手。

谢安与荆州刺史桓冲和谐相处，中央与地方一致对外。谢安还建立了勇于战斗的北府兵，并培养一批善于指挥的将领，故能在淝水之战中取得大胜，出现了大好发展时机。但不久又出现了琅邪王司马道子及其子司马元显的乱政，而桓温之子桓玄起兵夺权，而建立楚国，和孙恩、卢循起兵反晋的战争。北府兵将领刘裕聚众起兵，先后消灭了桓玄的楚国及孙恩及其余党卢循、徐道覆等，同时还北伐灭掉鲜卑族南燕，最后又西征灭掉氐族的后秦。四一七年十月，留守建康主持政务的左仆射前将军刘穆之病故，刘裕又紧急撤

---

① 《资治通鉴》卷九十八，中华书局1958年版，第3090页。

回建康，篡夺东晋政权，而建立宋国，史称刘宋。刘裕在建国三年后病故，其长子刘义符即位，史称少帝。少帝是一个昏庸好杀、任性胡为的人，即位仅一年就被其权臣徐爰、傅亮、谢晦所废杀，而立刘裕三子宜都王刘义隆为帝，即宋文帝（因刘裕二子庐陵王义真已被徐爰等权臣杀害，故立三子）。在文帝在位之时，可以说刘宋是南朝最强盛的国家，但此时北魏亦在兴起，而且魏太武帝拓跋焘已灭北凉而统一北方，形成南北势均力敌之势，刘宋和北魏的最初大战也就发生在此时。

三　王玄谟北伐与拓跋焘的南征

历史上有些事件竟让人难想的巧合，北魏的太武帝拓跋焘，是在四二三年十一月即皇帝位，而刘宋的文帝刘义隆是在四二四年八月登极，这两位大有作为的皇帝，即位时间仅差十个月。北魏的拓跋焘即位后，即忙于统一北方的大业，而南方的宋文帝登极后，即忙于巩固帝位，消灭杀其二位兄长庐陵王刘义真和少帝刘义符的权臣徐爰、傅亮、谢晦等。在政局稳定后，即注意发展经济，以充实国力的要务。这两位南北皇帝奋发图强的相遇，必然会引起大的争斗。刘宋北伐和北魏南征，就在这种大的历史背景下发生的。

在宋王玄谟北伐及魏拓跋焘南征瓜步战之前，宋、魏之间就有几次交锋。如刘裕临死之前，魏知道刘裕在急于撤回建康之后夺权称帝，留在长安的宋军名将王镇恶及其他将领在内争中死亡殆尽。宋文帝即位后，又诛杀了久经沙场的名将谢晦、檀道济，刘宋的军力已大不如前，北魏遂多次发动进攻滑台及虎牢的战争，特别是在四二三年的进攻中，北魏军占领了宋的滑台、虎牢、洛阳三地，及青、兖、豫三州一些郡县，使北魏势力进入河南区域，当然这并不影响魏、宋均势的大局。

元嘉二十二年（四四五年），宋文帝想要伐魏报失地之仇，遂

王玄谟北伐和北魏南征瓜步是北强南弱的分水岭

派武陵王刘骏为雍州刺史准备北伐,同年卢水胡盖吴于杏城(陕西黄陵县),起义反魏,得到汉、胡人民的支持,势力发展很快,已攻至长安附近,北魏政权受到严重威胁,于是魏帝拓跋焘就亲自率军讨伐,盖吴义军受挫,接连两次向宋文帝上书求援。文帝仅让"雍、梁二州发兵屯境上,为吴声援,遣使赐官印一百八十一纽,使吴随意假授"①。这种虚张声势的援助和赐印,给盖吴任官权,实际并不起任何作用,结果盖吴起义被镇压下去,宋也失去了收复失地的良机。

元嘉二十六年(四四九年)五月,宋文帝又欲经略中原,进行北伐,并让大臣们进行讨论。太子步兵校尉沈庆之谏曰:"马步不敌,为日已久矣。请舍往事,且以檀、到言之。道济再行无功,彦之失利而返。今料王玄谟等未逾两将,六军之盛不过往时。恐重辱王师,难以得志。"沈庆之以檀道济、到彦之北伐失败,不再出兵,是很有说服力的。文帝不仅不听,反而派主战派大臣去反驳沈庆之的论点。沈庆之说:"治国譬如治家,耕当问奴,织当问婢。陛下今欲伐国,而与白面书生辈谋之,事何由得济。"② 文帝听后,一笑了之。但以彭城太守王玄谟为代表的诸臣,为顺旨求宠极力支持。元嘉二十七年七月,文帝决定北伐,派两路大军,齐头并进。东路军以王玄谟为主帅,经黄河北进直取碻磝,围攻滑台。西路军由柳元景统率十万大军先取许昌、洛阳,后进攻关中。东路军器械精良,兵多将广,兵力在十万以上,故文帝对东路军控制极严,让王玄谟受督于青、冀二州刺史萧斌。而萧斌又要受徐、兖二州刺史、武陵王刘骏管辖。如此层层控制的目的,就是怕武将权大篡夺帝位,这样就使北伐军将领失去作战中应变决策权。还有一件令人

---

① 《资治通鉴》卷一二四,中华书局1956年版,第3922页。
② 《宋书》卷七十七《沈庆之传》,中华书局2018年版,第2189页。

难解的事，就是元嘉二十七年二月，北魏入侵时，文帝给淮、泗诸郡下了一道糊涂诏令："若魏寇小至，则各坚守，大至，则拔民归寿阳（安徽寿县）。"① 作为一国之主，全军统帅，不是让各县联合歼敌，遇大敌，则撤退逃跑，这就给王玄谟弃军逃跑埋下伏笔。

正当宋军顺利进军之时，拓跋焘亲率六十万大军南征，首先围攻悬瓠（河南汝南县），城内有宋兵不满千人，在寿阳太守陈宪的指挥下奋力抵抗，"短兵相接，宪锐气愈奋，战士无不以一当百，杀伤万计，城中死者过半"②。魏主遣永昌王仁，将步骑万余，驱所掠六郡生口北屯汝阳。③ 文帝又令武陵王刘骏的部将刘泰之率一千五百骑兵，救援汝阳（河南商水县）。原来魏军只怕宋军从寿阳来援，而没有防备彭城一线，结果被袭击，杀魏军三千余人，并烧其辎重，魏军大败。后魏军侦知宋军只有一千多人，遂进行反攻，宋军惊乱，刘泰之为魏军所杀。宋文帝又派南平南内史臧质、安蛮司马刘康祖增兵救援悬瓠，迫使北魏退军。刘宋终于保住了悬瓠，这说明只要奋力抗击，就有可能打退敌人的进攻。

元嘉二十七年（公元四五〇年）七月，宋文帝决意大举北伐。这次北伐的刘宋，几乎动用了全国的兵力，分兵数路齐头并进。以宁朔将军王玄谟为主帅，以沈庆之、申坦等为副帅，率主力军以"戈船一万，前驱入河"④，进攻滑台（河南滑县），"受督于青、冀二州萧斌"⑤。又派武陵王刘骏率青、冀、徐、兖四州之军水陆并进，并统辖萧斌属下的军队。又以太子左卫率臧质领东宫禁军，与骁骑将军王方回进攻许昌、洛阳。使豫州刺史、领安蛮校尉南平王

---

① 《资治通鉴》卷一二五，中华书局1956年版，第3937页。
② 同上书，第3938页。
③ 同上书，第3438页。
④ 《宋书》卷九十五《索虏传》，中华书局2018年版，第2577页。
⑤ 《资治通鉴》卷一三五，中华书局1956年版，第3946页。

王玄谟北伐和北魏南征瓜步是北强南弱的分水岭

刘铄率荆、河之师,方轨继进。宋军东西并举,应有一位统帅,遂以江夏王刘义恭为统领,坐镇彭城(江苏徐州市)为众军节度。以上是东路军的部署情况。对于西路大军,则以建武将军柳元景为统帅,从卢氏(河南卢氏县)出发,进攻关中。以上情况说明,只要用兵得当,北伐不一定彻底失败。

北魏太武帝拓跋焘听说宋文帝要大举北伐,就很自信地说:"知彼公(父)时旧臣,都已杀尽,彼臣若在,年几(纪)虽老,犹有智策,今已杀尽,岂不天资我也。取彼不须我兵刃,此有能祝婆罗门,使鬼缚彼送来也。"又说,"彼年已五十,未尝出户,虽自力而来,如三岁婴儿,复何知我鲜卑常马背中领上生活"①。这是嘲笑刘义隆不懂军事,不如鲜卑人从小就会骑马射箭,说明拓跋焘根本就不把刘义隆放在眼里。

此时北伐东路军过河后,由历城建武府司马申元吉"率马步口余人向碻磝(山东茌平县)②"。魏碻磝戍主、济州刺史王买德拒战不利,弃城逃跑。宋军取得初战胜利,获得"奴婢一百四十口,马二百余匹,驴骡二百,牛羊各千头,氎七百领,麤细车三百五十乘,地仓四十二所,粟五十余万斛,城内居民私畜,又二十万斛,房田五谷三百顷,铁三万斤,大小铁器九千口,余器丈量杂物称此"③。

宋军虽然进攻碻磝获得胜利,但由于王玄谟率领的主力军攻滑台并不顺利。本来王玄谟的军队,"士众甚盛,器械精严,而玄谟贪愎好杀"④,很不得人心。初围滑台时,城中有很多茅草屋,众

---

① 《宋书》卷九十五《索虏传》,中华书局2018年版,第2578页。
② 同上。文中的"马步口余人"的"口"是缺字,按上下文意推测可能是"万"字。
③ 同上。
④ 《资治通鉴》卷一二五,中华书局1958年版,第3948页。

163

人建议,"请以火箭烧之"。玄谟曰:"彼,吾财也,何遂烧之?"①结果城中皆撤屋穴处。本来河、洛之民为支援北伐军,"兢出租谷,操兵来赴者日以千计"②。王玄谟却不让他们原来的领袖领导其部众,而是拆散其部众分配给自己所亲近的将领统帅。王玄谟还让民众每家交一匹布和大梨八百,以供军用。"由是众心失望,攻城数月不下。"③

魏主拓跋焘知魏军前线失利,遂亲率军救援。"魏主渡河,众号百万,鞞鼓之声,震动天地。"④ 王玄谟听说拓跋焘亲自率军来援,惊恐万分,遂于夜间私自离开大军而逃跑。宋军因失去主帅而退散,"魏人追击之,死者万余人,麾下散亡略尽,委弃军资器械山积"⑤。宋东路大军遂以失败而告终。宋的西路军进展原本很顺利。庞法起等军已攻入卢氏,斩魏县令李封,而以赵难为卢氏县令。西路军统帅柳元景,也自百丈崖(河南卢氏南)进驻卢氏,卢氏遂成为西路军的基地。庞法起军又攻下弘农(河南灵宝市),擒魏弘农太守李初古拔,薛安都留在弘农。庞法起又向潼关进攻。此时魏已派洛州刺史张是连提率二万大军来救弘农。薛安都与魏军战于城南,魏军是骑兵,宋军不能敌,薛安都大怒,"脱兜鍪,解铠,唯著绛纳两当衫,马亦去具装,瞋目横矛,单骑突阵,所向无前,魏人夹射不能中,如是数四,杀伤不可胜数,会日暮,别将鲁元保引兵自函谷关至,魏兵敌乃退"⑥。此后柳元景遣军副柳元怙率步骑二千救薛安都等,因是夜至,魏人不知,明日薛安都列阵于城西

---

① 《资治通鉴》卷一二五,中华书局1958年版,第3949页。
② 同上。
③ 同上。
④ 同上。
⑤ 同上。
⑥ 同上书,第3952页。

王玄谟北伐和北魏南征瓜步是北强南弱的分水岭

南,元怙引兵自南门出,与魏军会战。魏军大败,斩张是连提及士卒三千余级,其余赴河而死者甚众,生降者二千余人,既保住弘农又攻克陕城(河南陕县),庞法起等攻下潼关。"关中豪杰所在蜂起,及四山羌胡来皆来送款"①。西征军取得大胜。但文帝认为王玄谟主力军既已失败,柳元景等偏师不宜独进,遂皆召还。宋文帝的大举北伐,遂以失败而告终。

宋文帝虽已全面撤军,拓跋焘则乘胜追击,自碻磝进至邹山(山东邹城市邹峄山),另一路魏军攻占了悬瓠(河南汝南县)、项城(今属河南)。宋军则派刘康率八千军去救援,被八万魏军攻入尉武戍(今地不详,约在寿阳数十里内),魏军急攻,宋军"将士皆殊死战,自旦至晡,杀魏军万余人,流血没踝,康祖身被数十创,意气弥厉"②。但终因寡不敌众,康祖中流矢而阵亡,宋军溃败、死伤殆尽,尉武戍也被魏军占领。魏军又进攻宋军统帅部彭城,城内惊恐不安。总帅江夏王刘义恭召集众将领商讨对策。众将意见不一。江夏王刘义恭主张弃彭城南归;太尉长史何勖主张投奔郁洲(江苏连云港东云台山一带)由海路归京师;安北中兵参军沈庆之主张以精兵护送二王及妃女直奔历城(山东济南市历区)。唯独安北长史张畅说:"若历城、郁洲有可至之理,下官敢不高赞。今城中乏食,百姓咸有走志,但以关扃严固,欲去莫从耳,一旦动足,则各逃散,欲至所在,何由可得!今军食虽寡,朝夕犹未窘罄,岂有捨万安之术而就危亡之道,此计必行,下官敢以颈血污公马蹄。"③因为张畅言正意决,武陵王刘骏、江夏王刘义恭才同意不再主张逃跑的意见,而要坚守彭城以对敌。

---

① 《资治通鉴》卷一二五,中华书局1958年版,第3953页。
② 同上。
③ 同上书,第3954页。

魏主拓跋焘率大军攻至彭城,但因不明城内兵力虚实情况,故围而不攻,而在城南戏马台建氈屋驻扎,并派人至小南门向宋军要酒及甘蔗,武陵王刘骏给之,并向魏军要骆驼。明日,拓跋焘派其尚书李孝伯至南门,赠送江夏王刘义恭貂裘,赠送武陵王刘骏骆驼及骡子,并求见安北将军刘骏对话,且说:"我亦不攻此城,何必劳苦将士,备守如此!"刘骏使长史张畅开门出见,并说:"安北致意魏主,常迟面写(常以不能面谈为憾),但以人臣无境外之交,恨不暂悉(恨不能暂时详谈)。备守乃边镇之常,悦以使之,则劳而无怨耳。"孝伯问张畅"何为怱怱闭门绝桥?"畅曰:"二王以魏主营垒未立,将士疲劳,此精甲十万,恐轻相陵践,故闭城耳。待休息士马,然后共治战坊,刻日交戏。"孝伯曰:"宾有礼,主则择之。"畅曰:"昨见众宾至门,未见有礼。"魏主又要求想见二王。畅以二王之命对曰:"魏主形状才力,久为来往所具,李尚书亲自衔命,不患彼此不尽,故不复使。"孝伯又曰:"王玄谟亦常才耳,南国何以作如此任使,以至奔败。自入此境七百余里,主人亦不能一相拒逆。邹山之险,君家所凭,前锋始接,崔邪利遽藏入穴,诸将倒曳出之,魏主赐其余生,今从在此。"畅曰:"王玄谟南土偏将,不谓为才,但以为前驱,大军未至,河冰向合,玄谟因夜还军,致戎马小乱耳。崔邪利陷没,何损于国,魏主自以数十万众制一崔邪利,乃是言邪!"知入境七百里无相拒者,此太尉神算,镇军圣略,用兵有机,不用相语。孝伯曰:"魏主当不围此城,自率众军直造瓜步(江苏南京市六合区),南事若办,彭城不待围,若其不捷,彭城亦非所须也。我今当南饮江湖以疗渴耳。"畅曰:"去留之事,自适彼怀,若虏马遂得饮江,便无复天道。"李孝伯撤走时,对张畅说:"长史深自爱,相去步武,恨不执手。"畅曰:"君善自爱,冀荡定有期,君若得还宋朝,今为相识之始。"张、李二人以上对话,史称:"畅音容

王玄谟北伐和北魏南征瓜步是北强南弱的分水岭

雅丽",孝伯"亦辩瞻"。① 二人各为其主,不卑不亢,又不失礼仪而谈出应谈之事,而传为史坛佳话。

拓跋焘之所以对彭城围而不攻,主要是因为他对彭城内虚实情况并不清楚。张畅对李孝伯说城内"有精甲十万",及其镇定的态度,更使拓跋焘不敢轻举妄动,于是才使他决定放弃彭城,南攻瓜步。魏军南征,进展比较顺利。攻盱眙时,宋辅国将军臧质派建威将军毛熙祚据前浦,积弩将军臧澄之扎营东山,臧质本人扎营于城南,形成犄角之事以防守,但魏军猛攻,三营皆没,此后魏军所过城邑无不残破,皆望风奔溃,魏军进至瓜步,京师震动,内外戒严。江南之民皆荷担而立,准备逃命。首都建康更为紧张,使"丹阳统内尽户发丁,王公以下子弟皆从役"②。建康也加强防守,"命领军将军刘遵考等将兵分守津要,游逻上接于湖(安徽当涂县),下至蔡州(江苏南京市西南),陈舰列营,周亘江滨,自采石(安徽当涂县采石镇),至于暨阳(江苏江阴市东南)六七百里"③,都要巡防,以阻击魏军过江。其实魏军至瓜步后,虽然"伐苇为筏,声言欲渡江"④,但拓跋焘自知他所领的骑步兵都不习水战,敌不过以船舰为主的刘宋水军,遂决定撤军北归,一路上烧杀掠夺,惨绝人寰,史书所记,目不忍睹,现摘引一段文字,以儆效尤:

既而虏纵归师,歼累邦邑,剪我淮州,俘我江县,喋喋黔

---

① 以上引文,均引自《资治通鉴》卷一二五。接张、李二人对话,《魏书·李孝伯》《宋书·张畅传》均有大同小异之记载,文字均很长。司马光撰《资治通鉴》时,做了一些综合处理,并压缩了一些文字,我引用《资治通鉴》资料时,也作了少量压缩,如读者想看原文,请看《魏书》《宋书》可也。
② 《资治资治通鉴》卷一二五,中华书局1958年版,第3959页。
③ 同上书,第3959—3960页。
④ 同上书,第3959页。

167

首,跼高天,蹐厚地,而无所控告。强者为转尸,弱者为系房,自江、淮,至于清、济,户口数十万,自免湖泽者,百不一焉。村井空荒,无复鸣鸡吠犬。时岁惟暮春,桑麦始茂,故老遗氓,还号旧落,桓山之响,未足称哀,六州荡然,无复余蔓残构,至于乳燕赴时,衔泥靡托,一枝之间,连巢十数,春雨裁至,增巢已倾。虽事舛吴宫,而歼亡匪异,甚矣哉,覆败之至于此也。①

北魏的南侵,不仅江淮人民遭受到难以忍受的苦难,刘宋的疆域也有所缩小。原来南北的疆域基本是以黄河为界,此次战后,北魏的疆域已越过黄河,推进到淮北,从此南弱北强已见端倪,也可以说是南弱北强的历史转折点。

四 宋魏战争南败北胜的原因

主持宋、魏战争的两位皇帝,论说都是中国的名君,即两位著名的皇帝,但他们都不能称为明君,即不是英明的皇帝,因为他们各有不足之处。先说刘义隆,他谥为文帝,确实在文治上颇有很好的表现。如他在位期间很重视文化、教育事业的发展。他特别喜欢有才华的学者,如颜延之、范晔、裴松之、谢灵运、何承天等文史学者,都能使其人尽其才,甚至对谢灵运之类的才子,他游戏人生,当官不管事,一再容忍后,因他与造反相牵连,才狠下毒手,判以死刑。文帝又非常重视农业,开发屯田、注重土断及其他社会经济发展,关心人民生活,因而出现史家所称颂的"元嘉之治"。正如《宋书》卷五十四《孔季恭、羊玄保、沈昙庆传论》所说的,"江南之为国盛矣……地广野丰,民勤本业,一岁或稔,则数郡忘

---

① 《宋书》卷五十五《索虏传》,中华书局2018年版,第2587页。

饥，会土（会稽）带海傍湖，良畴亦数十万顷，膏腴上地，亩直一金，鄠（陕西户县）、杜（陕西长安市南）之间，不能比也。荆城（湖北荆州市）跨南土之富，杨部（江苏扬州市）有全吴之沃，鱼盐杞梓之利，充牣八方。丝棉布帛之饶，覆衣天下"①。可以这样说，在宋文帝的统治时期，是江南经济发展鼎盛时期，也是江南发展最快时期，北方的经济是不能与南方相比的。

宋文帝的文治、政治，确有可圈可点之处，但在军事方面备战较差，则缺乏长治久安之策。在强敌北魏崛起之时，尚不知忘战必亡的道理，为保其帝位，接连诛杀久战沙场的名将谢晦、檀道济及时人比之为关、张的将领薛彤、赵进之等人。檀道济在被杀之时怒曰："乃坏汝万里长城！"但魏人闻之，喜曰："道济死，吴子辈不足复惮。"② 北魏最怕的是刘裕遗留下来的能征善战的老将，现在战死的战死，被诛杀的诛杀，北魏人当然高兴，这等于替魏人铲除战争中的障碍。

宋文帝北伐失败，最重要原因是用人不当。如时任都督南兖徐兖青冀幽六州豫州之梁郡诸军事、安北将军、徐州刺史刘骏，北镇彭城，年龄才十八岁，既不懂军事，又无实战经验，军政大事全靠长史张畅支持局面，而张畅既是文人，又无实战的经验，而主帅刘骏（后之孝武帝）连拓跋焘的面都不敢见。他用既无文韬又无武略的王玄谟为主力军的主帅，在久攻碻磝城不下时，听说拓跋焘亲率十万大军来援，还没见魏军踪影，就于夜间抛弃大军而逃，使宋军失去主帅而溃败，而这位本应受到军法制裁的人，却未受到任何处罚，仍然继续升官，如果遇到汉武帝，有十个王玄谟也被杀光了，

---

① 《宋书》卷五十四《孔季恭、羊玄保、沈昙庆传论》，中华书局2018年版，第1680页。

② 《资治通鉴》卷一二五，中华书局1958年版，第3861页。

仅此刘义隆也称不上明君。宋文帝第二个失误，是不该东、西两路出军分散兵力。如西路军在统帅柳元景率领下，薛安都、鲁方平、庞法起诸将奋勇作战，很快占领卢氏、陕县、弘农、函谷关，攻至潼关，取得了重大胜利。如攻陕县时，鲁方平对薛安都说："今勍敌在前，坚战在后，是吾取死之日，卿若不进，我当斩卿，我若不进，卿当斩我。"① 元景同意。由于将领们皆殊死战，而取得胜利，但宋文帝认为王玄谟已彻底失败，柳元景偏师不宜独进。故让柳元景奉诏撤退。西路军的胜利说明，魏军不是不可战胜的。古人言："两军相遇，勇者胜。"如果把西路军合至东线，战争的结局，可能有所不同。在此次北伐大败之后，宋文帝才知道战争中，主帅、将领的重要性，所以他才叹息地说："檀道济若在，岂使胡马至此。"② 但已悔之晚矣。

《宋书·文帝纪》的史臣曰，是沈约对宋文帝一生的评价，内容除了对"元嘉之治"的歌颂外，还说："授将遣帅，乖分阃之命，才谢光武，而遥制兵略，至于攻日战时，莫不仰听成旨，虽覆师丧旅，将非韩、白，而延寇感境，抑此之由。"③ 沈约的意思是说，宋文帝在战时，选帅授将其才能不及汉光武帝刘秀，而遥控指挥的兵略，关于什么时候进攻，什么时候开战，都必须按他的旨意行事。因此师旅覆没，责任不在韩信、白起（暗指责任不在领兵的将领）。引诱敌军入侵，使边境缩小，都是由以上的原因造成的。笔者认为沈约的批评，虽然比较隐晦，还是基本符合实际的。

再谈北魏太武帝拓跋焘，拓跋焘是生长在塞北草原的鲜卑人，过着游牧生活，幼年即习弓马，年长即参加战斗，以战死在沙场上

---

① 《资治通鉴》卷一二五，中华书局1958年版，第3952页。
② 同上书，第3960页。
③ 《宋书》卷五《文帝纪》，中华书局2018年版，第109页。

王玄谟北伐和北魏南征瓜步是北强南弱的分水岭

为荣。即帝位后,即以经营天下为己任。蠕蠕(柔然)是当时草原上最强势的民族,拓跋焘即率五万大军讨伐蠕蠕,大获全胜。以后他南征北战,东讨西杀,积累了丰富的军事经验和指挥才能,先后灭掉了后燕、西燕、北燕和后凉,而统一了北方。此后,北魏的进攻目标就是刘宋了。

其实在统一北方的过程中,宋、魏之间就有小规模战争接触。双方争夺之地,多在洛阳、虎牢、滑台等地。当关中、邺城、中山已被北魏占领时,但长安仍在刘宋手中。双方战争规模较小,互有胜负,并未打破双方实力的均衡。但自太平真君四年(四四三年),拓跋焘决定让太子拓跋晃"副理万机,总统百揆"[1],"自是军国大事,皆由太子谋之"[2],并"命侍中宜都王穆寿、司徒崔浩、侍中张黎、古弼辅太子决庶政,诸上书者皆称臣,仪与表同"[3]。拓跋焘遂成为"太上皇",摆脱政务,而专管军事征伐。自此北魏军力更强,多次北伐胜利,并镇压了盖吴起义。十年(四四九年),拓跋焘遂亲攻悬瓠,派永昌王拓跋仁进攻汝东,均获胜利。十一年(元嘉二十七年,四五〇年),宋文帝不顾兵力不足,又无良将的情况下,决定北伐收复失地。魏主拓跋焘听说刘宋要北伐,就很自信地说:"他父亲刘裕时的旧臣虽老,犹有智策,知今已杀尽,岂非天资我邪!取彼亦不须我的兵力,此有善呪婆罗门经,便当使鬼神缚之以来耳。"他还举例说:"前使裴方明取仇池,既得,疾其勇功,不能容,有臣如此,尚杀之,乌得与我校也。"[4] 这句话说中了刘义隆的要害处。因为刘义隆的老子刘裕就是因军功掌握兵权,才篡晋建宋,故他对功高震主者必杀之,以致对外战争时无良将可

---

[1] 缩印百衲本《魏书》卷四下,商务印书馆1986年版,第69页。
[2] 《资治通鉴》卷一二四,商务印书馆1958年版,第3901页。
[3] 同上书,第3902页。
[4] 《全上古三代秦汉三国六朝文》,中华书局1958年版,第3517页。

用。拓跋焘说的话，是有根据的，这是北魏必胜原因之一。北魏胜利原因之二，是以骑兵胜过步兵。在宋文帝决定北伐时，沈庆之劝谏说："马步不敌，为日已久矣。请舍远事，且以檀、到言之，道济再行无功，彦之失利而返。今料王玄谟等未逾两将、六军之盛，不过往时。将恐重辱王师，难以得志。"① 宋文帝不听，战争开始后，北魏骑兵充分发挥快速进退作用，宋军胜不能追，败则难逃，甚至是全军覆没。北魏胜利原因之三，是魏军的战略正确。拓跋焘南征，虽然下令："乃命诸将分道并进，"② 但其主攻方向则是东方战线，而对西方战线并未多顾。因为他考虑到，只要东线得胜，西线的宋军纵然得胜，也必然撤退。所以对这次战争的布局，注意力全在东方，故拓跋焘命永昌王拓跋仁，自洛阳东攻寿阳（安徽寿县），命尚书长孙真进攻马头（安徽当涂县），命楚王拓跋建攻取钟离（安徽凤阳县临淮关），命高凉王拓跋那，自青州（今属山东）攻占下邳（江苏睢宁县）。拓跋焘亲率大军，自东平（今属山东）先攻占邹县，后进彭城围而不攻，又引军南抵瓜步，其重点皆在东线。魏军所到之处烧杀抢掠，宋军只守不攻，不能救护。魏军自知无力过江，才从瓜步撤退，胜利北归。魏军胜利原因之四，是战术灵活，该进则进，该退则退。进则必胜，退则自保，才取得这次南征的全胜。如魏军南攻，所向皆捷，如对彭城却围而不攻，因拓跋焘知道彭城坚固，对城内兵力又不清楚。如果强攻必损兵折将，即使攻下彭城，也难以固守，故放弃彭城，而进军瓜步。及至瓜步，虽然伐苇造筏，声言渡江，但他深知北方步骑，不习水战，而宋军擅长水战，而且船舰已集结防备，如魏军渡江作战，必败无疑，故知难而退。这就叫"知彼知己，百战不殆"，稳定保住了北

---

① 《宋书》卷七十七《沈庆之传》，中华书局2018年版，第2189页。
② 《资治通鉴》卷一二五，中华书局1958年版，第3951页。

方的胜局。自此战争后,基本奠定了北强南弱的局面。从这次的宋、魏的战争中,有许多经验教训可以总结,研究魏晋南北朝史和古代军事史的学者,应该予以重视,本文只是浅谈,不当之处,敬请方家指正。

(朱绍侯,河南大学中国古代史研究中心教授)

短长篇

刘岳兵

关于日本，他们在《南开思潮》中说了些什么？
——为总结早期南开日本研究的准备阶段所做的准备

今年四月下旬，"今风书局"这家旧书店迁址南开大学西南村，对于南开的爱书人而言，当然是件好事。为庆祝百年校庆，南开大学出版社还在书店里设了"专柜"，陈列"南开大学校史丛书"等。"今风书局"的匾额，就是社长刘运峰教授亲自题写的，听说他还专门来为书店开业和"百年校庆专柜"做宣传，专柜的新书，不仅八折优惠销售，还可以加盖出版社特制的"百年华诞　南开书香　购书纪念"章。逛实体书店的最大乐趣，是在不经意之间很可能会有惊人的发现，这种发现往往会令人感叹：原来东西就在这里，自己却不知道！我在今风书局看到鲍志芳编的《〈大公报·经济周刊〉南开学者经济学文选》（南开大学出版社二〇一七年）时，就是这种感觉。

这本"文选"，如编者在《前言》所示，的确是"历史地再现南开大学作为全国经济研究重镇和南开经济学的丰富学术成就"。

关于日本,他们在《南开思潮》中说了些什么?

我从二〇一八年暑假开始为"百年南开日本研究文库"收集早期南开日本研究的相关资料,编成三十多万字的《南开日本研究(1919—1945)》,自以为颇有些规模了,但是这本文选中收录的两篇①,却未见过。未料再翻阅该文选《附录:〈经济周刊〉文章题录》,从一九三三年三月到一九四七年十二月,《大公报·经济周刊》发表南开学者所著与日本有关的经济学文章,竟多达十七篇!这是我最近莅今风书局的最大收获。

这些未见的文献以及还有许多不知所在的文献,多大程度上会影响我们对早期南开日本研究的总体认识,虽然来不及去仔细追究,但至少可以增加对早期南开日本研究这个课题的信心,因为发现的史料越多,就意味着南开日本研究的传统和底蕴越深厚。这样,作为南开日本研究的后继者,自然感到骄傲和自豪,同时,如何弘扬传统,总结经验,推陈出新,责任也特别重大。

南开与日本的关系,如果从严修、张伯苓办学思想的角度来说,可以追溯到他们二十世纪初的"东游"考察日本,但那最多是使"南开演化之第一阶程"中"参有日本风味",谈不上研究日本。南开真正的日本研究,是与南开大学的创办相伴而生的。从南开学校筹备大学部到成立南开大学的这段时期,日本已经是南开师生关注的对象,这段时期可以叫作早期南开日本研究的准备期。我们可以以《南开思潮》这本半年刊的杂志作为例子来看看南开的先贤为日本研究所做的铺垫工作。

从所见到《南开思潮》第一(一九一七年十二月)至第四期(一九一八年六月)来看,这本杂志由南开思潮报社编辑部编、南开思潮报社经理部发行。第一、二期的总编辑为段茂澜、张曰辂,

---

① 傅勤先:《日本的经济果濒危机?》,《大公报·经济周刊》1933年第2期;丁洪范:《中日经济提携》,《大公报·经济周刊》1935年第128期。

第三、四期的总编辑为叶香芹（第一期任编辑，第二期任编辑部的学术主任，后留学美国①）。杂志（报社）虽然有教师做顾问，但以学生为主体运营。从《周恩来旅日日记》看，《南开思潮》在同学中颇受争议，一九一八年一月三日的日记记载："南开同学会有人提议说《思潮》不好，我听见所说的话很有些不公，明天还要开会讨论此事。"第二天，"攻击《思潮》的事，亦因为我反对，打消了"②。《南开思潮》是在由南开三个社团，即敬业乐群会（周恩来曾任会长）、青年会和自治励学会的刊物《敬业》《青年》《励学》合并而成的。

《南开思潮》第一期，"论说"栏有一篇《致中国有志青年书》（信天），其中痛斥"日本以二十一条恶款强横要挟"，揭穿当时石井菊次郎倡导的"保护中国行远东门罗主义"实质上是"将以亡朝鲜之政策而亡我中国。野心狂言，无所忌惮。其视我国无人也久矣"。因此呼吁"祖国男儿、有志学子，闻吾言亦将有所兴起者乎"，表现了深刻的危机意识和激切的爱国情怀。

这一期的"杂俎"栏中有一篇《时先生东游一夕话》，是时子周先生东游日本、朝鲜返校后的演讲记录（李公武记）。其中特别提到福泽谕吉所创的庆应义塾"由私塾渐成大学"，"其由私塾而起，固与我校相同也"，值得效法。对日本教育，他这样总结："统观日本教育，学生则富有进取耐劳之性、独立爱国之心。职教员则各尽其职，无不实事求是。"分析其主要原因："学生能进取耐劳者，一曰体育好、一曰旅行多。……其能独立者，一曰不恃遗产、

---

① 《南开周刊》第三期（1921年4月13日出版）"通讯"栏载有《叶香芹自美寄校长函》，第一百十八期（1925年3月30日）"通讯"栏载有《美国米西干大学南开同学会书记叶君来函》，知其所读学科为银行。

② 中共中央文献研究室、中国革命博物馆编：《周恩来旅日日记》（影印），中央文献出版社1998年版。

一曰不准早婚。……若其所以能爱国者，则一言以蔽之，曰国家之观念重是也。此等习惯，自小学已养成之。……其职教员能各尽其职者，一曰校务分掌、一曰时加训话；一曰教材切实用、一曰史地重标本。吾国人对外史地标本，素少研求，此事感余最深，诚不可不注意。"这些都是根据自身调查，分析整理，就其所宜效法者有感而发。

其中在讲到"朝鲜情形"时，论及日本在朝鲜的种种殖民统治，值得注意的是，在最后联系到当时中国的实际，特别提议："今日者吾国庶政待兴，百事待举。余谓当道与其视日，毋宁视韩。何也？日本虽强，然吾人不过视其今日成绩，徒增欣羡。若其昔日何以至此，恐无所考查。而韩则正在新造之秋，视日本之何以治韩，即返而治吾国，其为益不良多乎。"如何评价这种对"当道"者治国理政的建议，另当别论；作为日本研究者，或可理解为这是向我们提出了不能只看到其"今日成绩，徒增欣羡"，而应该认真考查其"昔日何以至此"这一亟待研究的课题。

第二期的《南开思潮》（一九一八年六月）中，"演说"栏中有时子周述《日本高等师范校长嘉纳治五郎之教育谈》，篇首有时子周的简短说明，曰："余于民国五年五月赴日本参观，谒高等师范校长嘉纳治五郎。问以中国现时情形，教育应持何方针、用何方法。伊答云：现时最要之点，凡在任教育事者，必须去一己利害之关［观］念，专注意于国家之利害，而贡献一身于教育界。否则方法不能研究。"嘉纳治五郎与中国的关系，此前论者已经不少，而此处，借嘉纳治五郎之口，强调这种观念上的培养，在普通教育上，"如欲养成一般人有牺牲一己、专为国家之性质，非从小学作起不可。……欲从小学作起，尤须从师范入手，方能有统一之主义，通行全国"。又说，"欲使轻视肉体之快活，专务精神上高尚之快活，非从儿童时造就之养成之不可。……总而言之，一须养成质素之性质,一须养成轻己重国之观念。如此则政治有效、军队有效,即工业商业无不有效。以此方针,养成一般师范,何难布行全国?"这些当然也都被认为是值得效仿的。

"调查"栏中有叶香芹的《奉天千金寨煤矿纪要》,分为煤矿之缘起、地势及山脉(附有抚顺千金寨炭坑最近之形势一览图)、煤矿之数目及开采法、矿夫之人数生活及募集、煤之出产量销售及搬运、矿之面积及煤之性质等数项,至少是最早系统、详细考察千金寨煤矿的调查报告之一。此调查报告前有小序加以说明,曰:"呜呼!时至中国今日,主权丧失、利益旁落,已屡见不鲜矣。人第知唐山开平萍乡井径等矿,为中国著名之煤矿,不惟轮轨仰赖之。即居人炊爨,亦多取以供给。而抑知千金寨煤矿,有加其上者乎?人第知开滦煤矿有外股羼入,引为憾事。而抑知千金寨之煤矿,不惟主人翁之资格不能有,即欲厕身其间。亦苦不能。呜呼!大好河山,已舟随浪捲。辽东大陆,已在倭人之掌握。地棘天荆,可痛矣夫!吾今驱车过辽东,不禁有故国悲矣。呜呼!岂仅一千金寨煤矿哉!然天下兴亡,匹夫有责。芹虽不文,敢不究其实,撮其要,恭告国人。至于挂一漏万,在所不免。况此编之于调查等项,芹固非专家,间有撷取他书,及有道听途说者,难保不无谬见,尚祈阅者谅之。至于词句粗俗,阅者略辞取意可耳。"该篇最后附"营商及日侨"一项,说明"日人在奉天各地之营商者,车载斗量,如鳞次栉比。而千金寨一处,始成为完全之日本地矣"。最后不禁又大声疾呼:"呜呼!奉省何辜,遭此荼毒!揆厥由来,吾不能为往之昏昏政府怨矣!虽然,殷忧启圣,多难兴邦。吾同胞若磨砺以须,奋发振起,国事尚有豸乎。"类似的报告,到此后的二三十年代逐渐增多,以至于最近还有以此作为学位论文来研究的。

"文苑"栏中有皞如(张穆熙)的《送王朴山游学日本序》,

关于日本,他们在《南开思潮》中说了些什么?

王朴山(1895年—1930年)与周恩来为南开中学挚友[①],先后留学日本。张穆熙(1878年—1934年)在此赞扬王朴山"道德心独厚,而情意自独挚者",他告诫即将留学日本的南开学子:"日本以三岛雄踞东亚,观我九万里舆图,为可攫得之物;视我四万万同胞,如入无人之境。是其君臣上下,处心积虑,必有异焉者。其政治教育风俗,必有驾我而上者。夫人之求学也,贵能求人之所长,以补我之所短。知一人之长短易,知一国之长短难。求学而不攻其难,不如不求。已学而不能救国,等于无学。"并语重心长地说:"朴山长于责己,而短于察人;长于德,而短于术。今既远出万里外国,遍览社会人心,经验富有,当自彻悟。求学之急,固不在是。所急者在深求日本君臣上下之心,并其政治教育风俗,所以致胜之故。得其要领,吸其精华,但求其可以救吾国者,而身体力行之。至器械技能物质之文明,乃日本形式之所长,非日本精神之所长也。吾朴山求学,当遗其形式,而求其精神。得日人所以强国之精神,即得吾人所以救国之方术。方术既得,精神焕发,尔时学成归国,将道德浑朴之人,进而为通权达变之人。忧患阽危之国,亦可进而为政教修明之国。"如何学习和研究日本,这篇寄语,情深意切,百年之前的文字,现在读来也依然发人深省。

上述所谓"日本精神"之表现,或可从同一期的"杂俎"栏中赵笠山选译的樱井忠温《肉弹》一节《出征》可见一斑。其翻

[①] 1916年周恩来与同窗王朴山一同吟诗,曰:"华年惜绿鬓,午夜啸青锋。学道雄心淡,观时热血浓。无成惭画虎,有待爱潜龙。诗思飞何处,云上几万重。"1917年6月,即将毕业的周恩来给即将赴日的王朴山赠言:"浮舟沧海,立马昆仑。"周恩来与时任南开学校的语文教师张穆熙也有深厚的师生情谊,1916年10月有《次皞如夫子〈伤时诗〉原韵》:"茫茫大陆起风云,举国昏沉岂足云。最是伤心秋又到,虫声唧唧不堪闻。"见中共中央文献研究室第二编研部、天津南开中学编著《周恩来南开中学习作释评》,人民出版社2014年版,第301—303、306—307页。

译原委,曰:"肉弹一书 Human Bullets 为日本樱井中尉所作。历述其子日俄战事中所亲经历者。此书早已风行世界,美总统罗斯夫尝以此书课其二子,谓书中所述军士之英风豪气,足使爱国健儿闻而起舞。余尤爱其出征一篇,悲歌慷慨,大有援〔拔〕山盖世之概。因选译之,以公所好。"此节《出征》即为《肉弹》的第二节"大命下临"。以此"日本精神"作为激励中国"精神转变"的教材,《肉弹》的中译本被反复使用。①

第三期的《南开思潮》(一九一八年十二月)中,"调查"栏目中有叶香芹的长篇报告《东三省十年来发达纪要之痛史》。此报告正文分为甲交通、乙实业、丙煤矿、丁森林,四个部分。交通位列第一,是因为作者因为"东三省之所以发达能日进无疆者,皆以交通发达为神髓耳"。而之所以谓"痛史",也是由于"吾国国力消沉。民势不振,以蜿蜒数千里之路政,委之他人,代修代筑,太阿倒持,拱手与人。是何异以生死关头,拱请他人把守?吾书至此不禁泪潜潜下。而所谓痛史者,亦将自此始矣。"报告篇首有前言,曰:"夫东三省数十年前,不过荒凉一片耳,不过宝藏一秘密国耳。洎乎西伯利亚之铁路成,满洲之名字现;洎乎濮斯穆之条约成,而满洲遂为日俄势力之焦点。迄今满洲问题,亦涌现于东西人士之脑海中,而为世界之问题矣。且近十年来,日俄二国殚精竭虑,极意经营,其进步千里,正未可量。呜呼!邻国之喜吾国之愁也。孰为致之?谁为成之?追念前尘,深怪向之政府竟令其荒秽而不斩草莱也。岂天生之产委置而不取欤?抑地拱诸外人而始发达欤?今秉笔书往事,不禁悲从中来矣。吾甚愿爱国志士抉袂奋起,光我旧物,勿令卧榻之侧,犹容他人鼾睡也。"世界上为什么会有贫国贫民,

---

① 黄郛的译本,有 1914 年出版的线装本,1932 年又有"军校同学精神教育丛书编译会印"本。

作者认为是因为"不知利用天然之美利而已"。中国地大物博,可为什么"利未著而弊先形,岂天然之利,改其常乎?抑矿产必待外人而始发达乎?盖亦视其人之任事如何耳"。在报告的最后,作者问道:"然日人何以发达无量乎?"最后却以"此吾所以感于吾之政府矣"收尾,无非也是希望民国政府能够吸取"日人所以强国之精神,即得吾人所以救国之方术"而已。

第四期的《南开思潮》(一九一九年六月),"调查"栏目中有两篇关于日本的译文,一篇是邵绪琨译的《日本外交政策》(Wood,G. Zay 著),译者强调"中日之关系,非一朝一夕之故",希望由此引起读者"研究此种问题之心"。一篇是叶香芹译的《中国矿山与日本之有关系者》("译日本支那杂志"),列举三十家矿山,其中有些是译者所增补的,有些地方还有译者按语,如大冶矿山(原汉冶萍煤铁公司),按语详细说明其历史,并转载"国耻的中日条约关汉冶萍之换文"。其目的,亦如译者篇首之说明:"呜呼中国。呜呼矿权。中国今日全图。有一块干净土地乎。察中国各矿产。有一华商自办乎。太阿倒持。以地与人。内以误国。外以丧权。谁为为之。胡令成之。推原祸首。有尸咎者矣。夫日本岛国也。欲挟其武断政策。飞跃世界。苟无煤铁。虽志在千里。而英雄已无用武之地。于是殚精竭虑。罄其魍魉魑魅之技。施其阴险叵测之术。我华秉政诸公。或慑于威惕。或惑于利诱。将灿烂锦绣精华断送于日人无尽。使其得煤铁之助。还以制我死命。吾今译此篇。不禁泪涔涔下。而叹吾华为虎作伥者何其多也。至于文字粗俗。读者略词。取意可耳。"在译文的最后以"赘言"结尾,他明确主张:"中国矿中国人自办,固勿稍容外人厕入也。苟至必要借款时,必求万国公共助力。若由日本一国助力,吾人已饱尝其经验。虽中国国亡不恤,其于世界之大战争何?此吾之所以希望矿在日本者有机可收之。自办其他将来诸矿产,宜谨厥乃事,勿利目前而胎噬脐之忧也。"对日本警戒如此,无须再赘言了。

此期"杂俎"栏中有刘存柱《与友论山东与中国之关系》,亦论及日本,曰:"我国土地不宜尺寸与人也明矣。青岛自德人强借之后,山东即大受影响。至欧战发生,日本承继德人之业,而享其权利。且彼素以狡诈立国,尝欲宰制亚洲,而执东方之牛耳。其意已含蓄若干年,而未得施也。今暴德屈服,大战解决,产出世界和会,以求永久和平,俾人类不复发此巨战。此固仁人之心,而爱人之意也。我国亦宜取还青岛,使世界诸帮各得其平,以产除将来战争之萌芽。况珠还合浦,璧归赵氏,亦理之当然。乃日人乘吾国内讧未息,以脱离和会要挟联邦,欲割吾青岛。今世既尚强权,公理不昌。救国不能徒恃他人,苟非自谋,恐不足存。……日人之势,非独盛于匈奴,且远过契丹。宁可资以燕云之地乎?苟不幸而失之,诚如盗入家门,听其登室取物,而莫之能御也。惟望中国政府与国民,振臂而起,以驱毒蛇之啮吾肤。鉴于胡人之亡晋,力争边疆,常怀越人报吴之志,则区区岛众之国,乌足为哉!"这已经直接与五四运动的话语链接上了。

而也是在这一期的《南开思潮》中宣告了南开大学的即将诞生。在"记事"栏的第一条就是:"二月十日上午举行始业式。校长报告筹办大学事宜,拟分文理科、职业科。职业科暂设商科,再逐渐增加新闻学科、教育学科、工科等。毕业年限分四年、六年,均以学力为准。"此期还载有一张"南开大学兴工情形"的照片。此期《南开思潮》刊出三个月后,一九一九年九月南开大学就开始正式招生了。

以上,我们重温了南开先辈在南开大学成立之前发行的《南开思潮》杂志上的有关日本的言论。这些都是总结处于准备阶段的早期南开日本研究的重要史料,百年来的南开日本研究,就这样被抹上了一层难以褪去的底色。简单地归纳一下,值得注意的有如下几点：

第一，**重视实地调查**。叶香芹的几篇调查报告，开风气之先。这时的调查还是零散的，基本上是个人行为，后来南开经济学研究的发展、以东北研究会为核心的南开日本研究，实地调查逐渐具有组织性、综合性和系统性，形成了南开的学术特色。

第二，**爱国、救国**。调查不是为了调查而调查，不是为了研究而研究，而是有鲜明的目的性，这个目的，大而言之就是为了爱国和救国，具体而言，就是后来凝练在《南开大学发展方案》中的"知中国、服务中国"。

第三，**对日本要有实事求是的态度**。对于其军国主义的侵略必须警惕、揭露和抵抗，对于其强国之精神，也要虚心学习和研究。这种学习和研究不是停留于表面形式，即所谓"当遗其形式，而求其精神。得日人所以强国之精神，即得吾人所以救国之方术"。

以上这些特点，不仅局限于南开的日本研究，或许也可以说是"南开精神"的一种反映。这些特点，在百年南开的日本研究中是如何体现的，相信"百年南开日本研究文库"将会是一个很好的说明。

（刘岳兵，南开大学日本研究院院长）

短长篇

萧振鸣

鲁迅与北京的学苑史迹考(一)

[小引]一九一二年五月,鲁迅随教育部北上,五月五日到达北京,六日,到北洋政府教育部报到,十日,正式上班办公。直到一九二六年八月鲁迅离京赴厦门大学教书,鲁迅在北京生活、工作十四年半。此间,鲁迅作为教育部的官员,与北京的学苑发生过各种各样的关系。考察鲁迅日记,他曾到过和有联系的学苑就有二十三所。岁月沧桑,百年之后,这些学苑有的扩大了,有的迁移了,有的改名了,有的关闭了。如今北京高楼林立,老城名存实无,旧踪难觅。本文对鲁迅与北京相关联的学校进行了历史的回顾与史迹的考证,并梳理了与鲁迅相关历史人物的关系。史料所限,尚存阙疑,有待续考。

一 北京大学

北京大学,创办于一八九八年,初名京师大学堂,是中国近代第一所国立大学,也是中国近代正式设立的第一所大学,被公认为中国的最高学府,其成立标志着中国近代高等教育的开端。最初校址在北京景山东街马神庙。

民国元年（一九一二年），京师大学堂更名为国立北京大学。成为中国近代最早以国立大学为名称建立的机构，也是近代最早的综合性大学，建立了中国最早的现代学制。在中国现代史上，北大是中国"新文化运动"与"五四运动"等运动的中心发祥地，也是多种政治思潮和社会理想在中国的最早传播地，有"中国政治晴雨表"之称，享有极高的声誉和重要的地位。一九一七年，蔡元培出任北京大学校长，他"循思想自由原则，取兼容并包主义"，对北京大学进行了大刀阔斧的改革，革除腐败官气陋习，延揽一批杰出人才，既有提倡新文化的陈独秀、胡适、李大钊、钱玄同、刘半农、周作人等，又有张扬旧学的辜鸿铭、黄侃、陈汉章、林损等，可谓人才云集。蔡元培还提倡发扬学术民主，倡导自由论辩，为思想解放和学术繁荣营造新鲜空气，开创了北大精神。蔡元培、陈独秀、李大钊、鲁迅等都是"五四运动"的领导者和支持者。

　　一九一八年，沙滩红楼建成，北大文科及图书馆就设在这里，称北京大学第一院。马神庙京师大学堂旧址称北京大学第二院，校本部及理科各系设在第二院。北河沿京师大学堂原译学馆称北京大学第三院，法科各系及研究所国学门设在第三院。

　　蔡元培一向很佩服鲁迅的学问和见识，对他的美术功底和美术观点也是非常了解的。一九一七年出任北大校长后，委托鲁迅为北大设计校徽。鲁迅设计的北大校徽是中国传统的瓦当造型，轮廓简洁、现代。"北大"两个用小篆字体上下排列，突出以人为本的理念，给人以"北大人肩负着开启民智的重任"的想象。现在北大使用的校徽仍然采用鲁迅的设计。

　　一九二〇年八月起，鲁迅接受时任北大校长蔡元培的邀请到北大做讲师。一九二一年八月六日，鲁迅日记载："晚马幼渔来送大学聘书。"马幼渔是鲁迅在日本东京时同在章太炎门下听讲的同窗好友，时任北大国文系主任。鲁迅从一九二〇年十二月二十四日起开始在北大授课,一九二六年五月二十四日是在北大最后一次授课,六月三十日,鲁把小说史考试的分数寄北大注册部,七月二十九日,收北大薪水十五元,八月二十六日,离京南下。鲁迅在北大相比在其他学校的授课时间来说是最长的。

在北大,鲁迅主要讲授中国小说史,后又以日本厨川白村《苦闷的象征》为教材讲授文艺理论,共授课六十多次。鲁迅讲授中国小说史是以他自己编写的油印本、铅印本的《中国小说史大略》作为讲义。一九二三年十二月和次年六月,分上下册由北京大学新潮社正式出版,书名为《中国小说史略》。这是中国第一部小说史专著,胡适在《白话文学史》中曾誉之为"是一部开山的创作,搜集甚勤,取材甚精,断制也甚谨严"。

一九二二年一月十四日,鲁迅被聘为北京大学研究所国学门委员会委员。还为北大《学生会周刊》《文艺季刊》撰写过稿件,为《国学季刊》《歌谣周刊》设计封面,对北大的文学社团新潮社、春光社都给予积极支持。

一九二五年八月,鲁迅与北大四十多名教员联名发表《反对章士钊的宣言》,揭露章士钊摧残教育的行径,并宣告:"我们要出来抵抗他,反对他为教育总长。"一九二五年十二月,在北大建校二十七年的时候,在《北大学生会周刊》创刊号上发表《我观北大》一文,表达了对北大的看法与期待:"北大是常为新的,改进的运动的先锋,要使中国向着好的,往上的道路走。虽然很中了许多暗箭,背了许多谣言;教授和学生也都逐年地有些改换了,而那向上的精神还是始终一贯,不见得弛懈。""北大是常与黑暗势力抗战的,即使只有自己。"并且坚信"北大究竟还是活的,而且还在生长的。凡活的而且在生长者,总有着希望的前途。"

鲁迅于一九二六年八月离京南下后,一九二七年十月初,鲁迅许广平在上海定居。一九二九年和一九三二年两次回平探亲,都应邀到北大进行演讲。

一九二九年五月二十九日,鲁迅应北大国文学会之邀到北大进行演讲。当日鲁迅日记载:"七时往北京大学第二院演讲一小时。"那天因为听众有上千人,临时改在第三院礼堂演讲。台上台下都坐满了听众,讲完之后听众还层层围住他不散。

一九三二年十一月二十二日,鲁迅到北京大学第二院演讲四十分钟。这是著名的"北平五讲"中的第一讲,观众有七、八百人,演讲的题目是《帮忙文学与帮闲文学》。

这是鲁迅最后一次到北大,也是最后一次来北京。

二　北京大学平民夜校

一九一六年,蔡元培任北京大学校长,提倡普及义务教育、平民教育、男女同校,积极推动了中国近代平民教育事业的发展。一九二〇年一月十八日,北大平民夜校开学。蔡元培亲临法科礼堂在开学典礼演讲,称这一天是"北京大学准许平民进来的第一日"。鲁迅一向赞同和支持蔡元培的教育思想,一九二六年二月九日,鲁迅日记载:"赠平民夜校书籍三本。"表示了对平民学校的关注与支持。

三　国立北京医学专门学校

国立北京医学专门学校旧址,在北京和平门外后孙公园。

这里曾是清慈禧太后的御医院。一九〇三年,清朝政府在京师大学堂设立医学实业馆,一九〇四年,改称医学馆,迁入和平门外八角琉璃井由兴胜寺庙宇改建的馆舍,一九〇七年停办。一九一〇年,此馆舍被施医总局买下。民国建立后,西学东渐之风日盛,西医逐渐被中国认可。一九一二年九月,教育部电召从日本留学归来正在筹建浙江省立医学专门学校的汤尔和到京,筹划创立医学校事宜。教育部以价银一万两购买了已经停办的医学馆馆舍，划拨给国立北京医学专门学校使用，十月十六日，教育部任命汤尔和为北京医学专门学校校长，十月二十六日，中国第一所国立西医学校正式诞生。当时教职工九人，首批学生七十二人。这是中国政府教育部依靠中国自己的力量开办的第一所专门传授西方医学的国立学校。

因鲁迅与校长汤尔和有交往，曾多次到北京医学专门学校造访。汤尔和，（1879年—1940年），浙江省杭州人，组织学、解剖学家，医学教育家。他比鲁迅大两岁，一九〇二年与鲁迅同时留学日本，一九一〇年毕业于日本金泽医学专门学校。归国后任浙江两级师范学堂校医。一九一二年十月受政府的委托，在北京建立起中国第一所国立医学校——北京医学专门学校。曾于一九一二年十月至一九一五年十二月、一九一六年八月至一九二二年四月两次出任北京医学专门学校校长。一九一五年，他创立中华民国医药学会，任会长。一九一七年，在中华医学会第二次大会上被选为副会长。他曾起草中国第一部《解剖条例》，领导审定统一中国医学名词。他在授课的同时，撰写和翻译了《组织学》《局部解剖学》等学术著作三十余部。

鲁迅与汤尔和在北京最早的交往记录是在一九一三年八月十八日，鲁迅日记载："晚何燮侯以柬招饮于广和居，同席者吴雷川、汤尔和、张稼庭、王维忱、稻孙、季市。"这些全是浙江籍到北京的官员，召集宴会的何燮侯在留学日本时就与鲁迅相识，当时是北京大学校长。吴雷川、张稼庭、王维忱、钱稻孙、许季市都是教育部同事。汤尔和、张稼庭是在浙江两级师范学堂时与鲁迅同事。以后鲁迅与汤尔和多有来往。鲁迅日记载："一九一四年一月五日，汤尔和来部见访，似有贺年之意。"一九一五年十月二十六日，"医学专门学校三年纪念，下午往观，不得入，仍回部"。一九一六年一月十七日，"参观医学专门学校"。十一月二十七日，"晚至医校访汤尔和，读碑，乞方"。从日记看，鲁迅请他开药方，说明鲁迅对他的医术还是信服的。一九二〇年五月二十九日，鲁迅日记载："午后访汤尔和。"此间正值鲁迅三弟周建人的儿子沛生病住院，很可能鲁迅访汤尔和的目的是访病问药之事。这是鲁迅与汤尔和交往的最后一次记录。此外，他们之间还有书信的往来。

汤尔和在医学专门学校先后任职十年，一九二二年后，历任教育总长、内务总长、财政总长。"七七事变"后投向日伪，任"议政委员会"委员长、委政府教育总长等职。20世纪三四十年代胡适任北京大学校长时，国立医学专门学校一度名为北平大学医学院，曾并入北京大学。一九三九年汤尔和任北京大学总监督，一九四〇年因肺癌在北平病逝。一九八五年北京大学医学院更名为北京医科大学，一九五二年脱离北京大学独立建院名为北京医学院。二〇〇〇年又与北京大学合并更名为北京大学医学部。

国立医学专门学校旧址后孙公园现在为北京第四十三中学。

四 国立北京工业专门学校

国立北京工业专门学校，创建于清末光绪三十年，民国初期叫北京工业专门学校，后期叫北京工业大学，有机械、电气、化学等科。校址在西北城祖家街端王府夹道。

国立北京工业专门学校清末由农工商部直辖，民国后改隶教育部。一九一四年，鲁迅为几个学生做入学保证人曾到过该校。

鲁迅日记载：一九一四年九月九日，"晨童亚镇、王式乾、徐宗伟来，各贻以《炭画》一册，又同至工业专门学校为作入学保人"。童亚镇、王式乾、徐宗伟都是在绍兴府中学堂时鲁迅的学生，分别在一九一三年或一九一四年考入北京工业专门学校。童亚镇等几个学生与鲁迅在北京开始交往是由许铭伯之子许诗荃介绍的。许铭伯是鲁迅的好友许寿裳的长兄，鲁迅初到北京时就是由许铭伯安排接待的。鲁迅对这几个来自家乡的学生非常关照，亲自陪他们到工业专门学校为他们做保。同时鲁迅作保的还有韩寿晋、王镜清等，也是绍兴府中学堂时的学生。鲁迅经常为他们划汇学费，帮助他们解决很多困难。从鲁迅日记看，他们的交往从一九一三年至一九一五年有二十多次，大部分都是借钱还钱之类。一九一五年二月十二日，鲁迅日记载，"得工业专门学校函，索所保诸生学费，即函童亚镇，令转催之"。一九一五年九月还有一次还钱记录，之后就是一九一六年一月二日的最后一次记录："下午童亚镇来函假资用，即答谢之。"被鲁迅谢绝后就再也没有了交往记录。

北京工业专门学校在一九二三年改称北京工业大学，一九二八年并入北平大学改称北平大学工学院。抗战时期又并入西北联合大学。一九四六年后归入北京大学。北京工业专门学校与现在的北京工业大学没有传承关系。

（萧振鸣，北京鲁迅博物馆研究员）

短长篇　　　　　　　　　　　　　　　　　　　　　　　宋　强

老舍《骆驼祥子》的修改

在抗日战争期间，老舍就积极参加抗战文学运动。新中国成立后，老舍从国外回到国内，陆续写下《龙须沟》《方珍珠》等作品，荣获了"人民艺术家"的称号。但是，在一九四九年之后的主流话语中，老舍属于出身小市民阶层的进步作家，自幼受过苦，所以要"反抗那压迫人的个人与国家"。但是，在主流话语看来，老舍也正因为出身小市民阶层，所以"往往以小市民趣味的滑稽幽默态度出之"，削弱了"反抗"的力量。针对他的具体作品《骆驼祥子》，有论者认为"在他解放以前的所有创作中无论是思想上或是艺术上都是比较好的一部"，但问题在于"没有给受压迫者以光明的希望"。他的《猫城记》，更是被认为"既讽刺了军阀政客和统治者，也讽刺了进步人物的有错误的作品"。[①]

然而，对于《骆驼祥子》这部老舍的代表作能否出版，人民文学出版社内部爆发了一场激烈的争论。支持出版的是第一编辑室主任方白，反对者以时任副社长王任叔为主，之后冯雪峰、楼适夷都参与了意见。这个争论牵扯了如此多的人和如此多的意见，在当时

---

① 丁易：《中国现代文学史略》，作家出版社1957年版，第272页。

应该是很罕见的。长久以来,这些争论并不为人所知。但我们详细阅读《骆驼祥子》的书稿档案后,才真切了解当时争论的激烈,也才真切了解出版社与作者老舍的沟通过程,这些呈现出了一九五五年版《骆驼祥子》[①]出版的真实历程。

一九五二年十二月,第一编辑室主任方白就提出希望出版《骆驼祥子》,可以让老舍做详细修改。但这一提议并未得到支持。时任副社长王任叔得知此事,当即给社长冯雪峰写了一封信,表示反对出版。经过两年多时间,一九五四年方白再次提出此事。一九五四年七月五日,方白提交了《骆驼祥子》审稿意见。七月七日,王任叔看到审稿意见后反应很激烈,他再次提出不同意出版《骆驼祥子》,即使是老舍同意修改也不行,他因此与方白发生了严重的意见分歧。王任叔在方白的审稿意见上写下了大段不同意出版的理由。仅仅过了一天,方白于七月八日再次写了一大段他可以出版的理由,可见其反应之激烈。见到方白文字后,王任叔于七月十二日全面写了自己意见,并批示"交一编室方白、牛汀、周延、陶建基四同志讨论"。七月十五日,方白、牛汀等四人讨论后提出讨论结果。最后,经过冯雪峰、楼适夷、王任叔等人商量,决定还是出版,但要求老舍必须做详细的修改。

查阅他们认真撰写的审稿意见,可以看出他们的分歧主要集中在如下几个方面:

一、老舍的创作思想和《骆驼祥子》的思想倾向问题。在方白看来,"它虽然没有指出劳动人民奋斗的方向,但已明显地否定了单纯地依靠个人力量在重重迫害下的孤军作战的道路,也否定了所谓要强、上进的个人主义打算。在内容方面,它暴露了旧社会的黑暗,以及属于市民阶层中个人劳动者在这黑暗中挣扎与被吞没的悲

[①] 老舍:《骆驼祥子》,人民文学出版社1955年版。

剧"；"老舍的初期作品缺点很多，但作者并没有向更坏的方面发展，在逐渐克服其无聊的幽默与玩世不恭的态度，逐渐加强其对劳动人民的同情的过程中，这部长篇可认为作者在一九四九年前的全部作品中的最高成就。"

王任叔认为老舍的"创作思想有浓厚的小市民的颓废思想"，老舍"没有自己的道路，连骆驼祥子——一个劳动人民也完全给以否定的"。他在给冯雪峰的信中提出，老舍"是以小市民的'悲天悯人'的精神来描写城市贫民而博得读者的欢迎的"，"这种'悲天悯人'的精神，或使人消失了是非观点，或使人消失斗志"。

二、祥子的描写问题。王任叔认为，老舍并没有把祥子这个人物写好，"写一个劳动人民，一味随着社会黑暗势力，往下堕落，一点没有振作和挣扎的勇气，这是歪曲劳动人民形象的"。而在方白看来，老舍本人出身市民阶层，熟悉小市民，所以他就写"小市民中个人劳动者"，祥子"不是产业工人，也不是农民队伍中的一分子，很难走上集体行动的道路也是自然的"。他们关于祥子形象的意见，最终向老舍提出修改意见，重点是对祥子最后堕落的结局进行删改。把最后一章半内容作了删除，方白在给老舍的信中要求："自290页12行起，至结尾，把祥子写的堕落不堪，看了令人不舒服，不如删去。其实写到本页十一行，也能结束了。"——老舍最终是按照出版社的要求，删去了祥子最终堕落的结尾。这等于是删去了一章半的内容，也认为"中止"了祥子的堕落，让祥子成为一个正面形象，这也有利于对工农形象的塑造。

三、对旧社会的批判和对社会主义思想的态度问题。在《骆驼祥子》里，老舍对曹先生和阮明的描写并非是正面的，从中这很容易让人看出老舍本人对社会主义思想的理解和评价。他写到曹先生时，并不认为他是一个社会主义者，但因为思想激烈，而被考试没有及格的学生举报"在青年中宣传过激的思想"，老舍对曹先生的描写带了一些讽刺,"他知道自己的那点社会主义是怎样的不彻底,也晓得自己那点传统的美术爱好是怎样的妨碍着激烈的行动。可笑,居然落了革命的导师的称号!""寒假是肃清学校的好机会,侦探们开始忙着调查与逮捕。曹先生已有好几次觉得身后有人跟着。身后的人影使他由嬉笑改为严肃。他须想一想了:为造声誉,这是个好机会;下几天狱比放个炸弹省事,稳当,而有同样的价值。下狱是作要人的一个资格。可是,他不肯。他不肯将计就计的为自己造成虚假的声誉。凭着良心,他恨自己不能成个战士;凭着良心,他也不肯作冒牌的战士。"显然,老舍称"下狱"是当作"要人"资格,这对当时的左翼人士是带了讽刺的。对阮明的描写也是如此,他是曹先生的学生,但忙于"革命"事业,平日与曹先生交往是密切的,但曹先生没有让他及格,他就把曹先生举报了。老舍对阮明的描写,也是极尽讽刺之能事,"在阮明看呢,在这种破乱的世界里,一个有志的青年应当作些革命的事业,功课好坏可以暂且不管","乱世的志士往往有些无赖,历史上有不少这样可原谅的例子",写阮明既然被退学,就要拉个教员陪绑,而且"若是能由这回事而打入一个新团体去,也总比没事可作强一些"。阮明在做了革命者的"官"后,"颇享受了一些他以前看作应该打倒的事","他穿上华美的洋服,去嫖,去赌,甚至于吸上口鸦片";而且写他做革命者是"受了津贴"的。阮明后来参加了组织洋车夫工作,与落魄后的祥子结识,祥子为了得到金钱并且可以像阮明那样享受,于是把阮明给出卖了。

王任叔在抗战期间第一次读《骆驼祥子》时就对此留下了深刻印象。他在给冯雪峰写的信中写道,"记得书中还有一段,写革命者(指一九二七年)搞工人运动就是用金钱收买,那时,我看了颇为生气。"他据此认为,老舍对"中国革命初期的社会主义思想,也对之抱否定态度的,他一方面鞭打旧社会恶势力(可是并没击中要害），另一方面也讥笑新生的、和旧社会相对抗的思想和势力"。即使他看到了删节本，他个人意见仍然是反对的，"现在的版本，似乎都删去了。但也可以看出当时老舍对革命的态度"。

方白在审稿意见中提到，他跟老舍沟通修改《骆驼祥子》，老舍是以一九五一年出版的改订本《骆驼祥子》为底本又加以修改的。老舍亲自将稿子交来，并当面说明他修改的两个重点：第一是"把祥子被阮明收买，而又出卖阮明的一段删去，同时，在143页也删了些不适当的说明。对曹教授的社会主义，给加上引号，表示这个人物并不是真正的社会主义者，因为他当初写的时候，并没有写他影射任何真正的社会主义者"，第二处修改是"把某些关于女人的议论删去，让这文字更干净些"。老舍还向方白提出，如果出版社还有修改意见，"他愿意考虑"。

出版社收到修改稿后，一九五四年八月三十一日，出版社再次向老舍提出需要对曹先生、阮明的形象进行修改。"143页3行—145页倒二行，这里叙曹先生被迫害的缘由，是由作者交代的。在祥子始终说不清，也与全书以祥子亲见亲闻亲身经历的为主的写法不大调和。且牵涉到革命青年如何如何，问题也多，不如删去。"除此之外，"277页10—11行。前面删去交代阮明的事，此处也可不提，或稍改几句，不提阮明，只说有人说他宣传社会主义，不过是误会等等亦可"。——根据出版社的意见，老舍最终把对社会主义思想的讽刺全部删掉，对曹先生并不彻底的革命思想的讽刺也全部删掉。而且，老舍最初只把祥子出卖阮明的地方删去并没有让编辑满意，于是他再次把阮明的地方全部删除，包括他举报曹先生的部分；最后祥子出卖他，他最终被处死的段落全部删除。做了这样的删除之后，阮明这个人物从《骆驼祥子》里已经彻底消失。删除之后的文本，政治态度明显温和很多，至少没有了对社会主义思想的讥刺。

四、《骆驼祥子》的文学史地位问题。在方白看来，《骆驼祥子》暴露了旧社会的黑暗，"其意义与巴金的《家》、曹禺的《雷雨》正相似，艺术价值也较之并不逊色"，在第二次审稿意见中他再次强调，"在我党作家中，他的地位并不低于巴金、曹禺，在统战工作这一角度上看，党对他是很重视的"；而且对于老舍而言，方白认为这是老舍 1949 年前创作的最高成就，"作者善于运用口语，在文学语言的创造上是有相当贡献的。这是他的作品在同时期的其他作品中最为显著的特色，这部长篇也表现了这一特色，而有更为成熟的表现"。在王任叔给冯雪峰的信中写道，"《骆驼祥子》在抗战时我看过。……我那时就觉得他歪曲了中国工人或者贫民的本质的精神。困顿于生活的苦轭下，随着黑暗的狂流一起堕落下去，连阿 Q 式的反抗也没有。我是不大满意这一为广大读者欢迎的畅销书的"，"在启发青年向上与斗争说老舍不如巴金"。在审稿意见中，方白将《骆驼祥子》与巴金的《家》、曹禺的《雷雨》相提并论的问题，王任叔并不认同，他认为"《家》与《雷雨》对旧社会的抗议和控诉是有力的，巴金鼓励青年追求光明的热情是高的，《雷雨》就是像周繁漪那样人物，也表现出对旧社会的挣扎，而'骆驼祥子'这个与世沉浮的人物，却是很少有这种东西"。王任叔同时指出《骆驼祥子》的艺术缺陷，"老舍的语言熟练，完全应该肯定，可是也因为老舍有这个优点，在写人物时，很少用描写和刻画的方法，更多用说明和叙述的方法。显然，后一种方法，对人物形象性的塑造是有欠缺的。"

以"人民文学出版社"还是"作家出版社"名义出版的问题。王任叔一开始是反对出版《骆驼祥子》，但鉴于方白已向老舍约稿，所以他与副总编辑楼适夷商量，如果要出就用作家出版社名义，"使它在读者群众中去受考验"。同时他建议，如果这种做法引起老舍不满的话，那就以人民文学出版社名义出版老舍的短篇小说选。

老舍《骆驼祥子》的修改

而编辑方白则坚持要用人民文学出版社名义来出版。面对王任叔的强烈反对，在出版社内部经历了艰难的内部争论之后，《骆驼祥子》能够最终出版，而且用人民文学出版社名义出版，不得不说是一个"奇迹"。这一方面要得益于当时相对宽松的政治环境，另一方面也得益于老舍的政治地位和社会影响。方白在审稿意见专门提到，"作者政治倾向还是好的，从抗日的开始，作者逐渐向进步力量靠近，坚持以职业作家生活下来，并在新中国成立后欣然回国，热心创作，不计一切，其一贯的正派作风与努力劳动，都是值得肯定的"。对于这一点，也是王任叔不得不考虑的因素。

除了上述地方做了重要修改之外，老舍还对很多其他地方进行修改，如删去涉及性方面的描写。祥子与虎妞第一次苟合时的文字，删去了整整一段。此外，祥子对夏太太的性幻想白面口袋的描写也予以删去。同时，删去小福子被蹂躏部分的描写。在初版本中，老舍在涉性方面的描写很多，而且在他看来，过度的性生活让车夫身体虚弱甚至垮掉，祥子的垮掉与虎妞的勾引和过度的性欲是有一定关系的。在新的话语规范下，这样的理解对底层人民显然是不合适的。这方面的处理，让整个文本变得"洁净"，"这种洁化的修改同50、60年代其他作家的作品修改一样是屈从于新的历史语境的压力，也共同助成了新中国文学的洁化叙事规范的建立"。[①]

在修订版《后记》中，老舍对自己未能给劳动人民找到出路表示"非常惭愧"，他写道，在今天"广大的劳动人民已都翻了身，连我这样的人也明白了一点革命的道理，真不能不感激中国共产党与伟大的毛主席啊！在今天重印此书，恐怕只有这么一点意义：不忘旧社会的阴森可怕，才更能感到今日的幸福光明的可贵，大家应

[①] 金宏宇：《中国现代长篇小说名著版本校评》，人民文学出版社2004年版，第161页。

誓死不许反革命复辟,一齐以最大的决心保卫革命的胜利!"这也道出了《骆驼祥子》修改后出版的意图,它已被纳入意识形态规范要求的功用之中。

(作者单位,人民文学出版社)

王曾瑜

宋朝专法述论

宋朝重视法令的编纂，随着时间的推移，积累愈来愈多，其名目和数额之庞大与烦琐，令人咋舌，因绝大部分佚亡，今人已完全不可能作全面的清理和统计。朱瑞熙先生《中国政治制度通史》第六卷第十章第九节，[1] 郭东旭先生的《宋朝法律史论》[2]《宋代法制研究》[3]，戴建国先生的《唐宋变革期的法律和社会》[4] 等书，对此作了相当多的介绍和论述。

宋朝的专法，为"其一司、一路海行所不该者，折而为专法"[5]，或称"若一司、一路专法，不系海行者"[6]。宋代有时称通用为"海行"。有所谓"一司专法"等[7]，或称"一路、一州、一

---

[1] 朱瑞熙：《中国政治制度通史》第六卷第十章第九节，人民出版社1996年版。
[2] 郭东旭：《宋朝法律史论》，河北大学出版社2001年版。
[3] 《宋代法制研究》，河北大学出版社2000年版。
[4] 戴建国：《唐宋变革期的法律和社会》，上海古籍出版社2010年版。
[5] 《宋史》卷163《职官志》，中华书局1977年版，第3857页。
[6] 楼钥：《攻媿集》卷88《敷文阁学士宣奉大夫致仕赠特进汪公行状》，文渊阁《四库全书》本，上海古籍出版社1987年版，第1153—360页。
[7] 李焘：《续资治通鉴长编》，以后简称《长编》，卷477元祐七年九月癸未，上海古籍出版社1986年影印本，第4456页。

县，在外一司条件"①，"一路、一司、一州、一县与夫在京省、台、寺、监，有司局、务，各有专法"②。《朝野类要》卷四《一司》说："在京内外百司及在外诸帅抚、监司财赋兵马去处，皆有一司条法，如安抚司法，许便宜施行之类是也。"例如南宋初记载，"自兵火後，省部无一州、一路专法。及州县引用，则往返诘问，有三、四年不决者"③。"临安府、秀州亭户合给二税，依皇祐专法，计实直价钱，折纳盐货"④，这是生产盐的专业户，有北宋皇祐时所制订的专法。宋朝就有所谓"茶盐专法"⑤。

宋神宗熙宁三年（公元一〇七〇年），上批："中书所修条例，宜令简约有理，长久可施行遵守；仍先令次第编排，方可删定取舍。今中书编条例，闻已千馀册，遇事如何省阅，虽吏人亦恐不能悉究。可令先分出合为中书每行一司条例为三等，仍别见行、已革、重复者，例或分明，与条无异，止录其已施行者；或自有正条，违之以为例者；或不必著例，自可为条者；或修不能该，必须例为比者，使各自为处，然后中书日以三、五件参定存去，修创之。朕所见大概当如此，卿等宜更审度，恐尚有不尽事理。近见阁门编仪制，取索文字费力，盖吏人不喜条例分明，亦须量立赏罚，以防漏落。"⑥当时"中书编条例"，"已千馀册"，已非重新删定不可了。

---

① 《宋会要辑稿》，以後简称《宋会要》，刑法1之12，中华书局1957年版，第6467页。

② 李心传：《建炎以来系年要录》，以後简称《要录》，卷160绍兴十九年九月庚辰朔，中华书局2013年版，第3029页。

③ 《要录》卷87绍兴五年三月甲戌朔，中华书局2013年版，第1658页。

④ 《要录》卷43绍兴元年四月乙未，中华书局2013年版，第931页。

⑤ 《要录》卷91绍兴五年七月甲午，中华书局2013年版，第1761页。

⑥ 《长编》卷211熙宁三年五月戊戌，上海古籍出版社1986年影印本，第1959页。

宋神宗为此设立了详定一司敕令所，熙宁六年（公元一〇七三年），命曾布、邓绾和崔台符"同详定一路、一州、一县、一司、一务敕"。① 熙宁七年（公元一〇七四年），"诏在京一司、一路、一州、一县敕编修讫，并上中书。在京一司敕送检正官，馀送详定一司敕令所再详定"。② 熙宁八年（公元一〇七五年）"诏令式所修定宗室禄令，不成文理，未得颁行，送详定一司敕令所重定以闻。於是删定官魏沂罚铜十斤，送审官东院，详定官沈括特释罪"。③

宋哲宗元祐元年（公元一〇八六年），据司马光奏："近岁法令尤为繁多，凡法贵简要，令贵必行，则官吏易为检详，咸知畏避。近据中书、门下後省修成尚书六曹条贯，共计三千六百九十四册，寺、监在外。又据编修诸司敕式所申，修到敕、令、格、式一千馀卷、册。虽有官吏强力勤敏者，恐不能遍观而详览，况于备记而必行之。其间条目苛密，抵牾难行者，不可胜数。"④ 光是"尚书六曹条贯"，已达"三千六百九十四册"，而"诸司敕、令、格、式一千馀卷、册"。可知为数之巨。南宋初，"自兵火後，省部无一州、一路专法。及州县引用，则往返诘问，有三、四年不决者"。经王良存建议，"令州县条具所得专法，上之朝廷，付有司详定，著为成书，颁之内外"。⑤

宋代法律除沿用前代的敕、令、格、式等外，另有例、申明、看详、条法、条贯、条令、条例、条式、条约、条制等多种名目。

---

① 《宋会要》刑法 1 之 9，中华书局 1957 年版，第 6466 页。
② 《长编》卷 254 熙宁七年六月己卯，上海古籍出版社 1986 年影印本，第 2390 页。
③ 《长编》卷 265 熙宁八年六月己酉，上海古籍出版社 1986 年影印本，第 2499 页。
④ 《长编》卷 385 元祐元年八月丁酉，上海古籍出版社 1986 年影印本，第 2499 页。
⑤ 《要录》卷 87 绍兴五年三月甲戌朔，中华书局 2013 年版，第 1658 页。

如苏颂奏中说:"大抵条例戒於妄开,今日行之,他日遂为故事。若有司因循,渐致骙紊。"① 可知条例有临时立法的意味。宋时所谓"申明",有多种词义。用作专法者,或是"申明旧典"。② 如大中祥符六年(公元一〇一三年),宋真宗"令长公主宅於诸州河置船者,止免诸杂差遣,其路税如式"。这是因"宿国长公主宅乞免税,真宗虑其有违条制,故申明之"③。绍圣时,"详定重修敕令所申明黄河浮桥禁,揭榜於两岸"④。南宋绍兴九年(公元一一三九年),"秘书省申明,太史局礼生,乞依翰林天文局、医官局人吏出职条法"。⑤ 都属"申明旧典"。但如崇宁时,蔡京负责编修"《殿中省提举所六尚局供奉库敕令格式并看详》六十卷,内不可著为永法者,存为申明"。⑥ 申明又作临时性的法令。元祐初,户部"案卷宣敕共一万五千六百馀件","修到敕令格式一千六百一十二件,并删去一时指挥共六百六十二册,并申明、画一一册"。⑦ 又如宣和二年(公元一一二〇年),中书省奏:"勘会东南粮纲,为抛失少欠数多,近已奉御笔措置,罢募土人,改差使臣等管押,及令经由拖欠路分任责。令(今)有合申明事件下项。"提出七条申明,⑧ 也作临时性的法令。南宋范应铃批评有的官员完全不依法处事,说

---

① 苏颂《苏魏公文集》卷16《内降条贯》,文渊阁《四库全书》本,上海古籍出版社1987年版,第1092—244页。
② 《长编》卷34淳化四年,上海古籍出版社1986年影印本,第293页。
③ 《宋会要》食货50之1,中华书局1957年版,第5657页。
④ 《宋会要》方域13之23,中华书局1957年版,第7541页。
⑤ 《宋会要》职官18之89,中华书局1957年版,第2799页。
⑥ 《宋会要》职官19之9,中华书局1957年版,第2815页,刑法1之22,第6472页。
⑦ 《长编》卷374元祐元年四月乙未,上海古籍出版社1986年影印本,第3510页;《宋会要》食货56之25,中华书局1957年版,第5785页。
⑧ 《宋会要》职官42之8—9,中华书局1957年版,第3238页。

若是如此，则"敕令格式之文不必传，详定一司之官不必建，条法事类之书不必编，申明指挥之目不必续"，①也说明了"敕令格式""条法事类"和"申明指挥"的差异。

宋朝的各种专法，遗存记载残缺颇多，今以拾零和集腋的方式，按现代的概念分类介绍于下。

一 行政机构类

在皇帝内廷方面，宋徽宗崇宁时，编修成《殿中省提举所六尚局供奉库敕令格式并看详》六十卷，"总为殿中省通用"。②

在中枢机构方面，《遂初堂书目》载有《中书条例格式》。熙宁八年（公元一〇七五年），李承之编定《熙宁中书礼房条例》十三卷，连目录共十九册。③邓绾参与编修《中书户房条例》。④宋仁宗时，张方平上奏说："礼部条例，定自先朝，考较升黜，悉有程式。自景祐元年，有以变体而擢高第者。"⑤当时尚书省礼部职掌甚少，他的说法其实是指礼部贡院的专法。

《宋史》卷二百零四《艺文志》载有可能是绍圣时的《中书省官制事目格》一百二十卷，《尚书省官制事目格参照卷》六十七册，《门下省官制事目格》并《参照卷旧文净条厘析总目目錄》七

---

① 《名公书判清明集》卷12《因奸射射》，中华书局1987年版，第449页。
② 《宋会要》职官19之9，中华书局1957年版，第2815页。
③ 《长编》卷260熙宁八年二月己丑，上海古籍出版社1986年影印本，第2443页；王应麟《玉海》卷66《熙宁中书礼房条例》，台湾大化书局1977年影印本，第1315页；《宋史》卷二百零四《艺文志》，中华书局1977年版，第5140页。
④ 《长编》卷216熙宁三年十月癸亥，上海古籍出版社1986年影印本，第2011页。
⑤ 黄淮、杨士奇：《历代名臣奏议》卷164，上海古籍出版社1987年版，第2159页。

十二册。

宋神宗元丰改官制，元丰五年（公元一〇八二年），"颁三省、枢密、六曹条制"。① 后又编修尚书省"六曹条贯，改差门下、中书後省官详定"，② 六曹即六部，自然包括了大部分的中央政务。《宋史》卷二百零四《艺文志》载有元祐时的《六曹条贯及看详》三千六百九十四册，《六曹敕令格式》一千卷，绍圣时的《六曹格子》十册，秦桧等撰《绍兴重修六曹寺监库务通用敕令格式》五十四卷。《建炎以来朝野杂记》乙集卷五《炎兴以来敕局废置》载，绍兴八年（公元一一三八年），右相秦桧上《三省令格》二卷。乾道九年（公元一一七三年），右丞相梁克家、参知政事曾怀"上《中书门下省敕》二卷，《令》二十二卷，《格》一十三卷，《式》一卷，《申明》一卷；《尚书省敕》二卷，《令》七卷，《格》二卷，《式》三卷，《申明》二卷；《枢密院敕》四卷，《令》二十四卷，《格》十六卷，《申明》二卷；《三省通用敕》一卷，《令》五卷，《格》一卷，《式》一卷，《申明》一卷；《三省枢密院通用敕》二卷，《令》三卷，《格》一卷，《式》一卷，《申明》三卷，《目录》二十卷，并《元修看详意义》五百册"，"以《乾道重修逐省院敕令格式》为名"。③

枢密院的专法，有《宋史》卷二百零四《艺文志》载有元祐时《枢密院条》二十册，《看详》三十册。《建炎以来朝野杂记》乙集卷五《炎兴以来敕局废置》载，绍兴八年（公元一一三八年），右相秦桧上《枢密院令格》二卷。

关于财务机构三司的专法，天禧元年（公元一〇一七年），

---

① 《宋史》卷16《神宗纪》，中华书局1977年版，第306页。
② 《长编》卷334元丰六年三月壬辰，上海古籍出版社1986年影印本，第3105页。
③ 《宋会要》刑法1之49，中华书局1957年版，第6486页。

"有司上《条贯在京及三司编敕》共十二卷"。①《通志》卷六十五载有《三司编勅》二卷（宋朝索湘等编），《三司咸平杂勅》十二卷（林特等修）。宋神宗命令王安石提举编修《三司令式并敕及诸司库务岁计条例》。②《玉海》卷六十六《熙宁诸司敕式》记载，熙宁七年（公元一〇七四年），宰臣王安石言："提举编修《三司勅式》，成四百卷。"③《宋史》卷二百零四《艺文志》则载有"陈绎《熙宁编三司勅式》四百卷，又《随酒式》一卷"。四百卷《三司勅式》应是同一法律书，虽由王安石所上，其实由陈绎等编定。《宋史》卷二百零四《艺文志》另有"庆历中纂集"《三司条约》一卷。三司有衙司，"掌大将、军将名籍，第其劳而均其役使"，隶属盐铁部之兵案。④熙宁八年（公元一〇七五年），"权三司使章惇乞重定牙司条例及差占军、大将窠名"，得到宋神宗批准。⑤牙司即是衙司，可知三司所属的一个小小子司，也订立专法条例。苏颂则说："衙司条例既多，不能一一通晓。"⑥

尚书省六部的专法，元祐元年（公元一〇八六年），"修成《六曹条贯及看详》共三千六百九十四册"。⑦宋徽宗时，编有《大观六曹寺监通用条法》。⑧《建炎以来朝野杂记》乙集卷五《炎兴以

---

① 《长编》卷90天禧元年六月甲戌，上海古籍出版社1986年影印本，第797页。

② 《长编》卷218熙宁三年十二月庚辰，上海古籍出版社1986年影印本，第2033页。

③ 又见《长编》卷251熙宁七年三月乙巳，乙卯，第2353、2357页。

④ 《宋史》卷162《职官志》，中华书局1977年版，第3810页。

⑤ 《长编》卷262熙宁八年四月甲申，上海古籍出版社1986年影印本，第2466页。

⑥ 《苏魏公文集》卷18《奏乞初出官人乞不许差充签判》，上海古籍出版社1987年版，第1092—260页。

⑦ 《宋会要》刑法1之14，中华书局1957年版，第6468页。

⑧ 《宋会要》运历1之23，中华书局1957年版，第2139页。

来敕局废置》载,绍兴八年(公元一一三八年),右相秦桧上《六曹寺监通用令》一卷,后又上《在京通用敕令格式》六十七卷,《六曹通用敕令格式》十卷,《寺监通用敕令格式》十卷,《库务通用敕令格式》八卷,《六曹寺监通用敕令格式》十卷,《六曹寺监库务通用敕令》二卷,《申明》四卷,万俟卨等上《厘正省曹寺监内外诸司等法》四卷。《遂初堂书目》载有《乾道重修三省密院敕令格式申明》。以上法律虽系"通用",其实还应是专法。但《宋会要》刑法一之三十九则为绍兴十二年(公元一一四二年)秦桧等"上《六曹通用敕》一卷,《令》三卷,《格》一卷,《式》一卷,《目录》六卷,《寺监通用敕》一卷,《令》二卷,《格》一卷,《式》一卷,《目录》五卷,《库务通用敕》一卷,《令》二卷,《目录》四卷,《六曹寺监通用敕》一卷,《令》一卷,《格》一卷,《式》一卷,《目录》五卷,《六曹寺监库务通用敕》一卷,《令》一卷,《格》一卷,《式》一卷,《目录》三卷,《寺监库务通用敕》一卷,《令》一卷,《目录》二卷,《申明》四卷"。另《宋会要》食货五十一之十六则载有《在京库务通用条令》。

从元丰改制前的审官院、流内铨、三班院到改制后的尚书省吏部,自然是重要的官员管理机构,专法颇多。庆历四年(公元一〇四四年),宋仁宗诏曾公亮删定《审官、三班院、流内铨条贯》。[1]《通志》卷六十五载有《皇祐审官院敕》一卷(贾寿编)。《玉海》卷六十六《嘉祐审官院编敕》说,此法规十五卷,为王珪所编。《宋史》卷二百零四《艺文志》载有《审官院编勅》十五卷,应即是此法,另有《铨曹格敕》十四卷。宋神宗熙宁时,"修三班、审

---

[1] 《长编》卷146庆历四年二月丁巳,上海古籍出版社1986年影印本,第1355页。

官东、西院、流内铨法"。①《宋史》卷二百零四《艺文志》载有沈立新《新修审官西院条贯》十卷,又《总例》一卷,《审官东院编敕》二卷,②曾伉《新修尚书吏部式》三卷和《元丰新修吏部敕令式》十五卷,吕惠卿《新史吏部式》二卷。元祐时编有《吏部四选敕令格式》一部。③《玉海》卷一百一十七《元丰吏部敕令式》载南宋初经历兵祸后,只存有"元丰、元祐吏部条法与七司省记"。宋徽宗政和时,韩粹彦"改吏部,管勾(侍郎)右選","翻皮阁,搨坌尘、墙隅、壁角之隐,获故牍三万二千六百,中得前後制书二千七百七十六缉,联矗,毁定,去复,重编为甲令者别七千五百二十六,罢令之不当者四百五十,决其眊滞不理者九百有六,吏以符檄私自匿来自觉举者二百九十八,他小簿最尚不在是,凡损益废置,合五万四千一百有奇"。④《宋史》卷二百零四《艺文志》载有朱胜非等撰《绍兴重修吏部敕令格式并通用格式》一百二卷,其中有《吏部敕》五册,《令》四十一册,《格》三十二册,《式》八册,《申明》十七册,《目录》八十一册。⑤陈康伯等撰《绍兴参附尚书吏部敕令格式》七十卷(另加《申明》,共七

---

① 《长编》卷 236 熙宁五年闰七月丙辰,上海古籍出版社 1986 年影印本,第 2204 页。

② 尤袤《遂初堂书目》作"熙宁审官东院编敕",即此法。

③ 《长编》卷 373 元祐元年三月壬午,上海古籍出版社 1986 年影印本,第 3492 页。

④ 赵鼎臣:《竹隐畸士集》卷 17 韩粹彦行状,文渊阁《四库全书》本,上海古籍出版社 1987 年版,第 1124—244、245 页。

⑤ 《宋会要》刑法五之 36,中华书局 1957 年版,第 6479 页,《要录》卷 69 绍兴三年十月癸未,第 1345 页。以上吏部敕、令、格、式等合计为 184 册,与《宋会要》《要录》所载总数"共一百八十八册"不合。李心传《建炎以来朝野杂记》乙集卷 5《炎兴以来敕局废置》作"一百八十四册",应为确数,中华书局 2000 年版,第 593 页。

十二卷），①《宋会要》刑法一之四十五—四十六记载更详，包括"《尚书左选令》二卷，《格》二卷，《式》一卷，《申明》一卷，《目录》三卷；《尚书右选令》二卷，《格》二卷，《申明》二卷，《式》一卷，《目录》三卷；《侍郎左选令》二卷，《格》一卷，《申明》一卷，《目录》三卷；《侍郎右选令》二卷，《格》二卷，《式》一卷，《申明》二卷，《目录》三卷；《尚书侍郎通用敕》一卷，《令》二卷，《格》一卷，《式》一卷，《申明》二卷，《目录》一卷；《司封敕》一卷，《令》一卷，《格》一卷，《申明》一卷，《目录》一卷；《司勋敕》一卷，《令》一卷，《格》一卷，《申明》一卷，《目录》一卷；《考功敕》一卷，《目录》一卷，《改官申明》一卷；《修书指挥》一卷，《厘析》八卷"。后龚茂良等撰《淳熙重修吏部左选敕令格式申明》三百卷，《开禧重修吏部七司敕令格式申明》三百二十三卷。②《建炎以来朝野杂记》乙集卷五《炎兴以来敕局废置》载有绍兴时《吏部续降》并《别编》共四百三十五卷。《宋史》卷一百五十八《选举志》，卷二百零四《艺文志》记载有宋孝宗时所编的《淳熙吏部条法总类》，《玉海》卷六十六《淳熙吏部条法总类》和《宋史》卷二百零四《艺文志》载此书为四十卷。《宋史》卷三十九《宁宗纪》嘉定六年（公元一二一三年）载有《嘉定编修吏部条法总类》。《文献通考》卷二百零三载有《嘉定吏部条法总类》五十卷，包括《开禧重修七司法》（全称应即是《开禧重修尚书吏部七司敕令格式申明》）、③《庆元泛行法》、《在京通用法》等。《玉海》卷六十六《嘉定吏部条法总类》亦载此书为五十卷，"并百司吏职补授法二百六十三册，一百三十

---

① 《建炎以来朝野杂记》乙集卷5《炎兴以来敕局废置》作加上《申明》，"共七十二卷"，第593页。
② 《宋史》卷204《艺文志》，中华书局1977年版，第5145页。
③ 《宋会要》刑法1之59，中华书局1957年版，第6491页。

三卷"。宋理宗宝祐二年（公元一二五四年），"谢方叔等进《寳祐编吏部七司续降条令》"，① 宝祐五年（公元一二五七年），程元凤等"上进《编修吏部七司条法》"。② 景定三年（公元一二六二年），又"诏重修吏部七司条法"。③ 最终传世者，则是人们所熟知的宋理宗时的《吏部条法》残本。此外，熙宁时有《官告院條制》，④《遂初堂书目》载有《官诰院一司条格》。

户部有《宋史》卷二百零四《艺文志》载有《元丰户部敕令格式》一部。元祐元年（公元一〇八六年），编修户部左、右曹，度支、金部、仓部"《敕令式》共一千六百一十二件"，以《元丰尚书户部左右曹度支金部仓部敕令格式》为名。⑤

刑部方面，《玉海》卷六十六《熙宁详定尚书刑部勅》记载，熙宁十年（公元一〇七七年），"详定勅令所言，准送下刑部勅二卷"。⑥ 但《宋史》卷二百零四《艺文志》载有"范镗《熙宁详定尚书刑部敕》一卷"，就是同一法规，但卷数有异。

工部方面，《宋史》卷二百零四《艺文志》载有元丰时《水部條》十九卷。

关于翰林学士院，《宋史》卷二百零四《艺文志》载有张诚一《学士院等处敕式交并看详》十二卷，《御书院敕式令》二卷，元丰时《贡举医局龙图天章宝文阁等敕令仪式及看详》四百十卷。

---

① 《宋史》卷44《理宗纪》，中华书局1977年版，第853页。
② 《宋史全文续资治通鉴》卷35宝祐五年闰四月戊戌，《宋史全文》，中华书局2016年版，第2858页。
③ 《宋史》卷45《理宗纪》，中华书局1977年版，第882页；《宋史全文续资治通鉴》卷36景定三年七月辛巳，第2912页。
④ 孙逢吉：《职官分纪》卷9《官告院》，中华书局1988年版，第248页。
⑤ 《宋会要》刑法1之13，中华书局1957年版，第6468页。
⑥ 又见《长编》卷286熙宁十年十二月壬午，上海古籍出版社1986年影印本，第2697页。

元丰改制前的提举在京诸司库务的专法,治平二年(公元一〇六五年),颁行《在京诸司库务条式》一百三十册。① 《玉海》卷六十六《治平诸司條式》对此记载较详:"官吏之数,金布之籍,监临赏罚之格,工器良窳之程,舟车受纳之限,筦榷亏赢之比,转补之资叙,招收之等式,皆迹旧便,今芟繁之要。"这是提举诸司库务司的行政专法。元祐六年(公元一〇九一年),"详定《诸司库务条贯》,删成《敕令格式》共二百六册,各冠以元祐为名"。② 元祐八年(公元一〇九三年),"编修《在京通用条贯》,取到在京诸司条件,修为一书,除系海行一路、一州、一县及省、曹、寺、监、库、务法,皆析出,关送所属。内一时指挥不可〔为〕永法者,且合存留依旧外,共修成敕令格式若干册",③ 称《元祐在京通用条贯》。④ 《宋史》卷二百零四《艺文志》载有吴雍《都提举市易司敕令并厘正看详》二十一卷,《公式》二卷,《元祐诸司市(事?)务敕令格式》二百六册。

元丰前负责马政的群牧司编有《群牧司条贯》。⑤

关于诸寺监的宗正寺等,元祐元年(公元一〇八六年),宗正寺丞王巩奏:"《宗正寺条例》、《皇帝玉牒》十年一进修。"⑥ 宋徽

---

① 《宋会要》刑法1之6,中华书局1957年版,第6464页;《长编》卷205治平二年五月壬寅,上海古籍出版社1986年影印本,第1898页。《宋史》卷204《艺文志》作"王珪《在京诸司库务条式》一百三十卷"。据陈乐素先生《宋史艺文志考证》,第125—126页,认为王珪不是作者,系《宋史》误置,广东人民出版社2002年版。按《长编》作"都官郎中许遵"。

② 《宋会要》刑法1之15,中华书局1957年版,第6469页。

③ 《长编》卷484元祐八年六月壬戌,上海古籍出版社1986年影印本,第4522页,以《四库》本参校。

④ 《宋史》卷17《哲宗纪》,中华书局1977年版,第336页。

⑤ 《宋会要》职官23之8,中华书局1957年版,第2886页。

⑥ 《长编》卷390元祐元年十月己酉,上海古籍出版社1986年影印本,第3678页。

宗崇宁时增订了《大宗正司敕》。①《宋史》卷二百零四《艺文志》载有张稚圭《大宗正司条》六卷,《熙宁新编大宗正司敕》八卷,绍兴时《大宗正司敕令格式申明》及《目録》八十一卷。②《宋会要》刑法一之四十二载,绍兴二十三年(公元一一五三年),修成"《大宗正司敕》一十卷,《令》四十卷,《格》一十六卷,《式》五卷,《申明》一十卷"。《文献通考》卷二百零三载有大约是宋宁宗时的《大宗正司法》。

在大理寺方面,《建炎以来朝野杂记》乙集卷五《炎兴以来敕局废置》载,绍兴八年(公元一一三八年),右相秦桧上《太常宗正大理寺通用令》一卷,《右治狱令》③一卷。

在太常寺方面,绍兴二十九年(公元一一五九年),太常丞张庭实奏,"诸大礼应奉人乘违失仪者,杖一百,应缘大礼行事有违犯者,不以本年赦降原减,元系《太常寺省〔记〕条法》"④。因宋室南渡,法律丢失甚多,往往凭省胥们回忆重新记録,故时名"省记"⑤。

司农寺在王安石变法时,成为几乎与三司平列的财政机构。熙宁四年(公元一〇七一年),邓绾奏:"司农寺法:灾伤第四等已下户应纳役钱而饥贫者,委州县闻于提举司考实,以免役剩钱内量数除之。"⑥

---

① 《宋会要》帝系5之19,中华书局1957年版,第121页。
② 《建炎以来朝野杂记》乙集卷5《炎兴以来敕局废置》作"八十七卷",第593页。
③ "《右治狱令》",中华书局标点本和《全宋笔记》本都作"又《治狱令》"。据《宋史》卷165《职官志》,大理寺"凡职务,分左、右",有"左断刑","右治狱",第3900页,如《宋会要》职官63之14,后为岳飞辨诬之薛仁辅任大理寺左断刑少卿,第3819页,今以文渊阁《四库全书》本改。
④ 《宋会要》礼14之83,中华书局1957年版,第628页。
⑤ 《宋史》卷199《刑法志》,中华书局1977年版,第4965页。
⑥ 《长编》卷227熙宁四年十月庚申,上海古籍出版社1986年影印本,第2118页。

后宋神宗命参知政事吕惠卿提举编修《司农条例》，并设立提举编修司农条例司。① 《宋会要》刑法一之十二，《通志》卷六十五和《玉海》卷六十六载有"《元丰司农敕令式》十五卷"，《宋史》卷二百零四《艺文志》则为十七卷，蔡确上奏："常平旧敕多已冲改，免役等法素未编定，今除〔合〕删修为敕外，所定约束，小者为令，其名数式样之类为式，乞以《元丰司农敕令式》为目。"②

将作监方面，《宋史》卷二百零四《艺文志》载有曾肇《将作监式》五卷。《续资治通鉴长编》卷三百八十六元祐元年八月戊申记载："诏外监事，令太仆寺依元群牧司法施行。"

负责治水和水利的都水监则有《都水条例》。③ 皇城司则有《皇城司条约》。④

宋仁宗时，傅尧俞说有《内侍省条例》。⑤ 元丰二年（公元一〇七六年），"详定编修诸司敕式所上《入内内侍省敕式》，诏行之"，⑥ 这是入内内侍省的专法。《鄂国金佗续编》卷十五《赐褒忠衍福禅寺额敕》引大观三年三月十六日都省札子："内外指射有额寺院充坟寺、功德院，自今并行禁止。如违，在外御史台，在内令入内内侍省弹劾施行。合厘为祠部法，内弹劾一节，合厘为御史

---

① 《长编》卷 254 熙宁七年六月乙未，上海古籍出版社 1986 年影印本，第 2393 页，七月壬子，第 2395 页。

② 《长编》卷 293 元丰元年十月甲寅，上海古籍出版社 1986 年影印本，第 2393 页。

③ 《宋史》卷 92《河渠志》，中华书局 1977 年版，第 2301 页。

④ 《长编》卷 72 大中祥符二年九月甲寅，上海古籍出版社 1986 年影印本，第 633 页。

⑤ 赵汝愚：《宋朝诸臣奏议》卷 61 傅尧俞《上仁宗论李允恭不合荐孙永昌》，上海古籍出版社 1999 年版，第 678 页。

⑥ 《长编》卷 299 元丰二年八月辛酉，上海古籍出版社 1986 年影印本，第 2812 页。

台、入内内侍省法。"

崇宁三年（公元一一〇四年），蔡京负责"删润修立，成《殿中省提举所六尚局供奉库敕令格式并看详》，共六十卷，内不可著为永法者，存为《申明》，事干两局以上者，为殿中省通用，仍冠以'崇宁'为名"。①

此外，熙宁九年（公元一〇七六年），"编修令式所上诸司敕式四十卷，颁行"，另有"《阁门抬赐式》一本，《支赐式》二，《赏赐赠式》十五，《问疾浇奠支赐式》一，《御厨式》三，《炭式》二"。翌年，又完成《诸司敕令格式》三十卷。②《玉海》卷六十六载有《治平诸司条式》和《元丰诸司敕式编敕》。《通志》卷六十五和《宋史》卷二百零四《艺文志》载有吕夷简所进《一司一务敕》三十卷。《宋会要》刑法一之五则称《一司一务编敕》。《宋史》卷三十五《孝宗纪》淳熙七年（公元一一八〇年）九月，"名省记法为《淳熙重修百司法》"。

在地方机构方面，宋时有《發運司條例》。绍兴五年（公元一一三五年），陈桷"兼（都督）行府随军转运判官，许辟属官二员，如《发运司条例》，关送尚书省指挥"，③ 发运副使也有《发运副使条法》，④ 另有《发运司属官条例》，亦即发运司属官法。⑤《通志》卷六十五载有《诸路转运司编敕》三十卷（陈彭年编），《两

---

① 《宋会要》职官19之9，中华书局1957年版，第2815页，刑法1之22，第6472页。
② 《玉海》卷66《熙宁诸司敕式》，台湾大化书局1977年影印本，第1315页。
③ 《要录》卷86绍兴五年闰二月丙寅，中华书局2013年版，第1646页。
④ 《宋会要》职官45之15，中华书局1957年版，第3398页。
⑤ 《宋会要》职官39之9，中华书局1957年版，第3150页，职官40之4，第3159页，《宝庆四明志》卷3《官僚》，《宋元方志丛刊》，中华书局1990年版，第5027页。

浙转运须知》一卷，《元祐广西宪规》一卷。另外，在绍圣时，又有《提举常平官条制》。① 宋代还设立《诸路监司互察法》。② 沿海的管理对外贸易的市舶司则有《市舶法》。③ 管理坑冶和铸钱，则有《江淮等路提点坑冶铸钱司条例》。④ 另有《提点刑狱条例》、《提举保甲司条例》、⑤ 《提举茶盐司条例》⑥ 等。绍兴二十九年（公元一一五九年），宋高宗诏"委官详定闽、浙、广三路市舶司条法"。⑦

各路州的专法，《宋史》卷二百零四《艺文志》载有王安礼《重修开封府熙宁编》十卷，这是开封府的地方专法，另有可能是绍圣时的《诸路州县敕令格式》并《一时指挥》十三册，宣和时《两浙福建路敕令格式》一部，吕惠卿《县法》十卷。宋神宗时，有《京东路条例》。⑧ 南宋初，"诏夔、利州守臣并依成都府条例，升带本路兵马钤辖"。⑨ "成都府条例"也是路一级的专法。政和二年（公元一一一二年），宋朝编修《诸路州军分曹掾掾格目》三十册。⑩

---

① 《长编》卷493绍圣四年十二月乙未，上海古籍出版社1986年影印本，第4602页。
② 《宋史》卷20《徽宗纪》崇宁五年，中华书局1977年版，第376页。
③ 《宋会要》职官44之6，中华书局1957年版，第3366页。
④ 《宋会要》职官43之139，中华书局1957年版，第3343页。
⑤ 《宋会要》兵4之21，中华书局1957年版，第6830页。
⑥ 《宋会要》兵22之16，中华书局1957年版，第7151页。
⑦ 《要录》卷183绍兴二十九年九月壬午，中华书局2013年版，第3530页。
⑧ 《长编》卷217熙宁三年十一月癸卯，上海古籍出版社1986年影印本，第2022页。
⑨ 《要录》卷17建炎二年九月甲午，中华书局2013年版，第2022页。
⑩ 《宋会要》刑法1之26，中华书局1957年版，第6474页。

二 人事管理类

《皇朝编年纲目备要》卷二十七大观三年"夏五月,制违御笔法。诏中外官司,辄敢申明冲改御笔处分者,以大不恭论。政和三年,诏应承受御笔处分,无故违限一时者,徒二年,一日加一等,三日以大不恭论。旧制,凡诏令皆中书、门下诏,而後命学士为之。至熙(崇)宁间,有内降手诏作御笔手诏,违御笔以违制坐之,事无巨细,皆托而行焉。有不类上札者,而群下皆莫敢言也。"臣僚奏对,则有《转对条例》、《轮对条例》等。①

宋时官员有很多出身名目,宋哲宗时,李常说,当时"入流名品几七、八十数",② 而"命官出身,各有条法"。③ 例如买官,则有《进纳条令》,④ 此仅是一种出身之专法。又如吏胥出职升官,则有各机构的"人吏出职条法"。⑤ 官员升官,有《文臣关升条令》。⑥

宋神宗熙宁时,修"宗室条贯",⑦ "宗室条贯"即"宗室法","应臣僚辄带借〔倩〕或售顾人力入宫门,罪赏并依宗室法"。⑧《宋史》卷二百零四《艺文志》载有元丰时《宗室及外臣葬敕令式》九十二卷,《皇亲禄令并厘修敕式》三百四十卷。宋徽宗崇宁

---

① 《宋会要》职官 55 之 17,中华书局 1957 年版,第 3607 页,职官 60 之 6,第 3735 页。
② 《长编》卷 417 元祐三年十一月乙丑,上海古籍出版社 1986 年影印本,第 3945 页。
③ 《宋会要》职官 5 之 17,中华书局 1957 年版,第 2471 页。
④ 《宋会要》职官 55 之 45,中华书局 1957 年版,第 3621 页。
⑤ 《宋会要》职官 31 之 7,中华书局 1957 年版,第 3004 页,职官 55 之 21,第 3609 页。
⑥ 《宋史》卷 160《选举志》,中华书局 1977 年版,第 3754 页。
⑦ 《长编》卷 236 熙宁五年闰七月丙辰,上海古籍出版社 1986 年影印本,第 2204 页。
⑧ 《宋会要》刑法 2 之 89,中华书局 1957 年版,第 6540 页。

时增订《大宗正司敕》说:"诸宗室女使曾生子者,更不得雇入别位(不限有无服纪)。违者,牙保人徒二年,知而雇者,加一等,许人告。"①《宋史》卷三十四《孝宗纪》乾道八年(公元一一七二年)五月,"立《宗室铨试法》"。宋宗室《补官条法》,其中有《宗室赐名授官令格体例》。②"宗室添差差遣",也有具体的《差注条法》。③ 编修皇室玉牒,则有《玉牒条例》。④ 关于宗室的生日等支赐,有《支赐条例》。⑤

《宋会要》职官六十三之二,《续资治通鉴长编》卷一百三十庆历元年正月戊寅载:"翰林学士丁度言:'详定服纪亲疏在官回避条制,请本族缌麻以上亲及有服外亲,〔无服外亲〕,并令回避,其馀勿拘。'从之。"熙宁三年(公元一〇七〇年),又进行修订。⑥此外,另有宗室、戚里不得出谒接见宾客条法。⑦

据《宋史》卷一百五十九《选举志》,"既定铨试法,任子中选者得随铨拟注"。"任子法以长幼为序,若应奏者有废疾,或尝犯私罪至徒,或不肖难任从仕,许越奏其次"。元祐五年(公元一〇九〇年),"定《亲王女郡主荫补法》,遇大礼,许奏亲属一人,所生子仍与右班殿直,两遇,奏子或孙与(三班)奉职,即用奏子孙恩,回授外服亲之夫及夫之有服亲者,有官人转一官,毋得升朝,选人循一资,无官者与(三班)借职,须期以下亲乃得奏"。"政和间,尚书省定《回授格》,谓无官可转,或可转而官高不欲转,

---

① 《宋会要》帝系5之19,中华书局1957年版,第121页。
② 《宋会要》帝系2之29,中华书局1957年版,第59页。
③ 《宋会要》帝系6之2-3,中华书局1957年版,第131页。
④ 《宋会要》职官20之14,中华书局1957年版,第2827页。
⑤ 《宋会要》职官27之15,中华书局1957年版,第2944页。
⑥ 《宋会要》职官63之4-5,中华书局1957年版,第3814页。
⑦ 《要录》卷142绍兴十一年十一月丁未,中华书局2013年版,第2683页。

或事大而功效显著，为一格，许奏补内外白身有服亲"。

宋神宗熙宁三年（公元一〇七〇年），"删定《堂吏保引试赏罚条约》"，① 专门就中书门下堂吏引荐考堂吏而设，这当然是范围很小的专法。

辟举条法方面，长官奏辟属官，也有"专法奏辟者"。② 《东坡全集》卷八十三《与子由》（赴定州）说："近者奏辟吏部胥子，初妄执言，本官系合入远人碍辟举条。及反复诘之，乃始伏云。"

宋朝荐举官员，则有《荐举条贯》，③ 亦可称《举官条例》④《荐举条令》。⑤ 建炎三年（公元一一二九年），宋高宗"诏中书、门下省检正官岁举官，如（尚书省）左、右司条例"。⑥ 这当然只是举荐官员条例的一部分。

绍兴六年（公元一一三六年），宋廷又颁布了更加优惠的卖官政策："将大姓已曾买官人于元名目上升转，文臣迪功郎升补承直郎一万五千缗，特改宣教郎七万缗，通直郎九万缗，武臣进义校尉升补修武郎二万二千缗，保义郎已上带閤门祗候三万缗，武翼郎已上带閤门宣赞舍人十万缗，已有官人特赐金带五万缗，并作军功，不作进纳，仍与见阙差遣，日下起支请给。其家并作官户，见当差役、科敷并免。如将来参部注拟、资考、磨勘、改转、荫补之类，一切并依奏补出身条法施行。仍免铨试，金带永远许系"。⑦

---

① 《宋会要》职官3之25，中华书局1957年版，第2410页。
② 《要录》卷54绍兴二年五月丁亥，中华书局2013年版，第1121页。
③ 《宋会要》职官65之32，中华书局1957年版，第3862页。
④ 《宋会要》选举29之6，中华书局1957年版，第4697页。
⑤ 《宋会要》选举29之19，中华书局1957年版，第4703页。
⑥ 《要录》卷26建炎三年八月，中华书局2013年版，第611页。
⑦ 《要录》卷97绍兴六年正月戊戌，中华书局2013年版，第1858页；《宋会要》职官55之45-46作"武臣见系进义校尉"，"升补修武郎二万贯"，第3621页。

《隐居通议》卷三十一《前朝封爵》记录了南宋封爵的《景定條法》,"具载甚详",包括"大国""次国""小国"和"节镇"清单,其中"节镇"显然有错讹,在此不必备录。

对官员颁发官告,则有《官告条制》。①

宋朝设立考课法,而各类官员有不同的考课内容和标准。如转运使,其考课法曰:"故事,转运使给御前历子,岁满上审官院考校之。三司亦尝立考课升黜条"。②绍兴三年(公元一一三三年)"立《守令考课法》",③或称《考课条令》。④

关于官员的磨勘,则有《磨勘条例》。⑤宋仁宗嘉祐二年(公元一〇五七年),"诏举行磨勘法"。嘉祐六年(公元一〇六一年),"定《内侍磨勘法》。"⑥

监司对所属州县监督,则有《察访条例》。⑦

官员致仕,宋仁宗时,范仲淹上奏:"其三班使臣,判、司、簿、尉,以其非大夫之等,未有致仕条例,亦乞与南班、上佐,等第别降指挥。"⑧

官员生病,"轮当面对官如有为患请假,上殿未得"等情况,则有《在将理假条法》。⑨

----

① 《宋会要》职官11之65,中华书局1957年版,第2655页。
② 《长编》卷186嘉祐二年七月辛卯,上海古籍出版社1986年影印本,第1712页。
③ 《宋史》卷27《高宗纪》,中华书局1977年版,第507页。
④ 《宋会要》职官59之19,中华书局1957年版,第3726页。
⑤ 《长编》卷187嘉祐三年八月,上海古籍出版社1986年影印本,第1727页。
⑥ 《宋史》卷12《仁宗纪》,中华书局1977年版,第241、248页。
⑦ 《宋会要》职官45之8,中华书局1957年版,第3395页。
⑧ 范仲淹《范文正公集》卷18《奏致仕分司官乞与折支全俸状》,《四部丛刊》本。
⑨ 《宋会要》职官60之9,中华书局1957年版,第3737页。

宋真宗咸平时，制订《重详定百官封赠条制》。①

官员身后赠谥，则有《定谥条法》。②

《通志》卷六十五载有"《熙宁八路差官勑》一卷，《元祐新修差官出使条》三卷"。《宋史》卷二百零四《艺文志》记载有蒲宗孟《八路敕》一卷，应是其简称，另有"《八路差官敕》一卷（编《熙宁总条》、《审官东院条》、《流内铨条》）"，则应是重复者。这是"分川峡为四路，广南东、西为二路，福建一路，後增荆湖南一路，始立八路定差之制。许中州及土著在选者，随意就差，名曰指射，行之不废"，③是地方铨选的法规。

《宋史》卷二百零四《艺文志》载有"沈希颜《元丰新定在京人从敕式三等》"。则是关于官员人从的专法。

宋朝设置特殊的宫观闲官，韩元吉说："照对陈乞宫观，已有立定条法。"④

关于罪官洗雪，《续资治通鉴长编》卷三百二十九元丰五年八月辛未载有"叙复法"。⑤

官员、吏胥和军人的俸禄，宋仁宗嘉祐二年（公元一○五七年），"班《禄令》"，⑥《通志》卷六十五载有"《嘉祐禄令》十卷，《嘉祐驿令》四卷"，《玉海》卷六十六《嘉祐禄令》和《嘉祐驿令》对此两部专法记载较详，而说《嘉祐驿令》"总上、中、下三卷"，

---

① 《长编》卷48咸平四年二月甲子，上海古籍出版社1986年影印本，第404页。

② 《宋史全文续资治通鉴》卷25乾道八年十一月，第2132页。

③ 《宋史》卷159《选举志》，中华书局1977年版，第3721页。

④ 韩元吉《南涧甲乙稿》卷9《又集议繁冗虚伪弊事状》，文渊阁《四库全书》本，上海古籍出版社1987年版，第1165—117页。

⑤ 《续资治通鉴长编》卷329元丰五年八月辛未载有"叙复法"，第3062页。

⑥ 《宋史》卷12《仁宗纪》，中华书局1977年版，第242页。

应是较准确的。《宋史》卷二百零四《艺文志》也称三卷，两部专法为吴奎所编，但另有"张方平《嘉祐驿令》三卷，又《嘉祐禄令》十卷"，疑为重复。《宋史》卷一百九十九《刑法志》有《诸仓丐取法》、《告捕获仓法给赏条》。久而久之，"仓法"一词便被"重禄法"所取代。重禄法经宋哲宗元祐时的短期废罢。① 大理寺推司"皆行重禄法，而月给止一十一贯五百文，米六斗，春冬并无绵绢"，淳熙时"推司各人月添料钱三贯，米一石"。② 《宋史》卷二百零四《艺文志》载有《大观新修内东门司应奉禁中请给敕令格式》一部，《政和禄令格》等三百二十一册。绍兴六年（公元一一三六年），"张浚等上《禄秩新书》等二百四卷"。包括"《海行敕》一卷，《在京敕》一卷，《海行令》二卷，《在京令》一卷，《海行格》一十一卷，《在京格》一十二卷，《申明》一十五卷，《目录》一十三卷，《修书指挥》一卷，共五十八卷，《看详》一百四十七卷"。③ 两年后，右相秦桧又上《绍兴重修禄秩敕令格》及《申明》、《看详》八百十卷。④

---

① 《宋会要》职官57之95，中华书局1957年版，第3699页，《宋史》卷179《食货志》，第4355页，卷199《刑法志》，第4978页。

② 《宋会要》职官24之34-35，中华书局1957年版，第2909页。

③ 《宋会要》刑法1之37-38，中华书局1957年版，第6480页，《建炎以来朝野杂记》乙集卷5《炎兴以来敕局废置》，第593页，《玉海》卷135《绍兴重修禄秩新书》，第2609页。《要录》卷105绍兴六年九月丁亥作晏敦复、王俣等上《绍兴重修禄秩新书》五十八卷，《看详》一百四十七卷，第1975页，有异。

④ 《宋会要》刑法1之37，中华书局1957年版，第6480页，《要录》卷122绍兴八年十月丙辰，中华书局2013年版，第2276页，《玉海》卷135《绍兴重修禄秩新书》，第2609页。又《建炎以来朝野杂记》乙集卷5《炎兴以来敕局废置》作"秦桧等上《禄秩勅令格》三十二卷，又上《三省令格》二卷，《枢密院令格》二卷，《六曹寺监通用令》一卷，《太常宗正大理寺通用令》一卷，《右治狱令》一卷，以上《目录》、《申明》共十二卷"，第593页，颇异。

官员的公使钱方面，宋神宗熙宁三年（公元一〇七〇年），"命池州司法参军孙谔编定《省府寺监公使例册条贯》"。① 此处的"公使"，可能是指公使钱的使用之类。

《宋史》卷二百零四《艺文志》记载有《马递铺特支式》二卷，沈括《熙宁详定诸色人厨料式》一卷，这是官员出差补助的专法。

《宋会要》职官七十九之一记载，地方上官员迎送，则有《州县迎送条制》。

《宋史》卷二十《徽宗纪》，崇宁五年六月"癸亥，立诸路监司互察法，庇匿不举者罪之"。《皇朝编年纲目备要》卷二十七为五月。

关于吏胥，《续资治通鉴长编》卷四百九十三绍圣四年十二月戊申："大理寺言：'乞立人吏互相保任法。'从之。"《宋史》卷二百零四《艺文志》记载有《嘉定编修百司吏职补授法》一百三十三卷。

关于京城的仓场之类的官员，有专门的《诸仓界监官条例》。②

关于司法官员，《续资治通鉴长编》卷三百零九元丰三年十月甲申："侍御史知杂事何正臣言：'大理寺法：本寺官不许看谒，仍不得接见宾客，府司军、巡两院推勘公事不减大理，而休务日乃得看谒。亦或非时造诣禀白，不惟妨废职事，亦恐未免观望、请托之弊。欲乞并依大理寺条施行。'从之。"《续资治通鉴长编》卷四百六十四元祐六年八月辛亥，刘挚说："刑部法当三期，旧在中书日，一年一检举，後归刑部，用刑部法。"

---

① 《长编》卷267熙宁八年八月壬子，上海古籍出版社1986年影印本，第2522页。

② 《宋会要》职官26之3，中华书局1957年版，第2921页。

《续资治通鉴长编》卷三百零一元丰二年十二月壬戌则载有在军队中，设置"路分兵官、将（正将）、副（副将）、押队使臣禁出谒及见宾客"的专法。

淳熙五年（公元一一七八年），编《淳熙一州一路酬赏法》，包括《诸路州军赏法》一百三十九卷，《目录》十七卷，《诸路监司酬赏法》四十七卷，《目录》五卷，《通用赏法》十三卷，《目录》一卷，《西北州军旧赏》一卷。①

相当特殊者，是宋徽宗迷信道教，于是"蔡攸上《诸州选试道职法》"。②

三 礼制类

宋朝除授"凡宰臣、亲王、使相、枢密使、节度使"等，按惯例向皇帝"辞免"，若皇帝不允，"即告谢"。③"文武官该告谢者"有专门的《合门条制》。④康定元年（公元一〇四〇年），李淑等上进新修《合门仪制》十二卷，《客省条例》七卷，《四方馆条例》一卷。⑤

《宋史》卷二百零四《艺文志》载有刘筠、宋绶等撰《五服敕》一卷，政和时《宗祀大禮敕令格式》一部，宣和时《明堂敕令格式》一千二百六册，程龟年《五服相犯法纂》三卷，另有《九族五服图制》一卷。宋时朝班序位，称为杂压或班位，则有

---

① 《宋会要》刑法1之52，中华书局1957年版，第6487页。
② 《宋史》157《选举志》，中华书局1977年版，第3690页。
③ 《宋会要》仪制9之1，中华书局1957年版，第1988页。
④ 《宋会要》仪制9之3，中华书局1957年版，第1989页。
⑤ 《长编》卷127康定元年四月癸丑，上海古籍出版社1986年影印本，第1152页。

《杂压条令》。①

甚至臣僚的服饰，则有《文臣时服条例》等。②

元丰六年（公元一〇八三年），"入内供奉官冯宗道上《景灵宫供奉敕令格式》六十卷"，③景灵宫只是奉祀宋朝祖宗场所之一，竟有如此繁密的专法。

四　刑法类

《秘书省续四库书目》和《通志》卷六十五载有《景祐刺配敕》五卷。《宋史》卷三十五《孝宗纪》淳熙十一年五月癸卯，"命刑部、大理寺议减刺配法"。《宋史》卷一百九十九《刑法志》载有《盗贼重法》、《妻孥编管法》，卷二百零一《刑法志》载有《元丰刑部格》、《政和编配格》。同书卷二百零四《艺文志》记载有《熙宁法寺断例》十二卷，元丰时《明堂赦條》一卷，大观时宋徽宗御制《八行八刑条》一卷，曾旼所编《刑名断例》三卷。《文献通考》卷二百零三载有《元丰刑部叙法通用》一卷，"末载《申明》，至绍兴、淳熙以後"。《四库阙书目》补《熙宁守法断例》一卷。《秘书省续四库书目》载有《元祐以後赦书德音》二卷，《五刑旁通格》一卷，《刑法要格》二卷。

宋神宗熙宁三年（公元一〇七〇年）时，已制订的"刺配之法，大抵二百馀件"。④熙宁五年（公元一〇七二年），颁行《审刑院条贯》十卷，《经例》一卷。⑤

张方平《乐全集》卷二十七载有《请详定盗贼条法事》奏，

---

① 《宋会要》仪制5之28，中华书局1957年版，第1929页。
② 《宋会要》食货51之30，中华书局1957年版，第5689页。
③ 《宋会要》刑法1之12，中华书局1957年版，第6467页。
④ 《宋会要》刑法1之7，中华书局1957年版，第6465页。
⑤ 《宋会要》刑法1之9，中华书局1957年版，第6466页。

苏颂《苏魏公文集》卷十九《奏乞重立不以赦降原免条约》奏，都涉及刑法的专法。

熙宁时，宋神宗"令殿前、步军司，今後大辟罪人，并如《开封府条例》，送纠察司录问"。①

元丰六年（公元一〇八三年），宋神宗诏："私铸钱罪至死者，比已贷之，然其妻属尚有编管法，其除之，自今勿缘坐。"② 这是编管专法。

绍圣时，殿中侍御史董敦逸奏："请应隶本台所察处，依《在京刑狱条例》，许本察官非时就往，点检簿书。"③

《通志》卷六十五载有"《熙宁法寺断例》八卷，④《元祐法寺断例》十二卷，《绍圣断例》四卷，《大理寺例总要》十二卷"。以上虽是判刑案例，但也有法规的性质。

《建炎以来朝野杂记》乙集卷五《炎兴以来敕局废置》载，陈康伯上《刑名疑难断例》二十一卷。《宋会要》刑法一之四十六记载更详，总称《绍兴编修刑名疑难断例》，包括《卫禁》共二卷，《职制、户婚、厩库、擅兴》共一卷，《贼盗》三卷，《斗讼》七卷，《诈伪》一卷，《杂例》一卷，《捕亡》三卷，《断狱》二卷，《目录》一卷，《修书指挥》一卷。乾道二年（公元一一六六年），刑部侍郎方滋"上《乾道新编特旨断例》五百四十七件：《名例》三卷，《卫禁》一卷，《职制》三卷，《户婚》一卷，《厩库》二卷，《擅兴》一卷，《贼盗》十卷，《斗讼》十九卷，《诈伪》四

---

① 《宋会要》职官15之7，中华书局1957年版，第2701页。
② 《长编》卷333元丰六年二月己未，上海古籍出版社1986年影印本，第3098页。
③ 《宋会要》职官17之15-16，中华书局1957年版，第2741—2742页。
④ 按此应即是《遂初堂书目》所载《熙宁大理寺断例》。

卷,《杂例》四卷,《捕亡》十卷,《断狱》六卷,分为一十二门,共六十四卷,《目录》四卷,《修书指挥》一卷,《参用指挥》一卷,总七十卷"。① 淳熙时,又"参酌到适中断例四百二十件,以《淳熙新编特旨新例》为名"。②

处罚盗窃等,强刺为兵,则有《配军条例》。③

《周益国文忠公集·奉诏录》卷六《雇主杀所雇人回奏》说:"臣等伏蒙圣训:'雇主打杀所雇之人,合入甚罪?契勘奏来。'臣等今令法司检到条法,谨具缴进。"可知宋代"雇主打杀所雇之人",也有专门刑法,反映当时雇佣关系的普遍。

五　外交类

熙宁五年(公元一〇七二年),章惇修《都亭西驿条贯》,供西夏朝贡之用。④ 苏辙奏中曾节录了《北使条约》《西使条约》和《高丽使条约》。⑤ 宋敏求曾编修《蕃国朝贡条例》。⑥ 宋哲宗时,已有《于阗国进奉条式》,⑦ 另"详定编修《国信条例》"。⑧ 政和七年(公元一一一七年),"编修北边条例"。⑨ 宋徽宗时又有《奉使

---

① 《宋会要》刑法1之47,中华书局1957年版,第6485页。
② 《宋会要》刑法1之52,中华书局1957年版,第6487页。
③ 《宋会要》刑法1之2,中华书局1957年版,第6462页。
④ 《宋会要》刑法1之9,中华书局1957年版,第6466页。
⑤ 苏辙:《栾城集》卷46《乞裁损待高丽事件札子》,《四部丛刊》本。
⑥ 《琬琰集删存》卷2《宋谏议敏求墓志》,上海古籍出版社1990年版,第200页。
⑦ 《长编》卷429元祐四年六月癸丑,上海古籍出版社1986年影印本,第4047页。
⑧ 《长编》卷494元符元年二月庚辰朔,上海古籍出版社1986年影印本,第4614页。
⑨ 《宋史》卷162《职官志》,中华书局1977年版,第3802页。

225

契丹条例》》。①

《宋史》卷二百零四《艺文志》载有元丰时《高丽入贡仪式条令》三十卷，《高丽女真排辨式》一卷，《诸蕃进贡令式》十六卷，宣和时《接送高丽敕令格式》一部，《奉使高丽敕令格式》一部，张大中编修《八国条贯》②二卷和《奉朝要録》二卷。《职官分纪》卷四十五《国信使》载有《差开封府官祖送人使条制》、《差开封府官接伴人使条制》与《乞借官者条制》，后者是外交官"借官、不借官者"的具体规定。政和七年（公元一一一七年），"修成《高丽敕令格式例》二百四十册，《仪范坐图》一百五十八册，《酒食例》九十册，《目录》七十四册，《看详卷》三百七十册，《颁降官司》五百六十六册，总一千四百九十八册，以《高丽国入贡接送馆伴条例》为目"，③足见此专法之繁琐。

作为外交机构的国信所，则有宋哲宗时编定的《元符详定国信一司条法》。④

六 军事类

嘉祐二年（公元一〇五七年），"命枢密副使田况提举《殿前马步军司编敕》"。⑤从军士到军员的军职迁补升迁，则有《元丰转员令》、《转员旁通格》、《转员旁通册》等。⑥

---

① 《靖康稗史笺证·宣和乙巳奉使金国行程録》，中华书局1988年版，第1页。
② 标点本作"入国条贯"，疑误。
③ 《宋会要》刑法1之30，中华书局1957年版，第6476页。
④ 《宋会要》职官36之59，中华书局1957年版，第3101页。
⑤ 《长编》卷185 嘉祐二年五月癸未，上海古籍出版社1986年影印本，第1710页。
⑥ 《宋史》卷196《兵志》，中华书局1977年版，第4886、4887、4889页。

《宋史》卷二百零四《艺文志》载有《官马俸马草料等式》九卷，《熙宁新定诸军直禄令》二卷，而《熙宁将官敕》一卷，则是将兵法的法规化，另有蔡硕《元丰将官敕》十二卷，而《诸军班直禄令》一卷可能编修时间更晚。《元丰将官敕》包括"府界、京东、西路二百五十六条，河北路二百五十五条，河东路二百五十八条，河南路二百五十一条"。此后，"其逐路将兵敕内已冲改者共二百四十馀条，续降二百五十馀条，兼陕西五路将敕约六十四条，与诸路将敕参用"。① 《文献通考》卷二百零三载有崇宁时《诸路将官通用敕》二十卷。在广西驻军，则有《邕州条例》。②

绍圣三年（公元一〇九六年），"诏在京、府界、诸路禁军格斗法，自今并依元丰条法教习"。③ 绍兴八年（公元一一三八年），"赵鼎等上《诸班直诸军转员敕格式》十三卷，又上《亲从亲事官转员敕令格》七卷"。④ 亲从官和亲事官属皇城司，⑤ 其实是特务之流。

熙宁九年（公元一〇七六年），宰相"吴充等上《详定军马司敕》五卷"。⑥《文献通考》卷二百零三载有《宣和军马司敕》十三卷，《令》一卷。

《宋会要》兵十八之三十四—三十五载："白身人依陕西效用法补授。"此为高级军士效用之专法。建炎二年（公元一一二八年），"御营使司始请募沿海州军海船，防托海道，船主比效用法，

---

① 《长编》卷407元祐二年十一月丙辰，上海古籍出版社1986年影印本，第3847页。
② 《宋史》卷196《兵志》，中华书局1977年版，第4901页。
③ 《宋史》卷195《兵志》，中华书局1977年版，第4860页。
④ 《建炎以来朝野杂记》乙集卷5《炎兴以来敕局废置》，第593页。
⑤ 《宋史》卷188《兵志》，中华书局1977年版，第4626页。
⑥ 《玉海》卷66《熙宁详定尚书刑部勒》，第1315页。《宋史》卷204《艺文志》作"吴充《熙宁详定军马敕》五卷"，脱一"司"字，第5140页。

借补名目"。①

在民兵方面，北宋有《义勇条例》。②熙宁三年（公元一〇七〇年），颁保甲法，最初称《畿县保甲条制》。③熙宁五年（公元一〇七二年），命王安礼"专一编修《三路义勇条贯》"，④这是陕西、河东与河北三路的民兵义勇专法。后又制订北方五路《上番条约》，⑤这是调发保丁，前往县尉司和巡检司，代替原来的弓手和士兵，行使巡警等事务的法规。宋徽宗宣和时，罢京东、京西路保甲教阅，"即不冲改京畿三路见行《教阅条法》"。⑥《宋史》卷二百零四《艺文志》载有张诚一《熙宁五路义勇保甲敕》五卷，《总例》一卷。许将《熙宁开封府界保甲敕》二卷，《申明》一卷等，其中应包括《义勇保甲上番条约》。⑦苏轼向宋廷上奏，"乞增修弓箭社条约"。⑧崇宁时，对"陕西五路并河东"的弓箭手"新降条法"。⑨乾道时，颁利州路"义士专法一百四十二条"，而兴元府良家子也"依义士法"。⑩另有记载称《四川义士条例》，⑪当即是指

---

① 《淳熙三山志》卷14，《宋元方志丛刊》，中华书局1990年版，第7900页。
② 《宋会要》兵1之8，中华书局1957年版，第6757页。
③ 《长编》卷218熙宁三年十二月乙丑，上海古籍出版社1986年影印本，第2029页。
④ 《宋史》卷191《兵志》，中华书局1977年版，第4738页。
⑤ 《宋会要》兵2之12，中华书局1957年版，第6777页。
⑥ 《宋会要》兵2之41，中华书局1957年版，第6792页。
⑦ 《长编》卷275熙宁九年五月丙辰朔，卷278熙宁九年十月戊戌，上海古籍出版社1986年影印本，第2588、2621页。
⑧ 《历代名臣奏议》卷331，上海古籍出版社1987年版，第4291页。
⑨ 《宋史》卷190《兵志》，中华书局1977年版，第4717页。
⑩ 《建炎以来朝野杂记》甲集卷18《利路义士》，《兴元良家子》，第408、409页。
⑪ 《宋史全文续资治通鉴》卷27淳熙十一年二月，第2290页。

此法的另一名称。《周益国文忠公集·奏议》卷8《論兩淮民兵》说："南渡以来，兩淮团结民社，前後条法固备。"另有辰州刀弩手"並依《陝西弓箭手條例》施行"。①

咸平五年（公元一〇〇二年），审刑院上《秦州私贩马条例》。②《宋史》卷二百零四《艺文志》载有王海《群牧司编〔敕〕》十二卷。③ 熙宁三年（公元一〇七〇年）颁行的《马政条贯》，④ 似应为同一法的另名。另有"秦凤路茶马条法"。⑤ 政和时，颁《給地牧馬條令》，亦称《給地牧馬條法》。⑥ 马群购买和运输，则有《贸易纲马条法》。⑦

至少在北宋后期，"诸军疾病，合给官药"，"依在京军营法医治"，⑧ 当时为军人治病设有专法。军人阵亡，则设有《战殁条制》。⑨ 私役禁兵，则有"私役禁军法"。⑩ 军中刑罚则另有《厢军条例》等。⑪

宋朝并无军法大全，但统治阶级十分重视的阶级法、逃亡法

---

① 曹彦约：《昌谷集》卷11《辰州议刀弩手及土军利害札子》，文渊阁《四库全书》本，上海古籍出版社1987年版，第1167—136页。

② 《长编》卷51咸平五年二月甲午，上海古籍出版社1986年影印本，第431页。

③ 据《长编》卷211熙宁三年五月庚戌补"敕"字，上海古籍出版社1986年影印本，第1965页。

④ 《宋会要》刑法1之7，中华书局1957年版，第6465页。

⑤ 《历代名臣奏议》卷242吕颐浩奏，上海古籍出版社1987年版，第3185页。

⑥ 《宋史》卷198《兵志》，中华书局1977年版，第4945页，《宋会要》兵21之32，中华书局1957年版，第7140页。

⑦ 《宋会要》兵24之33，中华书局1957年版，第7195页。

⑧ 《三朝北盟会编》卷86，上海古籍出版社1987年版，第640页。

⑨ 《宋会要》兵4之28，中华书局1957年版，第6834页。

⑩ 《宋会要》方域11之2，中华书局1957年版，第6501页。

⑪ 《宋会要》刑法7之4，中华书局1957年版，第6735页。

等，都属专法。又如《武经总要》前集卷十四《罚条》七十二条，王质例举"有斗伤之禁，有博戏之禁，有禽犬之禁，有巫卜之禁，有饮禁，有滥禁，有逃禁，有盗禁，有诡名之禁，有匿奸之禁，有敛财之禁，有弛艺之禁，有窃造军器之禁，有私传兵式之禁，有出法物之禁，有结义社之禁"，① 这些也是军法的一部分。

七 文化教育科举类

宋初乾德二年（公元九六四年），即"约周显德之制，定《发解条例》及《殿罚》之式"。②

陈彭年说："前所颁《诸路发解条式》，与《礼部新格》不同，虑官吏惑于行用，望申明之。"宋真宗"诏翰林学士晁迥等重加详定"，大中祥符四年（公元一〇一一年），晁迥"等上其书，乃颁於诸路"，③ 另名《诸州发解条例》。④《宋史》卷一百五十五《选举志》记载，宋真宗时，"定《亲试进士条制》"，这是殿试的法规。《宋史》卷二百零四《艺文志》记载有晁迥《礼部考试进士敕》一卷，这又是省试的法规。至和二年（公元一〇五五年）又制订《贡举条制》十二卷。元丰时《武学敕令格式》一卷，大观时《诸路州县学法》，大观时宋徽宗御制《八行八刑条》一卷，范镗《熙宁贡举敕》二卷，白时中《政和新修贡士敕令格式》五十一卷，《政和新修御试贡士敕令格式》一百五十九卷，《绍兴重修

---

① 王质：《雪山集》卷6《兴国四营记》，文渊阁《四库全书》本，上海古籍出版社1987年版，第1149—400页。《宋集珍本丛刊》本，线装书局2004年版，第602页脱"有滥禁"。

② 《长编》卷5乾德二年九月癸未，上海古籍出版社1986年影印本，第50页。

③ 《长编》卷76大中祥符四年八月癸卯，上海古籍出版社1986年影印本，第670页。

④ 《宋会要》崇儒4之4，中华书局1957年版，第2232页。

贡举敕令格式申明》二十四卷。但《宋会要》刑法一之十一则载熙宁末，范镗上编修《贡举敕式》十一卷。宋徽宗时的《崇宁贡举法》"系以元丰条令及後来申明等修立",① 也可称《崇宁贡举条令》。②《建炎以来朝野杂记》乙集卷五《炎兴以来敕局废置》载有万俟卨等上《贡举敕令格式》十项，共四十五卷。《宋会要》刑法一之四十三记载更详，包括"《御试贡举敕》一卷，《令》三卷，《式》一卷，《目录》一卷，《申明》一卷；《省试贡举敕》一卷，《令》一卷，《式》一卷，《目录》一卷，《申明》一卷；《府监发解敕》一卷，《令》一卷，《式》一卷，《目录》一卷，《申明》一卷；《御试省试府监发解通用敕》一卷，《令》一卷，《格》一卷，《式》一卷，《目录》一卷；《省试府监发解通用敕》二卷，《令》二卷，《格》一卷，《式》一卷，《目录》二卷；《内外通用贡举敕》一卷，《令》五卷，《格》三卷，《式》一卷，《目录》四卷，《申明》二卷；《厘正省曹寺监内外诸司等法》三卷"。小至省试代笔，也有专门的《省试代笔条法》。③

熙宁三年（公元一〇七〇年），"密院修《武举条令》，不能答策者止答兵书墨义"，因王安石反对，宋神宗下令修订，又"再进呈《武举条制》",④ 也可称《武举条贯》。⑤

《通志》卷六十五载有"《熙宁贡举敕》三卷，《元祐贡举敕》三卷，《贡举条制》五卷，《贡举事目》一卷，《元祐新修制科条》一卷，《崇宁通用贡举法》十二卷，《崇宁州学制》一卷，《崇宁学

---

① 《宋会要》选举4之19，中华书局1957年版，第4300页。
② 《宋会要》选举16之7，中华书局1957年版，第4515页。
③ 《宋会要》职官73之1，中华书局1957年版，第4017页。
④ 《长编》卷234熙宁三年六月乙亥，上海古籍出版社1986年影印本，第2184页。
⑤ 《苏魏公集》卷17《议武举条贯》，第1092—251页。

制》一卷,《御制八行八刑条》一卷,《大观州县学法》十卷,《大观新修学制》三卷,《大观学制勅令格式》三十五卷,《礼部考试进士勅》一卷(宋朝晁迥等撰)"。《文献通考》卷二百零三载有《绍兴贡举法》五十卷,另有《绍兴监学法》二十六卷,《目录》二十五卷,《申明》七卷,《对修厘正条法》四卷,共六十二卷。南宋初年,宋高宗诏"自今省试帘外官同姓、异姓亲若门客,亦令依《帘内官条法》回避",又令"贡院帘外誊录、对读、封弥、监门等官避亲修入《省试条法》",一并编入《绍兴重修省令》。①

《宋史》卷二百零四《艺文志》载有贾昌朝《庆历编敕律学武学敕式》二卷,李定《元丰新修国子监大学小学元新格》十卷,又《令》十三卷,朱服《国子监支费令式》一卷,陆佃《国子监敕令格式》十九卷,②元丰时《武学敕令格式》一卷,《绍圣续修武学敕令格式看详并净条》十八册,《绍圣续修律学敕令格式看详并净条》十二册,《崇宁国子监算学敕令格式》并《对修看详》一部,《崇宁国子监画学敕令格式》一部,大观时《诸路州县学法》一部,《国子大学辟雍并小学敕令格式申明一时指挥目録看详》一百六十八册,郑居中《政和新修学法》一百三十卷和《学制书》一百三十卷,李图南《宗子大小学教令格式》十五册,孟昌龄《政和重修国子监律学敕令格式》一百卷,蔡京《政和续编诸路州县学敕令格式》十八卷。宋哲宗元符时,"修成《太学敕令式》二十三册,以绍圣新修为名"。③宋徽宗大观时,有《太学辟雍诸路州学通用令》和《大观重修国子监太学辟雍敕令格式申明》。④政

---

① 《宋会要》选举5之3—4,中华书局1957年版,第4314页。
② 又见《玉海》卷112《元祐国子监敕令格式》,第2148页。
③ 《宋会要》职官28之14,中华书局1957年版,第2978页,又刑法1之17另载绍圣时蔡京修成《太学敕令式》二十二册,第6470页。
④ 《宋会要》职官28之18,中华书局1957年版,第2980页。

和时，又有专门的《小学条制》。① 宋仁宗"嘉祐以来"，编有《宗学一司条法》，而在南宋初散失，需要"搜访"。② 大观四年（公元一一一〇年），"详定到《宗子大小学敕》一册，《令》七册，《格》五册，《式》二册，《申明》一册，《一时指挥》一册，《对修敕》一册，《令》二册，总二十一册"。③《建炎以来朝野杂记》乙集卷五《炎兴以来敕局废置》载，绍兴时，编定《国子监敕令格式》十四卷，《太学敕令格式》十四卷，《武学敕令格式》、《律学敕令格式》各十卷，《小学敕令格式》二卷，《监学申明》等八卷。崇宁时，甚至小小的算学，也"将《元丰算学条制》修成敕令"，④ 后又有《崇宁国子监算学条令》。⑤ 医学方面，宋徽宗时，"开封府选开、祥两县官兼权医学教授，并依《正教授条法》"。⑥《宋会要》刑法一之四十记载，绍兴十三年（公元一一四三年），秦桧等"上《国子监敕》一卷，《令》三卷，《格》三卷，《目录》七卷，《太学敕》一卷，《令》三卷，《格》一卷，《式》二卷，《目录》七卷，《武学敕》一卷，《令》二卷，《格》一卷，《式》一卷，《目录》五卷，《律学敕》一卷，《令》二卷，《格》一卷，《式》一卷，《目录》五卷，《小学令格》一卷，《目录》一卷，《监学申明》七卷，《修收指挥》一卷"。另有《国子生条例》和《太学博士法》。⑦ 绍兴时有《诸州教授条例》。⑧

宋真宗景德时，"裁定"太乐署和鼓吹署"两署工人《试补条

---

① 《宋会要》崇儒2之1，中华书局1957年版，第2187页。
② 《宋会要》崇儒1之5，中华书局1957年版，第2165页。
③ 《宋会要》刑法1之24，中华书局1957年版，第6473页。
④ 《宋史》卷164《职官志》，中华书局1977年版，第3880页。
⑤ 《宋会要》崇儒3之6，中华书局1957年版，第2120页。
⑥ 《宋会要》崇儒3之17，中华书局1957年版，第2216页。
⑦ 《宋会要》崇儒2之28，中华书局1957年版，第2201页。
⑧ 《宋会要》崇儒1之7，中华书局1957年版，第2166页。

式》及肄习程课"。① 官员考试，较为特殊者，如有《试刑法官条例》。② 宋徽宗时规定："选试尚药局医官，并依《试诊御脉医官条例》施行"。③ 当时的医职升迁，有《医候条制》。④

熙宁九年（公元一〇七六年），宋神宗批准："应应举授试国子四门助教人，欲令流内铨作《长史文学条例》施行。"⑤

八　宗教类

《宋史》卷二百零四《艺文志》载有《熙宁新修凡女（女冠？）道士给赐式》一卷，薛昂《神霄宫使司法令》一部。

九　财政经济类

《通志》卷六十五载有"《景德农田勅》四卷（丁谓等定）"，"《熙宁常平勅》三卷，《元丰江湖盐令勅》六卷"，"《茶法易览》一卷，《茶法总例》一卷"。《宋史》卷二百零四《艺文志》则说有"丁谓《农田敕》五卷"，"曾布《熙宁新编常平敕》二卷"，稍异。另有李承之《江湖淮浙盐敕令赏格》六卷，而《编类诸路茶盐敕令格式目录》一卷则不知编于何时。据《宋会要》刑法一之三，《景德农田编勅》应为五卷。《遂初堂书目》载有《淳熙常平茶盐敕令》。大中祥符七年（公元一〇一四年），"河北缘边安抚司上《制置缘边浚陂塘筑堤道条式画图》，请付屯田司提振遵守"，得到宋真宗批准。宋神宗时，又

---

① 《长编》卷61景德二年八月丁丑朔，上海古籍出版社1986年影印本，第525页。
② 《宋会要》职官3之26，中华书局1957年版，第2410页。
③ 《宋会要》职官19之8，中华书局1957年版，第2814页。
④ 《宋会要》职官22之39，中华书局1957年版，第2879页。
⑤ 《宋会要》职官48之2，中华书局1957年版，第3456页。

修订再颁。① 这是个范围很小的水利法。宋神宗时，王安石变法，颁农田水利法，称《农田利害条约》。② 他"诏《茶场司条令》，中书别立抵当法"。③《农田水利令》到宋哲宗时，又修立《绍圣条法》。④

宋真宗大中祥府时，"颁募职州县官招徕户口旌赏条制"。⑤ 宋时另有"诡名挟户法"。⑥

宋神宗时，"重修定方田法，詔司農以《方田均税條約并式》颁之天下"，⑦ 宋徽宗时则称《方田条法》。⑧ 针对人户买卖田地逃税，则有《漏税条例》。⑨ 南宋实行经界法，则有《经界条例》。⑩

《宋史》卷二百零四《艺文志》载有张动《直达纲运法并看详》一百三十一册。押送纲运，则有《押纲条例》。⑪《宋会要》食货四十五之八—十八所载《纲运令格》为纲运专法之详细条文。

自宋神宗时实行熙丰新政后，宋朝役法有《绍圣免役条法》。⑫ 绍圣三年（公元一〇九六年），"以常平、免役、农田水利、保甲、

---

① 《长编》卷82大中祥符七年六月乙丑，上海古籍出版社1986年影印本，第726页，卷254熙宁七年六月丁丑，第2389页。
② 《宋会要》食货63之183，中华书局1957年版，第6078页。
③ 《长编》卷312元丰四年四月丙子，上海古籍出版社1986年影印本，第2923页；《宋会要》食货30之17–18，中华书局1957年版，第5327页。
④ 《宋会要》食货63之192，中华书局1957年版，第6082页。
⑤ 《宋史》卷174《食货志》，中华书局1977年版，第4205页。
⑥ 《宋会要》食货69之69，中华书局1957年版，第6364页。
⑦ 《宋史》卷174《食货志》，中华书局1977年版，第4199页。
⑧ 《文献通考》卷5，第113页。
⑨ 《宋会要》食货61之59，中华书局1957年版，第5903页。
⑩ 《宋会要》食货70之112，中华书局1957年版，第6426页。
⑪ 《要录》卷95绍兴五年十一月乙未，中华书局2013年版，第1824页。
⑫ 《宋会要》食货14之22，中华书局1957年版，第5049页。

类着其法，总为一书，名《常平免役敕令》，颁之天下"。①《宋史》卷二百零四《艺文志》和《建炎以来朝野杂记》乙集卷五《炎兴以来敕局废置》载有《绍兴重修常平免役敕令格式申明》五十四卷。《宋会要》刑法一之四十一载，绍兴十七年（公元一一四七年），秦桧等"上《常平免役敕》五卷，《目录》二卷，《令》二十卷，《目录》六卷，《格》三卷，《目录》一卷，《式》五卷，《目录》一卷，《申明》六卷，《厘拆条》三卷，《对修令》一卷，《修书指挥》一卷"，总计正好五十四卷。

陈襄上奏说："欲乞转运司先于隔年抛降和籴小麦价钱数目，下本州县依诸路放买紬绢条例。于来年正月半以前，预支与五等人户。"②和买紬绢逐渐成为宋朝的重赋，也有专门条例。北宋末年创立经制钱，作为一项新的财政窠名和杂税，则有《经制钱条例》。③

《宋会要》食货三十九之四十元祐六年七月有"擅支封桩钱物法"。《宋史》卷一百九十八《兵志》，"元丰三年，（牧地）废监租钱遂至百一十六万，自群牧使而下赐赉有差。乃命太常博士路昌衡、秘书丞王得臣与逐路转运司、开封府界、提点司按租地，约三年中价，以定岁额。若催督违滞，以擅支封桩法论"。宋哲宗时，"枢密院请申严《封桩禁军阙额请受法》"。④

宋朝实施繁苛的禁榷制度，如有《白矾条例》、《私盐条例》、《私茶条例》、⑤《禁榷茶盐条例》⑥等。元丰时，有《湖南广东西

---

① 《宋史》卷178《食货志》，中华书局1977年版，第4330页。
② 陈襄《古灵集》卷6《知河阳县乞抛降和籴小麦价钱状》，文渊阁《四库全书》本，上海古籍出版社1987年版，第1093—534页。
③ 《宋会要》食货14之18，中华书局1957年版，第5047页。
④ 《长编》卷492绍圣四年十月戊子，上海古籍出版社1986年影印本，第4591页。
⑤ 《宋会要》食货34之2—3，中华书局1957年版，第5389—5390页。
⑥ 《宋会要》食货36之3，中华书局1957年版，第5433页。

盐法条约总目》。①《建炎以来朝野杂记》乙集卷五《炎兴以来敕局废置》载，绍兴时，上《盐法敕令格式续降》等共一百五十五卷。南宋初，赵开在四川"变盐法，其法实祖《大观东南东北盐钞条约》"。②《宋史》卷一百八十四《食货志》载有"煎盐亭户法"。

大中祥符二年（公元一〇〇九年），林特、刘承珪、李溥等编成《茶法条贯》二十三册。③ 元丰二年（公元一〇七六年），"提举成都府等路茶场司上《茶法敕式》"，宋神宗"诏行之"。④ 宋哲宗时，有《川茶条例》，而"出卖官茶"，又有《开封府界條例》。⑤ 南宋时记载提及有"政和都茶场法"，⑥《建炎以来朝野杂记》乙集卷五《炎兴以来敕局废置》载，绍兴时，上《茶法》一百四卷。北宋沿边入中粮草，则有《交引条贯》。⑦ 小到成都府路"诸州县产茶地分，并依《邛蜀等州买茶税场条例》"。⑧

同勾当开封府司录司检校库吴安持言："乞以见寄金银、见钱依常平仓法贷人，令入抵当出息，以给孤幼。"⑨ "收养老幼废疾"，

---

① 《长编》卷 348 元丰七年九月戊申，上海古籍出版社 1986 年影印本，第 3228 页。
② 《琬琰集删存》卷 2《赵待制开墓志铭》，第 236 页。
③ 《宋史》卷 183《食货志》，中华书局 1977 年版，第 4481 页；《长编》卷 71 大中祥符二年五月乙亥，第 624 页。《宋史》"编成茶法条贯并课利总数二十三策"，"策"当据《长编》改作"册"。
④ 《长编》卷 298 元丰二年五月己卯，上海古籍出版社 1986 年影印本，第 2794 页。
⑤ 《长编》卷 511 元符二年六月壬午，上海古籍出版社 1986 年影印本，第 4777 页。
⑥ 《要录》卷 18 建炎二年十一月庚子，中华书局 2013 年版，第 429 页。
⑦ 《宋会要》食货 36 之 12，中华书局 1957 年版，第 5437 页。
⑧ 《宋会要》食货 30 之 13，中华书局 1957 年版，第 5325 页。
⑨ 《长编》卷 223 熙宁四年五月戊子，上海古籍出版社 1986 年影印本，第 2076 页。

则有《福田院条制》。①

熙宁时,实施所谓"仓法",又称"河仓条贯"。最初因"诸仓吏卒给军食,欺盗劫取,十常三、四",宋神宗批示"三司速详定以闻"。宋廷于是下令对一部分吏胥的俸禄"岁增至一万八千九百缗"。在增禄的同时,还规定"在京船般仓专副、所由、斗子、[书]司、守门人等,如因仓事受取粮纲及请人钱物,并应在京诸司系公之人因仓事取受,专典、斗级并因纲运事取受粮纲钱物",须判处重刑。②后又改称"重禄法"。③

宋神宗熙宁时,"修左藏、内藏库法"。④南宋初,宋高宗"诏杂买务收买药材","所有熟药所纳钱、看、搯,并依《左藏库条法》"。⑤

《宋史》卷一百七十六《食货志》载有"义仓法"。另有宋神宗时的《常平广惠仓条约》,即人们常称之青苗法,后称《熙丰青苗条约》。此法前身,是《陕西预散青苗条贯》。⑥南宋胡世将说:"旧制,常平钱、义仓米皆有专法,不许支拨。近年以来,州郡急于军期,侵借殆尽。"⑦

---

① 范祖禹《范太史集》卷14《乞不限人数收养贫民札子》,文渊阁《四库全书》本,上海古籍出版社1987年版,第1100—203、204页。

② 《长编》卷214熙宁三年八月癸未,上海古籍出版社1986年影印本,第2000页;《宋会要》职官26之5,57之92-93,食货62之10-11,中华书局1957年版,第2922、3697、5953页;《宋史》卷199《刑法志》,中华书局1977年版,第4977页。

③ 《宋会要》职官57之95,食货6之52,中华书局1957年版,第3699、4905页。

④ 《长编》卷236熙宁五年闰七月丙辰,上海古籍出版社1986年影印本,第2204页。

⑤ 《宋会要》食货55之18,中华书局1957年版,第5757页。

⑥ 《宋会要》食货4之25,中华书局1957年版,第4858页。

⑦ 《要录》卷113绍兴七年八月丁未,中华书局2013年版,第2116页。

《宋史》卷四百三十《张洽传》，卷四百三十八《黄震传》载，"时行社仓法"，"孝宗颁朱熹社仓法于天下"。

宋神宗时，推行市易法，则订立《市易条约》。①

《鸿庆居士集》卷三十四《宋故右中奉大夫直秘阁致仕朱公墓志铭》："转般仓法具载有司，第付臣推行。"

据《宋史》卷一百八十一《食货志》，宋神宗"诏陕西行蜀交子法"。绍兴末，"定伪造会子法"，"犯人处斩，赏钱千贯，不愿受者补进义校尉。若徒中及庇匿者能告首，免罪，受赏，愿补官者听"。苏辙说："北界（辽朝）别无钱币，公私交易，并使本朝铜钱。沿边禁钱条法，虽极深重，而利之所在，势无由止。"② 铸钱则有《上供铸钱条约》。③

熙宁时，制订市舶司《抽解条约》，④ 元丰时，"广州市舶已修定条约"，⑤ 南宋时称《市舶条例》，⑥ 都是外贸及抽税等的专法。

《建炎以来朝野杂记》乙集卷五《炎兴以来敕局废置》载有《绍兴宽恤诏令》二百卷。人户纳税，有"检放灾伤条法"，⑦ 灾年还有"遏籴条法"。⑧

据《宋史》卷一百八十四《食货志》，宋徽宗时规定，私造茶

---

① 《长编》卷243熙宁六年三月丁未，上海古籍出版社1986年影印本，第2276页。

② 《栾城集》卷41《北使还论北边事札子五道·一、论北朝所见於朝廷不便事》。

③ 《宋史》卷180《食货志》，中华书局1977年版，第4386—4387页。

④ 《长编》卷275熙宁九年五月丁巳，上海古籍出版社1986年影印本，第2588页。

⑤ 《宋史》卷186《食货志》，中华书局1977年版，第4560页。

⑥ 《宋会要》职官44之13—14，中华书局1957年版，第3370页。

⑦ 《历代名臣奏议》卷258李弥逊奏，上海古籍出版社1987年版，第3378页。

⑧ 朱熹：《朱文公文集》卷21《乞禁止遏籴状》，《四部丛刊》本。

引者"如川钱引法"。

《元祐差役敕》,"凡删修成敕二千四百四十条,共一十二卷,内有名件多者,分为上、下,计一十七卷,目录三卷。令一千二十条,共二十五卷。式一百二十七条,共六卷。令、式、目录二卷。〔申〕明一卷。馀条准此例一卷。元丰七年以後敕书德音一卷。一总五十六卷"。[1]《文献通考》卷二百零三载有《役法撮要》一百八十九卷。宋徽宗政和时,户部奏,"大保长催税,系熙、丰、绍圣良法",主张"只令遵依见行《绍圣条法》",得到皇帝批准。[2]

《宋史》卷一百八十一《食货志》说:"(大观)四年,假四川提举诸司封桩钱五十万缗,为成都务本,侵移者准常平法。"

和籴粮食,有专门的《籴买条法》。[3] 各地纲运,大观时,宋徽宗诏:"六路起发纲米,于南京畿下卸、交量,并依在京《司农寺条法》施行"。[4] 当时又有所谓《籴便条例》。[5]

关于所谓无额上供钱物,宋朝也专设"无额上供法"。[6]

宋真宗时,戚纶"定《州县职田条制》"。[7]《要录》卷六十三绍兴三年二月癸巳载:"都司检详官奏,下营田法,於诸路行之。"另有《续资治通鉴长编》卷五百零九元符二年四月己亥载,奉议郎崔俞言:"乞将校、节级侵冒合招弓箭手地土者,论如盗耕官田

---

[1] 《长编》卷407元祐二年十二月壬寅,上海古籍出版社1986年影印本,第3854—3855页。

[2] 《宋会要》食货70之23,中华书局1957年版,第6382页。

[3] 《宋会要》食货40之9,中华书局1957年版,第5513页。

[4] 《宋会要》食货47之4,中华书局1957年版,第5614页。

[5] 《宋会要》职官44之38,中华书局1957年版,第3382页。

[6] 《宋会要》职官44之15-17,食货64之77,中华书局1957年版,第3371—3372、6138页。

[7] 《宋史》卷306《戚纶传》,中华书局1977年版,第10104页。

法。"宋朝还设有"逃田法",[1]"户绝法",[2]"皇祐官庄客户逃移之法"[3]等。

宋朝制订了《典卖田宅条令》。[4]宋时典卖田业,还有"亲邻之法",是指亲邻有优先典买权。南宋晚期所遵用的,有"庆元重修田令与嘉定十三年刑部颁降条册"。[5]

"私荒田法,听典卖与观寺"。于是寺观"多以膏腴田土指作荒废,官司不察。而民田水旱,岁一不登,人力不继,即至荒废,观寺得之,无复更入民间,为农者受其弊",故宋徽宗政和时又补充下令,"除官荒田许观寺请佃外,馀并不许典卖"[6]。

此外,按黄震之说:"在法:十月初一日已后,正月三十日已前,皆知县受理田主词诉,取索佃户欠租之日。"[7]这又说明官府为私家地主督租,也设有专法。

苏辙《栾城集》卷四十一《论侯俦少欠酒课以抵当子利充填札子》说:"民间欠负,合催合放,皆有条法。"

在交通邮递方面,如有"传送金字牌文书条法""急脚递条法"之类。[8]大观初,蔡京修订的《大观马递铺敕令格式》,颁行诸路,共"敕、令、格、式、申明、对修,总三十卷,并看详七十卷,共一百册"。[9]这是官方邮递的专法。绍兴十一年(公元一一

---

[1]《宋会要》食货69之43,中华书局1957年版,第6351页。
[2]《宋会要》食货69之48,中华书局1957年版,第6353页。
[3]《宋会要》食货69之68-69,中华书局1957年版,第6363页。
[4]《宋会要》食货61之65,中华书局1957年版,第5906页。
[5]《名公书判清明集》卷9《亲邻之法》,第308—309页。
[6]《宋会要》食货63之192,中华书局1957年版,第6082页。
[7]黄震《黄氏日抄》卷70《再申提刑司乞将理索归本县状》,耕馀楼刊本。
[8]《宋会要》方域11之2,中华书局1957年版,第6501页。
[9]《宋会要》刑法1之22,中华书局1957年版,第6472页。

四一年),立《讥察海舶条法》。①

政和三年(公元一一一三年),"修立到《诸路岁贡六尚供奉物法》",后又有《政和诸路岁贡六尚局格》,②是进贡皇帝的专法。

十　社会关系和事务类

"宗室条贯"即"宗室法","应臣僚辄带借〔倩〕或售顾人力入宫门,罪赏并依宗室法"。③宋徽宗崇宁时增订《大宗正司敕》说:"诸宗室女使曾生子者,更不得雇入别位(不限有无服纪)。违者,牙保人徒二年,知而雇者,加一等,许人告。"④"宗室序位官同,以尊卑为序",则专门有《宗室尊卑条法》。⑤

《筼溪集》卷三《缴刘光世免差科状》引《绍圣常平免役令》规定,官户"谓品官,其亡殁者有荫同"。宋时有"官户法",⑥其中应包括"官户科敷及和预买等条法"。⑦

宋代有"父子律""夫妇律""房族律"等。⑧

京城设福田院,收养乞丐,则有《福田院条约》。⑨宋朝还制订了《鳏寡乞丐条例》。⑩

---

① 《宋史》卷29《高宗纪》,中华书局1977年版,第551页。
② 《宋会要》食货41之43,刑法1之27,中华书局1957年版,第5558、6475页。
③ 《宋会要》刑法2之89,中华书局1957年版,第6540页。
④ 《宋会要》帝系5之19,中华书局1957年版,第121页。
⑤ 《宋会要》仪制3之52,中华书局1957年版,第1897页。
⑥ 《长编》卷256熙宁七年九月壬子,上海古籍出版社1986年影印本,第2407页。
⑦ 《要录》卷78绍兴四年七月庚申,中华书局2013年版,第1474页。
⑧ 陈傅良《止斋先生文集》卷44《桂阳军告谕百姓榜文》,《四部丛刊》本。
⑨ 《宋会要》职官37之9,中华书局1957年版,第3139页。
⑩ 《宋会要》食货60之3,中华书局1957年版,第5866页。

以上枚举的专法只是抛砖引玉，肯定有不少疏漏，只能请读者们原谅笔者的年龄和精力了。但宋朝的专法，当然是宋朝法律史的一个重要侧面，值得人们作深入和细致的研究。

马克思说："在历史进程中，掠夺者都认为需要通过他们自己硬性规定的法律，来赋予他们凭暴力得到的原始权利以某种社会稳定性。"① 法律无非是必须体现和贯彻统治和剥削阶级的意志，这是颠扑不破的客观真理。中华的夏、商、周三代有礼有刑而无成文法，大致自春秋后期，开始制订和公布成文法，包括铸刑书等。从无法到有法，自然是历史上的一个进步。"依个人的简单化理解，法治是法大於权，而人治则是权大於法"。② 尽管出现成文法，但在专制主义中央集权的等级授职制下人治的特征，正是法律没有严肃性，而权力可以压倒和破坏法律。从战国、秦汉至明清，都是人治社会，宋朝并不例外。

权大于法的人治的特点，就是执法不依原则、道德和法律办理，而是依权势和人情办事，一切依阶级、阶层甚至个人的私利和需求，符合私利时似可遵纪守法，不合私利时更可违法乱纪，讲究"持苞苴而请谒，奔走权门"，③ 结果无非是"悖法乱理"，④ "徇私枉法"。⑤ 正如李纲所说："法完令具，布在方册，而吏惰弗虔，荒失诏命。使元元之民，不被其泽，良法美意，殆为虚文。"⑥

---

① 《马克思恩格斯选集》第 2 卷，人民出版社 1972 年版，第 451 页。
② 《浅谈中国古代权大於法的主流政治传统》，载《史学集刊》2014 年第 6 期。
③ 《旧唐书》卷 9《玄宗纪》，中华书局 1975 年版，第 235 页。
④ 《通典》卷 167，中华书局 1992 年版，第 4318 页。
⑤ （清）《世宗宪皇帝上谕八旗》卷 5 雍正五年七月初五日，文渊阁《四库全书》本，上海古籍出版社 1987 年版，第 413—159 页。
⑥ 李纲：《梁溪全集》卷 36《诫谕监司按察州县诏》，岳麓书社 2004 年版，第 457 页。

岂止是贪官污吏，而皇帝本人又何尝不同样悖法乱理。宋人所谓"祖宗之法"，当然是个含糊的概念，却似有神圣而不可动摇的严肃性。但宰相张商英反对宋徽宗给宦官加封节度使，说："祖宗之法，内侍无至团练使。有勋劳当陟，则别立昭宣、宣政诸使以宠之，未闻建旄钺也。"① 结果是张商英罢相，蔡京迎合宋徽宗之旨，首"擢童贯领节度使，其后杨戬、蓝从熙、谭稹、梁师成皆踵之。凡〔内侍〕寄资，一切转行，祖宗之法荡然无馀矣"。② 神圣而不可动摇的严肃性又何在？或行或废，还不是听凭官家的一念之差？

宋朝法令繁多，似乎事事处处有法可依，有章可循，有例可援。治史者似不必被此现象所惑，需要透过现象，看穿其人治的本质，实与其他朝代无异。

（王曾瑜，中国社会科学院历史研究所研究员，中国社会科学院荣誉学部委员）

---

① 《宋史》卷 351《张商英传》，中华书局 1977 年版，第 11097 页。
② 《宋史》卷 472《蔡京传》，中华书局 1977 年版，第 13724 页；陈均：《皇朝编年纲目备要》卷 27 大观二年正月，中华书局 2006 年版，第 695 页。

邓子滨

正当程序的公式与要素

正当程序，Due Process，是一种约定俗成的译法，直译应为"应有的、必经的、适当的过程"。过程（process）主要指自然的历时与演进；程序（procedure）主要指人为的顺序和步骤。两者是有区别的。什么是正当程序，三言两语说不清楚，但若没有正当程序，人们便有切肤之痛。正如人们很难说清什么是幸福，但每个人都知道什么是不幸。在古希腊，若一个人未经审判而被处死，就被认为是一种暴行。无论是谁作出的判决，如果他没有让其中一方当事人陈述自己的意见，哪怕判决事实上是正确的，他的行为也并非正当。[1] 简单说来，正当程序的表达公式是"未经……不得剥夺……"，这一公式符合古老的自然正义的显著特征，即，判决前必须听取当事人双方的意见，必须给予被告辩护的机会，且不得对一项指控进行两次审判。正当程序体现为一系列适当而公正的准则，表达了讲英语的人民关于公平与正义的基本观念。[2]

将产生正当程序理念的人文背景归于英语，并不是一种罕见的

---

[1] 参见［爱］凯利《西方法律思想简史》，王笑红译，法律出版社2002年版，第29—30、72—73页。

[2] 参见［美］霍华德·鲍《宪政与自由》，法律出版社2004年版，第281—282页。

主张，而是有着深广的学术舆论基础。"英语不仅为政治事务提供特别的指引，也为政治生活最终为之服务的人之目的提供特别的指引。……换句话说，暴政要用英语讲话而又想使人信服，真是困难。……弥尔顿在其《论出版自由》一书中反复指出，热爱自由的英国人的语言，与压制手段不相合宜。"① 莎士比亚的《威尼斯商人》是史上著名的庭审戏剧，涉及许多正当程序问题。剧中的审判亦庄亦谐，摇摆于公正与偏袒之间，反映出法律框架与人为因素的杂糅博弈。在英语世界里，人们很早就区分了法律与正义，也就是认识到不能用正义肢解法律，而是要循法律途径达至正义。这个法律途径就是程序，正当的法律程序。

《威尼斯商人》案情最终的法律性质也一直无有定论，以致于耶林将其升华为一篇为权利而斗争的演讲。"权利必须仍然是权利……对于一磅肉，莎士比亚让夏洛克说：'是我的，我想得到它。如果你们拒绝，我要诉诸法律！威尼斯的法律没有效力吗？我要求法律。我有证据在握。'……当他说出这个字眼之时，一个弱不禁风的男子的形象膨胀得多么高大，多么伟岸，这不再是要求属于自己的一磅肉的犹太人，而是叩开法院大门的威尼斯的法律本身。"② 莎翁让夏洛克在整个诉讼期间六次使用"法律"一词，七次使用"严格执行契约"一语，但却一次都没谈到"正义"。而原本最应当满口"法律"的法官，却不断引用"正义"，全剧总计出现了十五次。这暗示莎翁让剧中人物分别演绎了法律与正义的交错与离散。总体而言，不还钱就割肉的合同，在当时理应因违背公序良俗而被宣布为非法和无效。

---

① ［美］阿纳斯塔普罗：《美国 1787 年宪法讲疏》，赵雪纲译，华夏出版社 2012 年版，第 2 页正文及注 1，第 86 页。

② ［德］耶林：《为权利而斗争》，郑永流译，法律出版社 2007 年版，第 32 页。

正由于作为法官的公爵心中充满"正义",法律退居次席,而公爵也就无法保持中立。偏袒从"安东尼奥来了吗"的问话已经显示出来,因为这个被告是他偏爱的基督教同胞,而夏洛克一出场,公爵给这个犹太人原告贴上一个标签:心如铁石,不懂怜悯,没有一丝慈悲心的不近人情的恶汉。安东尼奥甚至从别处已经听说,公爵在审判前用尽一切力量来减轻夏洛克凶恶的威胁。果然,当夏洛克进入法庭,公爵不是听取他的陈述,而是直接责备他的恶意和缺乏慈悲,明确表达自己的期待,希望原告改变态度,免除对安东尼奥的惩罚。

审判伊始,代表被告利益的鲍西娅也是满嘴"正义",因为这个阶段只涉及合同纠纷,她使用"正义"来对抗民事原告夏洛克的"法律";而到了夏洛克成为刑事被告的阶段,"正义"就从鲍西娅的词汇中消失了。她告诉夏洛克,关于外邦人的法律,使安东尼奥可以获得他的一半财产,而城邦没收另一半,她现在希望严格执行这个法律。看过莎翁这样一幕戏剧之后,人们直观地看到什么是不符合法律秩序的诉讼程序。假冒身份的鲍西娅通过诡计和伪证获得权力,在一个有着高度偏见的法庭上进行论辩,先是借正义之名使完全合法的合同无效,接下来又玩弄彻头彻尾的讼棍手段,对最初的原告施加一系列不合法、不正义的惩罚。①

正当程序本义是应有的、必经的、适当的过程,也与索福克勒斯在其古老戏剧《安提戈涅》中表达的观念高度契合。内战使两兄弟遭遇了不同命运,一个在攻城时战死沙场,另一个在守城时以身殉职。新王禁止埋葬叛国者,希望野兽撕烂他的尸体。但在希腊人的观念中,只有埋葬,哪怕只是一抔泥土,就能保证亡灵找到安息

---

① 参见[美]西奥多·齐奥科斯基《正义之镜》,李晟译,北京大学出版社 2011 年版,第 261—273 页。

之所。死者的妹妹安提戈涅违抗王命，将泥土撒在曝野的兄长尸体上。新王审问她是否明知故犯？安提戈涅回答，你的法令不是出自宙斯，我并不认为你的命令是如此强大有力，以至于你，一个凡人，竟敢僭越诸神不成文的且永恒不衰的法。永恒的法是不死的，没人知道它们的起源。死者入土为人的基本权利，这种权利乃诸神赋予，不可剥夺，且埋葬乃人死之后的一个适当的过程，这一过程不能被一纸命令取消或更改。

"未经……不得"还有一种很强的说服功能，是阻止作恶的有效理由。圣经《约翰福音》第七章写道，犹太人的官尼哥底母在犹太公会有表决权，他为了保护耶稣，劝阻祭司长和法利赛人不要再次派出差役去为难耶稣，理由便是："不先听本人的口供，不知道他所作的事，难道我们的律法还定他的罪吗？"英国解经家马太·亨利（1662年—1714年）评论道："不先听本人的口供不能定人的罪，这是他们自己律法的原则和无可争辩的公义准则，尼哥底母机智地运用这一原则来阻止他们。假如他用基督之教义的卓越性来劝说他们，用基督所行的神迹作为证据替基督辩护，或者重复基督与他之间的神圣谈话，那只不过是把珍珠丢给猪，猪会把珍珠踩在脚下，然后转过来咬他，所以他没有提及那些。人必须先经过公正的审判，在详细审查之后才能被定罪，这才是合宜的做法。法官接到对被告的控诉之后，头脑里必须保留一些空间来听被告的申诉，因为他们有两只耳朵，提醒他们要听来自双方的声音。我们可以认为尼哥底母在这里提出的请求是：'耶稣应当被请来为他本人和他的教义作出说明，他们应当公正、无偏见地听他说话。'"[①]

在我国，以违背正当程序为判决理由的先例不多，二〇一七年

[①] ［英］马太·亨利：《四福音注释》（下册），陈风译，华夏出版社2012年版，第379—380页。

于艳茹诉北京大学撤销博士学位决定案便显得难能可贵。北京市两级法院先后作出行政判决书,将正当程序理论运用到审判实践中。一审法院经审理查明,二〇一三年一月于艳茹向《国际新闻界》投稿一篇,五月三十一日将该文作为科研成果列入博士学位论文答辩申请书和研究生科研统计表,皆注明"《国际新闻界》接收待发",七月五日取得博士学位,七月二十三日该文刊登。二〇一四年八月十七日杂志社发布公告,认为于文构成严重抄袭,随后北京大学成立专家调查小组,九月九日邀于参加专家调查小组第二次会议,就论文是否存在抄袭进行陈述。十月八日专家组作出调查报告,认为该文严重抄袭,应予严肃处理。二〇一五年一月九日北京大学学位评定委员会全票做出《关于撤销于艳茹博士学位的决定》,并在一月十四日送达。于艳茹在向北京大学、北京市教委申诉失利后,二〇一五年七月十七日向法院提起行政诉讼,请求撤销北京大学做出的决定,并判令恢复其博士学位证书的法律效力。二〇一七年一月十七日一审法院判决认为,于艳茹所提诉讼属行政诉讼受案范围,且撤销学位涉及相对人重大切身利益,在做出撤销决定前应遵循正当程序,在查清事实基础上充分听取相对人陈述和申辩。北京大学虽在调查初期有过约谈,但不属于听取陈述和申辩,有违正当程序原则,法院判决撤销该决定。

二审法院维持原判,判决书特别指出,正当程序原则的要义在于,做出任何使他人遭受不利影响的行政决定前,应当听取当事人意见。如果没有给予这些公正的机会,即便利益剥夺是正确的,也必须否定。于艳茹案一、二审根本没有触及是否抄袭、应否撤销学位,而径直关注做出学位撤销决定前没有给予陈述和申辩机会。其实,虽然论文发表在取得学位后,但抄袭行为却形成于取得学位前,且论文答辩申请书和科研统计表列入了待发论文,不能说对取得学位没有帮助。即便当时有过陈述与申辩,仍然不可能扭转局面。可正当程序并不考虑这些,它只关注一点:于艳茹被剥夺博士学位前没有进行充分陈述和申辩。

"国家行为应按照一定的游戏规则进行,这也是法治国的原则之一。这一思想有时候被极端化成这样一个观点,即国家之决定的正当性并非在于实质性的正义标准,而完全取决于其作出的程序和方式。也就是,所有有利害关系的人都应有参与程序并陈述事实及表达法律观点的平等机会,并且程序必须以公开的方式进行。这些是所谓'程序正义'的经典要求。很显然,一个决定只有是通过符合这些原则的程序做出的,才是可接受的。此外,没有争议的是,决定之结果是由作出决定的程序决定的。另个古老的分配规则,即'一方分配,另一方选择',即是程序规则能够导致内容上公正的解决方案的一个典型例子。通过这一程序,负责分配的一方即便是为自己的利益也有动机进行尽可能平均和公正的分配。"①

因此,"应有的、必经的、正当的过程"要求的不是实体结果正确,而是通过正当途径达至正确结果。未经这一途径,或者途径不正当,正确结果必须被舍弃,否则,不正当手段将随之泛滥,不正确结果将蜂拥而至。丹宁勋爵认为,"正当程序不是枯燥的诉讼规则和条例,未经法律的正当程序进行答辩,对任何财产和身份的拥有者一律不得剥夺其土地或住所,不得逮捕或监禁,不得剥夺其继承权和生命。"② 通俗的说法是:"国王不能就这么监禁你,你有权获得听审。"所谓"经法律的正当程序",系指法律为了保持日常司法工作的纯洁性而认可的各种方法:促使审判和调查公正地进行,逮捕和搜查适当地采用,法律救济顺利地获得,以及消除不必

---

① [德]齐佩利乌斯:《法哲学》,金振豹译,北京大学出版社2013年版,第275页。

② 参见[英]丹宁勋爵《法律的正当程序》,李克强等译,龚祥瑞校,群众出版社1984年版,第1页。

要的延误。美国一七九一年宪法第五修正案是最早的正当程序的法律条款,即"未经法律的正当程序,不得剥夺任何人的生命、自由和财产"。这一条款在联合国《公民权利和政治权利国际公约》第九条第一项中得到发挥:"除非依照法律所确定的根据和程序,任何人不得被剥夺自由。"

初始意义上,"未经审判,不得剥夺生命、自由和财产",是正当程序的核心要义,因此,狭义的正当程序仅指法庭的公开性、申辩权和法官的公正性。这是正当程序的基本框架,它由法官中立、平等参与和程序公开三大要素组成,缺少任何一个,就不能称其为正当程序。就公开性而言,获得公开庭审是被告的基本权利,虽名之曰"公开",但它属于被告而不是公众。这项权利旨在"防范利用法庭作为迫害工具的任何企图。当人们知道每一刑事案件皆同步接受公众意见审查时,就能有效制约司法权力滥用"。[①] 公开庭审还可能激励潜在证人走上法庭,同时因置于众目睽睽之下而令伪证者心虚胆寒,也能够督促法官、检察官公正地恪尽职守,促其压制、排除非法证据。

就申辩权而言,不仅要落实被告自我辩护权,巩固辩护律师的地位,而且要强化与控方当面对质权。与控方证人的对质权利,被认为是刑事司法制度至关重要的进步。这项权利撑起了对抗式庭审,根除了至今仍在欧陆实行的纠问式审判。著名的沃尔特·雷利案就是剥夺这一权利的恶例。雷利是英国著名诗人、军人和政客、美洲探险者。一六〇三年,他因叛国罪受审,全部指控只来自一封告密信,写信者叫科巴姆,声称是雷利的同谋。科巴姆的供述显然是纠问式审讯的结果,他从未露面,告密信却被法庭采信为定罪证据。雷利强烈要求:"让科巴姆来,让他开口说话,让指控我的人

---

① *In re Oliver*, 333 U. S. 257 (1948).

面对我!"然而,法庭拒绝让科巴姆出庭作证,而雷利却被定罪,判处并执行绞刑。①

至于法官公正和不偏不倚,则是司法程序中最实质的东西,它要求法官不能涉入当事人或证人的任何利益。不过,除非当庭明显打压一方,法官是否中立,是否暗自助推一方,其实很难判断。运用反向思考,如果说不清什么是公正和不偏不倚,那么就去发现不公与偏私。《威尼斯商人》中公爵对夏洛克所做的,就带有不公与偏私。公正是不好用比较级的,但偏私却永远有更高级。某些法官不满足于控方证据,干脆自己主动调查搜集不利被告的证据,对被告要求控方证人出庭对质却充耳不闻。

如果将正当程序视为一个过程,那么这个过程首先涉及公平告知,亦称合理谕知,也就是某一行为遭到处罚前,必须有已公布的刑事成文法律作为依据。如果某一行为在该法律颁布之前实施,那么宣布该行为非法或者加重其处罚,就是不符合正当程序的。即使依不成文法审判,人们受审时也要问个为什么。历史上著名的一段庭审对话发生在威廉·佩恩与英国刑事法院法官之间:

佩恩:我急于知道,根据什么法律指控、起诉我?

法官:根据普通法。

佩恩:普通法在哪里?

法官:不要指望我为了满足你的好奇心,能够在这么短的时间讲清楚经过这么多年、这么多案件才形成的普通法。

佩恩:你的回答不着边际。既然是普通法,就应该不难讲清楚。

---

① Walter P. Signorelli, *Criminal Law, Procedure, and Evidence*, CRC Press, Taylor & Francis Group, (2011), pp. 37–38.

法官：问题只在于你是否构成指控之罪？

佩恩：问题不在于我是否构成指控之罪，而在于指控是否合法。说这是普通法，太笼统，太不准确，除非我们知道它在哪里，长什么样。没有法，就没有违法。法既然不在那里，就不是普通不普通，而是根本没有法。

法官：你是个无礼之人。你想教训本庭什么是法吗？告诉你，这是一种不成文法。许多人用三四十年学习它。你想让我片刻时间就教会你吗？

佩恩：当然，但如果普通如此难于理解，就一点都不普通。①

正当程序条款生成两条原理：其一，法律不明确即无效；其二，法律含义不得过分宽泛。一条法律，如果具备普通智力的人要猜测其含义，对其运用场合众说纷纭，那么这条法律就是无效的。就一条法律的含义，各庭审法院理解不一、认识各异，本身即是该法条模糊不清的证据。不确定的法律无法提供何种行为已被禁止的告知，因而违背正当程序。据此，允许专断与歧视性执法的法律，也就是，能够赋予警察、法庭毫无约束的权力去决定谁将被追诉的法律，是无效的。如果没有法律模糊即无效原理，几乎每个人都有可能莫名其妙地走入犯罪境地，警察和检察官将有无限的自由裁量权决定逮捕谁、起诉谁。含义过宽的法条也必须无效，因为它的含义横跨了宪法保护与不保护的行为。除不以事先公布法律为依据，在行为之后宣布其违法或者加重其处罚而外，事后法的另一种表现是改变程序规则，以便增加定罪机会。但是，制定新的法律，回溯性地将过去的犯罪合法化，或者事后减轻处罚，或者增加控方证明责任，都不违背正当程序。

---

① *Trial of William Penn*, 6 How. St. Trials, 951（1670）.

法律公布作为一种公平告知，还衍生或者提升了"不能依不为人知的法律给人定罪"的法制观念。生活在秘密法统治下的国民将手足无措，不知道自己什么时候会因某个不得而知的罪名失去自由、财产乃至生命。因此，正当程序不允许法律由政府部门内部掌握。十多年前影片《色·戒》上映后，有人曾在西城区法院起诉，请求判令被告影院和广电总局，退票或者更换完整版，因审查电影标准过严及未确定电影分级制度，造成原告精神损害。法院当然拒绝受理本案。个中原因非常简单，原告称观看的是删节版，但问题是原告怎么知道自己看的是删节版？原告从何得知有一个完整版？如果没有一个完整版，如何比对完整还是删节？而一旦原告承认自己得到并看过未删节版，他是否涉嫌违法并且自证有罪？法官需要向广电总局调取证据，而广电总局可否以不适合观看为由拒绝提供？最后，原告状告电影审查标准过于严格，可是连标准是啥都不知道，又怎么知道严格不严格？

人类诉讼文明的进步标志之一，是将注意力和兴奋点从指控罪名转向指控证据，罪名是否成立不再重要，重要的是以证据为基础。"问题的核心并不在于控诉的开始，而在于其证据，在于能否有证人证明案件的事实。……如羊不知为何而失踪，可汤姆却无端暴富。……乡邻当然无人知晓确切的事实真相。只有汤姆才知道他自己有罪还是没罪，所以他否认自己有罪的誓言必须得到检验。"[①]大陆法系一般没有正当程序的直接表述，但不是没有正当程序的理念和相关规则。比如在德国刑事诉讼中，是将正当程序理解为公平原则，而公平是"整个刑事诉讼法的最终要求"，内容极其广泛。主要包括：强调平等武装，保障给予被告尽可能最多的权利，以使

---

① [英]密尔松：《普通法的历史基础》，李显冬等译，中国大百科全书出版社1999年版，第465—466页。

其能与提起公诉之机关分庭抗礼，不得将被告只视为诉讼客体而加以蹂躏，此即对人性尊严维护的最佳实践；辩护人迟到出庭，法庭必须等候或延期开庭；强调对被告的信任保护，即履行一定的通知或告知义务，避免司法权滥用；明知违法而取得的证据，无证据效力，等等。[1] 可见，德国的这些做法和要求，旨在确保庭审程序本身的完美，而不是为了获得某种确定的实体结果，基本等同于英美的正当程序。

违背正当程序做出的实体裁判必须被否定，同时要一并否定实体裁判再现的可能性。就前述于艳茹案而言，北京大学在一、二审败诉后，可否重新启动学位撤销程序，以一个"正当了"的程序重新做出撤销学位的决定？可以假设，如果任由权力机关在败诉后重启剥夺程序，那么，判决书将形同具文，给予被剥夺者司法救济将成为一句空话，只要权力机构愿意，它就随时可以另辟蹊径，不达目的誓不罢休。一个总是让原告无利可图的诉讼制度，将使人失去寻求法律救济的动力，最终使该制度本身失去意义。简言之，一旦第一审法院有不利被告的重大程序违法，原则上在第二审中必须判决无罪，并且不得重启追究。坚持这样一种程序观念，其核心关切是，不应使被告再次受到诉讼程序的折磨。

综上，正当程序贯穿整个刑事诉讼过程，尤其集中于庭审阶段，它们基本体现为宪法权利。在对抗制模式中，宪法权利是否得到有效保护，也是在庭审阶段才看得最为清楚。政府方面由检察官代表，被告人由律师辅助，法官则居中主持庭审，为控辩双方设定规则。在这种争斗模式中，人们假定真相会自然导出，正义会公平实现。当然，并不是每一起案件的结果都尽如人意，但至少值得期

---

[1] 参见［德］罗克辛《德国刑事诉讼法》，吴丽琪译，三民书局1998年版，第102、131页。

待，是经得起考验的理想模式。不同时代对正当程序权利的内容有不同的理解和概括，有学者认为应当包含受陪审团公平的不偏不倚的审判、获得律师帮助与不得自证有罪等基本权利，另有一些基本权利同法庭的关联强于同警局的关联，比如禁止双重危险，与证人对质，强制有利于己的证人出庭，及时和公开的审判，以及定罪须超越合理怀疑的证明，甚至举证责任的转移和倒置都被视为正当程序问题。

正当程序的具体内容可以有争议，但它的价值诉求是稳定一致的。只有对人权保障予以优越价值认定的诉讼程序，尤其是刑事程序，才可称其为法律的正当程序。[1] 在刑事诉讼中，强化个人基本人权之重要，并予以最大的尊重。当程序是同"个人权利与法律秩序的对峙"联系在一起的，它的意义就在于限缩政府权力，尤其要制约警察、法庭和监所的权力。反向言之，权力不加约束，势必膨胀滥用。[2] 过去半个世纪，如果说刑事领域有什么历史性的认识转变，那就是从对真相的执着转向对探究真相手段的关注，而承载这一历史转折的公器就是正当程序。正当程序反映了一种根深蒂固的理念：不仅要有正义，而且必须让人看得见。看得见的正义意味着判决理由必须公开展示，这一展示的直接结果就是让人看到司法解决的法律依据。也许人们对法庭是否准确选择了法条或者是否对法条做出正确的解释还持有异议，但人们却已经知道必须在法律之内解决问题，这也在很大程度排除了政治的上下其手。

在所有的正当程序权利中，获得听证的权利最为引人注目。听证的过程为人所见，是一种程序权利，更是一种看得见的正义，不

---

[1] 参见黄朝义《刑事诉讼法——制度篇》，元照出版公司 2002 年版，第 3—4 页。

[2] Cliff Roberson, *Introduction to Criminal Justice*, Copperhouse Publishing Company, (1994), pp. 13 – 14.

是用来摆谱炫富的奢侈品，而是有求必应的必需品。一旦利益相关人提出要求，国家必须为国民提供这一机会。提供这一机会不仅是为了澄清真相，而且是为了让寻求真相的手段变得洁净。反之，暗箱操作的长期恶果是，即便给出的结论是正确的，也因无法公开验证而处于不断被质疑的状态。美国影片《萨利机长》是根据真人真事拍摄的，讲述一架民航客机双引擎被鸟群撞毁后迫降哈德逊河，机上人员全部获救的紧张而感人的故事。在人们为萨利机长的英雄壮举亢奋不已时，一批冷静的头脑没有忘记追问萨利机长能否飞至最近机场着陆？美国运输安全委员会为此成立专门调查委员会，先是进行计算机模拟，后又组织真人模拟飞行。一次以国家名义进行的、想像中原本应是中立的调查，却转化为调查者极力验证自己正确的过程，异化为一次热切地追诉并力图完胜对手而后快。模拟试飞从不成功到成功，共进行了十七次，就是为了证明萨利机长不必冒险迫降。

　　如果没有"庭审"式听证会，如果证人不出庭接受询问、质证，而只是进行"书面审"，那么，给萨利机长的"定罪"将是铁案如山的。如果萨利机长没有亲临听证会，没有当场观看模拟飞行过程，就不可能发现并指出，虽然模拟飞行员是一流的，模拟飞行仪也是精准的，但模拟飞行过程完全服从于一种假设，即鸟群撞毁发动机后，飞机有足够时间飞至附近机场降落。正是基于这一假设，实验者内心中已有强烈意愿，极力要证明萨利机长是故意逞英雄，最次也是判断失误。在这种心理作用下，势必不再考虑，或者甚至有意回避、掩饰一个事实：面对突如其来的撞击，真实事件中的飞行员不会立刻做出飞回机场的动作。因为在做出任何决定之前，他们需要一些时间对飞机受损情况做出评估判断，然后再根据飞机所处位置掂量飞向最近机场的可能性。萨利和副机长的经历正是如此。听证会主持人认可了萨利机长的异议，当场决定重新进行模拟飞行，不过这一次要求模拟飞行员延时三十五秒再开始"飞回"的动作。其他人似乎没有理由不同意萨利机长的请求，这本身也就是公开、当场才能争取到的"一致同意"。结果，两次新的模拟飞行均以坠毁告终。无论调查委员会多么强势，但它必须臣服于程序：召开听证会，被调查者不仅有权参加，有权观看模拟过程，并且有权提出异议。听证会的主持人之所以接受萨利机长的异议，同意当场重新模拟，也与公开与当场有关。面对那么多参与者或旁听者，无法拒绝一个合理的异议，暗箱操作更是不可能的。

（邓子滨，中国社会科学院法学研究所研究员）

戴潍娜

殉道者，受虐狂与解放过去
——读《房思琪的初恋乐园》

这是一场冗长的死亡。

林奕含对"人生不能重来"的理解是："人只能一活，却可以常死"①。暴行，也许是这个世界上最接近永恒的事物，它让受害者永不前行，永远钉在恐怖发生的那一刻，一如莱维对集中营幸存者的观察——"任何曾受折磨的人永远受着折磨"②。

"一个人被监禁虐待了几年，即使出来过活，从此身份也不会是便利商店的常客，粉红色爱好者，女儿，妈妈，而永远是幸存者。"（《房》：104）《房思琪的初恋乐园》中，林奕含描写了一个十三岁女孩和诱奸她的中年狼师（补习班语文名师）间长达数年的扭曲关系。一桩罪行，披上恋情的隐身衣。小说描写李国华第一次亵渎女童，一连用了六个"温良恭俭让"，此后的猎艳中"温良恭俭让"亦时时在场，传统伦常几近成了他的伟哥。"她的羞耻心，

---

① 林奕含：《房思琪的初恋乐园》，北京联合出版公司 2008 年版，第 62 页。后文出自同一作品的引文，将随文标出该作品标题首字（《房》）和引文出处页码，不再另注。

② ［意］普里莫·莱维：《被淹没与被拯救的》，杨晨光译，中信出版社 2007 年版，第 40—41 页。后文出自同一作品的引文，将随文标出该作品标题首字（《被》）和引文出处页码，不再另注。

正是他不知羞耻的快乐的渊薮。射进她幽深的教养里"(《房》：66)。性侵发生之后，主人公多次提到教养对她的妨碍，事实上"有教养者往往不知道如何还击"(《被》：147)。读者期待的"拳来拳往"始终没有发生；相反，面对极端侵扰，主人公失去了恨的勇气，取而代之的是不可理喻的爱的纠缠。在施虐和受虐中，女作家不断隐喻自己与文学之间的畸恋。

面对暴力究竟什么才是美德？文学又从何时起拥有了恶棍的名字？

写下来，挖出这一切的源头。

这部以台湾女作家亲身遭遇为原型改编的小说，在作者上吊自杀后，引发了世人的悲愤和文学界的珍重。一首哀感顽艳的绝唱，最深的嫌恶，与魅力、威慑力并行，持续而反复地将爱与恨的极限穿透；一场用暴力延续下去的恐惧与陶醉，性在其中成为了打破心理限度和内在界限的最锋利最顺手的利器。小说的出版在中国激起了一轮 me too 运动的风潮，引发了一场"性别大讨论"。这部遗作也迅速成为描写非正常两性关系的当代经典。当然，一切绝不是死亡带来的光环。

面对早在生命里播下种子的毁灭，林奕含说"我宁愿大家承认人间有一些痛苦是不能和解的"(《房》：183)。

一　幸存者文学

> "从那以后，每一次他要我舍，我总是有一种唐突又属于母性的感激，每一次，我都在心里想：老师现在是把最脆弱的地方交付给我。"(《房》：201)
>
> ——《房思琪的初恋乐园》

在这个作者自称"堕落"的文本里，教养沦为教唆，文学沦陷为深渊。主人公房思琪哀嚎道："他们的事是神以外的事。是被单蒙起来就连神都看不到的事。"(《房》：91)背负罪感，哑声前行，这个精致的瓷娃娃，原本前途无量的资优生，最终崩溃失智，唯一会做的只剩下剥香蕉。整部小说中，让读者最难以接受的部分，是被诱奸的女学生对施暴者由恐惧转化而来的爱。当一个人真正进入到一段极端扭曲的暴力关系中，不管是集中营、地下室，还是任何一个日常生活所能碰到的最小型的极权社会，我们都可以发现，暴力者和受害者之间关系，无限接近于一段百转千回的恋情。双方的依恋纠缠，建立在深刻的片面认知和无限恐惧之上。

房思琪不断强迫症式地说"我要去爱自己的老师"，另几位受害人（饼干、郭晓奇）也无一逃出"诱奸——罪感——依恋——被弃"的命运圈套。一个巴掌打下去，把"罪"和"爱"都给打出来了。怡婷，小说中能与房思琪用唇语交流的"灵魂的双胞胎"，在眼见好友因性侵发疯后，做出荒唐的举动——她跑到思琪和老师之前约会的小公寓，恳求老师强奸她，赐予她一份等额的痛苦。荒唐背后是荒凉。作为双胞胎中活下来的一个，怡婷同样背负了深深的罪感，"因为自己替代他人活了下来"。(《被》：82)思琪和怡婷，这对"灵魂的双胞胎"，恰好对应着奥斯维辛中的死难者和幸存者。

"内奸，压迫者，所有那些以某种方式侵害他人的人，是有罪的，不仅因为他们所犯的罪行，也因为他们扭曲了受害者的灵魂。"(《被》：40—41)来听听奥斯维辛集中营中囚徒的心声："对一切都加以权衡，在所有问题上都很理智，所有的洞察力，所有的清醒的判断能力，所有这一切在那种情况下都无济于事——在我心里总有一种偷偷的，对自己的荒唐有某种的羞愧的，以及越来越坚定的轻轻渴念的声音，这种声音挥之不去：在这个美丽的集中营我还有点儿想活下去的念头。"① 在这场美丽的诱奸中，女孩还有点想活下去的念头。活下去，是唯一的声音，毕竟"死了就真不好玩了"（《房》：203）。为什么集中营是"美丽的"？为什么折磨可以如此精致？为什么非要"爱上老师"？一切莫过于——不如此就真的没法活下去。当面对无法承受的剧痛，我们总有一种对虐待自己的人说"抱歉"的冲动，仿佛是自己做错了事，才激得对方做出了残忍的伤害；不仅说抱歉，还要经常说谢谢，情感紊乱微妙到不可理喻，最后只有说"爱"——多亏了有"爱"，一切变得可理解可接受，多美多不可思议都可能，多扭曲多肮脏都可以。这便是"痛"与"爱"的天然生理连接。在长期性侵、家暴等这类持续性的极端虐待中，受虐的一方会在非人折磨的间隙里获得喘息，那是甘甜的解放，在暴击的缝隙中重新呼吸到生命的味道。这精心修饰的深刻的解放，远超庸常的日常经验之上，因而形成致命的诱惑。也许可以拿来部分解释，为什么那些受到侵害的人一而再，再而三的忍耐，比如小说中遭家暴的伊纹姐姐，一次又一次推迟自己的边界。某种意义上，这是人格遭遇极端凌辱下的一种心理保护机制，是萧条的意志下暂缓剧痛的吗啡，是人性深不可测的渊底探出的求生之手。受害者无法摆脱被迫害的诱惑，成为永远的受害者。

房思琪爱上奸污她的老师不是假装，不是不理智不道德不伦理，是从受害第一刻起，全世界都成了她的敌人。早在百年前千年前，这列队就站好了。"他发现社会对性的禁忌感太方便了，强暴一个女生，全世界都觉得是她自己的错，连她都觉得是自己的错。罪恶感又会把她赶回他身边。罪恶感是古老而血统纯正的牧羊犬。"（《房》：81）

罪感，是人类群体最广泛的心理连接。一些时刻，它是罪恶的

---

① ［匈牙利］伊姆尔·凯尔特茨：《一部没有命运者的小说》，余泽民译，作家出版社2004年版。

挡路石；另一些时刻，它又充当罪行的挡箭牌。治疗不公平的"罪感"，牵动的是人类根深蒂固的道德神经。传统礼法，已沦为思琪活下去的障碍，人格和身体一样的柔软。受害者从被害的那一瞬间起就被"极恶"污染，他们的所有自救由此带上恶的基因、恶的伦理、恶的美学；他们从此紧闭嘴巴，唯有"爱上"这一套恶的逻辑。迫害她们的不仅是施暴者，更是这持续终身的不公。然而林奕含的全部努力，难道不是为了发出这撕破喉咙也没人听的呼喊——"世界上没有人应该被这样对待！"就像莱维最反对的"我们都是受害者或凶手，而我们自愿地接受这些角色"（《被》：46）。

"世界上最大的屠杀不是奥斯维辛，而是房思琪式的强暴。"[1]在这场大规模屠杀中，究竟谁是"常规"，谁是"例外"？有多少不可表达、无处表达的羞耻？多少作为帮凶的罪恶感？多少从未被合并同类项的私人酷刑？多少"被淹没的"，多少"被拯救的"？

二〇一七年四月二十七日，二十六岁的天才美少女作家在家中上吊自杀。人们推测她去世的原因是童年被性侵引发的抑郁症，同时与这本遗作也不无干系。事实上，书出版不久便引发了不小的争议，有人甚至质疑她的实际经历跟书中描述大有出入。这再次印证了：《房思琪的初恋乐园》实在是一部"幸存者文学"。幸存者从来都不是一次性被杀死的。幸存者在这个社会上要经历的，就是不断被杀死的通关，这一关你侥幸活过来了，下一关又有新的杀手，这是幸存者无从逃避的命运。林奕含挺过了致命的童年，之后的生命依然四面杀声。书里有她对抗毁灭的全部的力气，也有她创造出的回忆——事实上，所有幸存者都面临同样的问题：他们的叙述、

---

[1] 《林奕含自杀前8天受访视频》，https：//sv.baidu.com/videoui/page/videoland？pd=bjh&context= ｛%22nid%22；%2212880354239728443245%22，%22sourceFrom%22；%22bjh%22｝ &fr=bjhauthor&type=video。

回忆跟事实版本之间一定存在偏折,这个偏折可能招来新一轮杀戮。身边的人、朋友、亲人、陌生人,他们对于痛苦的理解和当事人完全不在一个层级上,他们的道德判断必然两样。变节的同类的威胁更甚。受害者必须要冲破二次屠杀,三次屠杀……然而,个体的力量何其微弱,这也是为什么那些奥斯维辛集中营里走出来的幸存者后来多数选择了自杀。以一己肉身去冲破这层层杀戮何其侥幸,惟有整个社会形成普遍的共识,在文明上有所进化,对于暴力的理解有所觉醒,才有可能给个体更多呵护、爱惜,为他们的未来生活放行。

诱奸者和受害者,监狱长跟罪犯,猎食者跟猎物,种种此类关系到头来都会伪装成爱的模样!这是一种自我保护,也是一种自我伪装。当李国华第一次性侵房思琪时,她就成为了自己的赝品。从这一刻开始,那个不断长大的她,那个光鲜美丽的她,那个好成绩的她,都是伪装的自己;而真实的自我,早已在某个极端的封闭空间里停止了成长。"我的整个生命就是建立在思索这个肮脏的事情上"——通过反复的纠缠,去不断厘清这肮脏的暴力,这才是真实自我要做的唯一正事。

二 黑教堂与地下室

"我想成为一个对他人的痛苦有更多想象力的人,我想成为可以告诉那些恨不得精神病的孩子们这种愿望是不对的那种人,我想要成为可以让无论有钱或没有钱的人都毫不顾忌地去看病的那一种人,我想要成为可以实质上帮助精神病去污名化的那一种人。"

——林奕含在婚礼上的发言

中国人对于悲喜的感觉向来比较浅薄,我们讲究的是乐天,对于痛苦本身并不珍视。与之形成对比的俄罗斯文学,则存在大量的"地下室作品",尽管只有陀思妥耶夫斯基一人写了《地下室手记》。他们对痛苦的承受和探讨是惊人的,这些文学式的体悟最终顽强地渗透进民族性格中。汉文明始终回避对痛苦的发掘,以及对于痛苦创造力的认可。中国文字的疼痛经验,是用轻灵的感知将其意蕴化,或曰遗忘。以冲淡为上乘,缺乏西式的痛击的文字。痛,在雅文化之外。即便古典式中国复仇,也都是另一种知音传统。西方则落脚于基督教的罪感与惩罚。直至"现代性"狂扫那静而恬淡的古典生活,疼痛开始成为一种"嗨",一种表达上的致幻剂,将原罪引向虚无的迷途,以获得片刻轻盈的假象。

现代性并非一味"求真"的文明。它推崇某种优于真的"假"——因为"真"是永不能到达的,而优秀的"假"却可以习得,买得,用得。中国在经受了"现代性"的凌霸后,背上了沉重的精神负担,失去了轻灵之身,连享乐纵欲亦是一种劳作和革命。这种疼痛哲学,又反过来塑造了中国人的体质,某种意义上,它是打通儒释道的法门。林奕含把"痛苦"这件事翻来覆去、抽丝剥茧,塑造成了一个具有生命力的完整存在。房思琪的初恋乐园,就是她的痛苦嘉年华。它极大释放了痛苦的魔力及想象力。它萃取出痛苦的含金量。这具体且剧烈的性别之痛,也将渗透进中国现代女性的体格和人格之中。

这番连接形而上精神和身体本体的"痛感",绝不仅单方面源自施刑者。面对这份充满书写价值的痛,我们不能忽视受害者主动性的一面。在房思琪跟李国华之间,始终存在一种创造力的博弈。黑格尔认为恶是"乏味的,无意义的"[1],直至黑色浪漫派发掘了

---

[1] [德]阿尔特:《恶的美学》,宁瑛、钟长盛、王德峰译,中央编译出版社2015年版,第1页。

"恶"作为文学对象的美学。那么,暴力是不是有创造力的?受害者又如何创造心理平衡?"爱"与"恶"的齿轮如何咬紧?这场持续多年的虐待,像一台无比精妙的器械,在不断地赏玩、推进当中,一个重要动力就是暴力者跟受害者之间创造力的较量。与毁灭的对抗,成为某种竞技。

当笔墨涉及强奸小女孩的惯犯李国华,作者忍不住发出嘲讽的声音:"邪恶是如此平庸,而平庸是如此容易,爱老师不难。"(《房》:62)此言一出,闻者心痛,因其更像一个人无计可施时的挑衅与辩驳。平庸之恶,连地狱都不收留——他们根本配不上那个富于创造的、极端的地狱。大多数人都滞在人间。林奕含写出了一个天堂般的地狱,它太过精致——金碧辉煌的地狱,精雕细琢的痛苦。

"忍苦体行(suffer through)真理,亦即透过一个痛苦的内在解放过去。"① 这是殉道者普遍拥有的某种神圣的受虐心,火刑柱上遗留下来的基因。它超越了快感原则,无关利益,是带人飞升的绝对力量。在千疮百孔的至痛之中,建立一座伟大慑人的教堂,重塑信仰且创造圆满。《房思琪的初恋乐园》堪称两性暴力关系的启蒙之书,它构建了一个亲密关系中的奥斯维辛,洞穿了施暴者和受害者之间情感的极限。

在这样一座每一块彩色玻璃都滴着鲜血的,用痛苦精心砌成的黑教堂里,一个过客无法用一句"那是另一个时代的事情"(《被》:14)或"那是别人的事情"将惨剧打发,心安理得。

三 "文学"的辜负

"我已经知道,联想、象征、隐喻,是世界上最危险的东

---

① [英]以赛亚·伯林:《俄国思想家》,彭淮栋译,译林出版社 2011 年版,第 vi 页。

西。"(《房》：76)

——《房思琪的初恋乐园》

文学一直致力于打破社会和人性的假设，以及一定时期相对有效的信念。是文学支撑了房思琪"最低限度的尊严"；是文学"在一个最惨无人道的语境里挖掘出幽默"(《房》：198)。

这部书中处处可见对文学的隐喻，有时候作者甚至会把这个侵犯她的野兽老师譬喻成文学本身。这是无力的告白，也是无用的控诉。当一个小女生从13岁开始就面临这样不可告人、无处排解的深渊，她所有的焦虑和求生的一线希望都托付给了她最信仰的文学。而最令她痛心疾首的是，"一个真正相信中文的人，他怎么可以背叛这个浩浩汤汤已经超过五千年的语境？为什么可以背叛这个浩浩汤汤已经超过五千年的传统？"[①]

诗歌界这几年一直在提新诗百年传统，能自觉活在从白话文到今天这一百年的语境中就已经相当了不起，扪心自问有几人能够像林奕含这样生活在五千年浩浩荡荡的文字语境当中。以字为生、以书为食的文学圈中人，每天红口白牙地谈着文学，文学从一种信仰变成生活方式，渐渐地也就对文人免疫了。究竟怎样才能对得住五千年浩浩汤汤的文学信仰？林奕含是凿实生活在这语境之中的人。她工笔画般的文字，是张爱玲的嫡传，虽然她一点也不刻薄，连犀利都是乖乖女式的。罕见的，是她和文字纠缠的天分；更罕见的，是她对文字的卖力。作者下笔，每一笔都太认真，同行瞥见这力道会黯然羞愧，会为她使这么大劲儿暗自心疼。

---

① 《林奕含自杀前8天受访视频》，https：//sv.baidu.com/videoui/page/videoland? pd = bjh&context = ｛% 22nid% 22：% 22128803542397284432 45% 22，% 22sourceFrom% 22：% 22bjh% 22｝ &fr = bjhauthor&type = video。

一部绝笔，字字珠玑、字字诛心。林奕含说："学文必须强壮。""文学"跟"人"之间的相互调戏，实在是要命的。大不必字字都动真格。然而，林奕含都真刀真枪地对抗，没有一笔在应付。剔骨切肉，痛入骨髓，这才焕发出了极端的魅力。文学究竟有没有辜负我们？如此尖锐的质问，只有她这样的文学圣徒有资格来提。她的思维方式是脑子里不断造句子，无论想什么，出现的都是画面配句子。她跟文学是真正的生活在一起，生死托付。

她在简介中介绍自己的梦想是"从书呆子变成读书人，再从读书人变成知识分子"。"批判性思维"被西方当作知识分子最重要的特质；而中国古典式知识分子最经典的形象就是书呆子形象。这位古典式的女书呆子，她痴绝的文学姿态是"尾生抱柱"式的。《庄子·盗跖》有云，尾生约了一女子某年某月某地见面，到了那天他去桥上等，结果人没来，天下大雨，山洪暴发，他为了守信，坚决不撤，抱紧柱子，直到水越涨越高把自己淹死也没离开。林奕含在文字中的至死方休和尾生抱柱异曲同工，她抱紧文字，抱紧那个高古的墨中世界。她因而"相信一个可以整篇地背《长恨歌》的人"（《房》：133），又岂知《红楼梦》《楚辞》《史记》《庄子》，一切对李国华来说就是四个字——"娇喘微微"（《房》：149）。

不是文学杀人，是文渣害人。"李国华压在她身上，不要她长大。而且她对生命的上进心，对活着的热情，对存在原本圆睁的大眼睛，或无论叫它什么，被人从下面伸进她的身体，整个地捏爆了。"（《房》：70—71）伊纹帮思琪和怡婷建立起文学信仰和精神品位，李国华阻断这一切。某种意义上，伊纹代表了那个精致的被打断的文明，而李国华是插进来的暴力——插进的不仅是她的童年，插进的也是文学的酮体，这浪漫文学时代体内的粗鲁阳具。我们这个世界的文明发展就是这样被暴力一次次地打断。

文学的式微，不仅是时代的文学性消失了，人性里的文学性亦在急速磨灭。

执迷于这深刻的灾祸,文学作为拯救者(抑或理想伴侣)表现出的无能让她深深失望。当她怀抱绝望,逼近文学休克的龙卷风眼,那些浑身上下毫无文学性的人,却正生龙活虎地进入历史。

四 谁来书写?

"你要经历并牢牢记住她所有的思想、思绪、感情、感觉、记忆与幻想,她的爱、讨厌、恐惧、失重、荒芜、柔情和欲望,你要紧紧拥抱着思琪的痛苦,你可以变成思琪,然后,替她活下去,连思琪的份一起好好地活下去。"(《房》:220—221)

——《房思琪的初恋乐园》

我们的文学中充满了伟大的引诱者形象,而伟大的受害者形象却一直缺席。

书写权的争夺,是最终的战役。二战中党卫军对历史书写权的自信,给了集中营囚犯精神上的最后一击:"不管这场战争如何结束,我们都已经赢得了对你们的战争。你们没人能活下来作证,就算有人能幸存,世界也不会相信他的话……集中营的历史将由我们来书写。"(《被》:1)[1]

如莱维观察到的,集中营的历史几乎全都由像他自己那样从未彻底探究过集中营最底层的人们书写,"而那些体验过最底层生活的人,很少能够生还,即使幸存下来,他们的观察能力也会在苦难折磨和缺乏理解中消磨殆尽"(《被》:9—10)。苦难足以耗尽一个

---

[1] [乌克兰]西蒙·维森塔尔:《刽子手就在我们中间》,https://cul.qq.com/a/20171218/011686.htm。

人全部的身心。同样的理由可以解释，涉及性侵的叙事几乎全部由局外人和诱奸者主导。极少有"被捅破""被刺杀"的直接受害人，在经历了无可救药的痛楚之后，重新肩负对他人的责任，拿起笔来，赤裸裸地把一个受害者的全部身心暴露给世界。

这一次，洛丽塔自己拿起了笔，书写了另一个截然不同的洛丽塔的故事。与我们过去读到的诱奸者诉说的"壮丽的高潮""史诗的诱奸"（《房》：42）截然不同，这是一种不可替代的受害者的"控诉体"，满纸布满压抑的呐喊，那种你明明想跑过去砍他一刀，却还不得不对他微笑，不得不对他说晚安。小说的最后，精神导师伊纹鼓励幸存者怡婷写一本"生气的书"（《房》：221），为了让能看到这本书的人，"不用接触，就可以看到世界的背面"（《房》：222）。

这一次，文学没有再辜负她。有起死回生功效的文学，拥有暴风雨般力量的文学，通过重述苦难，去打败陈年的伤害与仇恨，重新获得一种对历史的解释力与解放力。犹如当年马丁路德·金对三K党暴行所说的："当我们获得自由的时候，我们将唤醒你们的良知，把你们赢回来。"赢过来，是林奕含对文学的期待，把良知赢过来，把受害者的罪恶感扔出去，把堕落的世界赢过来，回到理想光芒下的文学的时代。

奴隶制度、集中营惨剧已在历史上翻篇，然而这种嵌入在人类情感中的黑洞，却是始终存在的诱惑与威胁。奥斯维辛之后，暴力渗透到日常之中，在亲密关系里不断复发。两性关系之恶，已借由千百年的男权政治沉入到男男女女的情感湖底。

什么是善的两性关系？以及所有政治哲学中最核心的问题"为什么我要遵从你或其他人？""什么是义务、权力、公正、平等？"房思琪发出两性世界里的天问："什么样的关系是正当的关系？在这个你看我我看你的社会里，所谓的正确不过就是与他人相似而已。"(《房》：103）在这场关于两性暴力的全新书写中，林奕含用受害者的方式，扮演了启蒙者的角色。真正的启蒙者必须要有殉道精神。林奕含因其对文字无比信仰，在"文字教"里拿自己的肉身献祭。

这也是为什么这本书如此蜇人。无论任何时代，用血写成的文字和唾沫喷出的言辞怎可相比。那些通过贩卖丑陋价值观，不断煽动社会情绪获得流量的，都是文化上的"芙蓉姐姐"，以为丑就是厉害，无耻是唯一的武器。林奕含完全不同，她是另外一个极端，极致的完美主义。如此残暴的事情她都处理得那么精美，她对文字的态度太美了，她自己也美。

这一场书写，是最肮脏堕落的泥潭中，美的飞驰。

一个受虐的女神，同时也是自我献祭的女神，不断地被这个男权社会千百次的摧折。今天我们可以说是踩着她的裹尸布在前行。她的裹尸布铺就了我们通往文明、通往觉醒、通往两性平等的道路。

（作者单位，中国社会科学院外国文学研究所）

张廷国

探寻黑格尔辩证法的"秘密"
——解读马克思的《对黑格尔的辩证法和整个哲学的批判》

一 引言

《对黑格尔的辩证法和整个哲学的批判》一文是马克思1844年夏天在巴黎完成的，但在马克思生前并未公开发表，其原因我认为有二：一是因为本文看起来是一篇完整的文章，但其实整篇文章还是带有明显的读书笔记的痕迹，尤其是在关于评析黑格尔的《精神现象》的部分，有的地方马克思只是做了大量的《精神现象学》一书的原文摘录，而未能展开更详细的评论，有的地方虽然加入了马克思自己的评论，但也只是提纲挈领地评论；二是因为本文并不是马克思想要完成的单篇文章，而是马克思计划要完成的《巴黎手稿》中的一部分，并且还只是《手稿》"笔记本Ⅲ"中的一个部分。"笔记本Ⅲ"的主要内容并不具有独立性，它的主要任务只是对"笔记本Ⅱ：私有财产的关系"的补充。"笔记本Ⅲ"的内容共有七点，从（1）到（5），马克思主要是围绕着"私有财产和共产主义"这一问题进行了深入的研究，其中马克思不仅集中批判了"粗陋的共产主义"，而且全面地阐述了自己对共产主义的理解。而名为"对黑格尔的辩证法和整个哲学的批判"这部分就是"笔记本Ⅲ"中的第（6）部分。

因此，这就决定了我们从一开始就不能把《对黑格尔的辩证法和整个哲学的批判》一文孤立地来看待，而必须把它放到《手稿》的整体中加以把握，只有这样，我们才能完整地理解马克思写作该文的意义。关于这一部分的意义，马克思在文章一开始就给出了一个明确的说明："在这一部分，为了便于理解和论证，对黑格尔的整个辩证法，特别是现象学和逻辑学中有关辩证法的叙述，以及最后对黑格尔辩证法与现代批判运动的关系略作说明，也许是适当的。"① 由此可见，马克思在这里主要是要完成三个方面的任务：其一，就是要对他在"笔记本Ⅱ"中阐发的共产主义思想做出更全面、更深刻的"理解"和"论证"；其二，为了便于理解和论证共产主义，就需要从哲学上澄清黑格尔哲学中的辩证法、尤其是《精神现象学》和《逻辑学》中有关"异化"和"扬弃"的辩证法思想；其三，为了真正地理解黑格尔辩证法的意义，还需要对黑格尔辩证法同德国的"现代批判运动"之间的关系做出说明。而本文的目的就是试图围绕马克思为自己确立的任务，并结合马克思的原始文本，进行深入解读。

二 对"非批判"的批判

从整个西方哲学的发展来看，毋庸置疑的是，黑格尔哲学无论是对于德国古典观念论还是对于西方传统哲学的观念论而言，都是西方理性主义精神的集大成者。就此而言，我们完全认同黑格尔对他自己的哲学体系的评价，即他的哲学是西方哲学史上最后一个具

---

① Marx/Engels Gesamtausgabe，MAGA2，Band 2，Dietz Verlag Berlin 1982，S. 399；参看马克思《1844年经济学哲学手稿》，人民出版社2000年版，第94页。以下凡引此书页码，一律标识MAGA2的页码，参看中文版单行本《手稿》的页码。

有自己严密的逻辑体系的、以抽象概念建立起来的无所不包的形而上学体系。正因为此，黑格尔哲学通常被视为从近代哲学转向现代哲学的分水岭。而实现这种转向的标志性事件就是在黑格尔去世之后从黑格尔学派中分裂出来的"老年黑格尔派"（即黑格尔右派）和"青年黑格尔派"（即黑格尔左派）的对立，前者由于固守黑格尔哲学抽象思辨的保守体系而被当时的哲学运动所淘汰，后者则由于在黑格尔哲学中发现了具有批判性和革命性的辩证法思想而直接导致了黑格尔哲学体系的解体。

马克思在《手稿》中说到的"现代批判运动"、"现代德国的批判发展"、"现代的批判"、"批判的神学家"等，其实就是指的青年黑格尔派。青年黑格尔派作为当时比较激进的一个哲学流派，其成员主要包括大卫·斯特劳斯、鲍威尔兄弟、施蒂纳、卢格等人，早年的费尔巴哈和马克思、恩格斯也都曾经属于这一派。就青年黑格尔派本身的思想倾向来看，其内部因为在宗教问题上的尖锐对立而又分为两派：一派以大卫·斯特劳斯为代表，主要是推崇和夸大黑格尔哲学中的"实体"概念，认为"实体"概念是黑格尔哲学中最有价值的东西；另一派则以鲍威尔兄弟（布鲁诺·鲍威尔和埃德加·鲍威尔）为代表，认为"主体"和"自我意识"概念是黑格尔哲学的灵魂，由此才可以将黑格尔哲学引向激进的革命方向。

大卫·斯特劳斯（1808—1874）于1835年出版了他的代表作《耶稣传》。在这部著作中，他完全认同黑格尔关于世界历史只不过是以绝对精神自我意识自身的产生和发展历程、以及宗教也不过是以表象的方式来再现绝对精神的观点，并由此把《圣经》中的耶稣视为当时的时代精神和民族精神借以表达自身的一个象征。他根据历史主义的释经方法，认为必须把《圣经》中的有关耶稣的记载放在一定的历史背景下去考察，反对用超自然的观点去看待它。具体而言，他认为耶稣虽然在历史上实有其人，但《圣经》中牵强附会地加在他身上的那些神迹故事却都是后人虚构出来的，是当时人们的不自觉的普遍意识的表现，或者说，是当时人们集体无意识的产物。因此，他主张必须用历史主义的释经方法把耶稣其人的真实事迹同后来虚构出来的神迹故事区别开来，从而把其中所体现出来的集体无意识揭示出来，以便把我那个时代的"实体"精神。

布鲁诺·鲍威尔（1809—1882）是黑格尔的学生，曾在黑格尔的指导下完成博士学位论文《论康德哲学的原则》，但后来由于受到施特劳斯的激进思想的影响而转变为一个比施特劳斯本人还要激进的青年黑格尔分子。在宗教问题上，布鲁诺·鲍威尔持一种与施特劳斯完全相反的观点，在其1840年出版的《约翰福音史批判》一书中，他认为福音书并不是其作者们集体无意识的产物，而是传教士们主观上有意识地编造出来的神话故事。因此，在诠释《圣经》的过程中不必去寻求人们的"自我意识"和主观意图背后那虚幻的客观精神实体，而应该对那些编撰基督教教义的人们的内心主观意图进行阐释，从而研究基督教的真正起源。所以在他看来，基督教的历史并非实体精神自身发展的历史，而是人的主体即"自我意识"的创造力和想象力的产物。

针对上述施特劳斯和鲍威尔在宗教观上所持的截然对立的观点，马克思明确地指出了他们的根本性错误："那种致力于旧世界内容的研究，那种拘泥于批判材料的现代德国批判的发展，是如此的强词夺理，以致对批判的方法采取一种完全非批判的态度，而对于我们现在如何对待黑格尔的辩证法这一表面上是形式的而实际上是本质的问题，则处于某种完全无知状态（Bewutβlosikeit）。"① 这就是说，在马克思看来，无论是施特劳斯还是鲍威尔，他们都既没

---

① MAGA2，S. 399；参看《手稿》，第94页。

有认识到他们的哲学同黑格尔的整个哲学,特别是同黑格尔辩证法的关系,也没有真正意识到黑格尔辩证法对于黑格尔之后兴起的德国批判运动的真实意义。一方面,就他们的批判内容而言,他们还都停留在黑格尔所创立的抽象的思辨哲学体系之中,以致他们对神学的批判终究仍然是建立在黑格尔哲学体系的基础之上的。这样就使得他们不可能去关注现时代的实际社会状况,因而也就不会想到要提出关于德国哲学和德国现实之间的联系问题,以及关于他们所作的神学批判和他们自身所处的物质环境之间的联系问题。另一方面,就他们的批判方法而言,他们往往只是满足于从黑格尔的抽象思辨哲学中寻找可供他们借来使用和发挥的个别概念,如"实体"、"客观精神"、"主体"、"自我意识"等,以把它们当作自己批判神学的理论基础。虽然他们在基于各自的哲学立场上而看到了对方在宗教神学问题上的片面性和局限性,并由此开始了对他们的哲学基地即黑格尔辩证法的批判,但是,在他们批判神学的过程中也都使各自从黑格尔那里借用来的概念获得了"片面的、因而是彻底的发展"[①]。

综上所述,由于施特劳斯和鲍威尔对黑格尔哲学所采取的这种"非批判的态度"以及对黑格尔哲学的"片面的"发展,因此,马克思认为,以施特劳斯和鲍威尔为代表的青年黑格尔派对黑格尔的思辨哲学和辩证法的批判不可能是全面的、彻底的批判,因而也就不可能真正地"同自己的母亲即黑格尔辩证法批判地划清界限"[②]。因此其结果只能是:一方面,他们在批判神学时根本离不开黑格尔的抽象思辨哲学为他们提供哲学理论前提;而另一方面,在批判神学的过程中,当对他们自己信奉的黑格尔哲学这一前提产生怀疑的

---

① 《马恩全集》第 2 卷,第 177 页。
② MAGA2, S. 400;参看《手稿》,第 95 页。

时候,他们就不得不以一种消极的、诡辩的方式来表明他们对这些前提的屈从和对这种屈从的无奈。

三 转向批判的态度

马克思上述对施特劳斯和鲍威尔的批判,显然表明了马克思对他们在对待黑格尔辩证法的立场上所采取的那种完全"非批判的"的态度极其不满。为了同这种"非批判的"态度彻底划清界限,马克思不得不从哲学的根本性质上重新评价黑格尔的辩证法和整个哲学的本质特征。而在他开始这项艰巨的工作之初,他就意识到只有借助费尔巴哈对黑格尔辩证法的批判,才有可能真正地克服黑格尔的旧哲学,这是因为:"费尔巴哈是唯一对黑格尔的辩证法采取严肃的、批判的态度的人,而且只有他在这个领域内获得了真正的发现,总之,他是旧哲学的真正的克服者。"[1]

接下来,马克思从三个方面对费尔巴哈的"伟大功绩"进行了概括性的阐述:"(1) 证明了哲学不过是变成思想的并且通过思维加以阐明的宗教;因此同样应当受到谴责的是;哲学不过是人的本质的异化的另一种形式和此在方式(Daseinsweise);(2) 创立了真正的唯物主义和实在的科学,因为费尔巴哈也使'人与人'的社会关系成了理论的基本原则;(3) 他把基于自身并且积极地以自身为根据的肯定的东西同声称是绝对肯定的东西的那个否定之否定对立起来。"[2]

关于(1),马克思认为,如同施特劳斯和鲍威尔一样,费尔巴哈的哲学也是开始于对宗教神学的批判,但与他们不同的是,他首先看出了宗教与唯心主义哲学之间具有内在的本质关联,因此,如

---

[1] MAGA2, S.400;参看《手稿》,第96页。
[2] 同上。

果不对唯心主义哲学进行彻底的清算，也就根本不可能对宗教进行全面的、彻底的批判。在他看来，作为德国唯心主义哲学的集大成者，黑格尔的思辨哲学在其本质上就如同宗教神学一样，不过是人的本质的抽象的形式，不过是人的本质的异化的"另一种形式和此在方式"。这里他所谓的"此在方式"，就是指在抽象思维中把人的本质异化为一种在此岸世界的存在方式。所以，如果说黑格尔的思辨哲学与宗教神学之间有什么不同的话，也仅仅在于："思辨哲学是要对把宗教当作彼岸的、非对象性的上帝进行理性的或理论的加工和化解"；或者说，"思辨哲学的本质不过是理性化了的、实在化了的、当下化了的上帝的本质。思辨哲学是真正的、前后一致的、理性的神学。"① 这样一来，费尔巴哈也就从根本上戳穿了黑格尔的思辨哲学的唯心主义性质，它终究不过是一种精致的"理性神学"。

关于（2），马克思虽然在这里给予了费尔巴哈过高的评价，但有一点是毋庸置疑的，那就是他看到了费尔巴哈的人本学唯物主义是对黑格尔思辨哲学的真正"颠倒"，即颠倒了黑格尔哲学体系中存在与思维的关系，存在成为了主词，思维则成为了谓词。这种颠倒的结果就是，费尔巴哈必然是把自然界和感性的人当作其人本学唯物主义的出发点，把研究人与自然界以及"人与人之间"的社会关系当作自己哲学的基础。同时，在这个颠倒的基础上，费尔巴哈也就深入到了对宗教的唯心主义根源的批判，并进一步开展到了对人的本质的研究。

关于（3），马克思高度肯定了费尔巴哈对待黑格尔的辩证法所采取的批判的态度。这种批判的态度主要体现在两个方面：一方面，费尔巴哈积极地批判了黑格尔对否定之否定的辩证法所作的抽

---

① Ludwig Feuerbach Sämtliche Werke, Band 2, Frommann Verlag, Stattgart-Bad Cannstatt 1959, S. 246.

象的思辨理解，从而批判了黑格尔在思辨的逻辑基础上从"否定之否定"中推论出来新的肯定的方法；另一方面，在批判黑格尔的否定性辩证法的基础上，费尔巴哈依据其人本学唯物主义的基本原则而彻底地把"以自身为根据的肯定的东西"即感性确定的东西与黑格尔的"否定之否定"对立起来。

在这里，马克思通过对费尔巴哈的"伟大成就"所作的叙述，他着重关注的并不是这些成就的进一步展开，而在于费尔巴哈通过这些伟大的成就，初步地向我们展示出了他在如何对待黑格尔的辩证法这一问题上所表现出来的"批判的"的态度，即费尔巴哈是"对黑格尔的辩证法采取严肃的、批判的态度的人"，是"旧哲学的真正的克服者"。在这个意义上，马克思显然是肯定和接受费尔巴哈所采取的这种"批判的态度"的。而且马克思还在费尔巴哈的基础上，为这种批判的态度确定了基本的原则："我们既要说明这一运动在黑格尔那里所采取的抽象形式，也要说明这一运动在黑格尔那里同现代的批判……所描述的同一过程的区别；或者更正确地说，要说明这一在黑格尔那里还是非批判的运动所具有的批判的形态。"[①] 也就是说，我们必须辩证的、批判地看待黑格尔的辩证法，我们既要彻底澄清黑格尔辩证法的唯心主义哲学基础及其"思辨性"的特点，也要正确评价黑格尔的否定性辩证法的批判性的、革命性的环节。只有这样，我们才能真正地与黑格尔的辩证法彻底地、严格地划清界限。

四 黑格尔哲学的"真正诞生地"

当马克思有了自己的"批判的态度"之后，他接下来的任务就是要正面地迎战黑格尔的哲学体系，而要对黑格尔的辩证法和整个

[①] M MAGA2, S. 401；参看《手稿》，第97页。

哲学体系进行严肃的、彻底的批判,就必须从黑格尔的《精神现象学》即"从黑格尔哲学的真正诞生地和秘密"① 开始。在这里,马克思之所以要选择从《精神现象学》开始,其原因大致有三个方面:其一,青年黑格尔派在对宗教神学的批判以及在他们互相之间的批判中,黑格尔的《精神现象学》恰好是他们批判的武器;其二,《精神现象学》作为"黑格尔的圣经",同时也被马克思视为黑格尔哲学的"真正诞生地",所以要想了解黑格尔的辩证法和整个哲学,就必须认真研究和深入理解这部著作;其三,《精神现象学》一书集中阐述了"异化"和"扬弃"的辩证法思想,而这也正符合马克思要向更深处推进"异化劳动"研究的需要,因而符合马克思在"笔记本Ⅱ"中要阐述"私有财产和共产主义"之关系的需要。

《精神现象学》最初是发表于1807年,当时发表时有一个副标题,即"科学体系第一部",这就是说,在黑格尔当初出版这部书时,他只是打算把这部著作视为自己创立的"科学体系"的第一部。黑格尔这里所说的"科学"并不是指通常意义上的自然科学,而是指严格意义上的科学即哲学,所以,他这里所说的"科学体系第一部",其实就是指他自己的哲学体系第一部。这部书在黑格尔去世后的1832年又出版了经他部分修订过的第二版,但在新修订的第二版中,他把"科学体系第一部"这个副标题取消了。在《精神现象学》第一版发表十年之后,1817年黑格尔又出版了他的《哲学全书纲要》(即《哲学百科全书》),这部巨著分为三部:《逻辑学》《自然哲学》和《精神哲学》;其中《精神哲学》包括三个部分:"主观精神""客观精神"和"绝对精神";而主观精神这一部分又分为三个环节:人类学、精神现象学和心理学;在"精神现象

---

① MAGA2,S.401;参看《手稿》,第97页。

学"这一环节中只包括"意识""自我意识"和"理性"这三个阶段,而不包括"精神"或"客观精神"的各个环节以及宗教和哲学。

可见,在《哲学全书纲要》中,"精神现象学"已经不再是黑格尔整个哲学体系的第一部分了,而降到了非常次要的地位,即由原来"科学体系第一部"降为了哲学体系的第三部《精神哲学》中的第一个环节"主观精神"中的一个很小的部分。这是因为,在黑格尔看来,早期的"精神现象学"归根结底还是"意识的经验科学",还是一种经验性的描述,还没有上升到逻辑化的描述,因此需要在逻辑体系里面对之进行一种"拯救",而要对这门"经验性的科学"进行拯救,就必须将之放入到逻辑学的体系里加以理解。由于在黑格尔后来创立的正式的哲学体系里,着重强调的是绝对观念本身、真理本身、上帝本身,也就是逻辑本身,因此逻辑学在这里就具有了另一个开端的作用,就像黑格尔自己所形容的那样,《逻辑学》就是上帝在创造世界时所预先设计的一个"蓝图",全部世界都是上帝按照逻辑学所描绘的这个蓝图而创造出来的,至于说具体是怎么创造出来的,那就是《自然哲学》和《精神哲学》的任务了。因此在这里,"精神现象学"自然也就退居到了"主观精神"的一个环节。

至于黑格尔为什么要做出这么大的改变,学术界长期以来一直没有定论。对于黑格尔所作的这种前后不同的安排,本文非常认同邓晓芒先生的观点。邓晓芒先生早在20世纪90年代发表的《思辨的张力——黑格尔辩证法新探》一书中就曾经提出过一个观点,认为黑格尔这样做完全是为了"掩盖"自己全部哲学体系的最初的起源,这个最初的起源就是《精神现象学》[①]。在2017年刚刚出版的

---

① 参见邓晓芒《思辨的张力——黑格尔辩证法新探》,湖南教育出版社1992年版,第114—115页。

《黑格尔〈精神现象学〉句读》（十卷本）中，邓晓芒先生再次强化了这一观点。在"句读绪论"中，邓晓芒先生指出，黑格尔在《逻辑学》中通过纯粹逻辑的"蓝图"来抽象地刻画这个世界时，他其实就是在用上帝创世说这一套基督教的逻辑框架，来篡改他最初写《精神现象学》的意图，或者说，掩盖其全部哲学的"真正诞生地"。正如邓晓芒先生所指出的："《精神现象学》表面上的诞生地是逻辑学，……但是这种设计是虚假的，其实他是从《精神现象学》出发的，他还是从世俗的经验科学出发的。"[1]

既然《精神现象学》是黑格尔哲学的真正诞生地和秘密，那么，这"秘密"究竟何在呢？根据马克思对《精神现象学》所做的摘录和阐述来看，主要体现在黑格尔在其中所阐发的关于"自我意识"及其"异化"的学说。

可以说，黑格尔整部《精神现象学》，尽管包含有"意识"、"自我意识"、"理性"、"精神"、"宗教"和"绝对认知"六个环节，但究其实质而言，不过是"自我意识"的形成及其发展的历史。在这个意义上说，理解了"自我意识"学说，也就把握住了《精神现象学》及其整个哲学的全部"秘密"。而且事实上，马克思在批判黑格尔的辩证法及其哲学的过程中，也恰恰是围绕着"自我意识"概念展开的。特别值得注意的是，马克思在描述《精神现象学》的体系大纲时，并不是按照黑格尔本人的划分来排列的，而是按照自己的理解进行了重新排列。《精神现象学》中原来的标题是这样划分的：（A）意识；（B）自我意识；（C）理性；在理性之下又分为：（AA）理性；（BB）精神；（CC）宗教；（DD）绝对认知。但在《手稿》中，马克思却改变了黑格尔的排列次序：（A）

---

[1] 邓晓芒：《黑格尔〈精神现象学〉句读》第一卷，人民出版社2017年版，第12页。

自我意识：Ⅰ. 意识；Ⅱ. 自我意识；Ⅲ. 理性；（B）精神；（C）宗教；（D）绝对认知。① 在这里，马克思的用意很明显，他把黑格尔在《精神现象学》中划分出来的"意识"、"自我意识"和"理性"三个部分都划归到了"自我意识"名下，成了"自我意识"的三个环节。

关于"自我意识"在《精神现象学》中的地位和作用，马克思后来在《德意志意识形态》中又有进一步的描述，他说："在'现象学'这本黑格尔的圣经中……生活和历史的全部多样性都归结为'意识'对'对象'的各种关系。"并把这些关系归结为三种最为根本的关系：首先，意识认识对象真理；其次，具有真理性的意识创造出自己的对象；最后，意识本身成为对象的真理和真理的对象——整个是一个"绝对的意识"（圣父）通过自己的外化（圣子）而意识到自身（圣灵）的过程。② 换句话说，黑格尔在这里实际上就是把人类意识的发展看作是"自我意识"自己认识自己的自我发展史。在这个意义上可以说，可以说，黑格尔所谓的"精神现象学"，不过是关于自我意识的异化现象的科学。

具体而言，自我意识自身的发展包括三个环节：首先是自我意识自身。它以意识自身为对象，并意识到作为自我的这个意识与作为对象的那个意识有一种差别。然而自我意识在意识到这一差别时立即又超越了这一差别，因为它又意识到自己就是这两者的统一：它既是进行意识的意识，又是被意识到的意识，既是自我，又是对象。其次是生命。自我意识与对象的统一是在不断超越、不断否定自身的过程中实现的，而这种不断超越、不断否定自身的过程就是对自身的不断追求，它所追求的那个东西，作为它自己的否定的对

---

① MAGA2，S. 402；参看《手稿》，第 97—98 页。
② 《马恩全集》第 3 卷，第 163 页。

象,就是生命。它要追求自己的生命,它要活动,就要克服那些各自独立的、有差别的东西,使之融化于时间之流中,消耗它们,用它们维持自身为一持存的生命实体。但它同时又使自身成为一个活生生的过程的生命,因此它最终又从对象那里回到了自身,它对生命的追求就是对自身的追求。最后是"类意识"。正因为自我意识把自己当作生命对象来追求,它也就把另一个生命对象和无限的生命(即类生命)当作自我来追求,因为归根到底它"只有在一个另外的自我意识里才得到它的满足"。这就是自我意识的"双重化"结构:它既是对自己对象的否定,又是对这一否定的特殊形式的否定,因而达到了普遍的独立本性,达到了一个一个新的肯定阶段,即"精神"。作为绝对的实体,精神就在它的对立面的充分的自由和独立中,在互相差异、各个独立存在的自我意识中,实现它们的最终统一:"我就是我们,而我们就是我"。所以,只有到了"精神"这个阶段,"意识在这个作为精神概念的自我意识里,才第一次拥有了自己的转折点,在这个转折点上,它才从感性的此岸之五光十色的映象里并且从超感官的彼岸之空虚黑夜中走出来,跨入到当下的精神白昼中。"[①]

但是,在黑格尔那里,关于自我意识及其异化现象的考察实际上又是掩盖在他的整个思辨的哲学体系之中的。正如马克思所指出的:黑格尔的整个哲学体系是从"逻辑学"到"自然哲学"再到"精神哲学"的过程,换言之,"黑格尔的《哲学全书》以逻辑学,以纯粹的思辨的思想开始,而以绝对的认知,以自我意识的、理解自身的哲学的或绝对的即超人的抽象精神结束一样,整个一部《哲学全书》不过是哲学精神的展开的本质,是哲学精神的自我对象

[①] 黑格尔:《精神现象学》,邓晓芒译,人民出版社2017年版,第115页。

化;就像哲学精神只是在它的自我异化内部通过思维来理解即抽象地理解自身的、异化的世界精神那样。"① 从逻辑学开始,就是从逻辑的抽象思维开始,然后这种抽象思维再通过自我的对象化而将自身外化、异化为自然界。但是,在这种抽象思维外化、异化为自然界的过程中,一方面,"自然界对抽象思维来说是外在的,是抽象思维的自我丧失";另一方面,"抽象思维也是外在地把自然界作为抽象的思维来理解,然而是作为外化的抽象思维来理解。"这种双重化的"自我丧失"必然导致抽象思维与自然界的分离,因此,抽象思维最后还要通过扬弃自然界而返回到自身。总之,"在它终于发现自己并肯定自己是绝对的认知、因而是绝对的即抽象的精神之前,在它获得自己的被意识到的、与自身相符合的此在(Dasein)之前,它作为人类学的、现象学的、心理学的、伦理的、艺术的、宗教的精神,就仍然还不能被视为是它自身。因为它的现实的此在是抽象。"②

但在马克思看来,正是这个还不能被视为是它自身的"抽象",恰恰就成为了"使黑格尔分子伤透了脑筋的"③ 哲学之谜。也就是说,正是黑格尔整个哲学体系表面上的诞生地即《逻辑学》,才使得黑格尔的"哲学精神"掩藏在神秘性和虚假性之中。因此,在马克思看来,我们从一开始就不能把《精神现象学》简单地看作是黑格尔整个哲学体系的一个"导言",而必须将之视为黑格尔整个哲学体系的真实注解和确证,视为黑格尔哲学的真正的诞生地和秘密。事实上,也正是黑格尔在这里所阐发的有关"异化"及对异化的"扬弃"的思想,才能够使马克思真正探寻到黑格尔的辩证法和

---

① MAGA2,S.402;参看《手稿》,第98页。
② MAGA2,S.402-403;参看《手稿》,第98—99页。
③ MAGA2,S.415;参看《手稿》,第115页。

整个哲学体系的"秘密"。

五 黑格尔的双重错误

马克思虽然发现了黑格尔哲学的真正诞生地和秘密,但是,同时他也看到了,由于黑格尔对自我意识的异化现象的理解表面上还隐藏在他的抽象的"纯粹思维"之中,因此也就导致了其《精神现象学》的"双重错误":

第一个错误是:"当他把财富、国家权力等等看成同人的本质相异化的本质时,这似乎只是就它们的思想形式而言的。……它们是思想的本质——因而只是纯粹的即抽象的哲学思维的某种异化。……因此,全部外化的历史和外化的全部消除,不过是抽象的、绝对的……思维的生产史,即逻辑的思辨的思维的生产史。"①

为了更加清楚地澄清这一错误的实质,我们在这里有必要回到黑格尔本人的语境中去。黑格尔在《精神现象学》的第六章("精神")第2节("自身异化了的精神;教化")中,第一次明确地使用了"异化"(Entfremdung)这一概念。在黑格尔看来,在古代传统社会里,人们还生活在"伦理精神的世界"中,个人还习惯地依赖于家庭和民族所遵循的习俗的伦理法则和神的法则,个体与社会之间尚未分离。只是发展到了"法权世界"阶段,人们才建立起了法律意识和道德意识,因而个体才得以实现自我的现实性,才被确立为人,而"当初在伦理世界中是统一不分的东西,现在以发展了的形态、但却是自我异化了的形态登场了。"② 简言之,意识在能

---

① MAGA2,S. 403;参看《手稿》,第99页。
② 黑格尔:《精神现象学》,邓晓芒译,人民出版社2017年版,第294页。

够把社会理解为自己的行为之前,就已经感到社会是一种异己的力量了。比如,具有独立形态的国家权力和财富,就是个体外化其个性并因此而产生的两种法权,它们作为社会现实,对于个体来说就是某种异己的东西,因而是人自我异化的具体表现。

对此,马克思认为,当黑格尔把国家权力和财富这些现实的人的感性存在看成同人的本质相异化的本质时,他只是看到了它们的思想本质,即它们的异化不过是抽象的哲学思维的某种异化。所以,他只能用自己的抽象思维的尺度去衡量现实的人的感性存在及其历史,从而使它们成为抽象思维中的历史。也就是说,异化在这里就是指抽象的思维同感性的现实或现实的感性在思想本身中的对立,而其他一切对立及其运动,都不过是这一对立的假象、外观和公开形式。而在这里,作为这种抽象思维的形象代言人的"哲学家",由于他本人已从现实的社会生活和感性活动中抽身出来进行纯粹思维的活动,或者说,他本身已经成为"异化的人",因此,在这种异化中,哲学家本身实际上已经把自己变成了异化了的对象世界的"尺度",即把自己的纯粹思维变成了衡量和规范现实的社会生活和感性活动的尺度。

第二个错误是:黑格尔在描述对人的异己对象的本质力量的占有、即在纯思维中发生的占有时,尽管其中已经含有一个"完全否定和批判的外表",进而已经含有一种"往往早在后来发展之前就先进行的批判",但是,他对异化的抽象的和思辨的理解却恰恰是一种"非批判的实证主义和同样非批判的唯心主义"[①]。

马克思之所以把黑格尔的哲学定义为"非批判的实证主义",就在于:如果按照实证主义的原则,黑格尔就应该"要求把对象世界还给人",这样一来,感性意识就不应当是抽象的感性意识,

---

[①] MAGA2,S.403;参看《手稿》,第99—100页。

而应该是现实的、此在的人的感性意识；同样地，宗教、财富等等也不应当是抽象思维的产物和思想的本质，而应当是人的对象化的异化了的现实，是客体化了的人的本质力量的异化了的现实，因而是"通向真正人的现实的道路"。但是，由于黑格尔哲学本身所具有的唯心主义性质，这就决定了他不可能真正按照实证主义的原则去要求把对象世界还给人，因此，"这种占有或对占有这一过程的洞见，在黑格尔那里就表现为：感性、宗教、国家权力等等是精神的本质——因为只有精神才是人的真正的本质，而精神的真正的形式则是思维着的精神，即逻辑的、思辨的精神。自然的人性和由历史所创造的自然界即人的产品的人性，就表现在它们是抽象精神的产品，所以在这个限度内，它们便是精神的环节、思想的本质。"①

虽然黑格尔的哲学是彻底的绝对唯心主义，但这种唯心主义在马克思看来却是一种"非批判的唯心主义"，因为根据前述马克思对黑格尔第一个错误的批判，既然作为抽象思维的形象代言人的哲学家已经把他自己的纯粹思维当作了衡量和规定异化了的感性世界的唯一"尺度"，那么，他对异化了的世俗世界所进行的一切否定和批判都必然是建立在这个"非批判"的纯粹思维基础上的。因此，作为黑格尔哲学体系之逻辑开端的"纯粹思维"，实际上早已作为异化世界的尺度而隐蔽地、神秘地包含在《精神现象学》之中了。这就是说，在黑格尔的哲学体系还没有从"逻辑学"外化为"应用逻辑学"（即"自然哲学"和"精神哲学"）之前，他所宣称的"真理"就已经现成存在了。"所以尽管黑格尔在《现象学》中宣称真理不是'现成的铸币'，马克思仍然嘲笑他的'逻辑学是精神的货币'，它自以为具有'绝对尺度'的本质，实际上却不过

---

① MAGA2, S.404；参看《手稿》，第100页。

是精神价值的抽象代表而已。"① 因此,虽然马克思在《精神现象学》中看到了"它潜在地包含着批判的一切要素",但同时也明确地指出了:"《现象学》是一种隐蔽的、自身还不清楚的、神秘化的批判"②,因为事实上,《现象学》的一切批判并没有对它事先预设的前提即纯粹思维进行批判,所以归根到底仍然是"非批判的"。

六 否定性辩证法的积极意义及其局限性

马克思基于一种批判的态度,在批判黑格尔的上述双重错误的同时,也肯定了黑格尔的否定性的辩证法的积极意义,尽管黑格尔的辩证法只是一种"纯思想的辩证法"③。在《现象学》中,黑格尔的辩证法思想主要集中在自我意识的异化这一概念上。甚至可以说,在黑格尔那里,精神现象学作为研究意识形态的一门科学,正是以研究自我意识异化的各种不同形态为对象的,是研究自我意识的异化现象的科学。

关于自我意识的异化现象,黑格尔是这样描述的:"这个世界的精神是为一种自我意识所渗透了的精神本质,这种自我意识知道自己作为这种自为存在的本质是直接当下在场的,并且知道这本质作为一种现实性是与自己对立的。但这个世界的定在正如自我意识的现实性一样,基于这一运动之上:对自己人格性的这一自我意识外化自身,从而产生自己的世界,并且把这世界当作一个异己的东西来对待,以至于它从现在起必须把这个世界攻占下来。但对它的自为存在的放弃本身就生成了现实性,因而通过这种生成,自我意识也就直接占领了现实性。——或者说,自我意识只有当它异化其

---

① 邓晓芒:《思辨的张力——黑格尔辩证法新探》,湖南教育出版社1992年版,第118页。
② MAGA2,S.404;参看《手稿》,第100页。
③ 同上书,第101页。

自身时它才是某物，它才有现实性；自我意识借此而把自己建立为普遍的东西，并且它的这个普遍性即是它的效准和现实性"①。

在这一段话里，黑格尔表达了四层意思：首先，这个客观的现实世界既然是自我意识异化的产物，那么，这个世界的精神就是为一种自我意识所渗透了的精神本质。这就是说，这个客观世界在其本质上就是由自我意识主动建立起来的，因而是主观的。但它同时又具有客观性，所以它又不是直接主观的，而是由主观异化出来的。其次，由于世界的"定在"（即此在）本身是自我意识外化出来的，所以它和自我意识的现实性具有共同的基础。在这里，"自我意识的现实性"就是指"人格性"，而人格性就意味着人格已经独立了，个体已经独立了，它必须在外部世界中表现出来，而当它外化自身时，它就是一个产生出世界此在的运动，并且把这个世界当作一个异己的东西加以占有和征服，因为否则的话，这个世界就还不是它自己的世界，它的人格性就还没有建立起来。第三，具有了人格性的人要把自己的自为存在实现出来，就必须首先放弃自己的自为存在，也就是必须把现实性看作是一种异己的自为存在，只有这样，自我意识才能直接占领现实性，进而才能成为"某物"，才能拥有"实在性"。第四，当自我意识异化自身的时候，它就借此使自己具有了普遍性，成为了一个普遍的我，并且它的这个普遍性就成为了它的效准和现实性。如果没有这种普遍性，那么它就不会有任何客观的效准和现实性，而只可能是它自己的主观愿望。

在这里，虽然黑格尔把这个世界此在的运动看作是自我意识的外化、异化和对象化的过程。但是，这一过程却体现出了一种积极的批判要素，这就是被马克思视为《现象学》"最后成果"的辩证

---

① 黑格尔：《精神现象学》，邓晓芒译，人民出版社2017年版，第298页。

法,即"作为推动原则和创造原则"的否定性的辩证法。

对于黑格尔的这一否定性的辩证法,马克思在《手稿》中给予了很高的评价,认为它在方法论上的伟大之处首先在于:"黑格尔把人的自我产生看作一个过程,把对象化看作非对象化,看作外化和这种外化的扬弃;可见,他把握住了劳动的本质,把对象性的人、现实的因而是真正的人理解为他自己的劳动的结果。"① 具体而言,可以归结为两点:第一,否定性的辩证法是一种过程论的辩证法。黑格尔不仅把人的自我产生看作一个过程,而且把整个自然界的历史和人类社会的历史都看作一个过程,即一个不断地否定自己又通过对否定的否定来重新肯定自己的辩证过程。第二,否定性的辩证法是以"劳动"为中介的辩证法。当黑格尔把自我意识的对象化看作非对象化,看作外化和外化的扬弃时,也就把对象世界当作一个异己的东西加以占有和征服了,而对对象世界的占有和征服的过程就是一个劳动的过程。这样,黑格尔就规定了劳动在实现自我意识的现实性时所应起的作用:自我意识的现实性,即对象性的、现实的、具有真正人格性的人不过是"他自己劳动的结果"。所以,人要实现自己的本质,使自己成为现实的"类存在"(Gattungswesen),只有充分发挥自己的本质的、全部的"类力量"(Gattungskräfte),即只有通过异化的形式才有可能。

但是,由于黑格尔哲学本身所具有的非批判的实证主义和非批判的唯心主义的错误,也就使得他的否定性的辩证法不可能是彻底的、革命的辩证法,因而还带有自身不可避免的局限性。

首先,虽然黑格尔的否定性的辩证法含有过程论的思想,但这种过程论的思想始终是隐藏在纯粹抽象的哲学思维之中的。由于黑格尔把人的存在同自我意识等同起来,所以他也就把人的存在的全

---

① MAGA2, S. 404 – 405;参看《手稿》,第 101 页。

部异化都看作是自我意识自身的异化和扬弃的过程。因此,他永远不可能把自我意识的异化看作是人的存在的现实的异化的体现,相反,在他那里,现实的异化反倒成为了自我意识异化的现象。同样地,对意识的对象的克服和扬弃,也无非是向自我意识本身的复归。因此,在马克思看来,黑格尔的否定性的辩证法的实质其实就是用自我意识代替了现实的感性的人,也就用自我意识的对象化代替了人的本质力量的对象化,这一对象化过程则被认为仅仅是与自我意识自身"不相适应的关系"而已。而这样一来,对意识对象的克服和扬弃作为自我意识自身发展过程的一个环节,不仅是扬弃了异化了的自我意识,而且同时也扬弃了人的对象性,而失去了对象性的人自然也就成了"非对象性的、唯灵论的存在者"。此外,马克思还指出了黑格尔的作为抽象思维的"自我"概念的本质,认为黑格尔所理解的自我或自我意识,归根到底不过是"被抽象地理解的和通过抽象产生出来的人",这样的自我由于被提升到自己的纯粹抽象,因此也就"被提升到思维的利己主义"。

其次,虽然黑格尔在描述人的自我意识的异化过程中把握住了劳动的本质,即"他把劳动看作人的本质,看作人的自我确证的本质",但是,在马克思看来,"他只看到劳动的积极的方面,而没有看到它的消极的方面。"① 因为黑格尔所谓的"劳动",不过是"人在外化范围之内的或者作为外化的人的自为的生成",也就是说,黑格尔所理解的劳动不过是抽象精神的劳动,是自我意识自身异化又克服和扬弃异化的抽象精神的劳动,而不可能是现实的人的感性活动、实践活动,更不可能是人类社会的物质生产活动。所以,对黑格尔来说,只要把人的劳动归结为自我意识的对象化活动,人就能够实现和确证自己的存在。

---

① MAGA2,S. 405;参看《手稿》,第 101 页。

七 把对象世界归还给人

从上述马克思对黑格尔的否定性辩证法的批判性的描述中,我们不难发现,由于黑格尔在其哲学的开端就把人的存在规定为自我意识,所以他所说的人的存在的全部异化都不过是自我意识的异化。也就是说,在黑格尔那里,自我意识的异化根本不会被看作是人的存在的现实异化的表现,相反,人的现实的异化则是自我意识的异化现象。因此,对异化了的对象世界的全部重新占有,都表现为把这个对象世界合并于自我意识。也就是说,所谓把握了自己存在的人,不过是把握了对象性存在的自我意识。

所以,要想真正地克服黑格尔的辩证法及其整个哲学的错误和局限性,就不能像青年黑格尔派那样还停留在黑格尔抽象的哲学体系中,而要像费尔巴哈那样彻底地转向"直观"的哲学。但是,正如马克思后来在《关于费尔巴哈的提纲》中所指出的那样:费尔巴哈的人本学唯物主义的主要缺点在于:"对对象、现实、感性,只是从客体的或者直观的形式去理解,而不是把它们当作感性的人的活动,当作实践去理解,不是从主体方面去理解。……费尔巴哈想要研究跟思想客体确实不同的感性客体,但是他没有把人的活动本身理解为对象性的[gegenständliche]活动。"[①] 所以,尽管费尔巴哈以"直观"作为开端来构建他的未来哲学原理,但是,他所理解的"直观"还仅仅局限在对感性世界的单纯的直观,即局限在看到眼前的现成东西的普通直观,即使他为了更好地说明单纯直观与他周围的感性世界的和谐而不得不求助于"二重性的直观",但这种直观也仍然达不到那种能够"看出事物的'真正本质'的高级的哲学直观",因为他不可能真正地理解,他周围的感性世界决不

[①] 《马恩选集》第1卷,人民出版社1995年版,第54页。

是先天直接存在的、恒定不变的世界,而是历史的产物,是世世代代人类活动的结果①。因此,马克思认为,要想真正地克服并超越黑格尔的辩证法,就必须在费尔巴哈的直观唯物主义的基础上将直观的开端进行到底,而这样做的结果必然是"要求把对象世界归还给人"②。

但是,要真正地理解马克思提出的这一命题,就必须澄清马克思对人的理解和规定。马克思在《手稿》中对人的定义是:"人是一种类存在(Gattungswesen),不仅因为人在实践上和理论上都把类,既包括他自己的类也包括其他事物的类,当作他自己的对象,而且因为——这只是同一件事情的另一种说法——人把自身当作当下的、有生命的类来对待,当作一种普遍的、因而是自由的存在来对待。"③ 这里所说的"类"(Gattung)是就存在的序列而言的,即在存在的总体领域中,存在范畴可以区分为:类、种(Art)和差(Differenz)。每一种存在无论是质料的存在还是形式的存在,都从属于一定的存在层次序列,而最高的存在序列就是"类存在"。在这里,人作为一种"类存在",首先就是要把类(包括人自己的类和其他事物的类)当作自己的对象的存在。任何一个事物的类,原则上都应该被看作是这个事物的诸规定所共有的原则,是诸规定中所具有的普遍性本身。如果说人能够把任何事物的类都当作自己的对象,那么,任何事物的普遍性本身对人来说都可以成为他自己的对象。也正因为如此,人才能够自由地对待任何事物或存在者。也就是说,人并会不局限于某种对象的现成可经验到的规定性,也不会局限于他同这种规定性的直接关系,相反,人作为类存在完全能

---

① 《马恩选集》第1卷,人民出版社1995年版,第75—76页。
② MAGA2,S. 404-405;参看《手稿》,第100页。
③ MAGA2,S. 368;参看《手稿》,第56页。

够超出任何直接的现实规定性,并且能够认识和把握隐藏在一切存在者之中的可能性,能够按照任何存在者的"内在的尺度"来自由地占有和利用任何存在者。

可见,作为类存在,人首先是一种"普遍的"存在。对人来说,一方面,"在理论上"所有存在者在类特征中都会变成对象性的,而人的存在就是同这种对象性本身的普遍的关系;而另一方面,人又能够把这种对他说来"在理论上"是对象性的东西付诸自己的实践,把它当作自己生命活动的对象而"在实践上"加以占有和利用。这样一来,整个自然界就都成了人的生命活动的中介,成了人的生活资料。正如马克思所指出的:"在实践上,人的普遍性恰好表现为这样一种普遍性,即它把整个自然界,既包括作为一种直接的生活资料的自然界,也包括作为人的生命活动的对象/材料和工具的自然界,都变成了人的无机的躯体(Körper)。自然界,就它本身不是人的躯体而言,是人的无机的身体(Leib)。"①

但是在这里,当马克思说自然界"是人的无机的身体"时,他同时也在不同的地方多次强调"精神的无机界"、"精神食粮"、"人的肉体生活和精神生活"等,可见,马克思关于自然界对人来说具有工具性质的论断决不仅仅是说,人为了自己的生命活动而必须依赖作为他的生活资料的对象世界,同时也不仅仅是说,人为了自己的生活需要而必须把他的对象世界作为生活所需的对象来占有和利用。马克思在这里更加强调的实际上恰恰是"精神的无机界"和人的"精神生活",而在这个意义上,人的普遍性就是自由,所以,人既是普遍的存在,也是自由的存在。人不像动物那样只会按照它所属的那个"种的尺度"和"需要"来生产和构造它的生存环境,人不仅能够把他的生命活动的周围环境当作对象加以占有和

---

① MAGA2,S. 368;参看《手稿》,第56页。

利用，而且能够把一切存在者都当作自己的对象。也就是说，他能够同任何对象"相对立"，他能够按照任何一个种的尺度来进行生产，他能够处处都按照"内在的尺度"和"按照美的规律"来构造属于他自己的世界。在这种自由的活动中，人的生活的历史在其本质上就是他的对象世界即整个自然界的历史。或者说，人就是自然界，自然界不过是"他的作品和他的现实"[①]。

人作为类存在，就意味着人是对象性的存在。马克思在《手稿》中明确指出："说人是肉体的、有自然力的、有生命的、现实的、有感性对象性的存在，这就意味着，人有现实的、感性的对象作为自己存在的即自己生命表现的对象，或者说，人只有凭借现实的感性对象才能表现自己的生命。说一个东西是对象性的、自然的、感性的，又说，在这个东西自身之外有对象、自然界、感觉，或者说，它自身对于第三者来说是对象、自然界、感觉，这都是同一个意思。"[②] 可见，人作为一个有生命的、自然的、具有对象性的存在，就是需要同现实、感性的对象发生关系的存在。因为人的本质的力量可以说就在于，人能够凭借外部对象并在外部对象中充分利用一切"对象性的"东西，所以，人的自我实现同时也就意味着"建立起一个现实的、但以外在性的形式表现出来的因而不从属于他的存在并且凌驾其上的对象世界"[③]。作为对象性的存在，人之所以能够创造或建立对象世界，恰恰是因为人的感性存在也是"被对象建立起来的"。在马克思看来，所谓"被对象建立起来的"东西，不可能是别的什么，而只能是"感性"或"感性活动"，因为就人在本质上是由感性决定的而言，人必然是被对象"建立"和

---

① MAGA2，S. 369–370；参看《手稿》，第 58 页。
② MAGA2，S. 408；参看《手稿》，第 105—106 页。
③ MAGA2，S. 407；参看《手稿》，第 104 页。

"激发"起来的,而人作为感性的存在一定是被激发的、被动的、受动的存在。在这个意义上,说人是对象性的存在,就等于说,人是感性的存在。

马克思之所以要将人的存在规定为"感性的存在",是因为正是感性的存在,才能够使人的受动和需要,使对人的既有的对象性的依赖性在人自身的存在中真正体现出来。因为人作为感性的存在,就是一个"受动的存在"和"有激情的存在",而人的受动和激情以及人的真正的能动性和自发性又都可以被归结为人的需要,因为这种能动性和自发性就是对在人之外建立起来的对象世界的追求:"激情、热情是人强烈追求自己的对象的本质力量"①。在此意义上,激情、热情、感觉等不仅是本来意义上的人类学的规定,而且是"对真正本体论的存在(本性)的肯定"。总之,马克思在这里所说的"感性""受动""激情""热情""感觉"等等,都具有本体论的意义,因而都是在"人的激情的本体论"的意义上被把握和理解的②。

这样一来,马克思就在如何理解人的存在这一问题上,实现了从黑格尔的辩证法到实践唯物主义的历史性转变,因为当马克思用"劳动的"存在、"实践的"存在、"社会的"存在和"历史的"存在等概念来进一步规定人的存在时,实际上都是建立在"人是感性的存在"这一立场之上的,也就是说,人的感性存在,作为人的对象性活动本质上就是劳动的对象化、实践的对象化、社会的对象化和历史的对象化。并且只有这样,即只有在人的存在的总体作为人和自然界的统一通过劳动的、实践的、社会的、历史的对象化而具体实现以后,马克思所说的"人是类存在"、人是"普遍的"和

---

① MAGA2,S.409;参看《手稿》,第107页。
② MAGA2,S.434;参看《手稿》,第140页。

"自由的"存在,才能够得到真正的理解。

总之,要求把对象世界归还给人,就必须一方面彻底地告别黑格尔的"纯思维的辩证法",另一方面,又不能仅仅停留在费尔巴哈的单纯的"直观"中,而必须从主体出发、从人的感性活动和实践活动出发,我们才能真正地理解马克思在《手稿》中对人所作出的本质规定。这就是说,我们不仅要把人的存在理解为"类存在",理解为"普遍的"和"自由的"存在,而且要把人的存在理解为自然的有生命的存在、感性的存在、对象性的存在、劳动的存在、实践的存在和社会历史的存在,才能真正地把握住人的本质。而对人的本质的正确把握和理解,反过来也有助于我们理解马克思在《手稿》中对"异化劳动"的批判,因为在马克思看来,异化劳动并不单单是一个国民经济学的事实,而且是一个哲学的事实。或者说,马克思在异化劳动中看到的不仅仅是一种国民经济学和私有财产的危机,而且更是一种人的危机和哲学的危机。

八 关于"Dasein"和"Wesen"的翻译问题

在马克思的《手稿》中,"Dasein"和"Wesen"这两个词是出现频率非常高的词,因此,在阅读《手稿》中,如何把握和理解这两个词的含义,就变得极其重要。

关于"Dasein"一词,无论是在《马恩全集》、《马恩选集》还是在中文版的《手稿》单行本中,一般都是译为"存在",个别地方也有译为"具体存在""特定存在"的。而在本文中,我一律译为"此在",原因如下:第一,"Dasein"一词的本来意思就是指此时此刻的存在、这个存在、那个存在、在这里的存在等,所以译为"此在"应该更符合这个词的原义;第二,这个词在哲学史上并不陌生,在黑格尔的《逻辑学》中,"Dasein"一词就已经是一个重要的哲学范畴了,它是指存在自身发展的一个环节,是"纯存在"

经过"变易"之后而获得规定的存在,这里的规定就是"Da"。所以,在黑格尔那里,"Dasein"就是指在逻辑上得到了规定的存在,而通过"Dasein"的规定性,一个某物就与他物区别开了,就有了"这一个"或"那一个"的存在,而这个在这里的存在或在那里的存在又是可改变的和有限的存在。正是在这个意义上,贺麟先生在翻译《小逻辑》和《精神现象学》时,一般都译为"定在",个别地方也译为"特定存在"、"具体存在"等。本文认为,在马克思的《手稿》中,"Dasein"一词之所以反复出现,其中一个重要的原因就是与黑格尔有关,因为马克思的目的就是要把黑格尔的"异化"辩证法给颠倒过来,把抽象思维的外化变成现实的外化,所以,在马克思这里,"Dasein"就已经不再是抽象思维的一个环节,而成了现实的、此岸的存在。这样看来,译为"此在"更符合马克思的意思,并且也容易理解。第三,把"Dasein"译为"此在",也有助于我们打通从黑格尔到马克思、从马克思再到海德格尔的德国近现代哲学的内在的逻辑进程。

关于"Wesen"一词,在目前中译本的《手稿》中,要么译"本质",要么译"存在物"。本文认为,把"Wesen"译为"本质",还可以理解,但译为"存在物"似乎与马克思的本意并不太符合。首先,"Wesen"是对拉丁文"essentia"一词的德文翻译,而与"essentia"相对应的希腊文则是"ουσια"。在亚里士多德那里,"ουσια"是其形而上学体系的核心概念,是从"ειναι"(是/存在/有)衍生出来的词,它主要是用来规定"ον ηον"("作为存在的存在")的。中文翻译有:"实体"、"恒是"、"存在"等。其次,黑格尔在《小逻辑》里把"Wesen"理解为"自己过去了的存在"[1],但是黑格尔这里所说的并不是指时间上过去了的存在,而

---

[1] 黑格尔:《小逻辑》,贺麟译,商务印书馆1980年版,第241页。

是指逻辑上过去了的存在，其意思相当于"本质"、"潜能"、"可能性"，是同时间上经验性的"现象"、"现实"和"必然性"相对立的。最后，马克思在《手稿》中讲到"Wesen"的地方，显然是受黑格尔的影响，但与黑格尔的用法又有所不同，当马克思用"Wesen"来定义人时，往往是针对现实的人的存在方式而言的，马克思所关注的并不是人是什么，而是人如何是、如何存在、如何显现的，所以决不能把马克思所理解的人的存在等同于一个单纯的"存在物"，而应该理解为一个自然的、活生生的感性存在，尤其是当马克思把人的感性存在理解为人的对象化、感性活动、实践活动时，他强调的更是人的生成、展开和发展过程。基于此，本文认为，应当把《手稿》中的"Wesen"译为"存在"或"本己存在"。

（张廷国，华中科技大学哲学系）

周　敏

《天堂广场》:一段纽约往事

E. B. 怀特（E. B. White）在《这就是纽约》（*Here is New York*, 1948）中把纽约比喻成一首诗歌：纽约就像一首诗：它将所有生活、所有民族和种族都压缩在一个小岛上，并为其加上韵律和内燃机的节奏。曼哈顿岛无疑是地球上最壮观的人类聚居地，数百万常住居民都能够感觉这首诗的魔力，但却无人了解它们全部的含义。

二〇一一年第一次去纽约的时候，从市公共图书馆看了雪莱的手稿出来，坐在布莱恩公园（Bryant Park）的小广场，看着肤色各异、语言各异、匆匆忙忙的行人，一下子感到，这街头的人群不就是个流动的博物馆吗，一个人种的博物馆，其中族群的流动和复杂令人难以明白其全部的含义。

二〇一四年八月到二〇一五年九月，我在哥伦比亚大学做富布赖特研究学者。一年的时间里，四处搜寻纽约的历史文化地标，包括位于格林威治村，在华盛顿广场东边，格林街（Greene Street）拐角处的布朗大楼（Brown Building）。一九一一年三月二十五日，造成一百四十六位工人（大多是贫穷的移民）丧生的三角地制衣厂的大火（Triangle Shirtwaist Factory Fire）就发生在这里。这场大火被认为唤醒了纽约的良心，改变了政府对企业的监管，促进了美国

《劳工法》的诞生。[1] 一九三三年罗斯福（Franklin Roosevelt）总统上台后开始实施救济（Relief）、复兴（Recovery）和改革（Reform）的三R新政，他的劳工部长弗朗西斯·帕金斯（Frances Perkins）宣称，一九一一年三月二十五日，新政从那一天已经开始了。[2] 的确，除了时代广场、第五大道、中央公园、林肯中心等这些光鲜亮丽的场所，在纽约这个奇异的熔炉，还隐藏有许许多多令现代文明感到尴尬的所在，构成了纽约的传奇和现实之间的巨大落差。除了三角地制衣厂火灾地，五点区（Five Points）也是如此。

如果在谷歌地图上输入"纽约五点区"，会显示出这是一个"历史古迹"。在地图上，可以看到这里属于曼哈顿下城区，在哥伦布公园西南角，位于巴克斯特街（Baxter Street）和沃斯街（Worth Street）交叉处，谷歌地图给出的精确位置是沃斯街158号。之所以叫五点区，是因为这里曾是四条街道（Anthony, Cross, Orange及Little Water，现在这些街道都已经改名）的交会处，正好把它分成了五个点，形成一片不规则的五角区域。这附近也曾被称为五点公园，天堂广场，是十九世纪著名的城市贫民窟。一八四二年，狄更斯（Charles Dickens）应华盛顿·欧文（Washington Irving）邀请访美，在纽约期间，他专门提出要参观五点区，并在随后的《美国笔

---

[1] 火灾后的第二天，1911年3月26日，《纽约时报》在头版用大半页的篇幅刊登了黑体、大半部分字体大写，共达37个单词的火灾报道：141 MEN AND GIRLS DIE IN WAIST FACTORY FIRE; TRAPPED HIGH UP IN WASHINGTON PLACE BUILDING; STREET STREWN WITH BODIES; PILES OF DEAD INSIDE; The Flames Spread with Deadly Rapidity Through Flimsy Material Used in the Factory（141名男人与女孩工人死于制衣厂大火；被困华盛顿广场大楼高层；街上尸横遍地；楼内堆尸如山；火势随着工厂的易燃物以致命的速度迅速扩散）。

[2] The Birth of the New Deal: *A blaze that galvanised the labour movement*, 参见 https://www.economist.com/united-states/2011/03/17/the-birth-of-the-new-deal。

记》中记录了他所看到的令人惊恐的贫穷、悲惨、罪恶的景象。他爬上一个摇摇晃晃的楼梯,那里根本见不到光,也丝毫不通风……①《美国笔记》的发表为五点区赢得一些关注,要知道,在此之前,很多纽约人自己都未敢涉足过五点区,狄更斯自己则是在两位纽约警察的陪伴下走访的五点区。② 历史上的五点区有着美国其他地方少见的民族多样性和功能复杂性,各族裔人群在此居住,经商,开办工厂等。从某种意义上来说,五点区这个超级贫民窟正是纽约这座超级大都市最初发展轨迹的缩影。二十一世纪,五点区的历史再次引起人们的关注,是经由马丁·斯科塞斯(Martin Scorsese)导演的《纽约黑帮》(Gangs of New York,2002)③。200年前的五点区和周围一带,主要是爱尔兰移民和黑人的居住地,此外,还有为数不多的意大利移民、犹太贫民及中国劳工等也在此工作和生活。由于其地理位置方便且租金极低,各族裔移民都把这里当作他们落脚新大陆的第一站。在人物两生的新大陆,为了生存,移民们在此也形成了各种名号的帮派,《纽约黑帮》讲述的就是1846年前后发生在五点区的爱尔兰黑帮和意大利黑帮之间的帮派斗争。

长期以来,提到五点区,人们首先想到的就是贫穷、落后甚至危险。2018年年底,不太为人所了解的五点区的一段历史,被搬上了美国西部加州伯克利的舞台。作为伯克利保留剧院(Berkeley

---

① 2005年,BBC播放了根据狄更斯1842年第一次访美经历制作的纪录片《狄更斯在美国》,总共10集,每集30分钟。
② 参见Michelle and James Nevius, "Charles Dickens and the Five Points" in *Inside the Apple*:*A Streetwise History of New York City*,http://blog.insidetheapple.net/2009/03/charles-dickens-and-five-points.html?m=1。
③ 电影《纽约黑帮》改编自赫伯特·阿什巴利(Herbert Asbury,1889—1963)的《纽约黑帮:一段地下世界的野史》(*The Gangs of New York*:*An Informal history of the Underworld*),阿什巴利是美国记者、作家,还曾写过《芝加哥黑帮》,《旧金山黑帮》以及关于新奥尔良的法国区的历史等著作。

Repertory Theatre)① 五十周年庆活动的一部分，也是该剧院历史上耗资最大的剧目（570 万美元）②，《天堂广场》（*Paradise Square*）的全球首演于二〇一八年十二月二十七日在伯克利保留剧院的罗德剧场拉开了序幕。与狄更斯和斯科塞斯所讲述的五点区的故事完全不同，正像该剧的剧名所显示的，这是一个有着天堂般美好的往事，只不过，天堂只能是天堂，它并不存在于人间；然而尽管天堂遥远，仍有人见证过天堂的美好，并不断激励人们去继续向往、不懈追求。

演出开始前，首先吸引了观众目光的，是一幅自上而下悬挂在舞台上的黑白幕布。仔细看来，会发现它原是一幅地图，一幅包括了曼哈顿下城区、与东河（East River）一水之隔的布鲁克林（Brooklyn）的一部分的地图。上面有两个区域被高光照亮，一个是位于悬挂地图中间位置的五点地区，另一个是左下角，此处亮度还要略高于地图中央的五点区，以黑体写着"五点区"几个大字。我们知道，地图构建世界。比如，中世纪的地图主要是由基督教观念下的世界构成，而非实际的地理信息，那时的地图主要是为了"激发信徒去默想一场朝圣之旅，去称赞那些朝圣之旅途中香客的虔诚，从而去思考中世纪时广为流传的一种观念：基督徒的生活本身

---

① 伯克利保留剧院（Berkeley Repertory Theatre）位于加利福尼亚州的伯克利市中心，是美国著名的地区剧院（regional theatre），拥有两个剧场，一个戏剧学校，每个演出季上演七部剧目，曾于 1997 年获得地区剧院托尼奖（Regional Theatre Tony Award）。类似于巴黎以外的地方被称为外省，在纽约市以外的专业剧院通常被称为地区剧院。地区剧院的剧目不像百老汇剧院那样注重商业价值，常常会上演一些更具实验性和先锋的剧目。此外，地区剧院也很注重对年轻观众的培养，伯克利保留剧院会给 35 岁以下的年轻观众以优惠票价。

② Michael Paulson, "The Producer Has a History. So Does This Civil War-Era Musical", *The New York Times*, Feb. 1, 2019.

《天堂广场》:一段纽约往事

就预表着一场朝圣的旅程"①。显然,这幅开场的地图幕布极为高调地宣告了《天堂广场》的主旨:再现并构建五点区的历史,通过把五点区"高光化",带领观众重新思考其在历史上和现实中的价值所在。

舞台上灯光亮起,演出开始。映入观众眼帘的是曼哈顿下城区拥挤破败的房屋,一位黑人女性正行走在黄昏的街道。转眼间,地图幕布卷起,天堂广场酒吧出现在舞台上。天堂广场不仅是五点区的别名,也是人们经常相聚的这家酒吧的名字。黑人女性奈莉边走边唱,歌声深情又忧伤:月光明亮的夜晚/我行走在平日的街道/我们的男人正走向战场/天堂之光闪耀/在这个我们称之为家园的地方/我们知道在为何而战。②奈莉的歌声为我们勾画了故事发生的时间和背景:这是一八六三年的纽约,美国内战期间,五点区的男人将很快奔向战场,离开他们天堂般的家园。伴随着动人的音乐和歌声,在舞动的人群中,观众可以看到黑人和白人的夫妻(interracial couples)手挽着手,同性的伴侣(same-sex couple)紧紧相拥,一位跨性别女性(trans woman)与她的情郎正在慢慢摇摆。这可不是什么波西米亚风,这些人也并非艺术家,他们只是生活工作在五点区的穷苦人,大部分人都是移民。天堂广场是他们的共同的家园,他们至圣的避难所。无论是黑人,还是白人,无论是同性恋,还是跨性人,在这里,每个人都是独立的个体,可以平等地喝酒聊天,歌唱舞蹈。"因着共同的痛苦和对音乐的热爱,他们建立了一个和谐的共

---

① David Woodward, "Medieval Mappaemundi", In J. B. Harley and David Woodward, eds., *The History of Cartography*, *Vol.* 1: *Cartography in Prehistoric*, *Ancient*, *and Medieval Europe and the Mediterranean*, Chicago: University of Chicago Press, 1987, p. 107.

② Marcus Gardley, *Craig Lucas and Larry Kirwan*: *Paradis Square*: *An American Musical*, Script, unpublished, p. 4.

同体"①。在这里,"种族、文化、性别、金钱、个人的境遇都消融（dissolve）了,取而代之的是整体性（togetherness）、爱以及同情。天堂广场属于每一个人,寻求住处的人,寻求安全感的人,寻求自我发现的人,以及寻求新生活的人。"② 令人难以置信的是,这幅种族和谐的胜景竟然存在于十九世纪中叶美国（甚至是全世界）最大的贫民窟。正如该剧导演考夫曼（Moisés Kaufman）所言,从一开始就令我特别震惊的是,我们对五点区的这段历史竟如此无知。这里是最初的民族熔炉,曾是"他性的集中地"（a collection of otherness）。③

《天堂广场》五点区居住的大部分是黑人和爱尔兰人。早在1827年,纽约就废除了奴隶制,比林肯总统一八六二年九月颁布的《解放奴隶宣言》（1863年1月1日生效）要早了三十多年,因此纽约聚集了为数可观的黑人,他们大部分居住在五点区。纽约还曾经是美国历史上救助黑人运动的"地下铁路"的重要城市。《天堂广场》中的威廉姆·亨利（William Henry）和他的女友正是通过"地下铁路"④ 来到纽约,并被天堂广场酒吧沙龙收留救助。爱尔兰人则是为了逃避1845年开始的爱尔兰大饥荒（又称土豆饥荒）来到美国,这场大饥荒导致当时英国统治下的爱尔兰人口减少了近四分之一,其中大约有一百万人移居海外。在亨利被牧师带到天堂

---

① Michael Paulson, "The Producer Has a History, So Does This Civil War-Era Musical", *The New York Times*, Feb. 1, 2019.

② Heather Desaulniers, "Dance Commentary and Reviews on *Paradise Square*", http：//www. heatherdance. com/2019/01/11/paradise-square. html? m = 0.

③ Sarah Rose Leonard, "An Interview with Director Moisés Kaufman and Book Writer Marcus Gardley", *The Berkeley Rep Magazine*, 2018—2019, Issue 3, p. 16.

④ "地下铁路"（The Underground Railroad）是19世纪中期由白人和黑人废奴主义者组成的秘密网络,他们有的是农民,有的是商人,也有传教士,也有一些有钱人,统一被称为"售票员",旨在帮助南方的黑奴逃离南方种植园和奴隶主,奔向自由。

广场的几乎同时,欧文也为了能吃饱饭来到了天堂广场投奔他的姑姑安妮·奥布莱恩(安妮嫁给了一位黑人牧师,他们夫妻都是"地下铁路"的"售票员")。就是在这种极端困难的物质和政治环境中,同为主流社会他者的黑人和爱尔兰人一起工作,和谐共处,甚至相爱通婚。天堂广场酒吧沙龙本是爱尔兰人威里·奥布莱恩的,在他走上战场之前,他向黑人姑娘奈莉求婚,并让她与自己的妹妹安妮一起管理天堂广场。来自种植园的亨利和来自爱尔兰的欧文都在天堂酒吧工作,常常一起在酒吧为客人们跳舞。亨利受到欧文的爱尔兰踢踏舞(Irish step dancing)的启迪,将它与非裔美国人的朱巴舞(juba dancing)相结合,创造出了美式踢踏舞(tap dance)。从头到尾,舞蹈始终参与着剧中故事的演进和叙事的推动,随着音乐节奏的舞步和身体的动感自身已然成为与音乐和剧情相容相通的对话形式。爱尔兰舞蹈和非洲舞蹈形式之间既彼此独立,又浑然一体,他们仿佛在分享着彼此的情感,也从未失去彼此的特征。舞步在此不仅仅是身体的移动或脚端的跳跃,而是整个舞台建筑的一部分。以最为身体的方式,爱尔兰白人和非洲黑人向观众诉说着各自的历史,以及他们紧密相连的命运状态。

然而,白人和黑人之间这种琴瑟相合的乌托邦并未持续很久,一场惨绝人寰的暴动很快就摧毁了这一切。一八六三年七月十二日,为了缓解战场士兵人数的不足,林肯总统发布了征兵令,规定所有20岁到35岁之间的已婚男性美国公民,以及三十五岁到四十五岁之间的未婚男性公民,都必须走上战场。尽管所有符合条件的人都要抽签参军,但如果交给政府三百美元(大致相当于现在的5800美元),则可免服军役。三百美元是当时普通美国人一年的收入,大部分人无力支付这个费用。此时正是战争中期,已有不少爱尔兰人上了战场,他们中有的已经战死沙场,再也没能回来,包括天堂广场酒吧的主人,奈莉的未婚夫威里。很多爱尔兰人不愿意再上战场,一方面因为他们要在美国工作以便寄钱回爱尔兰给那里没能出来的家人;另一方面,那些从战场返回纽约的爱尔兰人发现,不少他们赴战前的工作,现在已经被时薪要求低于他们的黑人所占领。此外,其他族裔的移民包括德国人也表示不愿被征兵。① 征兵令发布后,码头工人坎普(黑人)当场问道:"我们总算能注册了吗?(Are we finally allowed to sign up, Sir?)"立威(黑人)则当场就要报名参军:我现在报名(I am ready to join)。然而他却被告知:"不,有色人种不能参加。只有公民和移民才有资格。(No, no coloreds. Only citizens and immigrants)"。② 征兵令发布的第二天,一八六三年七月十三日,数以千计的白人工人发起了暴动,对曼哈顿的政府建筑,军事机构等进行了攻击。他们很快将怒火转向了任何试图阻止他们的袭击的人,包括警察,士兵们。然而,中午时分,暴动的目标开始对准了黑人,黑人的住处和商业场所都变成了愤怒工人的袭击目标,五十九栋房屋被毁,包括一个孤儿院。袭击一直到七月十六日才被平息,至少造成了一百一十九名黑人的死亡。一八六三年发生在纽约的美国征兵暴动,至今仍是美国历史上最为残暴的一次,比1992年的洛杉矶暴动更甚③。暴动平息以后,很多像天堂广场的女主人奈莉一样的黑人不得不搬离曼哈顿,迁往布鲁克林等地,重新在那里营业、生活。

---

① Marcus Gardley, *Craig Lucas and Larry Kirwan: Paradis Square: An American Musical*, Script, unpublished, p. 29.
② Ibid..
③ 1992年洛杉矶暴动指的是1992年在美国洛杉矶爆发的一系列动乱,导火线为该年4月29日当地陪审团宣判四名被控对一名非裔"使用过当武力"的白人警察无罪释放,导致上千名对此判决不满的非裔和西班牙裔上街抗议,最终引发持续三天的暴动,不少亚裔,特别是韩裔社区遭到严重袭击。导致约53人死亡,10亿美元的财产损失。(参见 https://www.history.com/topics/1990s/the-los-angeles-riots 2019/04/10)

《天堂广场》是部音乐剧，除了上面的历史文化背景及情节，音乐当然是不可或缺的重要因素。其实，此剧的最终起源是来自被誉为"美国流行音乐之父"（Father of American Popular Music）、十九世纪最为著名的音乐家史蒂芬·福斯特（Stephen Forster），剧中的主要歌曲均是在福斯特音乐的启迪之下创作的，特别是暴动发生时的《艰难时刻》及最后的《美丽的做梦人》。福斯特也作为一个角色出现在剧中，一位穷困潦倒的音乐家，抛弃妻女化名在奈莉的天堂广场酒吧演奏钢琴。利用福斯特的音乐和视角来再现五点区的这段历史固然有其历史的依据，却不得不面对"文化挪用"（cultural appropriation）的质疑。移民的故事到底该由谁来讲述？或者说，在福斯特的例子里，白人到底能否替黑人说话？福斯特生前就曾面对质疑。作为一个白人，他所创作的一些有关南方种植园的歌曲被认为轻视了黑人的痛苦，把它们变成了白人的消遣。福斯特的家乡匹兹堡曾有一个福斯特的铜塑雕塑，是一九〇〇年意大利雕塑家莫勒提（Giuseppe Moretti）所设计的：身着西装的福斯特手持一个笔记本坐在那里，在他的右腿边一个衣衫褴褛的黑人面带微笑弹奏着一把五弦琴。二〇一八年四月二十六日，这尊曾被视为匹兹堡地标的雕塑被撤掉，因为有人反对其所蕴含的对黑人文化的挪用和对黑人歧视的象征。《天堂广场》中也有一幕，当奈莉发现了福斯特的真实身份，当面指责福斯特为黑人滑稽剧（minstrel show）团①创作

---

　　① 黑人滑稽剧（minstrel show, or minstrelsy）是19世纪初期美国的一种娱乐方式，演出包括喜剧短剧，杂耍综艺，舞蹈及音乐表演，由白人演员通过化妆等装扮成黑人、模仿黑人的口音进行各种滑稽表演。黑人滑稽剧是最早具有美国特色的戏剧。19世纪30年代和40年代是黑人滑稽剧最为盛行的时候，享有美国音乐工业的核心地位，为美国白人提供了"观看"黑人的方式，具有很强的种族主义色彩：通过涂黑脸（blackface）把黑人描写成快乐的奴隶并取笑他们。20世纪60年代民权运动兴起后，黑人滑稽剧因为种族主义的色彩而彻底失去了市场。

音乐,斥责他挪用了黑人的文化,把他们真实的痛苦变成了供白人享乐的音乐。福斯特向她解释道,他只是为乐团写歌,表演不是他做的。他还告诉奈莉:我最有名的一首歌,"老黑乔"(Old Black Joe)是关于一个我认识也热爱的一个人,"它可能听起来像是一首种植园的歌,但它是我对一个朋友的致敬"。① 显然,《天堂广场》并没有想要回避现实中人们对福斯特挪用黑人文化进行音乐创作的批评。事实上,剧中还有一个文化挪用的例子。即前文讲到的黑人亨利借鉴爱尔兰踢踏舞创作出美式踢踏舞。通过福斯特自己的辩护,以及非洲人对爱尔兰白人舞蹈的"挪用",《天堂广场》表明了自己的态度:文化的和谐正在于其交流,文化的力量正来自于彼此的敞开。就像本剧编剧所言,当你改写了非裔音乐中的一首歌曲,借用了他们一个音乐形式,所创作出来的音乐到底属于哪一个文化呢?在文化挪用的讨论中,真正重要的问题是,过去从未给予给借用(挪用)的非裔文化以它们当得的赞颂。② 《天堂广场》则通过福斯特的音乐以及他人生最后在五点区获得巨大音乐启迪的经历,给予了非裔文化和音乐当得的赞颂和冠冕。

《天堂广场》是一个由白人音乐家在五点区的经历和他的音乐所串起来的纽约往事,是一首种族和谐的乌托邦诗歌,充满了魔力。在种族问题重新成为严峻现实的今天,发生在纽约的这段往事或许能给美国和全世界一些启示。故事中的这些人,正像全剧最后一首歌"美丽的做梦者"(Beautiful Dreamers)所唱的那样,都是美丽的做梦者,"一群生活在未来的美国人,一个尚未到来的

---

① Marcus Gardley, *Craig Lucas and Larry Kirwan: Paradis Square: An American Musical*, Script, unpublished, p. 65.
② Sarah Rose Leonard, "An Interview with Director Moisés Kaufman and Book Writer Marcus Gardley", *The Berkeley Rep Magazine*, 2018—2019, Issue 3, p. 16.

未来"①。他们的故事是关于爱尔兰移民与非洲移民的故事,也是关于全人类的故事;是一段纽约往事,也是一段带给我们思考人类命运共同体的可能性的全球叙事。②

(周敏,上海外国语大学教授)

---

① Marcus Gardley, *Craig Lucas and Larry Kirwan*: *Paradis Square*: *An American Musical*, Script, unpublished, p. 92.

② 写作本文期间,本人曾于2019年4月9日访谈了伯克利保留剧院的艺术总监(artistic director)托尼·塔克尼(Tony Taccone)先生(正是塔克尼导演邀请本人于2月9日晚观赏了《天堂广场》)。塔克尼担任伯克利剧院艺术总监40年之久,2018到2019演出季是他退休前担纲艺术总监的最后一季。在回答我为什么选择《天堂广场》这个剧目的问题时,他说有两个愿意促使了他选择此剧:第一是因为这个创作团队极为优秀,导演、作家和演出团队都是美国顶尖的;第二个原因则是剧本的内容,其中所蕴含的种族问题的复杂性以及其表现出来的一种希望。戏剧,在塔克尼看来,不仅仅是娱乐,更是教诲的手段。《天堂广场》虽然是一段历史,却能对当今美国分裂的社会现实以极为有益的启示。他希望戏剧能与现实对话,促使人们反观现实从而使改变成为可能。

学林　　　　　　　　　　　　　　　　　　　　　　　王立新

韦政通与王道的传世情谊

"王道（贯之）先生，是一个真正为中国文化而献身的文化工作者。二十年前在香港创办《人生》杂志，据我所知，是台、港两地，唯一不拿津贴，没有经济后台、纯靠私人的力量，维持达二十年之久的一本思想性杂志。《人生》就是贯之的命根子，他为它挨饿、受辱，也为它付出高度的爱心与耐心。二十年来，他全部的精力和心血，都放在这一文化的事业上，如今他卸下了这副沉重而痛苦的担子，恐怕再也没有人能挑得起来。"

这是一篇发表在一九七一年四月十七日《天声》杂志第一卷第二期上的文章《王贯之先生与我》的开头话语。

文章中所说的王贯之，是一九七一年三月六日作古的《人生》杂志创办人王道，作者则是八个月以前过世的思想家韦政通。在他们各自的人生旅途中，虽然只有一次短暂的相见，但他们之间隔海相知、相惜、相助、相勉的深厚情谊，至今还令人由衷企羡，使人垂涎，甚至让人荡气回肠。

为了了解两人的真挚情谊，我先把两位的基本情况向读者诸君做个简单介绍：

王道，字贯之，一九一四年四月四日生于福建永春县长安乡熙里院后坑村，一九四五年在重庆主编过《国声》月刊。一九四九年夏，从福州经厦门、广州转道香港，八月到菲律宾，寓居马尼拉太原堂，"为闽埠各华文报撰稿维生"。同年九月，离开马尼拉转回香港。

王道于一九五〇年下半年筹划在香港创办《人生》杂志，从一九五一年一月十六日出版创刊号，到王道过世，《人生》杂志整整经历二十年风雨，二十年间吸纳作者逾千，所发表各类学术、思想论著，整理出版为《人生丛书》就有六十余种。其中包括王道本人的《人生之向往》三集，《人生之向往》续集三集，《去国集》和《心声集》各一集。

王道因为创办《人生》杂志而结识钱穆和唐君毅，遂终身执弟子之礼，并礼聘唐君毅作为《人生》杂志的业余编审。

一九六〇年夏，王道作为香港文化访问团成员之一，赴台"访候在台亲友"，一九六二年秋，王道与张君劢、唐君毅、牟宗三、谢幼伟、程兆熊等共同发起成立东方人文学会。一九六三年开始兼任香港中文大学新亚书院中文系讲师，一九六四年，以各方捐款和银行贷款，购买九龙码头涌道新社址，并于当年十二月迁入。一九六八年冬，发现肝病，一九七一年三月六日过世，葬香港荃湾华人永远坟场。

韦政通，当代著名思想家、杰出中国思想史学者，一九二七年十二月二十六日出生在江苏省镇江市所属丹阳县的新丰镇，一九四九年四月二十一日只身赴台，因在《民主潮》上发表文章认识劳思光，受其感召而产生浓烈的向学之心；因劳思光介绍得识牟宗三，受到来自牟宗三的道德理想主义精神的深刻影响；因在《民主评论》上发表文章结识徐复观，受徐复观先生知遇和帮助，获得中学教师资格，从此走上教育之路；又因在《人生》杂志发表文章结识王道，并受到具有相当宗教般精神的唐君毅的赏识和感染。之后因思想观念发生变化，"与道德理想主义分道扬镳"，历经千难万苦，凭借坚韧不拔的毅力，终于走出属于自己的学术和思想的道路。一生著述《中国思想史》、《中国十九世纪思想史》、《儒家与现代中国》、《现代化与中国的适应》、《伦理思想的突破》、《中国的智慧》、《中国文化概论》等30余部，影响两岸三地学者、学人无数，二〇一八年八月五日过世，骨灰随夫人安置在台湾淡水之北海福座。

王道自一九五〇年直到过世，二十多年间一直寓居香港，韦政通则从一九四九年直到过世，始终生活在台湾。海遥天远，两人发生生命的交集，又不断加深友谊并将这种友谊一直保持到人生之末，实在是人间的奇事了。

相交以文

"在我的一生中，能与王贯之先生认识，真是我的幸运，也是我生命历程中的一件大事。"

韦政通一九四九年春末到台湾，凭借在上海读书时学到的一点速记的技术，开班培训记者，并因记者推荐到新闻部门工作。一九五三年，他对这种记者工作感到厌倦，几度一个人爬到狮头山静想，打算做一个卖稿为生的文人，当一九五四年三月，韦政通"不顾一切地摆脱了"记者的工作，"搬到大屯山的一间茅屋里住下"，开始了写稿维生的文人生涯时，他虽然正在《民主潮》、《宝岛文艺》等刊物上发表文章，但还是对"写稿是否可以维生"信心不足。就在这个时候，他读到了《人生》杂志打算出版第100期纪念专刊的征文启事，于是就给《人生》杂志投去了《人生向何处去》的文章。一九五五年一月一日，《人生》第一百期发表了韦政通的这篇文章，同年二月十七日，韦政通接到了王道主编的第一封来信：

政通先生：兹读《人生往何处去》即拟修书致候，但不自知忙些什么，忽忽已过两月。……感念爱护《人生》厚意，中心为之耿耿，尚乞不吝指正《人生》之缺点及应如何改进之处，藉相启导。《人生》因限于财力人力，实有许多未能满人意也。……弟王道拜上！

自此之后，韦政通不断为《人生》投递稿件，《人生》不断发表韦政通的作品，王道不断致信给韦政通表达感谢的同时，又不断向韦政通约稿。接到王道连续不断的来信约稿，韦政通心里踏实了许多，感到自己如果辞去厌倦的记者工作虽然不再有固定的收入，但依然可以通过写稿赚钱养活自己，不至饿死。

韦政通能够这样果断的辞去收入不菲的记者工作，首先来自于他想提升自己生活品质的内在要求。他不想在整天东奔西跑地去采访别人，报导一些并不实际的新闻，下班后疲惫不堪地跟记者群里的朋友们吃吃喝喝，然后倒头大睡，睁开眼睛之后，新的一天一如昨日，毫无改观。他厌倦了这种华而不实又浑浑噩噩的生活方式，他喜欢不断地"设计自己"，并根据这种"设计"选择自己的行动，包括职业的选择和时间的安排等。

尽管韦政通在心理上想要彻底改变自己的生活方式了，可要是没有相关渠道所提供的经济收入的保障，他是否会对自己果断地走出人生的峡谷的决定产生动摇，这还真是一件难以预料的事情。在这个问题上不止韦政通，所有的人几乎都一样。就在这个关键的时刻，他得到了来自《人生》的肯定和支持，王道的肯定和鼓励，使得韦政通坚定了对这次人生重大抉择的信心。

就在辞掉记者工作后的几年时间里，韦政通阅读了很多中外哲学、宗教、政治、文化和文艺方面的书籍，又腾出很多时间去台湾大学旁听陈康的《希腊哲学史》、方东美的《人生哲学》、《印度哲学》等课程，补充精神养料，对后来的学术研究积累了相当不薄的底子。更重要的,是他每两周去听讲牟宗三在师范学院(台湾师范大学前身)的"人文友会"一次,从而受到牟宗三高昂的道德理想主义精神的重大感召和影响。也是在那三年中,他读到了王船山,"首次感受到被巨人心灵震撼的经验",船山在抗清运动失败后隐遁深山,在生活条件极其艰苦的境遇中,顽强著述数十年,创造了人世间罕见的生命奇迹。船山的典范,成了激励韦政通走出艰困岁月的巨大精神动力。

如果没有王贯之先生的鼓励、没有《人生》登他的稿子,韦政通辞掉无聊的记者工作后,就不会感到安心。如果是那样,他所选择的由自由撰稿维生的文人,向学者方向转进的人生目标,就会因经济生活陷入绝境而难于坚持下去。

回忆起这些往事,韦政通深情地说:"十八年来,在思想的追求上,我付出过重大的代价,然至今乐此不疲,深庆可以不虚此生。饮水思源,我不能忘怀一身道义的贯之先生。"

这里似乎需要加点说明,韦政通的这篇《王贯之先生与我》,写在一九七一年三月,距离起初王道给他第一封来信的一九五四年二月刚好十八年。在这十八年中,韦政通经历了从混沌的生命走向清明的理想,又经历了与道德理想主义的分道扬镳而贴近自由主义的两次重大的人生转变,但学术的研究和思想的探索却越来越实在,越来越坚定,同时也越来越有成就感和自豪感。所以他才在回忆王道的文章中说自己"深庆可以不虚此生"。

从一九五四年到一九六三年间,韦政通在《人生》杂志上发表了数十万字的作品,包括小说《长夜之光》、《十字岛》,还有《荀子》很多篇章的《疏解》、专门研究清代颜李学派的数篇学术文章,以及跟王道互相论学的往来书信数十封。他们还把各自发表在其他报刊和收集整理的著述,寄赠对方,请求对方提出不同于自己的宝贵意见,他们是纯而又纯的文字之交,他们的交往真正体现了中国古已有之的"以文会友"的传统。

相奖以道

作为学者型的办刊人,按照其妻沈醒园的说法,王道的"文化生命,实始于《人生》杂志之创办。"王道创办的《人生》杂志,以"修辞立诚,求真求是,中道而立,和而不流"为"立论原则",主要目标有三:一是结合中国旅外学者,提炼中国文化之精华,检讨中国近百年造成贫弱、招致灾难之历史原因,研寻建设未来新中国的实践途经;二是疏导中西文化的异同及其优长所在,从本源上谋求中西文化之汇合,同时融解彼此民族心理上之隔膜,以求由于互相了解和同情,进而共求人群和谐相处之道,以日渐导致世界和平之坦途;三是以历史文化与哲学为经,以时代思潮为纬,以人生问题为内容,通过文学艺术等不同方式,发扬基于人性、人道等一切仁爱思想、情志,求有以端正人心,匡扶世运,共尽自救、救人的庄严职责。

王道与韦政通的交往过程,完全体现了《人生》的办刊宗旨,同时也充分体现了《人生》的主要目标。

一九五五年五月十九日,韦政通又给《人生》投递了《人生之归宿》的文章,提出了人生的"究极"归宿,一是宗教性的超悟,一是道德性的超悟。文章谈到人生从机械应付的"生理的我",到拥有认识的主动性,再到成为自己的"主人"的过程:从生理的我,到认识的我,已是从实然的奴隶,做到实然的主人。不过这一主人,就高一层次看,则其仍属认识关系的奴隶,"故需做真主人,获得真自由,工夫上还须要再加克服,再求超升,然后能达到前面所说的超悟境界"。"当人做超悟活动时,已是由人性走向神性,人已不再束缚于机械关系","此时的我,已是道德的'我'。道德的我,或谓超悟的我,既不役于物,亦不累于智,可实现最高的自由，不仅是真主人，且能与万有之真实本源合一"。

王道很快阅读完毕，并转给唐君毅审阅，且于一九五五年五月二十八日致信给韦政通说："读大著《人生之归宿》至为敬佩，唐先生看过亦为首肯。兹已排定在112期发表。……"韦政通接到回信之后，致信王道，提到对牟宗三"从生命上讲学问"的主张的由衷赞美和深切认同，同时告诉王道自己刚刚见过牟宗三的感受："最近正是台湾的五月黄梅雨季，一连下了半个多月都没能下山去。昨天还是冒雨进城了，在东坡山庄和牟先生谈了几小时。这半年来，他的精神比前要好些，谈起话来，和他的文章一样，有雷霆万钧之力。和唐先生的行云流水相比，如行山谷中忽闻钟声，发人深省，真不相同。"韦政通还在信末表达了希望《人生》杂志越办越好的愿望："从旧《人生》看下来，目前已走入定型阶段，但希定型后仍能不断求进步，而进入更理想的地步。我想《人生》，一定不会使读者们失望的。"王道收看之后，马上写了一封长信给韦政通说："政通先生：来示敬悉。……牟先生一再强调从生命上讲学问，并提醒青年'要培养智慧，使自己站得住，不可在激情的反动上而跟着滚下去！'全都是深获我心。离开生命讲学问，正是时代病痛之根本症结所在。单凭着狂热的情志去从事救世，实亦无异是抱薪救火。所以我常认为'正本'就是立己，'清源'就是克服人性所共有的弱点。"

王道和韦政通除了互相劝勉志节，相互"补电""充气"，为了人文教育的展开与人文精神的弘扬，两人还并肩合作，共同奋斗。

在《人生》杂志缺少人手的情况下，王道于一九五五年秋末，想到了请韦政通渡海赴港，直接参与《人生》的编辑工作，王道带着这一想法跟唐君毅商量，唐君毅同样认为，韦政通是《人生》杂志唯一合适的"接棒人"。韦政通收到王道的信件以后，表达了愿意赴港共襄大事的愿望，王道十分高兴，但最后还是因为没有找到合适的担保人而于一九五六年夏初作罢。

王道还在香港倡导成立东方人文学会，试图联合台湾师友，以营造和培植中国人文精神重生所需要的氛围和人才。

王道的夫人沈醒园在《王贯之先生年表》中说，王道于一九六二年秋，"与张君劢、唐君毅、牟宗三、谢幼伟、程兆熊等共同发起成立东方人文学会"。

为了成立这个学会，王道事先很久就开始准备，韦政通则应王道之请，积极参与了学会的筹划。一九六一年四月五日，王道致信韦政通，希望他联系在台诸友先行拟定学会名称和计划："兹附上人文学会计议书，请兄等尽量提供意见，俾为草拟会章及拟订计划之参考。另请兄等先□名为□本会□，早日寄下，以便成立筹备会开始工作。此会实际由唐牟二先生作学术思想上之领导，然不必为外人言也。"王道的这封信，实际说明了这个主要横跨港台两地的"东方人文学会"的发起人和创造者是王道和韦政通，唐君毅和牟宗三只是答应作为学会的"导师"而已，实际运作的主要工作，在香港为王道，在台湾是韦政通。

王道和韦政通在往复的信件中，不断以道相奖，这种颇具古风的交往，在今日的生活世界里，包括学问的场域中，已经越来越难于见到了。

相辩以诚

王道和韦政通，都是对知识充满真诚的人，他们在以道相奖的同时，却不轻易苟同于对方，有不同的想法和意见，都能及时反馈给对方，两人因此发生过不少激烈的辩争。

王道在一封写给韦政通先生的信中，提到吸收西方的重智精神，以"助美"中国传统儒家的重德精神："近读众多师友的论著，我对新儒学之萌芽成长，实具信心。新儒学之必溶合西方文化之重智精神，亦可谓毫无疑义。不过我觉得要溶合西方之重智精神，必须同时摆脱其层层理障和文字障，由繁复归于简易，才不至隐晦了儒家之真精神真面目。"

针对王道的既想吸纳西方的"重智精神"，同时又觉得西方的重智精神本身充满了"层层理障和文字障"的说法，韦政通回信坦率表达自己的看法：

"先生之长函中，对儒家的看法，均甚敬佩，唯谈到溶合西方重智精神，主张摆脱西方的层层理障，和文字障，俾由繁复归于简易，才不至隐晦儒家之真精神真面目一点，弟稍有不同的看法，愿略陈己意就教于先生。

今天吾人说吸收重智精神之长，首先就是要重思辨，逻辑和经验科学都由此出。同时，重智精神是从外面把握关系之各个领域，客观之精神即由此展开。"

针对王道以儒家为"万能法宝"之类的说法，韦政通指出："中国学问靠颖悟，重德性；西方学问靠思辨而出科学。（客观）知识为儒家一向所不重，以致缺乏思辨精神，此为儒家最大缺陷，但新儒学中却绝不能缺者，否则就根本无法谈中西溶汇。"

韦政通还在同一封信里指出："儒学的成就在主体境界，使人人可成圣成贤；西方重智精神文化的成就，在第二层次的关系境域，因此他们有民主制度的完整过程和一种国家观念。希圣希贤的学问，使人类解决了生命最后的安顿问题，但遗下了公共事务的解决问题，没有获得正当解决……"韦政通坚持必须诚恳对待西方的知识论传统，不能在认定儒家传统完美无缺的基点上敷衍西方的"重智精神"，那样的话，儒家便无法发展出真正的新形态，表现出真正的新样貌，所谓的"新儒家"，可能就只会落在形式上，而没有真正的新内容。

王道则在回信中称："我觉得（我们）彼此所向往的大方向并

无不同，其中有不同的，正如先生所说：我是着重在阐述儒学的长处，您是着重在认清儒学的缺陷。"王道说明自己之所以单方面强调儒家的优长的主要原因之一，是因为"近数十年来菲薄中国文化的中国智识份子已经太多，儒学的真精神真面目亦几已全被掩没，吾人为求补偏矫弊，不能不对此多所用心"。王道坚持自己的主张："人所学各有所长，即用心各有所专，未谈及民主科学者之不必然反对民主科学，正若人在某一时间之各有所嗜所需，刚在吃面食的人或刚在喝牛乳的人，并不必然是反对吃饭。同时专向优点着眼者，也并不必然是不了解其缺点。吾人之谈历史文化，既在承接过去的优点，不在承袭过去的缺点；吾人求三年之艾，既在为今人治病，不在为古人治病，则对过去所有为时代所限的诸缺陷，正为吾辈后人所当负起匡补的责任，殊不必苛求于古人。"王道认定他的这种想法和做法，就是孟子所说的"先立乎大者，则其小者不能夺也"。

王道和韦政通因为对问题理解的角度和内容的不同，经常发生激烈的辩争，因为双方均出于对建设中国新文化的热忱和真心，辩论虽然激烈，却没有伤了和气，他们之间的友谊，反倒因此而得到进一步的升华。不过从以上的辩争可以看出，韦政通后来逃离新儒家们道德理想主义的牢笼，实在是自己思想发展和转进的内在必然，就算没有某种客观的事件做导因，这个时刻也同样会到来，而且已经为期不远了。

相规以善

"若干读者及友好对《十字岛》的反应不甚佳，想因为看了好几期，尚摸不清主题所在，此自系读者的苛求。但我与醒园则觉得兄的小说，除了用字上未尽妥帖，在描写人物时，还有若干粗疏之处，使人觉得不甚调和。例如矮仔的神气好像是呆头呆脑，而说话时则表现甚为精明;传道婆写成近六十开外的老人,而其动作则表现得甚为敏捷。诸如此类,愿兄在下笔前后心力许可时一为留心。此不只是为《人生》着想,同时也是为作者的令誉着想,度兄必不怪其愚直也。"这是一九五六年九月十一日,王道针对韦政通在《人生》杂志上发表小说《十字岛》提出的批评。

王道是一位忠实的儒家信徒,喜欢用善心劝勉朋友,韦政通当年也属同一系统,跟王道所怀的心思一样。他们之间的友情虽是因为投稿和发稿建立起来的,但却绝不局限在此单一的方面,他们在以道相奖的同时,也在以诚相待,互相规谏。

"读来书,深喜又得了一位对《人生》真诚关切的师友。你勉励我们'多承担一些时代的苦难',我们总当求有以不愧对于师友的。"这是王道读到韦政通信中对《人生》的希望后,于一九五五年三月二十四日写给韦政通的回信。韦政通因为投稿给《人生》杂志而与王道建立联系才两个月,就给杂志提出意见并借此表达自己对《人生》未来发展的希望。而王道并没有怪咎韦政通的率直,还认真回答,感谢"勉励"。

"从旧《人生》看下来,目前已走入定型阶段,但希定型后仍能不断求进步,而进入更理想的地步。我想《人生》,一定不会使读者们失望的。"王道同样以客气又谦恭的话语回复说:"承多方勖励,自当不遗余力。惟自知学识所限,只能克尽园丁之责,对众多师友所嘉惠之文化种子,进行灌溉播种而已。"

"政通兄:读廿三日来信,谓弟'气象褊迫',实甚中肯。弟近来细省察……此中正自有病,故其形诸外者不免褊迫烦促。而自恐病之最大者,则为好仁不好学,其蔽也愚。在这些地方,希望爱我的师友,各本直道,不断予以策导针砭。"

韦政通不仅适时指出王道的问题,提出对《人生》杂志的改进意见,同时也时刻反省自己,以求获得修养功夫的进步:

"过去的流浪生活,曾使我留下许多的毛病,为了克服这些毛病,我下了决心要改造自己,但效果却不能令人满意,罪恶之念时常浮动,这很使精神受痛苦","以往两年我做工夫始终未见效之故,由于我对世俗之执着过深,常想:人欲既为人人所有,我岂能独无;更糟糕的是一到要紧关头,任性,固执的劣根性就发生力量,就好像一个筑防洪水的人,到水流湍急时,却又把自己辛辛苦苦筑起来的活塞拔起,'任洪水之泛滥如故'"。

面对韦政通的这番自省的话语,王道回信说:"吾人若真能痛下决心在不断省察克治,则所有根于动物性与习染的一切毛病,自亦可望日渐减少。到了我们真能廓清心中贼,平定了内乱,达至内在世界的清宁、和谐,那已是近于内圣工夫的完成了。罗马非一日可到,愿相与黾勉努力。"

王道也一样,除掉对韦政通的稿件提出必要的修改意见,同时也绝不放过已经看到的韦政通身上的瑕疵。"我年轻的时候是个志大言大的狂者,又是甚至流于狂妄,狂妄不容易被他人接受,因为一般人的耐性都很差。具有热爱心肠的贯之先生,却始终能容忍我的狂妄,但也不放过劝善规过的责任。"韦政通的回忆证实了这一点。

一九五九年,韦政通在徐复观的授意下,在《民主评论》第十一卷第九期和第十期上发表了《评章太炎对中国文化的认识》和《儒家人文主义的安身立命问题——读林语堂〈从人文主义回到基督教信仰〉一文后的感想》,徐复观还在一篇文章前加了按语:"韦君此文……指出章氏对中国文化之实无所知,因而他是一个极为有害的国学大师的偶像,这是完全正确而且值得提出来的。"牟宗三觉韦文写得很好,海内外一些新儒家学者们,都觉得这两篇文章维护了中国文化的本位和尊严,就连远在美国的张君劢读到后都大加"赞赏"。但是王道却认为韦政通的这篇文章,虽然强调了中国文化的重要性，但却苛求前人，有失对长者和先人的礼敬："每读兄论世之文，皆若有一全面否定之潜在意识存乎其间，亦尝引此为戒，兄才学德性上之美中不足，度兄或不怪其私下直言者也。"

王道还在另外一封信中转告韦政通说："有一二师友咸谓兄之才学可佩，而德性未显，弟亦同感为美中不足，故随函一进直言。"王道批评韦政通："有不少可省之题外话，适足掩蔽吾兄内在之德性而徒见其才学也。"

数年前，韦政通在一次谈话中还在说起这件事情："王道其实就是在骂我缺德。对于年青时写的这两篇文章，我到现在想起来还觉得脸红。"

像韦政通批评王道，王道耐心接受一样，韦政通面对王道的批评，也能虚心听取。所以王道才说："事后自觉过于责备求全，有失厚恕之道，窃用不安。兄乃从善如流，真使弟感动欲泪！"

韦政通可以那样对待王道，王道也可以这样对待韦政通，就算古代君子间的交往，也未必能够达到这样醇厚的境地。

相濡以沫

《人生》是王道以私人之力创办的，所有作者的稿费，都是从杂志本身的微薄销售所得中"扣出来"付给作者的。就像这篇文字开始引用韦政通话语所说的那样：《人生》杂志，"是台、港两地，唯一不拿津贴，没有经济后台、纯靠私人的力量，维持达二十年之久的一本思想性杂志"。王道并不是今天意义上的企业家，除了兼课之外，他没有另外的收入。王道如数照登韦政通投给《人生》的文章，并不出于王道徇私情而无原则，而完全是出于对上进青年的愿力扶持。王道想方设法筹集一点稿费，并想尽一切办法将稿费及时转到韦政通手上，一方面是表达《人生》杂志不负作者，同时也是出于帮助韦政通度过经济生活难关的考虑。

有关当时韦政通经济生活的拮据情况，可从王道的几封信中的片段约略获得了解：

"附本期稿费单，请就近向民主评论分社徐聘三兄处领取。"这是一九五四年五月二十八日，王道写给韦政通信里的话语。

"若《人生》稿费能使兄勉强度活，而又适足助成兄之读书计划，此中之乐，不啻身受。"

"顷已函托在台亲友在台设法为兄筹付50港元，请三数日内到徐聘三兄处一询。"

下面这封信，则是王道得知韦政通害了一场重病后，于一九五五年八月二十九日所写：

> 政通吾兄：接廿五日来信，至为兄之生活与健康担心。贫病相连之深味，弟素所熟悉，日子过得太长，最足以损伤元气。弟近数年来时常卧病，职是故也。前日聘三兄来函，云已垫付一百元，惟未言明是台币抑港币，今滋蕃兄云在台北存有稿费未领，拟拨于吾兄济急，一二日内当有信息到达。弟亦想一二日内先汇点稿费给兄。在健康不好时，不宜拼命写稿，吾人准备跋涉长途，所恃者惟健康耳。

王道这样关心并在经济上为韦政通着想，并不是因为《人生》的富庶，前此已经交待，《人生》是一个毫无经济来源和资产保障的思想性刊物，完全凭借王道的一人之力维持运转，包括礼聘编辑和支付稿酬，都得王道自己满世界周旋去想办法。为了保证《人生》杂志不因经费不济而停刊，王道曾经办过画展，但是不仅未能奏效，反倒欠下不少债务。就在这样艰难的境遇中，王道还是想尽一切办法支付韦政通的稿酬。不仅如此，王道还关心韦政通的个人生活，"兄已年逾而立，对婚事亦不可无所系心，倘所遇得人，实于学问、经济无妨碍也。"这是一九六一年八月二十七日王道写给韦政通信中的话语。

虽然在王道和韦政通交往的整个过程中,王道对韦政通的经济生活帮助很大,但韦政通同时也为王道和《人生》杂志着想。

一九五八年七月以后,韦政通因为徐复观的"保举",获得了在台中一中教授高二国文的资格,韦政通离开新北投开明街赶赴台中,借助自己在青年学生中很快产生的影响,帮助王道在台中一中,还有在台中的师范等学校的同学们中推销《人生》和《人生》杂志出版的作者文集,如唐君毅的《青年与学问》等,将售得款项转给王道。

"政通吾兄:读廿一日手教,承兄力为推销《青年与学问》,弟与唐先生同深感念。开学后应寄多少,专候吾兄示知。为优待在学青年,可照定价七折或六折,但应对购买者声明此乃对在学青年之特别优待价,以免被人指责一书售两种不同价目。"这是一九六〇年七月二十八日王道写给韦政通信中话语。"贵校在开学后应多寄若干本《青年与学问》,并请随时示知。"这是一九六〇年九月十七日王道写给韦政通的信中话语。"售不出之书暂存兄处,不必急在一时。"这是一九六〇年十一月三十日,王道写给韦政通的信中话语。韦政通在自己十分艰难的条件下,还要将自己的稿费捐赠给《人生》:"兄嘱欲将稿费捐助《人生》,感念无限!惟兄目下之经济情况并非充裕,而《人生》亦尚可勉强过去,吾兄护育私文之厚意,可稍俟于来日也。"这是王道于一九五九年七月四日写给韦政通的感谢信。这些信件,表明了韦政通与王道的交谊,几乎到了相濡以沫的程度。

因为给《人生》投稿,韦政通跟王道结缘,使他得以在《人生》杂志上不断发表各种作品,既解决了辞掉记者后经济生活的难题,也使他得到了锻炼和培养,韦政通的学识越来越广博,思想越来越成熟,个人的人生修养,也获得了长足的进步。这可真是"山重水复疑无路,柳暗花明又一村。"韦政通感念王道,所以才在怀念王道的《王贯之先生与我》中深情地写道:"饮水思源,我不能忘怀一身道义的贯之先生。"

(王立新,深圳大学人文学院教授)

丁亚平　姜庆丽

论近年来中国电影研究的现状与走向

近年来中国电影发展成绩耀眼夺目，国产电影不仅在创作数量上激增，在票房收入上也频现佳绩。二〇一八年中国电影市场票房累计六百零九点八亿元，较二〇一七年的五百五十九点一一亿元，增长了约百分之九点一。回顾近几年的电影创作，商业电影、艺术电影、主旋律电影在国内市场上各领风骚，以《无名之辈》、《我不是药神》、《红海行动》、《我不是潘金莲》为代表的现实主义影片显现出惊人的市场能量，它们共同开拓出一条国产电影发展的新路径。在中国电影产业高歌猛进的发展阶段，国内电影学者始终保持着清醒、冷静的立场，从专业、学术角度著书立说，对中国电影的历史、现状给予深切地观察和分析，试图以前瞻性的眼光指导、把握中国电影前进的新方向。在电影学研究著作方面，不仅有"中国电影史料影印本丛书"[1]、"北大学人电影研究自选集"[2]、"中国电影艺术史研究丛书"[3] 等知名丛书系列，还有《中国电影批评年

---

[1]　钟大丰、吴冠平主编：《影戏年鉴：中国电影史料影印本丛书》，东方出版社二〇一六年版。

[2]　陈旭光主编：《北大学人电影研究自选集》，北京大学出版社二〇一五年版。

[3]　丁亚平主编：《中国电影艺术史研究丛书》，文化艺术出版社二〇一七年版。

鉴·2015》①、《中国电影通史》②、《历史魅影——中国电影文化研究》③、《雾中风景》④、《百年中国电影理论文选》（增订版）⑤、《中国功夫动作电影研究（2017）》⑥、《中国电影史学》⑦、《昨夜星路》⑧、《亚洲电影研究（2017）》⑨等影响广泛的电影史论专著。此外，那些刊载在电影报刊中的相关论文也构成了中国电影学研究的重要组成部分，它们以时效性强、受众面广等特点占据了中国电影学研究中的重要领地。

一 持续性与跨域性：电影发展与产业研究双向互动

中国电影产业发展迅速，票房收入屡创新高，内地电影市场成为仅次于北美地区的世界第二大电影市场。尤其是二〇一五年九月一日国务院审议通过《中华人民共和国电影产业促进法（草案）》后，中国电影产业发展开始迸发出新的活力。除电影的市场化改革政策助力外，"互联网+"电影成为国内电影产业的新常态，互联

---

① 贾磊磊主编：《中国电影批评年鉴·2015》，中国广播影视出版社二〇一六年版。

② 丁亚平：《中国电影通史》第1—2册，中国电影出版社、文化艺术出版社二〇一六年版。

③ 张慧瑜：《历史魅影——中国电影文化研究》，中国电影出版社二〇一五年版。

④ 戴锦华：《雾中风景》，北京大学出版社二〇一六年版。

⑤ 丁亚平主编：《百年中国电影理论文选》（增订版），中国文联出版社二〇一六年版。

⑥ 贾磊磊：《中国功夫动作电影研究（2017）》，中国电影出版社、文化艺术出版社二〇一七年版。

⑦ 丁亚平：《中国电影史学》，中国广播电视出版社二〇一八年版。

⑧ 李亦中：《昨夜星路》，上海交通大学出版社二〇一八年版。

⑨ 张宗伟主编：《亚洲电影研究（2017）》，世界图书出版公司二〇一八年版。

网公司纷纷进军电影行业,极大地改变了中国电影在投资、制作、发行及票务市场上的常规运营模式,中国电影产业发展逐渐与国际接轨。

面对中国电影业的蓬勃发展,电影学者开始有意识地将注意力投向本土电影的产业、市场、工业等领域。他们试图从宏观或微观经济学角度阐释国产电影的发展现状,并试图对其进行持续性的关注和跨域性的观察,以期对当下中国电影创作提供些许借鉴和启示。这些研究文章大致可以分为三类:

其一,结合当下中国电影发展的国际、国内语境对电影产业进行分析。如金丹元、周旭在《直面全球化语境下中国电影产业的新窘境——对中国电影海外传播策略的再思考》[1] 中指出中国电影呈现出"内热外冷"的发展态势:一方面,国内电影市场持续火爆;另一方面,中国电影传播却不尽人意;在全球化的产业格局下,中国电影必须转变传播观念,增强在海外市场的竞争力和影响力。《国家政策下的中国电影产业分析——以"一带一路"为例》[2] 基于各种数据分析,得出"一带一路"政策下中国电影产业存在潜在忧患,当然这一政策也提供了完善电影现状的可行性路径;只有建立在深度读解并正确实践基础之上的"一带一路"文化战略方针,才能够帮助中国电影走出去。《〈长城〉:张艺谋的工业试验与创作博弈》[3] 一文认为该片尽管在口碑上招致观众的批评,但影片作为

---

[1] 金丹元、周旭:《直面全球化语境下中国电影产业的新窘境——对中国电影海外传播策略的再思考》,《上海大学学报》(社会科学版)二〇一六年第二期。

[2] 杨洋、刘晓希:《国家政策下的中国电影产业分析——以"一带一路"为例》,《当代文坛》二〇一六年第五期。

[3] 饶曙光、尹鹏飞:《〈长城〉:张艺谋的工业试验与创作博弈》,《中国电影报》二〇一六年十二月二十一日。

一次向好莱坞工业借水行舟的合格试验，对中国电影产业发展起到重要的先行者作用。《艺术电影的市场之路及其反思——以〈推拿〉为例》①指出《推拿》一片在市场上的失败应归为营销手段的失策；中国艺术电影要想崭露头角，应呼吁艺术与市场的分野，并建立起生产、流通、评价等多元体制。《"拐点"论争与中国电影结构性优化》②认为二〇一六年中国电影增速放缓，既是中国电影结构性矛盾激发的必然结果，也是中国电影产业需求侧和供给侧矛盾的集中体现；作为中国电影产业发展过程中深刻的调整，电影业界原有的规模化、数量型发展模式已难以为继，必须借此契机进行深层次的结构性优化。

其二，以年度电影产业报告的形式，进行回顾、总结中国电影产业和市场，这类研究文章不仅数量众多，而且还呈现出一种连续性。电影学者每年年初都会对上一年度的电影产业情况进行系列性追踪与关注，从电影数据（产量、票房、份额、观众构成及观影人次）、产业格局（资本、企业、政策）、电影制作（制作人、公司机构、代表产品、生产方式）、电影市场（影院院线、二三线城市、档期选择、营销宣发）等层面进行详细分析、比较，以观其增长幅度和发展变化。这些文章如《2014年中国电影产业备忘》③指出二〇一四年是中国电影产业的互联网元年，中国电影产业结构、产业形态、市场格局都在发生重大改变，电影产业仍然在高速增长的通道上前行，同时也因为鲜明的本土性而更加成为自给自足的内向型

---

① 詹庆生：《艺术电影的市场之路及其反思——以〈推拿〉为例》，《当代电影》二〇一五年第一期。
② 饶曙光、尹鹏飞：《"拐点"论争与中国电影结构性优化》，《浙江传媒学院学报》二〇一七年第一期。
③ 尹鸿、冯飞雪：《2014年中国电影产业备忘》，《电影艺术》二〇一五年第二期。

发展模式；在全球化大背景之下，国内电影产业应进行适度变革。《2014年中国电影产业与艺术报告》[1] 为二〇一四年度的电影创作格局呈现出一定的多样性和丰富性，随着资深导演的回归和新生代导演的崛起，"数代共生"的创作群体在电影艺术创作和类型化生产等方面均有所突破；此外，互联网技术与互联网思维在电影生产的各个环节都与影视行业全体形成了一个前所未有的全方位互动和狂欢。《2014年中国电影产业发展分析报告》[2] 主要梳理了二〇一四年中国电影产业发展的总体状况，指出二〇一四年度电影的特色亮点和存在问题，并在此基础上预测了今后一段时间中国电影的发展趋势。《2015年中国电影产业备忘》[3] 指出中国电影产业格局在互联网的全面渗透下发生着深刻变化，越来越多的小镇青年观众为国产电影带来了刚性需求，在IP改编的推动下，国产电影产品群更加丰富；电影产业的崛起对政府管理水平和能力、企业文化、市场经验、观众素养等领域提出了新挑战。《2015中国电影年度报告：产业、艺术与文化》[4] 认为二〇一五年是中国电影史上值得大书特书的一年；该年度的电影业在艺术表达与文化发展方面表现出新动向：如类型更加多元，国产电影的口碑与票房走向双赢等。《2015年中国电影产业发展分析报告》[5] 提出二〇一五年是我国电

---

[1] 陈旭光、李诗语、李雨谏：《2014年中国电影产业与艺术报告》，《浙江传媒学院学报》二〇一五年第二期。

[2] 刘汉文、陆佳佳：《2014年中国电影产业发展分析报告》，《当代电影》二〇一五年第三期。

[3] 尹鸿、孙俨斌：《2015年中国电影产业备忘》，《电影艺术》二〇一六年第二期。

[4] 陈旭光、石小溪：《2015中国电影年度报告：产业、艺术与文化》，《创作与评论》二〇一六年第二期。

[5] 刘汉文、陆佳佳：《2015年中国电影产业发展分析报告》，《当代电影》二〇一六年第三期。

影发展的重要节点,也是电影产业化改革十三年以来经验的集中体现;并在此基础上梳理该年电影产业发展的整体状况、预测未来的发展趋势。

《2016年中国电影产业备忘》[1] 从电影市场增速放缓的情况出发,指出二〇一六是中国电影的调整之年;中国电影产业进入修正模式,观众日渐成熟,电影风格、类型及产品体系更加多样化;在新常态下中国电影需要行业规范、产品质量和服务质量的三角支撑,才能走得更稳更好。《2016中国电影年度景观:产业、艺术与文化》[2] 提出中国电影市场理性逐渐回归,整体而言,这一年的商业类型电影略偏保守、稍显平淡,更缺乏艺术性突出、现实性彰显,综合指标均很强的时代力作;但在电影类型的多样化拓展上却不可否认。《2016年中国电影产业发展分析报告》[3] 认为中国电影进入质量型、内涵型发展模式的重要阶段,而尤为侧重地分析了该年度电影产业链各环节的主要特色。《2017年中国电影产业备忘》[4] 指出中国电影已然迈入到一个"新时代",电影资本、互联网重塑着电影产业的格局,影片质量的优劣成为衡量其成功与否的试金石。《关于中国电影产业生态化现状的思考》[5] 一文,将电影产业比作为生态环境,系统中各个环节的发展有助于推动整个产业链的

---

[1] 尹鸿、孙俨斌:《2016年中国电影产业备忘》,《电影艺术》二〇一七年第二期。

[2] 陈旭光、石小溪:《2016中国电影年度景观:产业、艺术与文化》,《创作与评论》二〇一七年第二期。

[3] 刘汉文:《2016年中国电影产业发展分析报告》,《当代电影》二〇一七年第三期。

[4] 尹鸿、孙俨斌:《2017年中国电影产业备忘》,《电影艺术》二〇一八年第二期。

[5] 周艳:《关于中国电影产业生态化现状的思考》,《文化艺术研究》二〇一八年第一期。

进展。上述这些持续性的电影产业分析文章，不仅有助于读者在历时性上观察中国电影产业的发展、变化，而且还能在共时性上比较不同学者对同一年度电影的看法和观点，这对人们把握电影产业的总体发展状况提供了很大帮助。

除了这类系列性的研究、总结报告外，还有部分学者着重于对某一年度电影产业、市场的突出表现进行适时的分析。如《2015中国电影市场观察》[①]指出当下流行的消费文化型的轻量级IP电影，根本不同于具有民族主体创意与深度的电影；中国电影应以中国主流的价值观与人类共通的向真、向美、向善的精神相衔接，让中国电影及其产业迅速打开自我封闭的所谓"全国化"格局，努力弥合本土与海外市场的严重断裂。《2015中国电影产业"乌云现象"分析》[②]认为二〇一五年中国电影产业整体利好的态势背后，存在着某些隐忧，如行业内的法律纠纷、艺人劣迹、恶性事件等"乌云现象"，分析、厘清"乌云"背后的成因，有助于促进电影产业的健康发展。《在平衡与突破中前行的中国电影——2015—2016年贺岁档电影市场观察》[③]提出电影是一种艺术和文化产品，它必须遵循艺术、文化以及政策的规律，在不断创新的道路上实现超越。《2016电影产业发展现状及未来走势》[④]认为中国电影要想保持稳健的前进步伐需依托科技尤其是互联网的发展，回归理性，回归故事，在挖掘深厚内涵中呈现文化底蕴与特点，主动对接"一

[①] 黄式宪：《2015中国电影市场观察》，《电影新作》二〇一六年第一期。
[②] 司若、姜鹏亮：《2015中国电影产业"乌云现象"分析》，《当代电影》二〇一六年第四期。
[③] 洪军、田亦洲：《在平衡与突破中前行的中国电影——2015—2016年贺岁档电影市场观察》，《当代电影》二〇一六年第四期。
[④] 宋西顺：《2016电影产业发展现状及未来走势》，《两岸创意经济研究报告（2017）》。

带一路"倡议,延伸电影产业链。

其三,观照除中国电影市场之外其他国家及地区的产业发展。这些研究文章虽没有直接涉及中国电影产业状况的分析和探讨,但在全球化语境中,关注其他国家电影的发展动向,有助于获得不同于本土电影的创作经验和技术反馈。其中,对日本、韩国、泰国及北美地区的电影产业研究已经形成一种连续性观察和汇报。如对全球第一大电影市场北美地区的分析:《2014年北美电影产业发展报告》[1]、《2015年北美电影产业发展报告》[2] 基于对二〇一四年、二〇一五年北美电影市场发展状况的数据分析,梳理了该市场在融资、创作、发行、映演、营销等环节的发展特征,预测了北美电影产业未来的发展趋势。《2016年北美电影产业报告》[3] 在对二〇一六年北美电影产业的相关数据分析的基础上,回顾北美市场的票房表现和历史定位,研究产业繁荣背后的影院危机及其成因,通过纵览美国主要制片商的现状与发展,分析好莱坞文化模式的当下特征,以及北美电影市场的主流文化逻辑。《2017年美国电影产业观察与分析》[4] 认为美国电影之所以能取得巨额票房,得益于多元化创作策略的推动,类型的融合、合拍与进口的互动等,共同促成了全球第一大电影市场的形成。

对近些年日本电影现状的研究,如《2014年日本电影产业观察》[5] 认为受安倍经济学影响,二〇一四年的日本电影产业对内横

---

[1] 彭侃:《2014年北美电影产业发展报告》,《电影艺术》二〇一五年第二期。

[2] 彭侃:《2015年北美电影产业发展报告》,《电影艺术》二〇一六年第二期。

[3] 陈亦水:《2016年北美电影产业报告》,《电影艺术》二〇一七年第二期。

[4] 张侃侃:《2017年美国电影产业观察与分析》,《电影艺术》二〇一八年第三期。

[5] 费纳:《2014年日本电影产业观察》,《电影艺术》二〇一五年第二期。

盘，对外保住全球第三大市场名分，但国际市场份额进一步降低，该年度电影产业既迎来了小幅增长，又面临市场成熟后拓展缓慢的重重压力。《2015年日本电影产业观察》[①]将二〇一五年看作是日本电影产业发展变革的节点，这得益于二次元（ACG）文化对电影产业从内容、实业到市场多方面的深度改造。《2016年日本电影产业观察》[②]指出二〇一六年度日本观影人次再创历史新高，打破了尘封四十二年的历史，电影票房、银幕总量、影片上映数、平均票价等均刷新历史纪录；与此同时也面临危机：众多中小制作公司相继破产倒闭，上映影片类型单一，日本电影产业在机遇与挑战中砥砺前行。

近几年，学者对韩国电影的产业观察也形成系列，如《2014年韩国电影产业扫描》[③]认为二〇一四年韩国电影产业销售额首次突破二兆韩元，有赖于影院票房和附加市场、海外销售等所有领域销售的增长；但电影的投资收益率远不如二〇一四年。《2015年韩国电影产业扫描》[④]指出韩国电影产业销售额连续两年超过二万亿韩元，该年度总观影人数创下史上最高纪录；附加市场规模也比上年增长百分之十二点七。《2016年韩国电影产业扫描》[⑤]提出二〇一六年的观影人数比上年稍有减少，附加市场规模达到四千一百二

[①] 支菲娜：《2015年日本电影产业观察》，《电影艺术》二〇一六年第二期。

[②] 王玉辉：《2016年日本电影产业观察》，《电影艺术》二〇一七年第三期。

[③] 朴希晟：《2014年韩国电影产业扫描》，《电影艺术》二〇一五年第二期。

[④] 朴希晟：《2015年韩国电影产业扫描》，《电影艺术》二〇一六年第二期。

[⑤] 朴希晟：《2016年韩国电影产业扫描》，《电影艺术》二〇一七年第三期。

十五亿韩元，商业电影投资收益率为百分之八点八。整体而言，这些文章对韩国电影产业的观察大都着眼于数据层面的分析，像销售额、投资收益率、观影人数及人次等，而鲜少对其制作、宣发领域进行介绍，观照维度略显不足。

二 立足本土与放眼世界：电影理论研究的多维视角

电影研究者对中国电影现状的研究是多方面、多维度的，除产业、市场研究外，还聚焦于理论、批评等方向。中国电影在全球化语境中能持续健康发展，离不开学者对本土电影多维度的观照与批评。中国电影只有在创作、理论、批评、接受等多面向上形成良性互动，才能在未来的发展道路上走得更远、更持久。

在中国电影走向世界的时代呼声下，不少学者致力于建构"中国电影学派"，以形成一套本土话语体系，彰显中国电影的民族化特色。这其中讨论最热烈的便是要求重写、建构长期以来被遮蔽的中国电影理论，在此基础上打破中国电影理论建设的局限与缺席状态。一直以来，谈及电影理论话语，学者常常将目光投向西方寻求理论支撑与借鉴，但并不是所有的西方电影理论都适宜阐释中国电影发展的多样面貌。在这样的历史条件下，"中国电影理论批评工作者应该根据中国的电影实践对中国电影、中国电影产业化发展道路及其历程做出解释和阐释"[1]。尽管，中国电影理论建设基础薄弱、步伐缓慢，缺乏一种宏观意义上的理性总结与思考，但学者们怀着对中国电影发展的热切期望，开始尝试对当下电影发展显露出来的新现象进行一种理论审视与书写。电影学者近年来将注意力聚焦于当下中国电影的创作，及时、敏锐地提出了像"IP电影"、

---

[1] 饶曙光：《建构电影理论批评的中国学派》，《电影新作》二〇〇五年第五期。

"互联网+"、"电影新力量"、"一带一路"等中国电影发展中呈现的新现象。这些研究文章有《无界时代的 IP 转换——论互联网语境下电影 IP 转化的现状、问题与对策》[1] 从文化产业的角度论述当前中国电影 IP 的开发应用现状,以期对互联网在重构全球化时代中国电影生产力、促进当代中国电影创意产业发展上有更新的认识。《"互联网+"语境下电影评价机制研究——以国内主流电影评分网站为例》[2] 选取格瓦拉电影网、时光网与豆瓣电影国内三家较具代表性的电影评分网站,分别以市场导向型、类专业型和图型索引型为特征进行分析,进而对中国电影评分网站的发展趋势做出展望。《论中国电影新力量——关于新力量的合法性、香港模式和未来展望之研究》[3] 认为中国电影新力量在发展中充分汲取了香港电影在类型化和产业化运作上的成功经验,并结合本土实际,突破和超越了香港模式。《"一带一路"与中国电影战略新思考》[4] 从中国电影面临的新使命以及新方向两个角度思考中国电影的成败得失,并以电影人才培养为基点,提出了中国电影战略发展路径。此外,相关的研究论文还有《IP 电影热——中国大众消费时代进行时》[5]、《技术经济范式视野下的"互联网+电影"新业态》[6]、《建

---

[1] 丁亚平:《无界时代的 IP 转换——论互联网语境下电影 IP 转化的现状、问题与对策》,《当代电影》二〇一五年第九期。

[2] 聂伟、张洪牧宇:《"互联网+"语境下电影评价机制研究——以国内主流电影评分网站为例》,《当代电影》二〇一六年第四期。

[3] 陈犀禾、刘吉元:《论中国电影新力量——关于新力量的合法性、香港模式和未来展望之研究》,《当代电影》二〇一六年第四期。

[4] 侯光明:《"一带一路"与中国电影战略新思考》,《电影艺术》二〇一六年第一期。

[5] 王臻真:《IP 电影热——中国大众消费时代进行时》,《当代电影》二〇一五年第九期。

[6] 刘庆振:《技术经济范式视野下的"互联网+电影"新业态》,《当代电影》二〇一五年第九期。

构小康社会的电影文化——中国电影的新生代与新力量》①、《中国电影的网众自娱时代——当前中国电影新力量观察》②、《"一带一路"与中国电影的新发展》③、《当下中国电影的美学困境》④ 等。他们着眼于中国电影发展的最新动态,站在宏观角度研究新电影现象,试图对当下电影创作提供一些理论层面的指导。

在对中国电影现状作出及时的理论观照外,电影学者还将视角投过去,通过美学、表演等方面的分析,研究历史上电影的发展规律。如《民国电影的现实主义美学批判》⑤从民国电影的现实主义批判特质、人文意识以及底层表达等方面,来谈论民国电影承载社会教化、民族救亡等历史使命,进而研究民国电影独特的美学及文化含义。《联华歌舞班:有声片开创期的一次审美转型(1931—1932)》⑥认为联华歌舞班的成立得益于中国电影从无声转向有声的这一阶段;为了赢得有声片市场,联华影业公司吸收了黎锦晖的"明月社"成立联华歌舞班,在电影创作中融入了歌舞音乐元素,直接促进了中国有声片的发展。《论80年代中国电影表演的纪实美学及其史学分析》⑦从演员选择、表演姿态、表演方法、长镜头表

---

① 尹鸿:《建构小康社会的电影文化——中国电影的新生代与新力量》,《当代电影》二〇一五年第十一期。
② 王一川:《中国电影的网众自娱时代——当前中国电影新力量观察》,《当代电影》二〇一五年第十一期。
③ 丁亚平、史力竹:《"一带一路"与中国电影的新发展》,《艺术评论》二〇一七年第十二期。
④ 张宗伟:《当下中国电影的美学困境》,《当代电影》二〇一六年第三期。
⑤ 李栋宁:《民国电影的现实主义美学批判》,《艺术百家》二〇一五年第四期。
⑥ 季晓宇:《联华歌舞班:有声片开创期的一次审美转型(1931—1932)》,《当代电影》二〇一六年第四期。
⑦ 厉震林:《论80年代中国电影表演的纪实美学及其史学分析》,《当代电影》二〇一五年第三期。

演等方面呈现了二十世纪八十年代纪实表演美学的发展样式；同时也阐述了表演纪实美学的本体"缺陷"以及中国"缺陷"，以期促进中国电影表演美学未来的新发展。另外，还有《纪实性革命：抗战时期中国电影的美学显面与"复调效应"》[1]、《战时沦陷区的中国电影理论再探——以有关电影表演的评论文章为中心的考察》[2]、《"十七年"电影理论批评的发展轨迹与理论收获》[3]、《政治记忆的影像表达——论"十七年"电影与政治记忆建构》[4] 等文章对过去的电影作出理论上的新阐述。

除上述侧重对中国电影理论的建设和研究外，学者们还不时借鉴外国电影理论、概念来研究中国电影，他们从华语电影、作者论、类型、本体论、叙事学、伦理学、传播学、哲学、明星、文化研究等多个理论视角研究中外电影。

第一，从华语电影这一概念的论争与阐述上，进一步明确了"华语电影"的内涵、发展与现状。如《华语电影跨学科研究的实践》[5] 从电影突出的跨学科特性出发，进一步阐述了电影与绘画、电影与媒体、电影与话剧、电影重拍、电影与录像艺术——的实践，并以录像转置和艺术电影为例，指出有待进一步研究的课题和方向。《"华语电影"讨论背后——中国电影史研究思考、方法及

---

[1] 虞吉：《纪实性革命：抗战时期中国电影的美学显面与"复调效应"》，《文艺研究》二〇一六年第三期。

[2] 宫浩宇：《战时沦陷区的中国电影理论再探——以有关电影表演的评论文章为中心的考察》，《当代电影》二〇一五年第四期。

[3] 朱鹏杰：《"十七年"电影理论批评的发展轨迹与理论收获》，《当代电影》二〇一七年第六期。

[4] 陈伟龄：《政治记忆的影像表达——论"十七年"电影与政治记忆建构》，《艺术百家》二〇一七年第五期。

[5] 张英进：《华语电影跨学科研究的实践》，《中国比较文学》二〇一五年第一期。

现状》①通过对"中国主体性"的强调,提出跨国研究中个别的、个体的主体更有其自身的价值和意义;特别是对中国而言,电影呈现丰富的格局,已有自身的传统,电影史也有独特的脉络,尤其不能忽略它自身的主体性。《"华语电影"概念的演进、争论与反思》②介绍了"华语电影"与"华语语系文学"提出的海外背景,阐述了国内的华语电影、华语语系概念及其话语生产,进而论述了"华语电影"的歧义与概念的接受以及学术话语的思维方式及其反思等几个问题。另外《"华语电影"再商榷:重写电影史、主体性、少数民族电影及海外中国电影研究》③、《"华语电影"海外研究述评》④、《民族性、"去政治化"的政治与国家主义:对"华语电影"与"中国电影主体性"之争的一个回应》⑤、《华语电影中的书法元素》⑥等文章也对"华语电影"这一议题提出了各自的观点和认识,极大地拓展了这一概念的内涵与价值。

第二,从作者论、类型方面对中国电影现象进行概述和研究。如《"电影作者论"新论》⑦认为"电影作者论"表面上将电影导

---

① 李道新、车琳:《"华语电影"讨论背后——中国电影史研究思考、方法及现状》,《当代电影》二〇一五年第二期。

② 陈林侠:《"华语电影"概念的演进、争论与反思》,《探索与争鸣》二〇一五年第十一期。

③ 吕新雨、鲁晓鹏等:《"华语电影"再商榷:重写电影史、主体性、少数民族电影及海外中国电影研究》,《当代电影》二〇一五年第十期。

④ 辛勤:《"华语电影"海外研究述评》,《长江论坛》二〇一五年第三期。

⑤ 龚浩敏:《民族性、"去政治化"的政治与国家主义:对"华语电影"与"中国电影主体性"之争的一个回应》,《电影新作》二〇一五年第五期。

⑥ 秦昕、袁智忠:《华语电影中的书法元素》,《北京电影学院学报》二〇一八年第四期。

⑦ 蓝凡:《"电影作者论"新论》,《上海大学学报》(社会科学版)二〇一五年第三期。

演视同为文学的作者,其背后揭示的却是对电影性的确认,将电影从西方以文字阅读为中心的传统中彻底解放出来,还电影的影像本位意义。《德勒兹电影理论视域中的类型电影》[1] 运用德勒兹电影理论中运动—影像的部分来研究类型电影,从本体("感官机能"本体说)、系统(形式主义原则)、构成("冲动"构成模式)三个方面对类型电影进行了把握,同时还兼顾了类型电影的工业生产和艺术属性。《欲望的工业:类型与性别视域下的电影明星》[2] 从性别研究的视角出发,选取明星魅力的"性感"维度,通过分析好莱坞与港台电影中不同类型片对明星性别魅力的塑造,关照明星的现状并讨论其类型明星的性感缺失与性别错位等问题。《当下中国电影的类型重组与价值取向的错位》[3] 从我国类型电影重组的时空和文化语境出发,分析、反思类型电影在重组过程中所出现的一些弊端,同时对在电影类型重组过程中如何兼顾商业性、文化性和审美趣味,以应对日趋激烈的市场挑战和外来文化的冲击,作出一些思考。

第三,从电影本体论、叙事学等维度阐释电影,一直以来都是学者们关注的重要面向。早在二十世纪初,乔托·卡努杜、雨果·明斯特伯格、鲁道夫·爱因汉姆等人便从电影是一门艺术的角度论证其本体。其后,安德烈·巴赞、齐格弗里德·克拉考尔等人也孜孜不倦地追问电影是什么?他们的研究将电影本体论研究推向高峰。尽管,此后电影理论从经典迈向现代,但学者从未停止对电影

---

[1] 聂欣如:《德勒兹电影理论视域中的类型电影》,《上海大学学报》(社会科学版)二〇一六年第四期。

[2] 陈晓云、李卉:《欲望的工业:类型与性别视域下的电影明星》,《电影新作》二〇一六年第六期。

[3] 金丹元、田承龙:《当下中国电影的类型重组与价值取向的错位》,《上海大学学报》(社会科学版)二〇一七年第三期。

本体论的探究。二〇一五至二〇一八年间，学者们面对数字技术、虚拟影像在电影中愈发重要的表现时，不禁自问、反思电影到底是什么？张宏森指出："电影是电影人观察世界、感受世界、表现世界的一种方式。"[1] 在互联网与电影交互作用的时代下，学者们试图回到电影本身，对电影本体论进行新一轮的追问。如《国家理论视野下的电影本体论》[2] 从文化功能和社会作用入手对电影进行界定并由此论证电影性质的"本体论"是一个非常的重要传统；国家理论的核心原则是把电影功能和国家利益紧密相连，体现一种从功能出发的电影本体论思考。《作为"看见世界"与"假扮成真"的电影——再论走向新的"电影本体论"》[3] 从斯坦利·卡维尔的观点：电影是作为"看见的世界"和肯达尔·沃尔顿将电影视为"假扮成真"这两个论断出发，认为电影本体论不仅在物质本性上被定位为"移动影像"，而且从内容本性上更有推进，从而回答了银幕上现实发生的转变及观众为何相信电影所呈现之物的问题。从电影叙事学方面进行的研究文章，如《后现代电影的叙事转身》[4] 提出作为后现代电影的不确定中的解构，其本质是对传统叙事的解构：它既是故事意义的不确定，又是叙事技巧的不确定。后现代电影的解构主题，表现在人类生存信息的解构与虚拟、社会英雄模式的推翻与反拨、两性情感原则的消解与困惑、社会结构秩序的颠覆与彷徨四个方面。《传记电影的叙事主体与客体：多层次生命写作

---

[1] 张宏森：《抵达电影光荣的目的地》，《当代电影》二〇一五年第七期。

[2] 陈犀禾：《国家理论视野下的电影本体论》，《电影艺术》二〇一五年第三期。

[3] 刘悦笛：《作为"看见世界"与"假扮成真"的电影——再论走向新的"电影本体论"》，《电影艺术》二〇一六年第四期。

[4] 蓝凡：《后现代电影的叙事转身》，《艺术百家》二〇一五年第四期。

的选择》①从传记与生命写作以及原型与再创、历史与再现、真实与虚构等概念与关系的分析，提出改编与再创自身的文化意义，最后通过对个案《阮玲玉》的研究，指出凸显叙事主体、拓广传记自我反思潜力等建构多层次生命写作与死亡写作的新思路。另外，《影响和解释：小世界理论、网络科学理论、弱关系理论与网状叙事电影》②、《当代中国电影疯癫影像叙事论》③、《改革开放40年合拍电影叙事流变（1978—2018）》④等文章观点明晰、阐述有力，也十分有借鉴意义。

第四，从伦理学、传播学的角度来研究电影，既可以寻求电影中的价值观表达，又对当下中国电影所处的全球化环境给予理论层面的关照。如《中国电影伦理学的元命题及其理论主旨》⑤提出电影伦理学是一种以影像的叙事形态为研究对象、以影片表现的伦理取向为核心研究内容的电影理论方法；不论在现实层面，还是虚拟层面，伦理问题的终极问题都会指向正义；电影的正义性既是一种艺术的美学法则，也是一种叙事的语言策略。《中国电影对外传播战略：理念与实践》⑥指出当下中国电影面临着国内市场蓬勃与国际市场遇冷的双重境地，以及中国电影在

---

① 张英进：《传记电影的叙事主体与客体：多层次生命写作的选择》，《文艺研究》二〇一七年第二期。

② 杨鹏鑫：《影响和解释：小世界理论、网络科学理论、弱关系理论与网状叙事电影》，《电影艺术》二〇一六年第六期。

③ 焦仕刚：《当代中国电影疯癫影像叙事论》，《当代文坛》二〇一六年第四期。

④ 高有祥、高山：《改革开放40年合拍电影叙事流变（1978—2018）》，《当代电影》二〇一八年第五期。

⑤ 贾磊磊、袁智忠：《中国电影伦理学的元命题及其理论主旨》，《当代电影》二〇一七年第八期。

⑥ 饶曙光：《中国电影对外传播战略：理念与实践》，《当代电影》二〇一六年第一期。

"走出去"的基础上，所面临的票房经济和文化认同上的一些结构性的障碍和问题；作者从宏观理念和实践策略层面给出解决这些问题的方法，意义重大。《中国电影海外推广的路径与主体区域研究》①着眼于中国电影的海外推广，以及实现其海外传播的产业策略；作者认为，目前中国电影的海外推广从主体路径拓展到主体区域把控都存在缺失，中国的"一带一路"战略及亚洲的互联互通战略，为中国电影海外推广提供了新的机遇。《泛文化交融与跨文化融合传播——兼论亚洲电影文化发展策略》②认为文化问题的研究具有迫切性，如何在具体对象的电影文化分析和主题性案例剖解上给予中国电影更多启发，在学术化的研究跨文化传播的努力上如何打开思路，正是需要研究的命题。另外，还有《中国电影在周边国家的传播现状与文化形象构建——2016年度中国电影国际传播调研报告》③、《对话华语电影的海外发行》④、《从"编码/解码"理论看中国电影的跨文化传播策略》⑤、《类型电影的参照性互文与民族心理的契合——对电影〈战狼2〉的传播学解析》⑥等论文，这些文章从各自的角度为中国电影的传播与如何"走出去"建言献策，对中国电影迈进国际市场提供了理

---

① 赵卫防：《中国电影海外推广的路径与主体区域研究》，《当代电影》二〇一六年第一期。

② 周星：《泛文化交融与跨文化融合传播——兼论亚洲电影文化发展策略》，《电影评介》二〇一六年第一期。

③ 黄会林等：《中国电影在周边国家的传播现状与文化形象构建——2016年度中国电影国际传播调研报告》，《现代传播》二〇一七年第一期。

④ 蒋燕鸣、王凡等：《对话华语电影的海外发行》，《当代电影》二〇一六年第一期。

⑤ 王婷：《从"编码/解码"理论看中国电影的跨文化传播策略》，《当代电影》二〇一七年第七期。

⑥ 蔡之国、张政：《类型电影的参照性互文与民族心理的契合——对电影〈战狼2〉的传播学解析》，《当代电视》二〇一八年第一期。

论上的指导,具有借鉴意义。

第五,从明星、哲学、意识形态等多个理论视角研究中外电影,为观众解读打开了一门新的视野。如《明星研究:维度与方法》[①]认为电影明星研究涉及不同的维度,直接、间接地关联着影片的生产、传播与消费,关联着影片意义的生成、价值的评判;电影明星研究从影像、生产、产业、消费、社会等多个层面来进行。《电影与记忆的工业化——贝尔纳·斯蒂格勒的电影哲学》[②] 从哲学家贝尔纳·斯蒂格勒的电影思想出发,认为在电影中,视听记录技术创造了"意识的容器",成为一种在时间中方能自我展开的"时间客体";此外,人的"第三记忆"被迅速工业化后带来的后果,造成了人类"符号的贫困",即审美能力的丧失。《"政治道德化":意识形态电影批评的西方语境》[③]认为"政治道德化"是意识形态批评中体现国家意识形态的重要形式;而揭示意识形态操作机制,将"道德"再度还原为"政治",则是自八十年代末开始的谢晋电影批评遵循的逻辑。《好莱坞奇幻片:当代神话的转喻和种族意识形态》[④]认为早期好莱坞奇幻片在脱离欧洲叙事中,建立了自己的"文明与野蛮"的种族恐惧,并在其后一次次获得信仰和西方神话的赋权中确立着自己的主体性;在当代的新神话电影中,面对文明的"失败",它再一次强化着自己的种族意识形态建构。

---

① 陈晓云:《明星研究:维度与方法》,《当代电影》二〇一五年第四期。

② 李洋:《电影与记忆的工业化——贝尔纳·斯蒂格勒的电影哲学》,《上海大学学报》(社会科学版)二〇一七年第五期。

③ 曲春景、张卫军:《"政治道德化":意识形态电影批评的西方语境》,《同济大学学报》(社会科学版)二〇一六年第四期。

④ 李一鸣:《好莱坞奇幻片:当代神话的转喻和种族意识形态》,《电影艺术》二〇一七年第四期。

第六，还有一些文章从全球化、民族化及电影理论家等方面进行研究，如《中国电影的全球化想象与自由流动身份建构》[1]、《民族化与时尚化相糅之路径——中国电影审美的一种新选择》[2]、《经典文化资源的再阐释尺度——论中国电影对传统文化资源的"现代转化"》[3]、《原创力：中国影视文化软实力提升的战略起点》[4]、《环顾影像：德勒兹影像分类理论释读》[5]、《福柯与电影的记忆治理》[6]、《跨国构型、国族想象与跨国民族电影史》[7]、《中国梦视域下新十年中国动画电影民族化探析》[8]等文章从不同立场论述电影的理论之维。尤其是《电影理论：面向电影的我思》[9]一文，从电影理论自体反思的角度，认为电影理论的发展意义重大，作者还在文中提出三个问题：一是理论真的是灰色的吗？二是电影在何种意义上定义人类？三是电影理论能够催生电影学吗？这些问题都促

---

[1] 张建珍、吴海清：《中国电影的全球化想象与自由流动身份建构》，《电影艺术》二〇一五年第一期。

[2] 金丹元、翟子莹：《民族化与时尚化相糅之路径——中国电影审美的一种新选择》，《民族艺术研究》二〇一五年第五期。

[3] 陈旭光：《经典文化资源的再阐释尺度——论中国电影对传统文化资源的"现代转化"》，《艺术评论》二〇一五年第十一期。

[4] 胡智锋：《原创力：中国影视文化软实力提升的战略起点》，《艺术百家》二〇一五年第五期。

[5] 聂欣如：《环顾影像：德勒兹影像分类理论释读》，《上海大学学报》（社会科学版）二〇一五年第一期。

[6] 李洋：《福柯与电影的记忆治理》，《文艺理论研究》二〇一五年第六期。

[7] 李道新：《跨国构型、国族想象与跨国民族电影史》，《当代文坛》二〇一六年第三期。

[8] 刘宜东：《中国梦视域下新十年中国动画电影民族化探析》，《当代电影》二〇一八年第一期。

[9] 王志敏：《电影理论：面向电影的我思》，《当代电影》二〇一六年第九期。

使我们在未来的电影理论研究中，要时时反思自身，以求更好的发展。

三 问题意识与现实关怀：电影批评的主体性拓展

电影学界近年对电影批评领域的关注也十分密切。批评家站在学术研究的立场上探讨历史和当下的电影文本，成为沟通创作与接受的中间桥梁，大大提升了观众的审美水平。"电影批评不能停留在情绪性的发泄和批判，而应该树立建设性的思维，寻找解决问题的途径和思路。"[①] 在这样的学术氛围下，国内电影批评领域呈现出一派繁荣景象。二〇一七至二〇一八年，由中国艺术研究院主办、中国艺术研究院电影电视艺术研究所承办的两次电影电视评论周，在学界引起重大反响。如二〇一七年底举行的评论周，"作为一次新的尝试，以'艺术评估，文化前瞻'为主题，以学术定位为主，兼顾电影的艺术性与商业性，遵从'小、精、准'的思路，努力贯穿到各个论坛中"[②]。中国艺术研究院创办的电影电视评论周，以学院派名义进行的电影批评实践，为国内电影批评活动打开了一条新的思路。活动组织者秉持着严肃的学术精神，怀揣着对中国影视发展的殷切希望，及时总结问题，并将学界、业界精英汇聚一堂，各抒己见，为中国影视赢得更好的发展建言献策。除此之外，近五年来中国电影批评领域呈现最多的形式，还是关于某一影片文本或电影类型的分析、研究。

电影学者聚焦的批评维度包括以下几个方面：一是对当下"话题"电影、"现象级"电影的研讨、批评；二是对历史上影片、影

---

① 饶曙光：《建构电影理论批评的中国学派》，《电影新作》二〇〇五年第五期。

② 丁亚平：《新的视野、探索与思考——2017·中国艺术研究院电影电视评论周的回顾与检视》，《艺术评论》二〇一八年第二期。

人的分析；三是从批评学的立场对电影批评进行价值评估和再建构；四是对每一年度电影在艺术、创作、理论、批评等方面进行整体回顾与反思。批评家们抱着问题意识和现实关怀的态度，对待中国电影的过去、现在与未来。

第一，对业界颇有影响力的"话题"电影、类型电影进行的研讨，占据了近四年来电影批评文章中的绝大多数。这些影片个案的探讨范围容纳商业电影、艺术电影以及主旋律电影，这类批评文章对大众理解、接受电影具有很大的效用和指导。对商业电影进行的批评研究如《〈美人鱼〉：作为IP的周星驰与文化怀旧》①从"文化怀旧"的理论视野来分析，该片如何在迷影话语体系成熟、演变、转型的时期，同时也间接证明了"周星驰"和"文化怀旧"在电影IP层面的重要意义。《〈狼图腾〉凝视的戏剧性构建及其文化反思》②从电影叙事角度出发，将电影冲突蕴藏于欲望、贪婪与生存反击的自然法则之中，通过人与狼之间，两种视点的互为凝视与交替碰撞，完成戏剧性张力的形塑与彰显。《〈智取威虎山〉："革命中国"的想象、追认与终结》③旨在将影片放置于同题材电影的序列中，分析其英雄叙事的风格、逻辑悖谬以及该电影对某种政治修辞学的置换，在历史语境与文化逻辑的断裂与绵延中，揭示当下时代对于一个"革命中国"的想象与追认。《在文化宏观与艺术微观上看待〈捉妖记〉的时代意义》④一文指出《捉妖记》是电

---

① 黄钟军：《〈美人鱼〉：作为IP的周星驰与文化怀旧》，《电影艺术》二〇一六年第二期。

② 孙承健：《〈狼图腾〉凝视的戏剧性构建及其文化反思》，《电影艺术》二〇一五年第二期。

③ 路杨：《〈智取威虎山〉："革命中国"的想象、追认与终结》，《北京电影学院学报》二〇一五年第二期。

④ 周星：《在文化宏观与艺术微观上看待〈捉妖记〉的时代意义》，《艺术百家》二〇一五年第五期。

影市场发展和艺术创新的一个节点标尺,创作者在影片的剧作模式、形象设计、人物关系、人界和妖界的关系探索上都具有出色的把握。《国产新大片:站在电影供给侧改革的起点上》[1] 认为国产新大片整合传统国产大片的基本要件配置,按照新的电影供给结构、新的电影要素组合方式展开运作,是基于互联网生态的跨行业融资、跨媒介叙事、参与式营销、奇观式特效以及文化群体分层消费的"新概念"大片。《"话题"电影——一个反思的样本》[2] 认为"话题"电影是当下中国电影市场发展过程中出现的一种新的电影形态,它的出现给艺术电影提供了一个重新认识"网生代",进而反观自身的机会。

上述这些文章,无论是对具体文本的分析,还是对"国产新大片"、"话题"电影概念的研究,不仅为当下电影市场注入了一针强心剂,而且还提升了创作者视野。另外,还有《一次好莱坞标准化工业体系下的国际合作——电影〈长城〉摄影指导赵小丁访谈》[3]、《〈追凶者也〉:风格杂糅与叙事断裂》[4]《生态幻境 VS 中式夺宝——对比〈九层妖塔〉与〈寻龙诀〉的类型气质以及视觉效果表现》[5]、《〈唐人街探案2〉:类型的快感与泛文化的隐忧》[6]、

---

[1] 聂伟、杜梁:《国产新大片:站在电影供给侧改革的起点上》,《当代电影》二〇一六年第二期。

[2] 颜纯钧:《"话题"电影——一个反思的样本》,《电影艺术》二〇一六年第四期。

[3] 赵小丁、陈刚等:《一次好莱坞标准化工业体系下的国际合作——电影〈长城〉摄影指导赵小丁访谈》,《当代电影》二〇一七年第四期。

[4] 罗琳:《〈追凶者也〉:风格杂糅与叙事断裂》,《电影艺术》二〇一六年第六期。

[5] 崔辰:《生态幻境 VS 中式夺宝——对比〈九层妖塔〉与〈寻龙诀〉的类型气质以及视觉效果表现》,《当代电影》二〇一六年第六期。

[6] 周星:《〈唐人街探案2〉:类型的快感与泛文化的隐忧》,《当代电影》二〇一八年第四期。

《〈我不是药神〉：社会英雄类型片中的中国经验》[1] 等文章皆是对当下商业电影文本的批评与研究。

与商业电影相对，艺术电影也成为批评家关注的重要范畴，尤其是近四年来艺术电影在国内院线中受到越来越多观众的喜爱，学者们同样对其投以热情地讨论与评析。如《〈一个勺子〉：拉条子如何为自己赢得主观镜头》[2] 从叙事伦理、影像方式和新媒体时代的艺术悖论三个方面对该片进行话语分析；拉条子在中国社会转型期的身份位置，几乎完全是通过看与被看的视点镜头塑造的，成为勺子的他永不可获得主体身份位置的荒诞性也表露无遗。《〈老炮儿〉：从"规矩"之约到"道义"之学》[3] 认为电影《老炮儿》丰富的可阐释性，关键在于它成功扯出了中国最敏感的一根神经：道义法则，并成功地在由"规矩"上升为"道义"的过程中，展开了一场哲学批判。《〈喊·山〉：消隐的乡村与叙事的困境》[4] 认为这部影片的主题是对八十年代启蒙话语的一次旧话重提；但因乡村在中国当下文化中正在成为一个逐渐消隐的场景，电影市场与工业对乡村叙事也存在有意无意的忽视，使得本片创作难以在观众中获得共鸣。《冯小刚的平民叙事和家国神话——从〈我不是潘金莲〉说起》[5] 对当代中国平民问题和社会问题的把握十分宽阔、深刻；

---

[1] 刘藩：《〈我不是药神〉：社会英雄类型片中的中国经验》，《电影艺术》二〇一八年第五期。

[2] 陈亦水：《〈一个勺子〉：拉条子如何为自己赢得主观镜头》，《电影艺术》二〇一六年第一期。

[3] 万传法：《〈老炮儿〉：从"规矩"之约到"道义"之学》，《电影艺术》二〇一六年第二期。

[4] 石川、张璐璐：《〈喊·山〉：消隐的乡村与叙事的困境》，《电影艺术》二〇一六年第六期。

[5] 陈犀禾、翟莉滢：《冯小刚的平民叙事和家国神话——从〈我不是潘金莲〉说起》，《艺术百家》二〇一七年第四期。

影片显示了冯小刚在艺术家的良心和市场化趣味中保持了一种难得的平衡，导演从纯粹的平民叙事向平民和国家社会叙事相融合的转变，在描绘平民生活和命运的故事中包含了某种国家和社会的意义。《〈江湖儿女〉：情义之辨与奇迹叙事》[1] 阐述了人与人之间的情感关系，诺大（偌大）的江湖，女人比男人更看重情义。这些批评文章既有对文本艺术表达的分析，又有对市场、价值、叙事等的研究，这些真知灼见在促进艺术电影的发展上具有重大的意义。

除上述对商业电影、艺术电影的批评、阐释外，对主旋律电影的讨论也愈发热烈。从《湄公河行动》、《建军大业》，到《战狼》（1、2）、《空天猎》、《红海行动》，几乎每一部影片都在观众间引发轰动效应，这充分说明了主旋律电影在国产片创作中的突破与创新。这类评论文章有：《大国意志、主流价值与商业精神——电影〈湄公河行动〉对主旋律电影创作的启示》[2] 认为影片的成功在于把"主旋律"电影的精神诉求与警匪片的类型特征的完美融合；在此基础上如若解决"主旋律"电影与商业电影的融合问题，则更易于形成一种体现大国气质、类型特征鲜明的主流市场类型。《〈战狼2〉：媒介文化的价值引领与空间场域的形象表达》[3] 将影片在票房与口碑上的双赢归结为电影以工匠精神为基础的精品化制作与类型化拓展，并将英雄情怀抒发与国家形象传播、国家意识形态呈现与大众爱国精神相结合，非常契合当下大

---

[1] 孙勇才、耿波：《〈江湖儿女〉：情义之辨与奇迹叙事》，《电影艺术》二〇一八年第六期。

[2] 宋维才：《大国意志、主流价值与商业精神——电影〈湄公河行动〉对主旋律电影创作的启示》，《当代电影》二〇一七年第二期。

[3] 朱旭辉：《〈战狼2〉：媒介文化的价值引领与空间场域的形象表达》，《电影艺术》二〇一七年第五期。

众观影的文化诉求。《道具寓言、明星生产与重思式再出发——评影片〈空天猎〉》①认为电影《空天猎》因空军空战的特殊题材和明星情侣出演受到人们的关注；但是一部好电影，需要在主题表达、形象塑造、叙事路径方面都有出色的表现，作者希望透过《空天猎》的得与失，来反观当下主旋律电影的创作面貌。《〈红海行动〉：主流价值观表达的新拓展》②基于"北上"香港影人对主旋律电影的书写，来分析这类影片的人物刻画、人性表达及类型构建，也为内地影人的主旋律创作提供了商业和美学上的借鉴。

第二，对历史上影片、影人的批评研究文章，虽然数量不多，但依然表现出学者对待电影历史的真诚态度和批评观照。如《从"仿写"到"转译"：以早期歌舞片〈人间仙子〉为例》③认为但杜宇在拍摄该片时不仅模仿好莱坞的类型片，也依据当时上海的社会现实进行改写；无论是歌舞片还是古装片，其"香艳"和"肉体美"都是在机械复制影像中的"奇观化"的表演。《电影诗人：费穆》④试图建立一套以诗词赋比兴和戏曲美学为基础的民族电影手法来分析电影《小城之春》；少妇（比兴中华之美）周旋于丈夫（东亚病夫）和旧情人（西医的入侵）的三角故事来进行中国电影美学上技巧与风格的探讨。《"文化大西迁"：全民抗战时期大后方

---

① 丁亚平：《道具寓言、明星生产与重思式再出发——评影片〈空天猎〉》，《当代电影》二〇一七年第十一期。
② 赵卫防：《〈红海行动〉：主流价值观表达的新拓展》，《当代电影》二〇一八年第四期。
③ 黄望莉、杨姣：《从"仿写"到"转译"：以早期歌舞片〈人间仙子〉为例》，《当代电影》二〇一七年第四期。
④ 刘成汉：《电影诗人：费穆》，《贵州大学学报》（艺术版）二〇一六年第二期。

电影批评的新格局与新命题》[1]阐述了作为"文化西迁"目标的大后方与革命根据地的电影理论批评的格局与命题，来论证中国电影艺术家在十四年的抗战中，不但积累了丰厚的生活素材，而且还普遍提升了电影理论修养和电影艺术理念。《压抑的身体："孤岛""沦陷"期马徐维邦电影探析》[2]以当下电影文化的视野来对马徐维邦"孤岛沦陷"时期电影实践活动的梳理，将会有利于厘清我们对中国影人在那段特殊岁月中的夹缝生存与创作策略。《"十七年"西影电影创作问题反思》[3]通过对"西影厂"在"十七年"间创作的四部影片《雪海银山》、《天山的红花》、《三滴血》和《桃花扇》的分析，梳理了"西影厂"在这一时期的创作与政治语境、电影文化的互动关系，以及其后对形成独具特色的西部电影美学风格的影响。

第三，立足中国电影批评的现状，对电影进行新的价值评估与建构。这类文章如《注重美学的当代中国电影批评及其价值取向》[4]认为中国电影批评应注重电影美学的发展和应用，关注电影美学批评对电影艺术审美的意义。《当下电影批评的格局和再建构》[5]认为电影批评相较于创作和产业，对于社会及电影生态的影响，隐性远远大于显性，它没有参与到电影主体的产业链中，但却

---

[1] 陈山：《"文化大西迁"：全民抗战时期大后方电影批评的新格局与新命题》，《当代电影》二〇一五年第十二期。

[2] 黄望莉、曾甜甜：《压抑的身体："孤岛""沦陷"期马徐维邦电影探析》，《当代电影》二〇一五年第五期。

[3] 张阿利、袁佳：《"十七年"西影电影创作问题反思》，《电影艺术》二〇一六年第三期。

[4] 张智华、王晓旭：《注重美学的当代中国电影批评及其价值取向》，《艺术百家》二〇一五年第二期。

[5] 饶曙光等：《当下电影批评的格局和再建构》，《当代电影》二〇一五年第一期。

是电影生物链中不可或缺的一环，它以自身特有的方式介入到电影本身。《电影批评：从艺术到媒介的转型》①认为"人人都能当导演"正在成为可见的现实，"人人都是批评家"也就成了必然的产物；对于专业从事电影批评的人，应该尽快找到自己的准确位置和自己的独特表达。《逆命题与第二重空间的建构——当前中国电影的问题、内容生产与本质》②指出相较于市场和产业发展空间之外的内容维度方面，电影亟须反思，及时校准观念与方向，以期在第二重空间意义上使电影创作具有一种无限开放的可能性，发挥更重要的社会、文化功能。《中国生态电影批评的现实空间维度》③以中国生态电影批评为新的切入点和新的阐释空间；并对国内生态电影批评进行了回顾与评述，同时论述了中国生态电影批评的几个重要维度等重要问题。《从文本阐释走向话语消费 数字媒介时代电影批评功能的转变》④指出在当下的互联网环境下，数字媒介为电影批评搭建了一个新的话语平台，这使得电影资本、粉丝群体和网络营销都成为促使电影批评功能转变的重要因素。

第四，研究者们站在回顾的立场上，从艺术、创作、理论批评的角度，总结、归纳上一年度的电影现象。这类文章像《艺术美学穷困与商业美学丰盈及二者之调和——2015年度国产片美学

---

① 陈晓云：《电影批评：从艺术到媒介的转型》，《北京电影学院学报》二○一六年第一期。

② 丁亚平：《逆命题与第二重空间的建构——当前中国电影的问题、内容生产与本质》，《当代电影》二○一六年第十期。

③ 陈阳：《中国生态电影批评的现实空间维度》，《当代文坛》二○一五年第二期。

④ 周旭：《从文本阐释走向话语消费 数字媒介时代电影批评功能的转变》，《北京电影学院学报》二○一八年第四期。

景观》[1]认为二〇一五年的国产片美学景观的特点表现为脱俗型片的艺术美学穷困、浅俗型片的商业美学丰盈及两者在中俗型片中的调和有度。《2015中国电影创作的重要影片启示分析》[2]指出二〇一五年是中国电影发展史上市场跃进且极其重要的一年；中国电影市场在突破四百亿元票房的基础上，国产片占比大幅度提升；但其中最为重要的还在于创作的多样化呈现，艺术创作的精神开始得到社会认可。《影像讲述的中国故事——2015年中国电影的阅读笔记》[3]从主题分析来判断影片价值，作者认为无论是影像文本叙事逻辑，还是人物性格的心理分析，最终都会纳入到影片的主题分析范畴，电影的文本、叙事、人物、语境的分析，都将与一部影片的主题分析产生必然的指涉。《现实关怀、情感力生产与全球化的可能性——2016年中国电影发展态势与对策》[4]指出中国电影不能为票房市场所绑架，应该在本土市场更多地发挥价值引领作用，并适应文化多样性的国际市场，着力于提升自己的产业化水平和工业化程度，全面推进全球影市的分工合作，增强自身的文化软实力。《从市场的黄金时代走向创作的黄金时代——2016年国产电影创作备忘》[5]认为中国电影进入了创作调整期，主流商业电影在IP转化、技术美学的融合、中外合拍模式等方面的探索和创新，积累了

---

[1] 王一川：《艺术美学穷困与商业美学丰盈及二者之调和——2015年度国产片美学景观》，《当代电影》二〇一六年第三期。

[2] 周星：《2015中国电影创作的重要影片启示分析》，《艺术百家》二〇一六年第一期。

[3] 贾磊磊：《影像讲述的中国故事——2015年中国电影的阅读笔记》，《当代电影》二〇一六年第三期。

[4] 丁亚平、储双月：《现实关怀、情感力生产与全球化的可能性——2016年中国电影发展态势与对策》，《艺术百家》二〇一七年第一期。

[5] 尹鸿、梁君健：《从市场的黄金时代走向创作的黄金时代——2016年国产电影创作备忘》，《当代电影》二〇一七年第三期。

丰富的经验；本年度国产电影表明主流价值、影院强度、工匠精神是电影创作和制作质量提升的重要参照。此外，《"下山"与"归来"——2015年中国电影创作状况分析》[1]、《中国言说的路径与民族国家电影实践及其走向——2015年中国电影艺术发展综论》[2]、《中国电影文化生态链及其未来——2016年国产片的文化景观》[3]、《电影网络批评的想象力——以2016中国电影网络批评为例》[4]、《自媒体电影批评的传播研究》[5]等文章也分别从不同的角度阐释了上一年度中国电影的发展状况，这对我们从宏观上反观年度电影创作提供了很大的启示意义。

这些电影批评文章无论是对当下"话题"电影的讨论，还是对历史上电影文本的分析，抑或是站在批评学、年度总结的立场上都表现出学者对电影批评的殷切关注。面对层出不穷的优秀电影，学者们要兼收并蓄，努力建设一个开放多元的批评体系和批评格局。中国电影艺术研究中心编辑赵葆华认为："电影评论的主旨在于对电影创作的辨析、匡正和批评与发现，进而达到引领创作实践的功能。"[6] 在此基础上，学者还应秉持一种问题意识和现实关怀精神对待电影和电影批评。只有如此，中国电影学界才能呈现出一种健

---

[1] 陈晓云、李卉：《"下山"与"归来"——2015年中国电影创作状况分析》，《艺术评论》二〇一六年第二期。

[2] 丁亚平、储双月：《中国言说的路径与民族国家电影实践及其走向——2015年中国电影艺术发展综论》，《艺术百家》二〇一六年第一期。

[3] 王一川：《中国电影文化生态链及其未来——2016年国产片的文化景观》，《当代电影》二〇一七年第三期。

[4] 张阳：《电影网络批评的想象力 以2016中国电影网络批评为例》，《北京电影学院学报》二〇一七年第二期。

[5] 刘卉青：《自媒体电影批评的传播研究》，《当代电影》二〇一八年第十一期。

[6] 贾学妮：《多元杂糅的新媒体时代影评》，《当代电影》二〇一三年第二期。

康、多样的批评环境和氛围。

四　与历史对话：电影史的言说、重写与建构

电影史的书写一直是电影学研究的重要方向，早在二〇〇五年国内电影人便提出要"重写中国电影史"，以改变当时影史研究方法单一的状况。自此以后，国内在电影史的研究方法上便开始呈现出一种新的面貌。近年，学界在电影史探讨上不断突破，不仅有对早期电影史、"十七年"电影及新时期以来的电影历史的关注；而且在书写方式上也不断拓展，既有断代史、专题史写作，还有通史写作，多元电影史的言说与重写，建构出电影历史研究的新路径。

（一）中国早期电影史研究

学者论及中国电影史的文章中，尤以早期电影的讨论居多，他们从研究方法、电影公司、电影政策、影院、影人、题材、类型等诸多角度进行言述。第一，在研究方法的创新上，学者们的观念都颇有见地。如《电影历史编纂法·武侠及其他——从"重写电影史"说开去》[1]，作者从电影历史编纂法角度拓宽了中国电影史学研究的学术视野，某种程度上也是对以往电影史思维方式的超越。《原典实证、小历史与电影史研究——从1896年电影在中国放映说起》[2]从原典实证、小历史的立场出发研究中国早期电影的放映；小历史、小角度的研究路径，有助于准确把握电影史文本在中国的电影历史格局中的具体位置。《中国早期商业电影：儒家伦理与商

---

[1] 钟大丰：《电影历史编纂法·武侠及其他——从"重写电影史"说开去》，《电影艺术》二〇一五年第四期。

[2] 丁亚平：《原典实证、小历史与电影史研究——从1896年电影在中国放映说起》，《电影新作》二〇一五年第六期。

人精神———一种思想史的视角》① 则从思想史的角度阐明了儒家道德规范、伦理对早期电影人在创作和经营行为方面的影响。《学术范式与研究主体：回应"重写中国电影史"的争论》② 重点回顾了海外电影史研究范式的整体变迁，突出了国内学者在讨论中所忽略的关键议题，像国族概念的更新与史学方法的突破，以及史学研究的主体性建构。《幻灯与电影的辩证———一种电影考古学的研究》③ 将幻灯放映中产生的类似电影的视觉经验作为研究出发点，来探讨幻灯与电影中的视觉现代性，进而提出"虚奇美学"在早期电影接受中所占据的重要地位。《电影史研究中史料的跨界与扩容》④ 将研究视角转向电影史本身之外，试图挖掘电影史与其他艺术门类史的共通处，更甚者将其纳入政治史、经济史等维度，进行对话和参证。《时代与生活的错位和呼应：抗战前夕上海电影的一日史研究》⑤ 独辟蹊径地开创出"一日史"的研究方式，将电影史写作的时间维度浓缩到极致，以便我们从细小的琐碎窥探出历史的变化。此外，《魔戏：早期中国电影叙事研究的新思考———对于一种"核心元"或"元叙事"的探索》⑥、《中国电影史研究的主体性、整体

---

① 安燕：《中国早期商业电影：儒家伦理与商人精神———一种思想史的视角》，《电影艺术》二〇一六年第二期。
② 张英进：《学术范式与研究主体：回应"重写中国电影史"的争论》，《文艺研究》二〇一六年第八期。
③ 唐宏峰：《幻灯与电影的辩证———一种电影考古学的研究》，《上海大学学报》（社会科学版）二〇一六年第二期。
④ 丁珊珊：《电影史研究中史料的跨界与扩容》，《文学研究》二〇一八年第二期。
⑤ 张隽隽：《时代与生活的错位和呼应：抗战前夕上海电影的一日史研究》，《电影评介》二〇一八年第九期。
⑥ 万传法：《魔戏：早期中国电影叙事研究的新思考———对于一种"核心元"或"元叙事"的探索》，《电影艺术》二〇一六年第五期。

观与具体化》①、《"通商口岸"与早期中国电影》②、《感官文化视野下的中国电影史研究——以〈都市风光〉为例》③ 等文章也分别从各自不同的立场提出研究中国电影史的新方法。

第二，从电影公司维度进行研究，如《电通影片公司夭折原因探析》④ 对于电通这一由"党的电影小组"直接领导的电影公司，探析其在电影史上转瞬即逝的原因，总结经验的同时也对当下电影经营者提供一些借鉴意义。《据蔡楚生日记说大地影业公司始末》⑤ 则根据蔡楚生日记中的相关记录，借助其他史料，重建大地影业公司的历史档案，以叙述该公司在历史发展中的真实面貌。《转折与序曲——中华联合制片股份有限公司的建立及发展》⑥ 意图通过对"中联"的成立背景、资本情况、组织机构、人员与创作等内容的描述来呈现"中联"的建立与发展过程，以期重写"中联"在电影历史中的地位。这些文章对早期电影公司的述说都颇有新意，引人深思。

第三，从电影制度、影院角度进行论述，如《抗战前南京国民政府电影检查制度新考》⑦ 通过对影史上鲜少被人提及却具有重要

---

① 李道新：《中国电影史研究的主体性、整体观与具体化》，《文艺研究》二〇一六年第八期。

② 刘宇清：《"通商口岸"与早期中国电影》，《电影艺术》二〇一五年第一期。

③ 李立、彭静宜：《感官文化视野下的中国电影史研究——以都市风光为例》，《当代电影》二〇一八年第五期。

④ 黄玲：《电通影片公司夭折原因探析》，《电影新作》二〇一五年第一期。

⑤ 陈墨：《据蔡楚生日记说大地影业公司始末》，《当代电影》二〇一五年第十二期。

⑥ 王腾飞：《转折与序曲——中华联合制片股份有限公司的建立及发展》，《当代电影》二〇一五年第四期。

⑦ 宫浩宇：《抗战前南京国民政府电影检查制度新考》，《文艺研究》二〇一六年第三期。

意义的电影检查活动为考察对象,试图重构战前南京国民政府的电影检查制度的整体样貌。《"中国最早的电影院"之参照系》[1]通过辨析电影放映场所与电影院之间的关系,进而提出一个多维度的"中国最早的电影院"之参照系,拓展了早期影院研究的维度。《从虹口观影到上海摩登——早期上海虹口地区的影院建设(1908—1936)》[2]以虹口影院的放映与传播为研究出发点,进一步阐发电影这一现代娱乐方式对上海摩登都市形成的重要作用。《被遮蔽的哈尔滨:中国专业影院之诞生与早期电影文化格局》[3]借助史料的支撑、论证,推断出哈尔滨是中国第一家专业影院诞生地,因这一城市的特殊历史境遇造就了相对比较成熟的电影市场和电影文化,哈尔滨成为早期电影史不容忽视的重要一笔。

第四,从创作主体的立场来研究早期电影史,这在过去的史学研究中并不少见,可是新方法、新史料的运用,又能够带来不同于以往的新视野,引发新的思考。学者们在导演、编剧等影人外,还将明星纳入这一研究范畴。如《浪漫尤物、三栖明星与桃色间谍:抗战前后电影与印刷媒介中的"北平李丽"》[4]通过对抗战前后报纸杂志和电影的探究,考察了早期电影史上一位影、舞、戏三栖的女明星的公众形象,并借助这种形象建构,探究早期电影和娱乐文化中的现代性话语。《王次龙与早期类型片的多样化美学

---

[1] 黄德泉:《"中国最早的电影院"之参照系》,《当代电影》二〇一六年第十一期。

[2] 侯凯:《从虹口观影到上海摩登——早期上海虹口地区的影院建设(1908—1936)》,《文艺研究》二〇一五年第四期。

[3] 张经武:《被遮蔽的哈尔滨:中国专业影院之诞生与早期电影文化格局》,《北京电影学院学报》二〇一六年第一期。

[4] 李九如:《浪漫尤物、三栖明星与桃色间谍:抗战前后电影与印刷媒介中的"北平李丽"》,《当代电影》二〇一六年第一期。

探索》①从王次龙编、导、演等多重身份出发,研究他在早期电影史上多样化的类型片创作和美学探索道路。此外,还有《夏衍电影中的父亲形象及家国同构思想》②、《左翼精神的张力:夏衍早期电影实践再研究——兼及 20 世纪 30 年代的"软硬之争"问题》③、《郑正秋与中国电影学派的发生》④、《摩登职业、行销身份与名伶遭遇:20 世纪 30 年代电影女明星的消费想象》⑤等文章,分别从夏衍、郑正秋及二十世纪三十年代女明星的电影实践来探究早期电影发展中的细微方面。

第五,从题材、类型方面进行研究,学者们试图打破影史的常规叙述,尝试从新的角度对早期电影文本进行书写。如《20 世纪三四十年代的香港抗战电影及沉浮反思》⑥从三四十年代香港抗战电影的个案文本出发,分析出香港影人善于将抗战主题和类型等元素进行融合,呈现不同于内地的独特价值观。《中国武侠电影的历史命名与类型演变》⑦认为中国武侠电影融舞蹈化的中国武术与戏

---

① 周仲谋:《王次龙与早期类型片的多样化美学探索》,《浙江艺术职业学院学报》二〇一六年第一期。
② 王侠:《夏衍电影中的父亲形象及家国同构思想》,《电影新作》二〇一五年第六期。
③ 陈奇佳、章凡:《左翼精神的张力:夏衍早期电影实践再研究——兼及 20 世纪 30 年代的"软硬之争"问题》,《戏剧(中央戏剧学院学报)》二〇一五年第六期。
④ 李道新:《郑正秋与中国电影学派的发生》,《电影艺术》二〇一八年第二期。
⑤ 张璐璐:《摩登职业、行销身份与名伶遭遇:20 世纪 30 年代电影女明星的消费想象》,《电影评介》二〇一八年第十二期。
⑥ 赵卫防:《20 世纪三四十年代的香港抗战电影及沉浮反思》,《当代电影》二〇一六年第五期。
⑦ 贾磊磊:《中国武侠电影的历史命名与类型演变》,《电影艺术》二〇一七年第五期。

剧化、模式化的叙事情节为一体，经历了一个从不同的艺术形态、不同的电影样式逐渐演变、融会、整合的历史过程。《战后中国间谍电影的重新检视与价值再勘（1946—1949）》[①]从影片《天字第一号》的分析着手，联系战后的社会背景、经济情势以及间谍电影类型本身的市场表现，来重估间谍电影在早期电影史上的价值和意义。

另外，还有学者从连环戏、新兴实业、报刊等角度来窥探二三十年代电影的创作实践，如《戏影连环——20世纪20年代上海连环戏略观》[②]、《跨媒介实践：连环戏与中国早期电影（1926—1935）》[③]、《电影作为新兴实业——20世纪20年代中国电影的复杂境遇及其观念生成》[④]、《〈申报〉影评中的"肉感"女体修辞演进与早期电影（1925—1935）》[⑤]等，上述这些文章从不同方面充实了中国早期电影史的书写，为人们研究早期电影打开了新的视野。

除以上对早期电影史进行言说和重写的论文外，近四年中电影学者在专著上也是论述颇丰。如《"重"写与重"写"——中国早期电影再认识》[⑥]从中国电影发展史的再探讨、新的史学方法探寻、中国早期电影理论史研究等角度重写中国早期电影史，既有对影史研究领域的开拓，也有对影史研究的建设性思考，影响颇大。

[①] 侯凯：《战后中国间谍电影的重新检视与价值再勘（1946—1949）》，《当代电影》二〇一五年第四期。

[②] 李镇：《戏影连环——20世纪20年代上海连环戏略观》，《当代电影》二〇一七年第四期。

[③] 薛峰：《跨媒介实践：连环戏与中国早期电影（1926—1935）》，《文艺研究》二〇一七年第三期。

[④] 李道新：《电影作为新兴实业——20世纪20年代中国电影的复杂境遇及其观念生成》，《当代电影》二〇一七年第四期。

[⑤] 马聪敏：《〈申报〉影评中的"肉感"女体修辞演进与早期电影（1925—1935）》，《妇女研究论丛》二〇一八年第五期。

[⑥] 钟大丰、刘小磊：《"重"写与重"写"——中国早期电影再认识》，东方出版社二〇一五年版。

《中国电影艺术史》[1]对中国电影发生的历史文化背景进行了深入考察,在此基础上结合产业、技术和社会思潮发展状况,着力探究了中国电影在一九二三年以前的艺术演进过程。《中国电影艺术史(1920—1929)》[2]以民族认同为主线,讲述了中国早期电影语言的形成、类型电影特别是情节剧和武侠片的特征以及电影产业的基本状况,对二十世纪二十年代的中国电影做出比较全面深入的描述和阐释。《中国电影艺术史(1930—1939)》[3]对三十年代中国电影所赖以生存的社会、文化、经济、产业等领域进行观照,进而确立这个时期中国电影的位置。《中国电影艺术史(1940—1949)》[4]以断代史的形式,重点研究中国二十世纪四十年代电影如何讲述与呈现不同空间的故事,该书以专题式的研究方式,以时空环境、个人特征、作品分析为主要内容,进行全方位的主客观探索,极大地拓展了人们对二十世纪四十年代电影史的认识。《中国早期电影观众史:1896—1949》[5]旨在构建一段中国电影观众的成长史,通过早期公众舆论中有关电影观众的争鸣历史,来描述中国观众去认识电影的过程。《电影政策与中国早期电影的历史进程:1927—1937》[6]从南京政府的文艺政策中找寻建构中国早期电影业形态的历史因素。

---

[1] 李少白、邢祖文、陆弘石、李晋生:《中国电影艺术史》,文化艺术出版社二〇一七年版。

[2] 秦喜清:《中国电影艺术史(1920—1929)》,文化艺术出版社二〇一七年版。

[3] 高小健:《中国电影艺术史(1930—1939)》,文化艺术出版社二〇一七年版。

[4] 丁亚平:《中国电影艺术史(1940—1949)》,文化艺术出版社二〇一七年版。

[5] 陈壹愚:《中国早期电影观众史:1896—1949》,中国电影出版社二〇一七年版。

[6] 宫浩宇:《电影政策与中国早期电影的历史进程:1927—1937》,中国电影出版社二〇一七年版。

《中国电影史学》[1] 是中国首部关于电影史学及其发展的通论著作。此外,还有《满映:殖民主义电影政治与美学的魅影》[2]、《走出上海:早期电影的另类景观》[3]《电影研究(6):电影史学方法、默片与女性研究》[4] 等研究早期电影史著作。

(二) 新中国电影史研究

除上述对早期电影的言说外,电影学者还将视角投向新中国建国后的电影发展历史,这其中既有关于"十七年"电影的书写,也有对新时期以来中国电影发展进程的关注和建构。相较早期电影史的论述,学者们对新中国成立以来电影史的研究文本较少,但依然难掩这些文章的精彩纷呈的观点与阐述,它们对现当代电影史写作的价值、意义自不待言。

"十七年电影"在影史的书写中常常被范式化为社会主义现实主义电影。尽管,这一时期的电影在风格、主题、内容等方面呈现出一种同质化现象,但并不意味着此一阶段电影的研究维度无从拓展。近四年来的学术研究对这一历史时期的电影仍抱有相当程度的关注,他们分别从类型、影人、题材、电影厂等多种面向述说着"十七年电影"存在的意义和价值。如《"十七年"抗战电影史观与类型化研究》[5] 从"十七年"抗战电影的创作史观和电影类型化

---

[1] 丁亚平:《中国电影史学》,中国广播电视出版社二〇一八年版。
[2] 逄增玉:《满映:殖民主义电影政治与美学的魅影》,人民出版社二〇一五年版。
[3] 叶月瑜、冯筱才、傅葆石、刘辉:《走出上海:早期电影的另类景观》,北京大学出版社二〇一六年版。
[4] 厉震林、万传法编:《电影研究(6):电影史学方法、默片与女性研究》,中国电影出版社二〇一八年版。
[5] 苗壮:《"十七年"抗战电影史观与类型化研究》,《当代电影》二〇一六年第一期。

两方面着手，论述了这一时期以抗战精神为代表的主流价值观体系的建构。《"谢晋日记"研究：华北革命大学的学习与生活》① 以"谢晋日记"作为切入点，管窥新中国成立初期知识分子的思想改造运动，及其对电影创作带来的影响。《"工农兵电影"的另类人物形象塑造——析"十七年电影"之体育故事片》② 讨论了在政治话语主导下的"十七年"时期，体育电影之于"工农兵电影"的特殊存在。《可见的左翼："十七年"郑君里电影的再探讨》③ 通过对郑君里导演在"十七年"期间创作的五部影片的分析、研究，佐证了极"左"政治高压下对艺术创作主体的影响。《不约而同：1954年三部工业题材电影研究》④ 通过对《英雄司机》、《无穷的潜力》、《伟大的起点》的分析，指出它们在创作上的雷同现象，进而得出电影人在经历思想改造后，无意识中形成的"不求艺术有功，但求政治无过"的创作心态。《视觉快感与"去欲望化"明星形象建构——中国"十七年"电影明星研究》⑤ 指出在非商业化文化语境中的"十七年"时期，反对明星主义语境的形成，以及在此基础上"去欲望化"明星形象的建构。《"崇高"的召唤：农民、农民起义与革命——"十七年"电影革命历史叙事的一种维度》⑥

---

① 石川：《"谢晋日记"研究：华北革命大学的学习与生活》，《当代电影》二〇一六年第二期。
② 杨洋：《"工农兵电影"的另类人物形象塑造——析"十七年电影"之体育故事片》，《四川戏剧》二〇一五年第八期。
③ 黄望莉、李林珊：《可见的左翼："十七年"郑君里电影的再探讨》，《上海大学学报》（社会科学版）二〇一六年第三期。
④ 陈墨：《不约而同：1954年三部工业题材电影研究》，《当代电影》二〇一七年第六期。
⑤ 赵丽瑾：《视觉快感与"去欲望化"明星形象建构——中国"十七年"电影明星研究》，《电影艺术》二〇一五年第二期。
⑥ 储双月：《"崇高"的召唤：农民、农民起义与革命——"十七年"电影革命历史叙事的一种维度》，《贵州大学学报》（艺术版）二〇一六年第二期。

认为农民及其起义活动在"十七年"电影中的主体地位,同时指出,农民形象在这一时期的数字化、工具化的存在,进而造成感性魅力的缺乏。《论"十七年"电影里上海都市文化形象的变迁——从〈我们夫妇之间〉到〈年青的一代〉》① 从部分影片中管窥"上海"作为中国"现代化"进程中代表性都市的银幕呈现的变迁,得出一种新的"现代性"逻辑建构的过程。

"十七年电影"在上述学者的言说和建构下,为现当代电影史研究带来一种新的活力,也直接激发了学者们从不同视野来审视、重写电影史的信心。

新时期以来,伴随着中国改革开放的步伐,中国电影的发展一改"十七年"、"文化大革命"时期作为"政治传声筒"的现象,开始焕发出新的艺术光彩。近年来,学者对当代电影史的叙述也不乏精彩论断,如《吴天明与一个时代的中国电影》② 对吴天明在一九九〇前后这两个阶段的创作历程、美学特色分析,认为其后期创作延续了对乡土中国和传统文化的一贯思考,有着对中国传统文化的诸多传承和守护。《东方好莱坞:香港电影思潮流变与工业图景》③ 将视角聚焦于二十世纪八十年代以来的香港电影思潮流变,动态呈现出香港电影在文化、美学、市场和工业层面的变革历程,试图全面、立体化地描摹出香港电影的跨域图景。《回归二十年香港与内地电影观察》④ 则从"融合与发展"的主题出发,对香港电

---

① 钟大丰:《论"十七年"电影里上海都市文化形象的变迁——从〈我们夫妇之间〉到〈年青的一代〉》,《当代电影》二〇一七年第六期。

② 陈犀禾、王艳云:《吴天明与一个时代的中国电影》,《电影艺术》二〇一六年第四期。

③ 饶曙光、李国聪:《东方好莱坞:香港电影思潮流变与工业图景》,《艺术百家》二〇一七年第四期。

④ 赵卫防:《回归二十年香港与内地电影观察》,《当代电影》二〇一七年第七期。

影在产业、创作、美学、文化等方面进行描述，进一步讨论了香港与内地在回归二十年来两地电影发展、融合的态势及影响。《重大革命和重大历史题材电影创作的历史、现状及问题》[①]认为重大革命和重大历史题材创作在新时期应运而生，不断发展，与三十余年来中国现实政治、历史记忆与国家体认有着殊为密切的关联性，其对民族史的挖掘与呈献，时或充当中华民族共同体想象的载体，时或强化着主流意识形态整合功能。《20世纪70年代以来的电影声音技术发展史》[②]阐述了改革开放之后，中国电影声音技术发展的过程及现状，补充了本土电影领域有关技术研究的不足。

对新中国成立后电影史的研究除上述论文外，还有一些颇具分量的专著，它们从艺术史、表演美学、社会学等角度建构着现当代电影的发展史。如《中国当代电影艺术史（1949—2017）》[③]在对中国电影近七十年的观察、思考基础上，写作的一部当代电影艺术发展史著作，论述精当、分析有力。《1979—2015中国电影表演美学思潮史述》[④]填补电影研究领域的薄弱环节，在对一九七九年以来重要表演美学现象进行个案研究的基础上，发现和总结新中国电影表演的经验得失，为文化界提供正确的表演美学观。《想象中国：二十世纪八十年代中国电影研究》[⑤]将二十世纪八十年代的中国电

---

① 丁亚平、储双月：《重大革命和重大历史题材电影创作的历史、现状及问题》，《上海大学学报》（社会科学版）二〇一五年第一期。

② 王红霞：《20世纪70年代以来的电影声音技术发展史》，《电影艺术》二〇一八年第五期。

③ 丁亚平：《中国当代电影艺术史（1949—2017）》，文化艺术出版社二〇一七年版。

④ 厉震林：《1979—2015中国电影表演美学思潮史述》，中国电影出版社二〇一七年版。

⑤ 王海洲：《想象中国：二十世纪八十年代中国电影研究》，中国电影出版社二〇一六年版。

影作为一个整体，研究电影与社会之间的再现关系，分析作品中的意象、隐喻及文化价值，力图发现二十世纪八十年代电影对历史、当代、未来的反思、再现和想象关系。

当然，研究者对电影史的研究是仁者见仁、智者见智，既有上述断代史的书写，也有通史类的研究，学者们从图志、影人、影片、历史、区域等众多方面勾勒、描绘中国电影史的发展风貌。如《中国电影历史图志（1896—2015）》[①]以时间发展为线索，收录了影史上两千余幅图片，重点对二百三十余个图像素材作出详细解读，图文并茂地回溯了中国电影百余年来的发展历程。该书的特色是通过管窥历史上散佚或少见的静态图片作为分析原始影片的重要依据，独辟蹊径的同时也以全新的角度重新检视中国电影的发展历程。《与光同尘：漫谈110年来以来的中国电影》[②]从影史（"百年流影"）、影人（"以人为本"）、影片（"如影随形"）三重视角，详细解读了中国电影的历史脉络、人事掌故，以及思想与形制的演变。《中国电影通史（1—2册）》[③]以时间段落为纲的通史著作，梳理了在不同阶段表征电影审美文化的创造、传达和接受的话语活动；并以电影作品、电影人、电影市场与传播为轴，呈现出一幅中国电影发展的全景画卷。《香港电影艺术史》[④]描述了香港电影百余年来美学与产业的发展历程，作者从港式人文理念、类型美学、极致化表现及优生态创作链等角度概括了香港电影发展的流变过

---

① 丁亚平：《中国电影历史图志（1896—2015）》，文化艺术出版社二〇一五年版。

② 赛人：《与光同尘：漫谈110年来以来的中国电影》，北京大学出版社二〇一六年版。

③ 丁亚平：《中国电影通史》第1—2册，中国电影出版社二〇一六年版。

④ 赵卫防：《香港电影艺术史》，文化艺术出版社二〇一七年版。

程。《台湾电影：历史、产业与美学》① 作为一本研究台湾的论文集，分别从台湾电影运动、类型电影创作研究、电影导演编剧和录音师等方面分类讨论，内容丰富，涉及面向广泛，有一定的新意和创见。《政治、艺术抑或商业：1949年以来内地和香港电影的互动与影响》② 立足于新中国成立后内地与香港在电影、政治等方面的互动、交流，对两地及周边地区电影发展带来的积极影响。此外，学者在电影史研究领域专著还有《中国电影史》（第二版）③、《中国历史电影艺术史》④《电影观念史》⑤《延展与凝视：粤剧电影发展史述评》⑥《中国抗战题材电影史略》⑦《电影史：理论与实践》（最新修订版）⑧《炮声中的电影——中日电影前史》⑨《电影讲义》⑩ 等，这些著作的出版进一步充实、完善了中国电影学的研究领域。

五　回顾与展望：建构多维平衡的电影研究新格局

中国电影学研究在产业、理论、批评、历史等层面各有侧重，

---

① 周斌、厉震林：《台湾电影：历史、产业与美学》，中国电影出版社二〇一七年版。
② 赵卫防、张文燕：《政治、艺术抑或商业：1949年以来内地和香港电影的互动与影响》，中国电影出版社二〇一八年版。
③ 虞吉：《中国电影史》，重庆大学出版社二〇一七年版。
④ 储双月：《中国历史电影艺术史》，文化艺术出版社二〇一七年版。
⑤ 丁罗男：《电影观念史》，上海书店出版社二〇一五年版。
⑥ 罗丽：《延展与凝视：粤剧电影发展史述评》，人民出版社二〇一七年版。
⑦ 杜巧玲：《中国抗战题材电影史略》，中国电影出版社二〇一七年版。
⑧ ［美］罗伯特·C. 艾伦、道格拉斯·戈梅里：《电影史：理论与实践》（最新修订版），李迅译，北京联合出版公司、后浪出版公司二〇一六年版。
⑨ ［日］佐藤忠男：《炮声中的电影——中日电影前史》，岳远坤译，世界图书出版公司、后浪出版公司二〇一六年版。
⑩ 钟大丰：《电影讲义》，东方出版社二〇一八年版。

学者们既关注电影发展的现状与创作规律，又不忘关怀电影历史，四维格局的交互、平衡发展，对完善中国电影学的研究有重大意义。尽管，近些年学者们对中国电影学各个研究领域都有所涉及，但每个方向的关注程度又大相径庭。

第一，学界对电影产业方面的研究相较批评、理论和历史维度，所占比例较少。此外，国内学界对电影产业的研究不甚成熟，学者们对某一年度电影发展趋势好坏的判断主要着眼于票房、观众等表层数据的分析，而鲜少注重深层原因的探讨。当然，这种情况的出现源于中国电影产业改革历史较短、步伐缓慢等外部原因，未来中国电影产业研究应多借鉴、学习西方国家发达、成熟的电影产业话语体系。

第二，电影理论领域的研究与当下电影产业迅速发展的步伐不相一致。学界强烈呼吁建构"中国电影学派"，很大程度上是对中国电影理论"空白"、"失语"状态的清醒认识，书写中国特色电影理论体系迫在眉睫。近年来中国电影在理论层面的探讨很少从中国传统文化中寻求美学观照，更多着眼于外国电影理论的运用，来分析中国电影现象。学者们应积极打破中国电影理论建设的局限，在历史和现在之维审视、书写本土化、民族化的电影理论话语。"一种哲学之所以吸引我们，是因为它解答了我们的问题并给了我们解决问题的方法。"[1] 在某种程度上，电影理论正是行使这种权利的话语体系，它回答我们在电影发展中遇到的问题，同时给我们提供一种解决问题的方法，电影理论方向的研究举足轻重。

第三，电影批评一维，作为沟通创作者与观众的重要桥梁，既

---

[1] 李建强：《2015年中国电影理论批评报告》，《电影新作》二〇一六年第二期。

应站在客观、理性、专业的立场对电影进行总体批评，还须从主观、感性、审美角度进行个人化鉴赏。近四年来电影批评领域的研究多侧重当下颇具话题性的电影文本和类型的分析，而鲜少从宏观方面关注某一类电影现象。作为交流渠道的电影批评，"不仅对观众以一个注释家、解剖者、警告者、启蒙人的姿态而完成帮助电影作家创造理解艺术的观众的任务，同时还要以一个进步的世界观的所有者和实际制作过程理解者的姿态，来成为一个电影作家的有益的诤友和向导"①，只有如此，才能保证电影批评价值的出场。另外，学界对电影批评之批评的研究相对较少，为防止批评家的话语被无限夸大，对批评学也应该纳入电影研究的范畴之中，在此基础上方能形成一种健康、有序的电影批评氛围。

第四，电影史的研究在电影学领域中依然占据着主导地位，重写中国电影史的呼声也让学者以一种现代、独立的姿态去看待历史上中国电影的发展面貌。"理解一个时代电影的形成、变迁和发展，需要用辩证、批判的态度"②，因而学者应该随时代的发展、变迁，适时调整自身的历史观以重新建构电影历史。电影作为一门综合艺术，并融合技术、社会、美学、经济等多个层面，学者在研究电影史时，应突破传统的研究方法，不断拓展电影史的研究范式、研究路径，以便在新的角度上重写电影历史。

中国电影研究要想建构属于本民族的中国学派，首先应该具备一种鲜明的民族意识，在产业、批评、理论、历史的角度给予切实的现实关怀。中国电影学要想焕发新的活力，要在研究方法上不断创新，在借鉴外国电影学体系建设的同时要向传统文化寻求新路

---

① 李道新：《选择与坚持：早期现实主义电影批评（1932—1937）》，《文艺理论与批评》二〇〇一年第一期。
② 丁亚平、储双月：《中国言说的路径与民族国家电影实践及其走向——2015年中国电影艺术发展综论》，《艺术百家》二〇一六年第一期。

径，只有本着开放、现代、多元的姿态看待中国电影，学者们才能在研究方向上大放异彩。

（丁亚平，中国艺术研究院影视研究所所长；姜庆丽，天津师范大学音乐与影视学院教师）

书评

王金林

提倡中国日本史研究"回归原典"的学术意义
——再读刘岳兵:《"中国式"日本研究的实像与虚像》

南开大学日本研究院刘岳兵教授的《"中国式"日本研究的实像与虚像——重建中国日本研究相关学术传统的初步考察》（中国社会科学出版社2015年版）一书（以下简称"刘著"）上梓前笔者就有幸拜读了全书的原稿。读后，对作者在回顾近四十年我国日本史研究成果的同时，敏锐而中肯地指出我国日本史研究中存在的问题，并精准地提出"回归原典"的倡言，深表赞同，曾提笔写就一篇短文，予以推荐。刘著出版后，一册置于座右，常有翻阅，每一次翻阅，对其观点都有新的感悟。一直以来怀有再撰一文之意。近有学者在评论刘著时，叙及若干事关日本史研究的原则性问题，也想对此谈一点拙见，故此再读刘著，撰写了此文。

一 刘著的闪亮点

近四十年来，中国的日本史学界，在宽松的学术环境下，取得的研究成果，无论在数量上，还是在质量上，都可以说是步步提高。当我们为取得的成绩欣喜的时候，也非常有必要进行深刻的思考：如何超越现有成绩，把我国的日本史研究推向新的高峰？值得欣慰的是，对此课题，早已有学者在先行实践了。他们从学术史的视角，探究我国日本史研究中存在的不足和问题，并提出解救之法。二〇一二年，宋成有《中国的日本史研究理论与方法》一文，在对中国日本史研究的史学理论和研究方法取得的进步予以肯定的同时，严肃地指出，随着浮夸、浮躁之风的影响，进入21世纪后，"有关（我国）日本史的史学理论和研究方法的探讨却在渐行渐远，淡出人们的视线"。他呼吁："（中国）日本史研究最急切的任务之一，是尽快推出史学理论和研究方法论的研究著作。"① 这一对加强史学理论和研究方法论研究的呼吁，于二〇一五年有了回应，年轻学者刘岳兵著成《"中国式"日本研究的实像与虚像——重建中国日本研究相关学术传统的初步考察》问世，作者在书中言及其初衷："我觉得这种学术史的整理工作很重要，甚至很急迫，便不揣浅陋，甘冒僭越之嫌，将近二十年来的相关旧文新说结集成册。"（p.255）刘著是第一部有关中国日本史研究学术史的中文版著作，其开拓性学术价值，不言自明。

刘著论及内容广泛、深刻，所论涵盖史学理论、史学功用、史学方法、史学批评以及史学者才能和道德等。从学科而言，涉及日本哲学、日本史（含日本思想史、中日关系史）。刘著的行文中随处可见真知灼见，在此略举若干点：

第一，刘著对中国日本史研究发展轨迹进行了较为全面、客观而系统的梳理和评述。作者出身哲学专业，主攻日本思想史，因此对中国日本思想史研究的成绩以及存在的问题和发展趋势，都有深刻的了解。该书第二编探究的主题是"中国日本思想史的方法论问

---

① 宋成有：《中国的日本史研究理论与方法》，《日本学刊》二〇一二年第一期。

题",是全书的重点之一。在这一编中,作者把中国日本思想史研究划分为三个阶段,即"中国日本思想史研究的奠基时代"、"中国日本思想史研究承前启后的过渡时代"和"21世纪中国的日本思想史研究"。在充分评价各阶段日本思想史代表作的创新和贡献的基础上,总结归纳了不同阶段中国日本思想史的方法论的特点,精当地阐述了新中国成立后,中国的哲学思想史研究方法论的演进过程:在奠基时代,马克思主义史观被人为地规定为史学研究的唯一指导思想,在其深刻影响下,研究完全被政治化、意识形态化,这一时期的研究成果,离真正的学术研究存在一定的距离;其次过渡时代,则"在坚持马克思主义指导的前提下,对马克思主义的研究方法进行反思,提倡研究方法的多元化",并"进行了一些新方法的试验";进入21世纪新时代,新生代日本思想史研究者日渐崭露头角,尤其是一些新生代精英(包括刘著作者),开始在方法论方面超越传统,"树立他者意识,站在他者立场,客观地认识、研究日本思想文化"。新生代精英埋头于原典,与史料"肉搏",最终创立了崭新的史学理论,如韩东育的"日本近世新法家"说等。如此系统、全面的论述,大概在我国日本史学界应是初见。

第二,刘著作者怀着对中国日本史研究事业的情怀,以忧虑的意识,直视中国日本史学界存在的问题。"我对当前中国学界日本研究的现状以及中国人的对日观等社会实际状况深感忧虑。"(p.19)作者忧虑的现状和问题甚多,其中包括:一、"日本研究与政治形势密切结合"及隔海研究日本的问题;二、无视差距,盲目自信,认为"一门具有近代人文学术本质特征的日本学学科已经在(中国)建成"的观点;三、日本史研究领域内,"各个分支学科研究和发展不平衡问题";四、人才的培养、研究梯队的建设以及研究力量的布局严重失衡现象,尤其堪忧人才培养中的德、能培养问题;五、理论创新和个性化研究成果不突出,以及"专业化要求有待加强的问题"；六、缺乏对新的理论与方法的自觉，常常以"宏观的'理论分析见长'而聊以自慰"，疏忽叙述方式的创新问题；七、基础知识资源的搜集和基本历史典籍的研究、整理，致使基本知识贫乏的问题，等等。不建立夯实的知识土壤，"恐怕连某种能够得到真正认可的理论观点甚至都很难提出，遑论整体上的提升。尤其是我们的研究对象是物议纷然的近代日本。"（p. 211）

第三，刘著强调学术批评的重要性。学术繁荣，理应伴随着学术批评的兴盛。可是中国日本史学界，有深度的学术批评却是滞后的。刘著以浓重的笔墨阐述学术批评的重要性，而且身体力行，全书自始至终，充溢着严肃认真的批评意识。主张研究必须有批判意识，而当务之急是批判研究中的两种现象，即"无理论"和"理论先行"：

> 如果说对中国的日本思想史研究在理论上要有一种批判意识的话，我想当务之急是要批判情绪化的（无理论）和意识形态化（理论先行）的研究。（p. 101）

此外，作者还强调：

> 在已经拥有大量研究成果的中国日本史学界，有深度的学术批评，也是日本史研究的当务之急。我曾经用"寂寞的喧嚣"来形容日本学研究新著迭出而评论界熟视无睹的状况。（p. 43）

作者在呼吁重视有深度的学术批判的同时，再三地强调学术批判必须持有严肃认真的责任性：

有深度的学术批评，还要担负起认真甄别学术成果优劣、去粗取精、去伪存真的重任。比如研究综述，它不仅仅是学术信息的介绍，也应该是一种评论。既然是评论，就必须去认真阅读所介绍的信息和要评论的对象。而有的综述只是罗列成果，并没有综述者自己的见解。更有甚者，一些综述者因为不仔细阅读所评述的作品，而将抄袭者的文章与原作者的著作摆在一起，甚至还将抄袭者放在更重要的位置，将抄袭者所抄袭的原作者的文字原原本本地算作抄袭者的成果。这种做法败坏了学术风气，如果盛行开来，不令人堪忧么？（p.49）

对"标新立异"的"学术批判"，特别是自己对基本史实也没有弄清楚，就去批判别人著作中的"史实性错误"者，则真诚地指出：

> 批评当然不是为了标新立异而批评，而是为了弄清历史的真相及其所以然；研究也不可能没有批评，否则就成了纯粹的因袭。（p.50）

并提出了学术批评应尊奉四项原则：

> 一是"既然要批评对方有'实质性错误'，自己在'查考原文'时就要格外小心，不要将这样重要的史料引用错了"；二是"引用对方的文章就一定要非常准确完整"；三是"自己首先要对原始史料的核心内容有准确的理解"；四是"自己首先要准确地理解对方的论述，完整地把握对方的意思"。（pp. 46–48）

提倡中国日本史研究"回归原典"的学术意义

这样才能体现学术批评的严肃性,保证深度学术批评的开展。

第四、刘著关注中国日本史研究学科建设的"专业化要求"。认为"专业化要求"是学科建设的另一个重要问题。所谓"专业化要求",实质上是指每一位研究者必具的基本学术修养,包含"专业化的态度"和"专业化的训练"。所谓"专业化的态度",就是要脚踏实地地搞学问,而不是哗众取宠,投机取巧,掠取名利;所谓"专业化的训练",就是作为日本史研究者必须掌握的基本知识、基本技能,包括中外文水平,中、日两国的通史知识。

关于为史者应有的修养,我国历朝史家都十分重视,且要求甚严。唐代史学家刘知几曾指出,为史者必备才、学、识"三长"。关于"三长",《旧唐书·刘子玄传》是这样记载的:

> 子玄知掌国史,首尾二十余年,多所撰述,甚为当时所称。礼部尚书郑惟忠尝问子玄曰:"自古已来,文士多而史才少,何也?"对曰:"史才须有三长,世无其人,故史才少也。三长,谓才也、学也、识也。夫有学而无才,亦犹有良田百顷,黄金满籯,而使愚者营生,终不能致于货值者矣。如有才而无学,亦犹思兼匠石,巧若公输,而家无楩柟斧斤,终不果成其宫室者矣。犹须好是正直,善恶必书,使骄主贼臣所以知惧,此则为虎傅翼,善无可加,所向无敌者矣。"

刘知几的"三才"思想,后人多有继承和发展。清代史学家章学诚在"才"、"学"、"识"之外,又增加了为史者必备"德"的观点。他在《文史通义·史德》中写道:

> 能具史识者,必知史德。德者何?谓著书者之心术也。

至此,"才"、"学"、"识"、"德"成为为史者的座右铭,也成为人们评价、衡量为史者的标准。

显然,刘著中所说的"专业化要求",实际上是我国传统的为史者修养标准的延续。

二 实证研究与理论、学术性与致用性关系问题的思考

刘著问世后,受到学界同仁的关注,多有评论。其中包括戴宇先生的《中国日本史研究若干问题的思考》一文[①](以下简称"戴文")。戴文的陈述看似对刘著表示赞赏,但仔细读来却是对刘著的观点,持有不同的见解,多有质疑。戴文针对刘著的核心观点提出了三个疑问,即第一,针对刘著的"回归原典",提出"如何看待实证研究与理论之间的关系";第二,针对刘著的"专业化态度",提出"如何看待学术性与致用性之间的关系";第三,针对刘著不赞成现今提倡建立日本史学派的观点,提出"如何看待构建日本史研究的中国学派"。这三个问题,可以说代表了国内部分学者对于实证研究方法及学术性的理解与看法。本文限于篇幅,仅就戴文提出的第一、第二问题作一讨论。

关于"如何看待实证研究与理论之间的关系"?戴文认为说:

> 刘著提出的"回归原典",实际上包含如何看待原始史料的解读、实证研究同理论的关系等问题。历史学的基本属性就是求真。对于历史研究者来说,重视原始史料和实证研究是必须遵守的一条铁律。
>
> 但是,历史研究仅仅靠史料解读和实证研究是不够的。

---

① 戴宇:《关于中国日本史研究若干问题的思考——兼评刘岳兵〈"中国式"日本研究的实像与虚像〉》,《史学月刊》二〇一八年第五期。

（略）除了考证，还需要诠释，而这就势必需要一定的理论和方法。

戴文的这段文字，有两层意思：一是戴先生也同意原始史料和实证研究是历史研究的"必须遵守的一条铁律"；二是认为刘著只重视原始史料和实证研究，而忽略历史研究中"势必需要一定的理论和方法"。对于第一层意思，无须多述，戴文与刘著是一致的。而关于第二层意思，首先需要弄清刘著是否只重视原始史料和实证研究，而忽视理论指导？同时，也要弄明白戴先生所说的"理论"，其具体何指？

如果认真阅读刘著，可以知道其实"理论问题"是该书着重阐述的主题之一。作者在书中，明确表明自己"并非一概否定'理论'的重要意义"（p.3）。但是，他认为史学理论是在研究者深入研究、实证史料之后产生的：

> 史学理论的生命力来源于其解释史实范围的广度和阐发历史进程之所以然的深度。一旦离开与史料的真正的肉搏和史实的辩证，任何史学理论的生气都将丧失殆尽，也很难再发挥任何积极作用。（略）在历史研究中，理论先行的做法是探究欲衰退与投机欲增强的表现。（p.3）。

显然，刘著重视的是"论从史出"的史学理论，是研究之后的产物，而不是"理论先行的做法"。与其不同，戴文主张的则是在理论指导下去考证、诠释史料，也即"史从论出"。两者之间是全然不同的主张。刘著还坦率地指出："没有万能的、放之四海皆准的史学理论"。刘著的这一观点是我国史学工作者数十年经验总结。

那么，戴文所说的"理论"具体何指？戴文中并没有具体阐明他所主张的"理论"具体指什么，而是采用引录多位我国日本史学者的观点间接表达他的主张的。在他引录多位学者的观点中，又特别对其中的某位学者的观点尤为推崇。现在，我们将戴文中引录的某位学者观点以及戴文的推崇摘录如下：

> （某学者）认为，重视证据和学习理论，"这两者是相辅相成、密不可分的，应该同时并举（略）。所谓学习理论、树立和运用科学的世界观与方法论问题，是指研究者需要不断地学习前人的科学思想，特别是经典作家对人类社会问题的分析和判断，以提高认识问题的能力"。（略）这段话可以说精辟地论述了学习理论在历史研究中的重要性和必要性。

不难看出，戴文推崇的理论即是指"经典作家"的理论。在我国，"经典作家"称谓，约定俗成是指马克思、恩格斯等历史伟人，他们的学说，统称为"马克思主义理论"。如果这一推论没错的话，戴文所言刘著只重视原始史料和实证研究，而忽视理论，实指刘著忽视"马克思主义理论"指导。那么刘著对马克思主义理论在日本史研究中的地位与作用是怎样认识的呢？其实，刘著是用了浓重的笔墨对马克思主义理论在中国日本史研究中的地位与作用进行了探索的。该书的第二编"中国日本思想史研究的方法论"，就是这一探索的具体体现。关于这一探索，本文前面已有详述，在此不再重复。但必须指出的是，刘著并未忽视"理论"在历史研究中的地位，自然也不会轻视"马克思主义理论"在历史研究中的影响，其强调的只是不赞成"马克思主义理论"被"政治化"、"意识形态化"：

> 无论什么理论，在历史研究中一旦被政治化、意识形态化

而成为凌驾于一切史料之上、放之四海而准的"绝对真理",这样的理论看似吓人,实际上已经失去了生命。所谓论从史出,是说有生命力的历史理论都是具体的,因为它都是在与大量的具体的史料肉搏中得来的。(p.70)

他的这些看法不是凭空想出来的,而是从我国哲学思想史学者朱谦之、卞崇道、王守华、王家骅等前辈的学术生涯的经验教训中总结出来的。

像笔者这样新中国培养的且已是耄耋的学者,对于刘著从中国日本史研究学术史的探索中得出的被"政治化"、"意识形态化"的结论,是肯定和赞同的。这一结论也是符合六十多年来历史学界实情的。笔者同时代的过来人,从20世纪70年代末80年代初以后,开始努力地反省数十年架在身上的"意识形态化"影响,并采用多种思维和研究方法,深入史料,独立思考,才获得一定的学术成果,初尝了学术研究的甜头。因此,不希望昔日的"理论",被"政治化"、"意识形态化"的思潮重新回潮,更不希望它再来影响现今的良好学术研究环境。

关于第二个问题:"如何看待学术性与致用性之间的关系"。对于这一问题,戴文是这样提出的:

> 刘岳兵主张的"专业化态度",实质上就是"为学术而学术"的学术本位主义意识,其根本目的或许在于提醒研究者在研究活动中不要过度跟风,以减少一些不必要的来自外部的影响和干扰。应该说,他的这一观点有值得肯定的一面。(略)但是,我们也应该认识到,在现实世界中,学术活动不可能完全摆脱现实问题及政治因素的制约与影响。也就是说,不可能有完全脱离一定政治与社会环境的学术研究,"纯粹化的学术"

只能说是一种理想状态。（略）此外，如同"古为今用"、"文以载道"等中国传统思想所反映的那样，历史研究除了学术价值以外，也理应包含一定的社会功能。（略）进而言之，作为历史研究者应该意识到，历史研究除了学术价值，也应担负一定的社会服务功能。（略）学术价值与社会功能的关系，实质上也是求真与致用的关系。（略）笔者认为，虽然说"纯粹化的学术"在现实的学术活动中很难做到，但这并不妨碍研究者可以将其作为一个理想来追求，此即"取法乎上，得乎其中"之理。

戴文的这一段文字，带给读者的信息是：刘著作者是只专注于学术，轻视或反对学术为政治或社会服务者。究竟戴文提供的信息对不对呢？我们还是来看看刘著关于"专业化态度"的原文是如何说的：

> 我更加关注的是，对中国日本学这门学科建设的最起码的"专业化要求"还有待加强。所谓日本学研究的"专业化要求"，主要指"专业化的态度"和"专业化的训练"。所谓专业化的态度，就是首先要有把日本学"纯粹地作为学术"来研究的态度，而不是在出发点上就将日本学作为寻找启示或总结经验的手段。所谓专业化的训练，就是要独立地掌握能够客观地研究和分析日本这一研究对象的各种基本技能——当然包括日语的学习——与方法，而不是在出发点上就将日本学只是当作与别的研究对象相比附的存在。应这种专业化要求所需，我依然认为，为了提高中国日本学研究的整体水平，以便我们能够更加客观而全面地认识日本，系统的、可靠的、必要的知识或常识的介绍以及基本文献的翻译，比竞相出版大部头的所谓

"研究"论著,更是我们今天日本学建设的当务之急。(p.4)

很明显,刘著讲的是日本史研究的"专业化要求",而且说得很明白,这个"专业化要求"包括研究态度和研究技能。刘著的观点是针对现在我国日本研究界普遍存在的种种不利于中国日本史研究深入的"恶习"而提出的针砭之方,强调的是为史者的良智、心术("德")和为史者应有的最起码的基础知识、基本技能("才"、"学"、"识")。只有端正为史者的良智、心术和掌握基础知识、基本技能,才有可能"提高中国日本学研究的整体水平"。如此清楚的叙述,怎能与"为学术而学术"、轻视和反对学术为政治、社会服务挂钩呢?学术批评,首先要读懂被批评者观点的原意,不解真意便妄加议论,是对被批评者和读者的不负责之举。

另外,戴文把学术价值与社会服务功能分别放在了相互对立的位置。学术研究的终极目的就是为国家、为社会需要服务。为国家、为社会需要服务可以说是当代每一个历史学者的职责和义务。刘著作者在这一大原则问题上,立场是坚定的,态度也是明确的。这在刘著全书中,多有强调。现仅举数例如下:

该书第一编,作者在"对中国学界反思自身日本研究得失的一些观察"一章中,分析了近年来中日关系的严峻现实及作为日本研究者的责任时,曾这样写道:

> 作为一名研究外国的学者,须正确理解对象国的实情,并负有将其如实向国民传达的义务与责任,因此研究者必须要意识到自己应如何为此尽职。(p.19)

该书的第三编《中日文化交流史研究的回顾与展望》一章中,作者对我国老一辈学者的学术成就、学术观点、学术生涯中的经验体会等进行了系统、深入的探索，其中对老一辈学者的重要观点和体会，都有明确的支持和赞同，其中包括学术与政治的关系。他写道：

> 学术与政治的关系，如汪向荣在"(《中日文化史论》)后记"中又提到的那样："学术研究不可能和政治没有关系，学者也不是生活在真空环境中，因此说要学术研究完全不受政治影响是不可能的。"（p. 132）

20世纪60年代，台湾地区知识界因一次评奖引发了一次大讨论，闹得沸沸扬扬。事情涉及著名的中日关系史学家梁容若先生。梁先生在日本侵华战争期间，曾向日本国际文化振兴会举办的"纪元二千六百年纪念国际悬赏论文征集"投稿，并获奖，因此落下了"文化汉奸"之痕。对于此事，刘著从政治性高度作了严肃的深度的分析，发表了"作为研究者不能在政治上犯糊涂或犯错误"的看法：

> 近代中日关系非常复杂、敏感，在这一研究领域，政治与学术的关系也是如此，不能不谨慎从事。有时候，你以为自己是在很"学术地"探讨问题，却没有意识到已经陷入了某种政治漩涡。这样再想洗刷，就为时已晚。在大敌当前、民族危亡之际，只要能够鼓舞士气、克敌制胜，如《征倭论》就有其积极意义，而你这时要以所谓其"不重视客观地研究日本"来批评其"媚俗"，就是不识时务。作为研究者不能在政治上犯糊涂或犯错误，这是一个很好的经验教训。（p. 134）

众所周知，学术有"应用研究"和"基础研究"之别。关于

提倡中国日本史研究"回归原典"的学术意义

日本研究中的"应用研究"与"基础研究"的关系，中国社会科学院日本研究所首任所长何方先生曾在该所成立三十周年纪念会上有过清楚的阐述。刘著作者特别引录了何方先生讲话的精髓部分，并发表了自己读了何方先生讲话后的感悟：

> 中国社会科学院日本研究所，在其创立30周年之际的2011年，举办了盛大的纪念会。印象最深的则是该所首任所长何方先生的发言。他说："我们的研究要建立在客观和实事求是的基础上，不能随风倒。（中略）由于中日关系的特殊性，也就是有日本长期侵略中国的历史背景，所以人们在看待日本上，很容易夹杂民族主义情绪。我们的日本研究工作，既要避免受民族主义情绪的干扰，也要协助国家正确对待和处理这个民族情绪问题，使中日关系建立在健康的基础上，得到健康的发展。要起智囊作用，就要解决好研究工作与国家政策的统一。只是宣传与解释国家政策，那不是研究部门的主要任务。研究工作，对外当然要执行国家政策，但本身却要提倡独立思考和不同意见的争论，否则，就无法起到智囊作用。"并且他还强调了基础研究的重要性以及从国家战略利益角度来进行现实性日本研究的必要性这两个方面。在这里，他并没有谈到"中国式的日本学"，但是却极具智慧地给我们指出"学术性的研究"与"国家政策"，以及"基础研究"与"应用研究"之间的关系。对于他所提出的内容，我们可以理解为这并非只限于"中国式的日本学"等国别研究、区域研究，而是为我们提出了关系到世界史整体、人文社会科学整体的指针。(p. 32)

上述实例表明，刘著对实证研究与理论的关系，以及学术研究为政治、为国家、为社会需要服务等原则性问题都有正面的阐述，因此，说他只重实证，为学术而学术，忽视理论，轻视学术的致用性等，实为误解。

三 提倡"回归原典"的学术意义

倡言日本史研究"回归原典"，是刘著的最核心的内容。该书"自序"中，开宗明义地道明了出版的意愿：

> 出这本书，简单地说，想要表达的意思可以用四个字来概括，那就是"回归原典"。这本来是历史研究的基本常识，但是在世界史研究领域，要很好地实践它却不是一个简单的问题。尽管这些年在不同的场合，多次这样呼吁过，但人微言轻，应者寥寥。趁着自己热情未减，再做这样一次努力，其目的，亦不外乎"嘤其鸣矣，求其友声"。

何谓"回归原典"？刘著如是说："'回归原典'，或者说'从原典出发'，是一种指导思想，也是一种研究方法；说得更根本一点，甚至还是一种人生态度。"（《自序》）"指导思想"、"研究方法"、"人生态度"十二个字，道出了"回归原典"的内在涵义及其真正的意义所在。

自20世纪40年代末新中国成立以来的六十余年，我国的日本史研究的指导思想、研究方法和（研究者的）人生态度，大致可以分为前三十年和后三十年两种全然不同的状态。前三十年，马克思主义思想被人为地规定为唯一的，也是放之四海而准的指导思想；辩证唯物论、一分为二阶级分析等成为唯一的研究方法。在这种被意识形态化、片面教条式的思想和简单研究方法的束缚下，强调的不是学术研究，而是阶级斗争需要的致用之作。研究者没有个人主见和主动性。倘若写出有独自思想观点且有悖于阶级斗争需要的文

提倡中国日本史研究"回归原典"的学术意义

章,就有可能在政治上招祸惹身。因此,不求有功,但求无祸则是多数研究者的人生态度。前三十年间,除了几位老前辈的若干学术论文外,可以说中国日本史领域的学术研究严重缺失,研究成果廖廖。

后三十年,即自20世纪70年代末以后的三十年,是我国日本史研究的转型期。由于学术环境的宽松,大多数日本史学者,特别是老、中二代学者,纷纷反思前三十年的史学指导思想和研究方法,努力挣脱意识形态化、片面教条式思想的束缚,以更广阔的视野,吸收新的史学理论,采取以史料研究为基础,微观与宏观相结合的研究方法,涌现了一批学术性成果,引起了国际学界的关注和评价。但是,在研究思想、方法转型的同时,旧有的研究思想、方法的影响依然存在,而且新产生的"恶习"一并影响着日本史研究的进一步深化。在此转型期新旧研究思想、方法并存的背景下,新一代年轻学者成长成为我国日本史学界的主力,他们探索提升我国日本史学术水平的研究思想、方法。刘著提倡学术研究"回归原典",就是这一探索的积极成果。它既是我国悠久的史学传统思想的继承,又吸收、融合了国际史学研究的经验,同时对于我国日本史研究具有深远的学术意义:

"回归原典",可使我们走出"意识形态化"研究模式的窠臼,深入历史原典、原貌,以多元的视角,探索历史的真谛;

"回归原典",可使我们分清"应用研究"与"基础研究"之别,加强"基础研究",填补研究空白,日益增强发言权;

"回归原典",可以去浊扬真,使我们远离学术空气浮躁,行为浮夸,著述追求数量,二手资料泛滥等学术浊流,树立勤奋、刻苦地钻研学问的良好学风,在"与史料肉搏"中求真知,构建具有独立见解的史观(史学理论)。等等。

总之,只要持之以恒,坚持"回归原典"指导思想,发挥研究者主观能动性，采纳适合自己研究方向或课题的多元的研究方法，相信中国的日本史研究，必将会呈现全新的繁荣前景。

"嘤其鸣矣，求其友声"，刘著作者一直在寻求同道者。笔者希望当今活跃在研究第一线的老、中、青三代同仁，为了中国日本史研究的新繁荣，都能支持"回归原典"。

初稿成于 2018 年 11 月小雪时节

（王金林，天津社会科学院日本研究所研究员，中国日本史学会名誉会长）

约稿启事

《人文》学术集刊由河南大学高等人文研究院主办，《人文》编辑部编辑，中国社会科学出版社出版。《人文》坚持正确舆论导向和办刊宗旨，坚持社会效益第一，注重内容建设和办刊品质。《人文》以人文关怀为中心，突出学术原创性与新知传播，注重实证研究，鼓励综合创新，力图融通各学科，探讨各种学术思想和历史文化问题，推介不同知识领域的深度思考，展示中国思想学术界新成果。《人文》学刊力争为学术界提供一个优质学术成果发表平台，与学界朋友共同为新时代中国学术的发展尽力。

人文关怀，学术品质；突出新见，文思兼美。这是我们的追求。一本严肃的、高品位的学术文化辑刊，是我们的目标。

我们希望您的文章，具有鲜明的问题意识，重大的理论意义，能体现该学科学术水平，反映该学科研究前沿和研究热点；希望您的文章材料结实，论述饱满，阐释明晰，证成新见，发人之所未发。

在主体文章之外，《人文》另设"对话""学林""札记""书札""史料""书评"等栏目，以求多形式、多层面地反映学者们的研究成果。《人文》文章以学术文章（论文）为主，也欢迎思想学术随笔及其他形式的学术文章。内容凡涉人文、思想、学术、文化等，有新意，文笔晓畅清新，写作认真的文章，编辑部都将认真阅读，及时反馈，择优刊用，优稿优酬。

请阁下不要一稿多投。大作自发至本邮箱 50 天后，未接到编辑部通知的，作者可自行处理。

接稿邮箱：renwenxuekan@163.com

稿件体例规范及审稿说明

1. 来稿请作者文责自负，来稿应未正式出版（包括未在重要网络公开发表）。

2. 来稿请用电子版。稿件文件名，请用"作者名＋文章标题＋日期"组合，如"文开喜：钱钟书的语言艺术，20190501"。

3. 本编辑部有权对稿件修改和删改。如不同意请明示。

4. 来稿请以中文写作。来稿中外国人名、地名，请一律以中文译名形式出现。因本学刊将与国际相关学术期刊互登目录，来稿请给出中英文标题、中英文摘要、中英文关键词。获得国家社科基金等资助的文章，可依次注明基金项目来源、名称、项目编号等基本要素。

5. 文章字数：一般文章以 5000 字至 12000 字为宜；短栏目（"札记""书札""书评"等）最短不限。

6. 正文中年代、数字请用汉字。

7. 注释为页下脚注。短栏目文章为文中注。征引他人著作，请注明出处，包括：作者/编者/译者、出版年份、书名/论文题目、出版地、出版者，如是对原文直接引用则应注明页码。

8. 来稿应遵循学术规范，引文注释应清楚准确。专业术语及特殊术语应给出明确界定，或注明出处，如属翻译术语请用圆括号附原文。

9. 各类表、图等，请分别均用阿拉伯数字连续编号，后加冒号并注明图、表名称；图编号及名称置于图下端，表编号及名称置于表上端。图片需注明出处，如"数据来源：2003年统计年鉴、2008年统计年报"。使用他人图片需提供授权。

10.《人文》按学界惯例，会将阁下文章提交相关专业专家，匿名外审。

11. 凡被本学刊选用的文章，《人文》在两年内有权用于与《人文》其他相关学术传播，包括网络传播。如阁下不同意，请明示，如不注明，将视为同意。

12. 请附作者简介及相关信息。作者简介包括：姓名、单位、职务职称、电子邮箱地址，手机。作者信息包括：身份证号，银行户名，银行卡号，开户行（具体到支行）；通信地址、邮编。我们会及时给阁下奉寄稿费与样书。

赐稿《人文》的文章，即视为阁下同意上述约定。

感谢您的垂注与赐稿！

《人文》编辑部

《人文》编辑部

总编辑：张宝明
主　编：祝晓风
副主编：展　龙
编　辑：田志光　杨红玉　陈会亮